# *Prolog*

Die Eingangstür des ehemals sicher sehr beeindruckenden Wohngebäudes hatte tiefe Risse, Spuren von mehreren Lackschichten in Grau- und Brauntönen hingen in Fetzen vom Holz. Daneben lagerten Plastiksäcke mit Müll, von denen eine süßlich-faulige Geruchswolke aufstieg. Der Inhalt eines aufgeplatzten Sackes war auf dem breiten Gehsteig um den Eingang herum verteilt.

Maximilian Eggert zog die Adresse aus der Tasche. Nein, der Taxifahrer hatte sich nicht vertan. Die Hausnummer, mit Mühe zu entziffern, war die richtige. Das Haus wirkte wie ein Fremdkörper zwischen den renovierten Gründerzeitgebäuden im Münchner Glockenbachviertel. Die geschwärzte und im Sockelbereich beschmierte Hauswand und die Fenster, bei denen man befürchten musste, dass sich die Scheiben jeden Moment aus dem Rahmen lösten, passten nicht ins Straßenbild.

Ein Klingelschild gab es nicht, vielleicht befand es sich hinter dem Hauseingang. Maximilian drückte gegen die Tür, die sich ohne den geringsten Widerstand, aber mit lautem Quietschen und Ächzen öffnen ließ. Die Briefkästen dahinter hatten zwar Namensschilder, zeigten aber keinen Hinweis auf das Stockwerk des Bewohners. Im Treppenhaus fand er dunkle schmutzige Stufen vor und abgeblätterten Putz mit Kritzeleien in vielen Farben und

Sprachen. Es blieb ihm nichts anderes übrig, als Etage für Etage die Wohnungstüren nach dem Namen abzusuchen.

Unter seinen Tritten stöhnte jede Stufe in einer anderen Tonart. Je weiter er nach oben kam, desto mehr intensivierte sich die sauer-schimmelige Geruchsmischung. Wie gut haben wir es doch in den Bergen, dachte Maximilian, frische Luft, die man bedenkenlos einatmen kann.

Im zweiten Obergeschoss prangte das große glänzende Messingschild wie ein Fremdkörper in der schmuddeligen Umgebung: »Wirtschaftsdetektei Vordermann.« Es erfüllte seinen Zweck, denn es fiel auf – trotz der schummrigen Treppenbeleuchtung.

Nach mehrmaligem Klingeln wurde die Tür schwungvoll aufgerissen und entließ einen Schwall kalter Zigarrenluft. Ein kleiner, untersetzter Mann stand mit leicht geöffnetem Mund und weit aufgerissenen Augen vor ihm. Maximilians Blick fiel wegen der geringen Körpergröße seines Gegenübers direkt auf die glänzende Oberkopfglatze, die von dünnen langen Haarsträhnen umkränzt wurde. Er trug Hosenträger und eine Fliege zum gestreiften Hemd, das in einer Cordhose mit auffällig durchscheinenden Stellen steckte.

Maximilian wusste nicht, wie er sich einen Detektiv vorgestellt hatte, aber in jedem Fall nicht wie die Person, die vor ihm stand.

»Des lob ich mir, Pünktlichkeit ist die Tugend der Herren. Bitte kommens doch herein, Herr Eggert. Ich geh voraus, wenns erlaubt ist.«

Maximilian erkannte den Wiener Dialekt, den er durch das vorausgehende Telefonat zur Terminvereinbarung noch im Ohr hatte. Vordermann schlurfte vor ihm her und bahnte sich den Weg durch ein wildes Durcheinander. Auf einem Cocktailsessel aus den 50er-Jahren stapel-

Heidi Grund-Thorpe

Berggeflüster und falscher Hase

Heidi Grund-Thorpe, geboren 1960 in Oberfranken, war nach dem Studium für Mode- und Grafikdesign als Redakteurin für ein Frauenmagazin tätig. Seit vielen Jahren ist sie selbstständig tätig als Autorin und Producerin von DIY-Titeln. Der vorliegende Roman ist ihr erstes belletristisches Werk, das sie – fasziniert von der Ambivalenz der Bergwelt und ihrer Bewohner – in einem kleinen fiktiven Dorf in den Alpen angesiedelt hat.

Heidi Grund-Thorpe

# Berggeflüster und falscher Hase

Roman

PIPER

*Mehr über unsere Autoren und Bücher:*
*www.piper.de*

Wenn Ihnen dieser Roman gefallen hat, schreiben Sie uns unter Nennung des Titels »Berggeflüster und falscher Hase« an empfehlungen@piper.de, und wir empfehlen Ihnen gerne vergleichbare Bücher.

ISBN 978-3-492-50475-1

Redaktion: Julia Feldbaum
Satz auf Grundlage eines CSS-Layouts von digital publishing competence (München) mit abavo vlow (Buchloe)
Covergestaltung: Annika Hanke
Covermotiv: Bilder unter Lizenzierung von Shutterstock.com genutzt
Printed in Germany

ten sich Zeitungen, von einer dicken Staubschicht bedeckt. Abseits in der Ecke des Flurs hatte ein Ficus seine dürren Blätter um sich herum verstreut, das Gerippe der filigranen braunen Äste war zur Decke hin gerichtet. Jacken, Mäntel und Schuhe lagen auf und unter den Möbeln, selbst über einer Stehlampe, deren massiver Messingfuß noch sichtbar war, hingen Kleidungsstücke. Das Chaos setzte sich auch im Büro fort, was Maximilian nicht überraschte.

»Nehmans doch Platz.«

Maximilian sah sich suchend um. Der einzige Stuhl vor dem Schreibtisch wirkte, als würde er unter der Last eines Bücherstapels jeden Moment zusammenbrechen.

»Momenterl, ich mach Ordnung. Ist auch immer so viel, was sich ansammelt, und die Zeit zum Misten ist stets zu kurz.«

Maximilian wartete, die Hände tief in den Hosentaschen vergraben, und versuchte, möglichst flach zu atmen. Er hatte wegen der kalten Rauchschwaden das dringende Bedürfnis, das Fenster zu öffnen. Vordermann hob einen Stapel Zeitschriften, gekrönt von einem überquellenden Aschenbecher, vom Besucherstuhl auf den Boden. Von den Zigarrenstumpen und der Asche, die dabei auf den Boden fielen, nahm er keine Notiz. Wahrscheinlich würden die beim nächsten Besuch auch noch dort liegen.

Hätte sein Anwalt ihm Vordermann nicht als vertrauenswürdig empfohlen, wäre er längst wieder gegangen.

»So, bittschön, der Herr, nehmans doch Platz«, wies der Detektiv weit ausholend auf den Stuhl. »Was ist denn das werte Anliegen, wenn ich so direkt fragen darf, wir wollen ja keine Zeit verlieren?« Vordermann saß in lauernder Stellung hinter seinem Schreibtisch, dabei stützte er das vorgereckte Kinn auf seine gefalteten Hände. Das Licht der Schreibtischlampe traf genau auf seine Glatze und brachte sie zum Leuchten, die wenigen Haarsträhnen fielen ihm ständig wie ein zotteliger Vorhang ins Gesicht. Reflexartig strich er mit beiden Händen die Haare hinter die Ohren.

Um diesem absurden Anblick nicht allzu lange ausgesetzt zu sein, kam Maximilian direkt zur Sache. »Ich möchte meinen Erben testamentarisch bestimmen, und dazu muss die Vaterschaft einer jungen Frau geklärt werden. Mein Anwalt sagte mir, dass Sie der richtige Mann dafür sind, genau diese Nachweise zu beschaffen.«

»Na ja, so alt sans doch noch net, oder sans etwa krank, was man nicht hoffen will?« Die Neugier stand Vordermann ins Gesicht geschrieben.

»Das tut nichts zur Sache.«

»Sie meinen, des junge Fräulein sollte von den Nachforschungen nichts bemerken«, schlussfolgerte der Detektiv mit einem breiten Grinsen. »Oder brauchens gar nur ein Dokument als Beweis ohne Untersuchung …?«

»Ich benötige ein Dokument, das die Vaterschaft klärt, sonst nichts. Allerdings sollte das Vorgehen der Klärung …«, Maximilian suchte nach dem richtigen Ausdruck, »… diskret ablaufen.« Für Maximilian stand von je her eindeutig fest, wer seinen Hof erben würde. Seitdem ihm aber das Gerücht zu Ohren kam, dass eine längst verflossene Liebschaft behauptete, ihre uneheliche Tochter sei sein Kind und damit auch die Erbin des Hofes, ließ ihm das keine Ruhe mehr. Sollte es tatsächlich so sein, dann würde er zähneknirschend das Testament ändern, denn was Recht war, sollte auch Recht bleiben. Aber er wollte sicher sein, dass keine Tricksereien vonseiten der Mutter bei der Vaterschaft im Spiel wären.

»Denn sonst würdens nicht zu mir kommen, sondern könnten das über einen offiziellen Test erfahren. Sie wissen schon, dass des a Stangerl Geld kostet? Wir müssen einige Hindernisse umgehen, die, sagen wirs mal vorsichtig, nicht mit dem Gesetz konform gehen.«

»Das ist mir bewusst, ich möchte aber auf keinen Fall mit einem offiziellen Test eine Lawine lostreten. Ist das verständlich?«, antwortete Maximilian. »Ich weiß, dass das unrechtmäßig beschaffte Dokument vor Gericht keine Aussagekraft hat, aber ich benötige das Ergebnis erst einmal für mich selbst. Sollte es nach meinem Ableben Probleme mit den Erben geben, können diese immer noch ihre DNA analysieren lassen. Mein Testergebnis liegt dann in jedem Fall zum Vergleich vor.«

»Na, des versteh ich doch«, beschwichtigte Vordermann, »auf meine Diskretion könnens sich verlassen.«

»Gut, dann sind wir uns einig.«

Maximilian schob ein Blatt über den Tisch. »Da sind ein paar Daten über die junge Dame. Den Rest müssens selbst organisieren.«

»Do könnans sicha sein. Is net des erste Mal, dass ich so was überprüf!« antwortete Vordermann mit erhobenem Zeigefinger.

»Aber noch einmal, dass das vollkommen klar ist«, betonte Maximilian schroff, »*sie* darf nichts davon merken.«

Vordermann fuhr sich mit der Hand über den Mund, die Lippen fest aufeinandergepresst, als würde er einen Reißverschluss schließen. »I bin verschwiegen wie ein Grab!« Er blätterte in seinem Tischkalender hin und her. »I schlag vor, Sie besuchn mi in zwei Wochen zur gleichen Zeit, bis dahin hob ich alles. Vorher brauch ich zum Vergleich eine Probe Ihrer DNA, denn ich vermute, dass es darum geht?« Er griff in eine Schublade unter dem

Schreibtisch und zog einen langen schmalen Glasbehälter mit Deckel heraus, der in Folie verschweißt war. Geschickt entfernte er das Plastik. »Wenns so freindlich wärn, einmal über die Schleimhäut des Mundes streichen und dann bitte in das Glas steckn und fest verschrauben.«

Maximilian war überrascht, dass Vordermann das Testgefäß so schnell zur Hand hatte, und zögerte einen Moment.

»Des müssens scho machen, ohne des gehts net, der Herr.« Vordermann hielt ihm das Glas noch dichter vors Gesicht.

»Jaja, ist in Ordnung.« Maximilian ergriff das Glas und tat wie geheißen. »Also dann, und Sie meinen, in zwei Wochen haben Sie das Ergebnis vorliegen?«

»Schnell und gründlich wird hier gearbeitet, der Herr.«

Zwei Wochen später saß Maximilian erneut Vordermann gegenüber. Umständlich wühlte der Detektiv in einem Stapel Papier, zog einige Seiten heraus, legte diese wieder weg und holte die nächsten Blätter hervor.

»Momenterl, ich hobs gleich, es ist doch immer wieder ein Gfrett mit dem Papierkram. Ah, aber scho hammers, und, wie es ausschaut, sind es die richtigen Unterlagen. Es geht um Sie, Herr Maximilian Eggert, und besagte junge Dame.« Zögerlich und in die Länge gedehnt las er den Namen vor und vertiefte sich dann leise murmelnd in das Dokument, als wäre es vollkommen neu für ihn.

Maximilian grub die Fingernägel in die Armlehnen seines Stuhls, um nicht die Geduld zu verlieren. Er versuchte, seinen aufkeimenden Ärger im Zaum zu halten.

»Na dann, machn mas kurz, Sie san sicherlich scho gspannt wie a Flitzebogen, denn das Ergebnis ist ja von

Bedeutung?« Vordermann machte eine lange Pause und blickte Maximilian fragend an.

»Jetzt machen Sie schon, geben Sie mir den Schrieb, und dann bin ich wieder weg.« Er wollte Bescheid wissen, wer die rechtmäßige Erbin seines Hofes war, dabei hatte er keine besonderen Präferenzen zwischen den beiden jungen Frauen, die infrage kämen. Er riss Vordermann das Schreiben aus der Hand.

»Also ... das gnädige Fräulein is net Ihre Tochter«, kam ihm Vordermann zuvor. »Jetzt stellt sich nur die Frag, wer der richtige Voda ist, aber da kann ich gern helfen«, bot sich der Detektiv an. »Sie wissen ja, schnell und diskret, das ist meine Devise.«

»Beantworten Sie mir nur noch die Frage, wie Sie an das DNA-Material gekommen sind. Kann ich sicher sein, dass es eindeutig von ihr ist?« Maximilian wollte mögliche Zweifel vollständig auslöschen.

»Normalerweise plaudere ich nicht aus dem Nähkästchen«, antwortete Vordermann mit wichtigtuerischer Miene, »aber in diesem Fall war es a einfache Sach. Ich hab mir im Personalraum aus der Haarbürste in ihrer Handtasche a paar ihrer üppigen Lockn herausgeholt. A scheens Madl, übrigens, das Fräulein, ganz a Fesche. Aber wie gsagt, nicht von Ihrem Blute, das Ergebnis is eindeutig.«

»Gut, Herr Vordermann, das genügt mir im Moment. Wie Sie wissen, regelt mein Anwalt das Finanzielle. Vielen Dank für die schnelle Abwicklung und auf Wiedersehen.«

»Stets zu Diensten, der Herr, stets zu Diensten«, schüttelte Vordermann zum Abschied überschwänglich Maximilians Hand, der froh war, wieder wegzukommen.

Anschließend fuhr er auf direktem Weg zu seinem Anwalt. Nun hatte er den eindeutigen Beweis in der Hand, dass er selbst keine Tochter hatte. Der Rechtsanwalt konnte sofort das Testament verfassen, und er würde einen Brief dazulegen, der die infrage kommende Erbin bestätigte. Er übergab auch sein DNA-Ergebnis dem Rechtsanwalt, damit diesem im Falle einer Testamentsanfechtung eindeutige Beweise zum Vergleich vorlagen.

# *Idas Ankunft*

Der Hof lag vor ihr. Die tiefe Schlucht zwischen dem Aussichtspunkt an der Bergstraße und dem Gebäude auf der Anhöhe gegenüber war kaum wahrzunehmen. Das Gehöft lag am Rand der bayerischen Alpen und zeugte von Bodenständigkeit und einem arbeitsreichen Leben. Haus und Scheune waren eingebettet in ein terrassenartiges Plateau, dahinter erhoben sich sanft ansteigende Wiesen, die allmählich in die schroffen Felsen übergingen. Die klare Morgenluft täuschte über die Entfernung des fast 1800 Meter hohen Gipfels hinweg, er wirkte zum Greifen nah. Darüber nichts als wolkenloser blauer Himmel, nur ein paar Dohlen segelten unbesorgt durch die Luft.

Ein breiter, von prächtigen Ahornbäumen gesäumter Schotterweg, der von der Hauptstraße in Richtung Hof abzweigte, leuchtete zwischen dem Grün der Wiesen hervor. Er mündete in einem Bogen in die breite Auffahrt zum Wohnhaus. Das Plätschern des Brunnenwassers vor dem Haus konnte sie nur sehen, nicht hören, aber sie ergänzte gedanklich das vertraute Geräusch.

Hinter dem zweistöckigen Wohnhaus erstreckte sich der Stall mit der angrenzenden Scheune, die weit über die Länge des Hauses hinausragte. Sie begrenzte den großen Hof mit dem ausladenden Ahorn in der Mitte.

Ida ließ den friedlichen Eindruck noch einige Minuten auf sich wirken. Dass der Hof sich nicht zur Schau stellte, sondern einfach da war, still und selbstverständlich, aufgeräumt, als wäre er mit sich selbst zufrieden, hatte eine wohltuende Wirkung auf sie.

Sie beschloss, ihren Weg fortzusetzen.

Ida parkte im Hof unter dem Ahorn. Sie fühlte sich klein und unbedeutend unter dessen mächtiger Krone, aber trotzdem beschützt. Früher war am Baum eine Schaukel gehangen, auf der sie sich als Kind immer vorgestellt hatte, fliegen zu können – über die Berge hinweg in ein Land, das sie sich in ihren Lieblingsfarben bunt ausgemalt hatte.

Zwischen Scheune und Wohnhaus, die direkt hintereinanderstanden, waren etwa zwanzig Meter Abstand. Aus dieser Perspektive wurde ihr die weitläufige Größe der Hofanlage erneut bewusst, denn was aus der Ferne dicht gedrängt gewirkt hatte, erwies sich nun als großzügig bemessen. Die angrenzenden Wiesen waren frisch gemäht und leuchteten in hellem Grün. Das schon leicht angetrocknete Gras war traditionell zum Trocknen auf Heuböcken aufgeschichtet worden.

Das Haus wirkte mit den verriegelten Fensterläden hermetisch verschlossen, aber trotzdem nicht abweisend. Über der breiten zweiflügeligen hölzernen Haustür mit der Jahreszahl 1879 ragte ein Balkon mit verwittertem dunklem Holzgeländer hervor. Ein wild rankender Rosenstock kletterte neben der Haustür an einem Spalier bis zum Balkongeländer, die Knospen wirkten, als würden sie jederzeit aufplatzen. Auf der anderen Seite stand eine massive Bank aus halben Baumstämmen. Die große Steinplatte vor der Eingangstür war durch die vielen Füße, die in dem fast 150 Jahre alten Hof ein- und ausgegangen waren, abgeschliffen.

Nun war sie also an der Reihe, die Steinplatte weiter zu formen.

Sofort tauchten ihre alten Zweifel und die Frage auf, ob sie hier wirklich am richtigen Ort war. Eine Stimme, die sie nur zu gut kannte, flüsterte ihr ins Ohr: *Was willst du hier? Warum in die Vergangenheit eintauchen?*

Ida wusste, dass es kein Problem wäre, das Erbe loszuwerden. Es gab genügend Münchner, die ihr den Hof mit Handkuss abkaufen würden, denn bei vielen der Schönen und Reichen gehörte ein traditionelles Wochenendrefugium in den bayerischen Alpen zum guten Ton – wie das Cabrio in der Tiefgarage oder das Segelboot am Starnberger See.

Über ihr spontanes Ja auf die Frage des Notars, ob sie das Erbe annehmen wollte, war sie selbst anfangs mehr als erstaunt gewesen. Bis sie festgestellt hatte, dass es wie eine Flutwelle aus ihr herausgeströmt war, als hätte es seit Jahren darauf gewartet, befreit zu werden. Wie eine Aufforderung war es gewesen, sich allem, was mit diesem Ja verbunden war, zu stellen.

Während Ida vor dem Eingang stand, erinnerte sie sich daran, wie sie mit ihrer Mutter vor unzähligen Jahren das Haus einer verstorbenen Tante ausgeräumt hatte. Wie ein Eindringling war sie sich damals vorgekommen, während die Mutter Zimmer für Zimmer durchforstet hatte. Bei jedem Öffnen einer Schublade hatte Ida sich wie ein Dieb gefühlt, der sich der persönlichen Besitztümer und Erinnerungen längst vergangener Generationen bemächtigte. Gefühle dieser Art waren ihrer Mutter fremd gewesen, sie hatte sich einfach schnell entschlossen, ob etwas noch brauchbar war oder nicht. Sie selbst hatte mit ihren zwölf Jahren mit Ehrfurcht die mit Perlen bestickten Trachtenkleider aus schweren, dunklen Stoffen, Röcke aus Leinen, deren Säume mit farbigen Blütenranken in einer ganz eigenwilligen Art bestickt gewesen waren, bestaunt. Auch Handtücher, Tischdecken und Servietten waren aufwendig mit Stickereien verziert gewesen. Diese wunderschönen Dinge hätte sie damals gern für sich behalten. Und dennoch hatte sie sich nicht gegen ihre Mutter aufgelehnt, die zur Entscheidung gekommen war, dass Idas ältere Schwester die wertvollen Stücke für die Aussteuer bekommen, der Rest aber in die Altkleidersammlung wandern sollte.

Mit einem Ruck tauchte Ida aus der Erinnerung wieder auf. Hier draußen würde sie nicht weiterkommen. Sie konnte sich an keine verwandtschaftlichen Beziehungen mit dem verstorbenen Besitzer, Maximilian Eggert, erinnern. Sie hatte ihn gekannt, da er ihr Lehrer in der Realschule gewesen war. Und sie wusste, dass er nach dem Tod seiner Mutter allein gelebt hatte.

Bei der Erinnerung an seine Mutter, die von den Dörflern schlicht Katt genannt worden war, ging ihr das Herz auf. Katt gab Ida immer das Gefühl, auf Idas Seite zu stehen, auch wenn ihr das damals nicht bewusst war. Ihre Mutter erledigte Näh- und Flickarbeiten für die ältere Dame, die Ida wöchentlich abliefern und wieder abholen musste. Sie freute sich immer auf das Zusammentreffen, passte aber höllisch darauf auf, dass zu Hause nichts von ihrem kleinen Glück bemerkt wurde. Sie war sicher, ihre Mutter hätte das Abholen sonst selbst übernommen. Wenn sie zu Katt gehen durfte, fühlte sie sich befreit von der lieblosen Stimmung zu Hause, wo sie nur herumgeschubst und angekeift wurde. Katt erwartete sie meistens mit Kuchen und Kakao, im Sommer auch mal mit Eis und Limonade. Sie wollte immer genau wissen, ob Ida Freundinnen hatte und wie es ihr in der Schule gefiel. Dieses große Interesse an ihrer Person kannte Ida überhaupt nicht, aber sie freute sich jedes Mal über die Unterhaltungen, fühlte sich ernst genommen.

Einige Wochen vor Idas Kommunion schenkte ihr Katt einen wunderschönen cremeweißen Baumwollbatist. Ida hatte Angst davor, ihrer Mutter zu sagen, dass Katt darum gebeten hatte, aus dem Batist ein Kommunionskleid für sie zu nähen. Das Murren und Schimpfen, das sie erwartet hatte, blieb zu ihrem größten Erstaunen aus, und ihre Mutter nähte bereitwillig ein wunderschönes Kleid für sie.

Als Ida Katt erzählte, dass sie selbst gern nähte, schenkte die alte Dame ihr eine Schnittvorlage und Stoff für eine Bluse und half ihr sogar beim Zuschneiden. Sie wurde überschwänglich gelobt, als sie ihr die fertige Arbeit zeigte. Für ihren Botendienst steckte Katt ihr jedes Mal ein wenig Geld zu, nicht wissend, dass Ida nie Taschengeld bekam.

Ida würde nie die Wärme vergessen, die sie durchflossen hatte, wenn Katt ihr zum Abschied über den Kopf gestrichen und erklärt hatte, sie würde sich freuen, wenn sie bald wiederkäme.

Katt war gestorben, kurz bevor Ida ihre Lehre in München beendet hatte. Sie war damals mit dem Zug nach Oberndorf zurückgefahren, um zur Beerdigung zu gehen. Da ihr wenig Zeit geblieben war, war sie direkt zur Aussegnung in die Kirche gehastet. Nach der Trauerfeier war ihre Mutter auf sie zugekommen und hatte sie angezischt, was *sie* denn hier wolle. Sie solle sofort nach München zurückfahren, damit keiner auf falsche Gedanken käme. Auf dem Weg zurück hatte Ida Überlegungen in viele Richtungen angestellt, was ihre Mutter mit dieser Äußerung gemeint haben könnte, aber sie war bis heute zu keinem Ergebnis gekommen. Irgendwann hatte sie die Andeutung vergessen, aber jetzt war sie wieder präsent.

Ob von Katt noch etwas auf dem Hof zu spüren war?

*Eine seltsame Wendung in meinem Leben, jetzt als Eigentümerin hierher zu kommen, als wäre ich ein Familienmitglied.*

Mit Herzklopfen machte Ida einen großen Schritt auf die Haustür zu und schob den klobigen schweren Schlüssel ins Schlüsselloch. Wie erwartet ließ er sich kaum drehen. Bei der Übergabe des Schlüssels hatte ihr Ludwig Angermaier, der Bürgermeister, der sich bisher auf Vermittlung des Notars um den Hof gekümmert hatte, gesagt, dass er immer durch den Hintereingang ins Haus käme, deswegen sei die Haupttür nicht in Gebrauch und entsprechend schwer zu öffnen.

Ida wollte jedoch heute durch die Vordertür hineingehen, aus symbolischen Gründen – schließlich war sie ja jetzt die Eigentümerin.

Irgendwann gelang es ihr, die Tür mit viel Druck zu öffnen. Sie zog den rechten Türflügel weit auf und löste die Verriegelung des zweiten Flügels, indem sie sich mit ihrem Körpergewicht dranhängte. Endlich gab er mit lautem Quietschen nach und rutschte in der Führung nach unten.

Sie klappte beide Türflügel weit auf, um frische Luft und Licht hineinzulassen. Sie ging in den geräumigen Hausflur. Die einfallenden Sonnenstrahlen malten Muster auf den schwarz-weißen Boden. Der unerwartete Willkommensgruß zauberte ein leises Lächeln auf ihr Gesicht.

Allmählich gewöhnten sich ihre Augen an das diffuse Licht, und sie registrierte am Ende des Raumes die breite Holztreppe zum oberen Stockwerk. Nun kam die Erinnerung zurück. Sie wusste auf Anhieb, die erste Tür links ging in die »gute Stube«, die Tür auf der rechten Seite öffnete sich in die gemütliche Wohnküche. Sie sah sich selbst vor sich, während sie hineinging, um den Wäschesack abzulegen. Sie konnte sich gut an den großen Kachelofen erinnern, der nicht wie in Idas Elternhaus mit grobem Putz verkleidet war, sondern mit wunderschön bemalten Kacheln. Auf der Eckbank sitzend hatte sie sich Geschichten zu den Bildern ausgedacht und sie auf dem Heimweg weiter ausgesponnen.

Mit festem Schritt öffnete Ida die Tür zur Wohnküche. Der Raum war dunkel und roch nach abgestandenem kalten Rauch, kein beißender Zigarettengestank, sondern Rauchgeruch, der durch ein Holzfeuer entstanden war. Instinktiv griff Ida nach dem Lichtschalter, aber natürlich war der Strom noch abgeschaltet. Ida ging zu den Fenstern der Wohnküche und öffnete nacheinander alle Läden.

Ida atmete die hereinströmende Luft des Frühsommers ein. Das Sonnenlicht beleuchtete den in kräftigen Farben bemalten Kachelofen im Zentrum des Raumes wie ein Spot.

Auf der vorderen Seite lief eine Bank um den Kachelofen bis in die Zimmerecke mit dem Herrgottswinkel, davor stand der große Holztisch mit den Stühlen. Über allem lag eine dicke Staubschicht, und unzählige Spinnweben hingen in den Ecken und an der Decke.

*Vermutlich werde ich nicht nur hier im Haus Staub aufwirbeln. Wenn die Einheimischen im Dorf erfahren, dass ich als Hoferbin einziehen werde, wird das eine richtige Lawine auslösen.*

Sie begutachtete die Küche im hinteren Bereich des Zimmers und freute sich, dass der alte Spülstein – zwei Becken in einem Granitblock – noch existierte.

Allerdings war der damalige Arbeitstisch gegen massive Schränke mit einer Arbeitsplatte aus Holz ausgetauscht worden. Auch ein Gasherd – zwar nicht mehr das neueste Modell, aber immerhin ein Zugeständnis an modernere Zeiten – war eingebaut worden. Dick eingestaubte Töpfe hingen an der Stange über dem Holzofen, auch ein Gitter zum Trocknen für Geschirrtücher und Wäsche, so, wie sie es von zu Hause kannte, war in sicherer Höhe angebracht worden.

Eine Tür auf der linken Seite der Küche führte in die Speise- und Milchkammer auf der Nordseite des Gebäudes. Von dort konnte man in den hinteren, ansteigenden Teil des Hofes gelangen.

Sie öffnete auch diese Tür, um die Luft durchziehen zu lassen. Ein Korb mit Brennholz stand neben ausgetretenen Stiefeln, hinter der Tür hing eine schwere Jacke aus Walkloden, die Bauern in dieser Gegend trugen sie bei Wind und Wetter. Ein einseitig abgenutzter Besen, ein Holzrechen, der nicht mehr alle Zähne hatte, Blech- und Kunststoffeimer und Siebe hingen ordentlich an einer Leiste an der Wand, in einem Regal standen Körbe und Töpfe. Es wirkte auf sie, als hätte der ehemalige Bewohner nicht gewusst, dass er das Haus für immer verlassen würde.

Erneut fragte sich Ida, was Maximilian veranlasst hatte, ihr den Hof zu vermachen. Das Gericht hatte ihr den Namen genannt, und sie konnte sich auch noch sehr gut an ihn erinnern, denn er war ihr Lehrer und neben Katt einer der wenigen Menschen aus der damaligen Zeit gewesen, der mit Freundlichkeit nicht gegeizt hatte. Im Unterricht hatte er ihr jedes Mal zugezwinkert, wenn sie einen wertvollen Beitrag geleistet oder eine sehr gute Note in einer Arbeit erhalten hatte. Durch seine Vermittlung hatte sie ihre Lehrstelle in München bekommen. Aber darüber hinaus war ihr nie etwas Persönliches über ihn zu Ohren gekommen.

Ida bekam beim Anblick von Tannenzapfen und Holz Lust, Feuer im Kachelofen zu schüren. Ob sie das noch hinbekam? Augenblicklich lief der nächste Film vor ihrem inneren Auge ab, und sie hörte die gekeifte Schelte ihrer Mutter: *»Wozu bist du zu gebrauchen, nicht einmal zum Feuermachen hast du Geschick, du taugst zu nichts, geh aus dem Weg!«*

Immer wieder hatte sie sich bemüht, am Morgen das Feuer in Gang zu bringen, während ihre älteren Geschwister und die Eltern die Tiere im Stall versorgt hatten. Erst wenn das Feuer im Herd brannte, konnte sie das Wasser für den Kaffee erhitzen, denn einen Durchlauferhitzer wie hier in dieser Milchkammer gab es in ihrem Zuhause nicht. Eine Aufgabe, die für die damals achtjährige Ida zu groß war. Sie brach jedes Mal in Tränen aus, wenn das Anschüren nicht gelang und sie die Mutter zu Hilfe holen musste. Viel später erfuhr sie, dass ihr Bruder Alois heimlich feuchtes Anzündholz hingelegt und sich an ihren Schwierigkeiten ergötzt hatte. Er spielte sich immer groß auf, wenn er auf Anhieb das Feuer angezündet bekam – natürlich nahm er trockenes Holz. Die bösen Worte der Mutter und das hämische Grinsen in Alois' Gesicht würde sie nie vergessen. Hatte der Vater von ihrem Versagen erfahren, musste sie auch noch seine abfälligen Bemerkungen über sich ergehen lassen, die sie noch mehr verletzten als die der Mutter und des Bruders. Ein Tag, der so begonnen hatte, hatte wie ein Klotz auf ihren schmalen Kinderschultern gelegen.

Nachdem Ida in der ehemaligen Milchkammer den Sicherungskasten gefunden hatte, legte sie den Hauptschalter um. Das Licht in der Wohnküche ging an.

Nun öffnete sie den Haupthahn für das Wasser und den Gashahn. Der Flüssiggastank befand sich in einem abgetrennten Bereich am überdachten Hintereingang, die Füllung dafür hatte der Bürgermeister auf ihre Bitte hin bestellt. Sie knipste den Durchlauferhitzer ein und öffnete das Ventil zum Heißwassertank. Augenblicklich sprang er an und befüllte den Tank. Erstaunlich, wie alles problemlos funktionierte.

Das war also schon mal kein Hindernis, hier zu wohnen.

Um den Kamin anzuschüren, trat sie in den Hausflur, denn der Kachelofen wurde von dort befeuert.

»Dann wollen wir doch mal schauen«, flüsterte sie vor sich hin.

Sie öffnete die schwere schmiedeeiserne Tür des Ofens. Als wäre es gestern erst ausgegangen, lagen verkohlte Holzstücke im Feuerloch. Der Aschebehälter war vollständig gefüllt, deswegen entfernte sie die verkohlten Hölzer mit einem Besen und einer schmalen Schaufel. Die Asche schüttete sie in eine Blechtonne, die in der Milchkammer stand. Sie wunderte sich darüber, dass ihre Hände die Arbeit erledigten, als wäre es eine alltägliche Gewohnheit.

Aus Tannenzapfen, die so trocken waren, dass sie bei jeder Berührung bröselten, und kleinen Holzscheiten, die in einem Weidenkorb lagen, schichtete sie einen Haufen im Feuerloch. Bevor sie allerdings die unterste Lage entzündete, nahm sie einen Bogen Zeitungspapier, den ihr der Bürgermeister hingelegt hatte, knüllte es leicht zusammen und legte es obenauf. *»Mit dem Abbrennen des*

*Papiers wird der Kamin frei, und es entsteht kein schwelender Rauch«*, hatte er ihr geraten. Nachdem Ida den Tipp befolgt hatte, entzündete sie die Zapfenschicht, und tatsächlich fing das Feuer auf Anhieb an zu brennen. Sie öffnete die Luftklappe am Ofen und lauschte eine Weile den knackenden und knisternden Geräuschen des brennenden Holzes. Es fühlte sich gut an.

Nach einer kritischen Besichtigung aller Räume und nachdem sie ihr bisschen Hab und Gut in die Scheune geladen hatte, beschloss sie, zunächst das Zimmer im Dorf zu beziehen, das sie schon von München aus gebucht hatte. Sie wollte während der ersten Zeit der Renovierung eine sichere Bleibe haben. Ida verriegelte die Fensterläden und Haustüren. Mittlerweile war es schon dämmerig geworden, und die Alpen lagen im Abendrot vor ihr.

Sie trat vor die Tür und sog tief die klare, schon etwas kühlere Luft auf, dabei schloss sie genießerisch die Augen. Dann machte sie sich auf den Weg ins Dorf, das weiter unten im Tal lag.

Mit dem Auto erreichte sie Oberndorf über die schmale und teilweise sehr steile Serpentinenstraße nach etwas mehr als fünfzehn Minuten. In den letzten zwanzig Jahren hatte sich das kleine Bauerndorf enorm verändert, war gewachsen, neue Wohn- und Geschäftshäuser im traditionellen Baustil drängten sich zwischen die Höfe, die früher einen Ring um den Dorfplatz gebildet hatten.

Ida war überrascht, denn sie konnte nicht mehr wie erwartet auf dem gepflasterten Platz parken. Sitzbänke, ein kleiner Brunnen und eine Infotafel mit einer Landkarte und eingezeichneten Bergtouren luden die Touristen zum Verweilen ein. Die Fensterbänke der alten Höfe und Geschäfte um den Platz waren mit üppig blühenden Blumenkästen geschmückt, wie man es von oberbayerischen Dörfern erwartete, die das Adjektiv »schmuck« in ihren Werbebroschüren verwendeten. Ida hatte diese Zurschaustellung augenfälliger Pracht schon immer abgelehnt, und genau mit dieser Einstellung hatte sie sich auch einen Namen in der Modewelt gemacht.

Ob sich wohl die Engstirnigkeit hinter dem äußeren Putz und Glanz geändert hat, überlegte sie, während sie aus dem Auto stieg.

Ihr Blick kreiste über die Gebäude und suchte nach etwas Bekanntem von früher. Beinahe hätte sie das alte Schusterhäuschen übersehen, das zwischen den übrigen Prachtbauten sein schmuckloses Dasein fristete. Eine alte Frau saß zusammengesackt im Rollstuhl vor der Tür. *Das wird doch nicht die alte Lederin sein, die war doch damals schon uralt, als ich weggegangen bin.*

Ida nahm sich vor, irgendwann einmal dort vorbeizugehen und nachzufragen, denn deren Enkeltochter hatte mit ihr zusammen die Schule besucht.

Das Hotel, das sie sich ausgesucht hatte, war mit einem scheunenartigen, aber trotzdem modernen Anbau verbunden, die Fassade mit Natursteinen und Holz verkleidet, die großen Fenster wurden mit vorgesetzten Lamellen teilweise verdeckt. Hier hatten sich Architekt und Bauherr Gedanken gemacht und etwas Neues geschaffen, das das Alte hervorhob.

Ida trat durch die Eingangstür und sah sich um. In der Gaststube war keiner zu sehen. Stimmen eines Mannes und einer Frau, die sich ständig ins Wort fielen und immer erregter klangen, drangen gedämpft, aber trotzdem gut hörbar durch die Tür mit der Aufschrift »Büro«.

Sie beschloss zu warten, irgendjemand würde schon kommen.

Plötzlich wurde die Tür hinter der Theke mit Schwung aufgerissen. Ein Mann in ihrem Alter, mit hochrotem Gesicht und verzerrten Gesichtszügen, rief im Hinausgehen: »... jetzt liegt es an dir, etwas zu ändern.« Er lief mit großen Schritten an ihr vorbei.

Während Ida ihm hinterherschaute, fiel die Eingangstür mit einem lauten Knall ins Schloss.

Wenige Sekunden später kam eine junge Frau mit einem tief ausgeschnittenen Dirndl aus dem Büro. Sie wischte sich mit dem Handrücken über die geröteten Augen, bevor sie sich an Ida wandte: »Es tut mir leid, dass Sie diesen Auftritt miterleben mussten. Ich bin Maria Angermaier, meinem Mann und mir gehört das Hotel. Was kann ich für Sie tun?«

»Kein Problem, ein Streit ist da, um Dinge zu klären«, beschwichtigte Ida. »Ich würde gern mein Zimmer beziehen, ich habe schon online gebucht.«

»Gern, einen Moment bitte ... Machens Ferien in unserer schönen Gegend?«

»Ich will den Rupertihof oben am Berg renovieren, weiß aber noch nicht, wie lange das dauern wird.«

»Ach, dann bist du die Amrainer Ida ... die Hoferbin.« Maria wechselte wie alle Dorfbewohner gleich zum vertraulichen Du. »Na, da hast dich auf was einglassen, der ist ja scho über a Jahr net bewohnt. Aber es ist a schöner Hof und hat a super Lage ...« Maria redete lächelnd immer weiter, allerdings spürte Ida einer Veränderung in der Stimmung der anderen.

## *Maria erinnert sich*

Sie redete und redete, während sie versuchte, die Situation in den Griff zu bekommen. Ida stand vor ihr, genauso wie Maximilian vor vielen Jahren.

Damals hatte Maria gerade ein paar Monate als Angestellte im Landhotel Angermaier gearbeitet. Sie erkannte Maximilian Eggert, den Eigentümer des Rupertihofes im gleichen Moment, als dieser den Gastraum betrat, denn sie hatte ihn vor ein paar Wochen mit ihrem Fernglas auf seinem Hof beobachtet. Er stand vor ihr, groß, selbstbewusst, vom Typ »älterer Naturbursche mit Charme«, ausgestattet mit einer riesigen Portion Selbstbewusstsein. Trotz der rötlichen Haare sah er richtig gut aus, kein Wunder, dass ihre Mutter sich vor vielen Jahren mit ihm eingelassen hatte.

Maria sog die Luft zwischen zusammengepressten Zähnen ein und straffte ihre Schultern, sie wollte besonders freundlich zu ihm sein. Max gesellte sich an den Stammtisch, an dem bereits der Bürgermeister und verschiedene Handwerker aus dem Ort saßen und ihn laut begrüßten.

»Bringst mir a Weiße und a Brotzeit, bitte«, bestellte er bei Maria. »Bist neu hier, hab dich noch nicht gesehen?«, fragte er und musterte sie.

»Freilich, ich bin schon länger hier, musst halt öfter kommen, dann hättst mich schon eher gsehn.«

Die anderen Männer am Tisch lachten, und der Bürgermeister bestätigte: »Jaja, Max, bei uns tut sich was, nicht nur bei dir in der Schul. So was Fesches wie die Maria wär doch auch was für dich.«

»Oje, was will sie mit mir altem Knochen, das junge Derndl hat sicher einen Jüngeren als mich im Sinn.«

»Damit liegst net falsch«, lachte Maria und ging in Richtung Küche, um die Bestellung aufzugeben.

Ohne ihn noch einmal im Lokal wiederzusehen, war Max vor wenigen Monaten gestorben. Und nun stand Ida, seine Erbin vor ihr.

# *Der erste Abend im Hotel*

»Das Zimmer ist vorbereitet, zwei, drei Wochen, hast gsagt, oder? Kein Problem, die Hauptsaison hat noch nicht angfangn.«

Ida bemerkte, dass Marias Hände zitterten, als sie ihren Personalausweis mit den Daten im Netz abglich, und vermutete, dass dies eine Folge des Streits war. Er musste wohl doch heftiger gewesen sein. In diesem Moment kam Marias Mann wieder zurück. Ida spürte den Ruck, der durch die junge Frau ging, augenblicklich verschwand ihr Lächeln.

»Grüß Gott, neue Gäste sieht man doch immer gern«, begrüßte Johannes Ida, als hätte er sie vorher, als er aus dem Büro gstürmt war, nicht gesehen. »Ich bin der Johannes, wennst an Bergführer brauchst, bin ich der richtige.«

Maria erklärte ihm knapp, wer Ida war.

»Ah, der Bürgermeister hat mir davon erzählt. Dass wir so eine attraktive Nachbarin bekommen, hätte ich allerdings nicht erwartet«, schmeichelte Johannes.

Ida wusste, wie es sich anfühlte, wenn der eigene Partner eine andere Frau anbaggerte. Wollte er seine Frau wegen des vorangegangenen Streits absichtlich verletzen? Oder war es seine übliche Masche und diese vielleicht Anlass für den Krach? Sie suchte Marias Blick, doch die stand mit erstarrter Miene hinter der Theke.

Ida bezog ihr Zimmer und war froh, endlich die Tür hinter sich schließen zu können. Sie war ziemlich geschafft. Ein kurzer Blick genügte, um mit der Ausstattung des Zimmers mehr als zufrieden zu sein. Die Bettwäsche war aus grau-violettem Leinen, zum Glück nicht die übliche »Karoromantik«. Auf der Kommode aus Eiche stand eine alte Schüssel mit Wasserkrug, daneben lag ein Ast mit Moos, vier grobe Holzrahmen präsentierten alte Sticktücher. Ida fühlte sich auf Anhieb wohl.

Als sie nach der Dusche in ein Badetuch gehüllt ihre Haare trocken rubbelte, klingelte das Haustelefon. Nach kurzem Zögern nahm sie ab.

»Ja?«, meldete sie sich ohne Namensangabe. Außer ihrer besten Freundin Amy wusste niemand von ihrem derzeitigen Aufenthalt.

Maria, die Wirtin, entschuldigte sich wegen der Störung und erkundigte sich, ob Ida im Hotel essen wollte. »Wir haben allerdings wegen der Nebensaison keine Auswahl an warmen Gerichten«, sagte sie gleich, »es gibt Rehbraten mit Semmelknödeln, davor eine Suppe und als Nachtisch Topfenstrudel.«

»Das klingt wunderbar, genau das, was ich jetzt brauche«, freute sich Ida. »Ich komme gleich nach unten.« Sie flocht sich mit den noch feuchten Haaren einen dicken Zopf und schlüpfte in ihr übliches Outfit: schwarze Jeans und schwarzes Shirt. Rehbraten, so etwas Feines hatte es in ihrer eigenen Familie nie gegeben. Das Beste, an das sie sich erinnern konnte, war ein Hackbraten, den sie immer noch als »Heimatessen« bezeichnete, obwohl sie sich in den vergangenen Jahren gefühlsmäßig immer weiter von der Bedeutung »Heimat« entfernt hatte.

Die Einrichtung des Restaurants war ähnlich wie das Zimmer mit einem Blick für Details und Stilsicherheit ausgestattet. Die Vorhänge und Tischläufer waren aus naturfarbenem Leinen, die Dekoration bestand aus knorrigen Ästen und Feldsteinen. Das dicke weiße Porzellan und funkelnde Gläser, eingedeckt wie in einem gehobenen Restaurant, wirkten sehr einladend.

Ida wählte einen Platz am Fenster mit Blick auf den Hotelvorplatz, so lagen auch die übrigen besetzten Tische mit einem Pärchen und zwei Familien in ihrem Blickfeld. Sie bemerkte die verstohlenen Blicke der Gäste, Satzfetzen in bayerischem Dialekt sagten ihr, dass es Einheimische sein mussten. In Kürze würde es die Runde im Dorf machen, dass sie hier wohnte, während sie den Rupertihof renovierte. Wie bei der Flüsterpost würde mit jedem Weitergeben die Nachricht mit neuen Details ausgestattet werden, denn jeder wusste natürlich noch etwas ganz Besonderes, das er hinzufügen musste. Daran hatte sich sicher nichts geändert, aber im Gegensatz zu früher konnte sie das heute gut aushalten. Im Gegenteil, sie war neugierig, was dabei herauskommen würde, denn irgendwann würde die »Neuigkeit« sie selbst erreichen, und sicherlich gab es dann etwas zu lachen.

Sie bestellte sich zum Rotwein eine Karaffe Quellwasser vom hauseigenen Brunnen, um den »innerlichen« Staub wegzuspülen. Während sie das köstliche und mit Kräutern dekorierte Gericht aß, verließen die übrigen Gäste nach und nach das Lokal. Die meisten erhaschten beim Hinausgehen einen letzten Blick von ihr, manche nickten ihr auch zu, ohne sie zu kennen. Etwas belustigt lächelte sie mit dem Gedanken zurück: *Schaut mich nur an, damit ihr möglichst viel zu reden habt.*

Als das Dessert serviert wurde, saß Ida allein in der Gaststube. Maria stellte den Topfenstrudel vor sie hin und fragte, ob sie einen Schnaps auf Kosten des Hauses zur Begrüßung bringen dürfe.

»Normalerweise trinke ich keinen Schnaps, aber heute, zur Feier des Tages, gern«, erwiderte Ida.

»Das freut mich, ich bring was für uns beide.«

Als Maria sich zu Ida setzte, stießen sie an, und Maria hieß sie herzlich willkommen. »Auf die Heimkehr!«

»Na ja, direkt eine Heimkehr ist es nicht, denn auf dem Hof habe ich nie gelebt. Der Hof meiner Eltern ist vor vielen Jahren abgebrannt.«

»Des wusst ich net. Mit dem Hof hast du das große Los gezogen, nicht schlecht«, raunte Maria.

»Ja, es ist ein wirklich schönes Anwesen, aber ich werde es vermutlich nicht behalten.«

»Das bedeutet, du bleibst nicht hier?« Enttäuschung klang aus Marias Worten.

»Das ist zumindest der Plan.«

»Du weißt scho, dass das a echte Schinderei ist, den Hof zu renovieren? Und Geld brauchst a an Sack voll.«

»Ich habe meinen Firmenanteil verkauft und will von hier aus meinen Neuanfang planen.« Ida wunderte sich über sich selbst, da sie normalerweise Fremden gegenüber wenig von sich erzählte. War es der Schnaps, den Maria mehrmals nachgeschenkt hatte, oder die geschickten Fragen der anderen, dass sie so redselig wurde?

»Na dann, auf einen guten Start, ich freu mich, dass du da bist.«

Ida lehnte sich zurück, ihr war wohlig warm und ein bisschen schwindelig. Sie kicherte. »Ich dachte schon, hier will mich keiner.«

»Ich versteh, was d' meinst. Ich steh selbst ständig unter Beobachtung, obwohl ich nun schon fast neun Jahre hier bin. Bisher gabs koan, mit dem ich warm gworden bin. Aber vielleicht verstehn wir beide uns ganz gut, ich hab in deinem Ausweis gsehn, du bist nur knapp drei Monate jünger als ich.«

Maria wechselte zwischen Hochdeutsch und dem ortsansässigen Dialekt, Ida hatte ihren Dialekt vollständig abgelegt. Als sie nach München gegangen war, hatte ihr Lehrherr Hochdeutsch von ihr erwartet, was ihr anfangs kaum über die Lippen gekommen war. Nach einer Weile hatte sie erkannt, dass durch das Hochdeutsch ein Abstand zu ihrem Zuhause entstanden war, der ihr das Heimweh, das sie trotz aller schmerzhaften Erinnerungen ab und zu geplagt hatte, leichter gemacht hatte.

Verstohlen unterdrückte sie ein Gähnen.

»Geh ruhig schlafen, ich decke noch die Tische für das Frühstück, dann bin ich auch im Bett.«

Ida erhob sich und musste sich mit beiden Händen am Stuhl festhalten, da sie leicht schwankte. »Oje, das war mehr Schnaps, als ich vertragen kann«, entschuldigte sie sich. »Ich wünsche dir eine gute Nacht.«

## *Bestandsaufnahme*

Mit einem Notizblock ausgestattet ging Ida von Zimmer zu Zimmer. Schnell wurde ihr klar, dass viel zu tun war, um hier wohnen zu können. Mit jedem weiteren Raum erkannte sie, dass das viel Zeit, Geld und vor allem auch fachkundige Handwerker in Anspruch nehmen würde. Die Zimmer im oberen Stockwerk waren bis auf einzelne Truhen und eine Kommode in den Schlafzimmern leer geräumt, diese Arbeit blieb ihr schon mal erspart. Das Bad aus den 70er-Jahren war spartanisch ausgestattet. Ein Blick in den Kleiderschrank sagte ihr, dass die wenigen Stücke bei der Kleiderkammer in München gut ankommen würden. Das Bettgestell ließ sich sicher leicht zerlegen und zusammen mit dem Schrank entsorgen. Nur die Schubladenkommode würde sie stehen lassen, frisch aufpoliert würde ein schönes altes Stück daraus werden.

Sie fasste den Plan, zuerst die geräumige Küche mit einer intensiven Putzaktion nutzbar zu machen, damit sie sich darin aufhalten konnte. Die Wände müssten gestrichen, der Boden abgeschliffen und gewachst werden.

Ihre Liste, was sie besorgen musste, wurde länger und länger, von Putzmitteln bis hin zu Farbrollen und Wandfarben notierte sie alles.

Im Hotel angekommen traf sie an der Rezeption auf Johannes, Maria hatte wohl einen freien Tag. Er erklärte ihr den Weg zum Baumarkt und gab ihr noch den Tipp, sich dort an einen Freund von ihm zu wenden, der sich mit allem auskenne. Ida war überrascht, dass er keinerlei Anzüglichkeiten äußerte. Vielleicht war er doch angenehmer als zuerst angenommen.

# *Marias Besuch im Pflegeheim*

Maria fuhr nach München ins Pflegeheim, in dem ihre Mutter Kreszentia mit schwerer Demenz seit langer Zeit lebte. Niemand wusste von ihrer Existenz, denn die offizielle Version lautete, ihre Mutter sei längst gestorben. Im Pflegeheim hatte sie sich als entfernte Verwandte von Zenzi vorgestellt. Sie wollte nicht als Tochter mit diesem Wrack in Verbindung gebracht werden, als könnte sie dadurch vermeiden, ein ähnliches Schicksal zu erleiden. Die Kosten der Unterbringung wurden von dem Konto ihrer Mutter abgebucht, so kam auch der Sozialdienst nicht auf den Gedanken, nach einem Verwandten zu suchen.

Die dunkle Kurzhaarperücke und ein mausgraues formloses Kostüm, das sie sich vor einiger Zeit zusammen mit einer geblümten Rüschenbluse gezielt in einem Billigkaufhaus für ihre Besuche besorgt hatte, wirkten wie eine Tarnkappe. Keiner käme auf die Idee, sie mit der strahlenden Maria, die immer teuer gekleidet war, in Verbindung zu bringen.

Endlich, nach vielen Jahren der Unterdrückung durch ihre Mutter, konnte sich Maria alles von der Seele reden, was sie belastete. Ihre Mutter konnte ja nicht antworten. Ein Arzt hatte Maria vor einigen Jahren dringend zu einer Therapie geraten, aber sie hatte sich geweigert, einem Dritten Einblicke in ihre vermurkste Vergangenheit zu gewähren. Ihrer Mutter alle schlechten Erinnerungen und üblen Erfahrungen unkommentiert vorwerfen zu können war in ihren Augen besser als jede Therapie. Auf die Genugtuung, die sie dabei empfand, folgte stets eine kurze Zeit der Entspannung und Erlösung. Leider hielt das nie lange an, und ihre Nerven wurden bis zum nächsten Besuch auf eine harte Probe gestellt.

Die Unruhe, die ihre Mutter nach jedem ihrer Besuche plagte, führten die Pfleger auf den seltenen Besuch und die damit verbundene Aufregung zurück. Keiner kam auf den Gedanken, dass es die Sprachlosigkeit war, zu der Kreszentia verdammt war.

»Grias di, Tante Zenzi«, ließ Maria noch für die Pflegerin verlauten, und kaum war die Tür geschlossen, legte Maria auch schon los.

»Schade, dass sie dich nicht genauso lieblos versorgen, wie du mich früher als Kind behandelt hast, verdient hättest du es.« Sie beugte sich zum Bett hinunter. »Hast vergessen, wie du mit mir umgegangen bist, hm? Die Omili hat mir alles erzählt, hast wohl geglaubt, ich erfahre es nie?«

Sie stocherte mit ihren Fingern mehrmals in die Bettdecke.

»Vier Wochen nach der Entbindung hast du mich allein zu Hause liegen lassen und bist zum Bedienen aufs Oktoberfest gefahren. Wenn mich Omili nicht hätte schreien hören und dich gefragt hätte, ob sie auf mich aufpassen dürfe, weiß ich nicht, was mit mir passiert wäre. Aber dafür liegst jetzt hier und bist deim Schicksal ausgeliefert. Eigentlich gehts dir viel zu gut, wenn ich es recht bedenke. Verdient hast du es jedenfalls nicht, ich hätt dich einfach nach deinem Treppensturz im Suff liegen lassen sollen.«

Maria hielt kurz inne und erinnerte sich an die dumpfen Schläge, als der Kopf und der Körper immer wieder auf die nächste Stufe aufgeschlagen waren, bis Kreszentia mit verdrehten Armen und Beinen auf dem Treppenabsatz liegen geblieben war. Keiner hatte es fassen können, dass sie dort einfach weitergeschlafen hatte, selbst die Sanitäter waren fassungslos gewesen.

Gedanklich sprang Maria wieder zurück zu ihrer Kindheit.

»Weißt, Omili war das Beste, was mir passieren konnte, ja, was mir überhaupt im Leben passiert ist. Von ihr wurde ich vom ersten Tag an mit Liebe und Zärtlichkeiten überschüttet, sie hat mich wie ihr eigenes Kind behandelt. Sie hat mich in den Kindergarten und in die Schule gebracht und abgeholt. Das Einzige, was ich von dir hörte, war dein ständiges Nörgeln und deinen Frust, wenn du wieder mal zu wenig Trinkgeld bekommen hattest. Ich werds nie vergessen, als ich mit einem Loch in der Strumpfhose weinend nach Hause kam. Dir war es vollkommen egal, wie das hatte passieren können. Statt mich wegen der aufgeschlagenen Knie zu trösten, hast du getobt und dich in Rage hineingesteigert – und mich zum Schluss geschlagen.«

Während Maria ihre Vorwürfe loswurde, beugte sie sich immer näher zur Mutter hin, deren Gesicht regungslos blieb, nur die Augäpfel wanderten aufgeregt hin und her. Marias Tränen, die ungehemmt flossen, tropften ihrer Mutter ins Gesicht.

»War ich dir nie gut genug? Ich wollte doch immer alles richtig machen!« Sie ließ sich auf den Stuhl sinken und atmete tief durch.

Wenige Minuten später richtete sie sich wieder auf.

»Das Einzige, was ich durch dich gelernt habe, war, Antennen für deine Launen zu entwickeln, damit ich jeder deiner Stimmungen, vor allem aber den Tiefs, aus dem Weg gehen konnte. Pech für mich, wenn ich es nicht schaffte und dir trotzdem in die Quere kam, aber so habe ich zumindest gelernt, alles an mir abprallen zu lassen. Kannst du dich erinnern, dass du immer mehr auf mich eingeschlagen hast, wenn ich dastand wie eine Salzsäule? Je weniger ich reagierte, desto mehr kamst du in Rage. Glaub nicht, dass mir deine Prügel nicht wehtaten, aber ich habe deine Raserei genossen. Die Ohnmacht in deinem Gesicht zu sehen, das wars mir wert.«

Ein gequältes Lächeln huschte über Marias Gesicht, als hätte sie damit einen Sieg davongetragen.

»Gut, dass ich immer zum Omili flüchten konnte, wenn du im Rausch eingeschlafen bist. Schlimm genug, dass ich wie ein Einbrecher in mein eigenes Bett zurückschleichen musste. Auch wenn du immer geglaubt hast, keiner merkt etwas davon, Omili und auch die übrigen Hausbewohner wussten Bescheid, schließlich hat jeder meine blauen Flecken an Armen und Beinen gesehen. Einmal hat der Egon aus dem Erdgeschoss sogar die Polizei gerufen, aber Omili hat sie abgewimmelt. Wir hatten beide Angst, dass ich ihr weggenommen werden würde, von dir oder vom Jugendamt. Deswegen schwieg sie und versuchte, mit ihrer Liebe alles wiedergutzumachen.«

Maria hielt inne. Sie schüttelte sich von Kopf bis Fuß, als könnte sie damit alles Erlebte loswerden.

»Vielleicht wäre alles ganz anders gekommen, wenn du nur einmal ein nettes Wort für mich übrig gehabt hättest … Aber da kam nie etwas.« Ermattet sank sie in sich zusammen und schloss die Augen. Als wäre sie alt und gebrechlich, erhob sich Maria und hielt sich an der Stuhllehne fest. »Sterben darfst noch nicht, jetzt musst du durchhalten, bis ich alles losgeworden bin. Und außerdem werd ich dir beweisen, dass ich was wert bin. Solang musst noch warten«, zischte sie durch die Zähne und verließ das Zimmer.

## *Putztag*

Zufrieden betrachtete Ida ihr Werk. Seit zwei Tagen war sie in der Küche mit Bürste und unzähligen Eimern Wassern dem Schmutz zu Leibe gerückt, nachdem sie alle Spinnweben mit einem Besen entfernt hatte. Sie hatte schon geglaubt, durch den herabrieselnden Staub einen Asthmaanfall zu bekommen, aber glücklicherweise war dieser ausgeblieben.

Jetzt schüttelte sie ihre Kleidung im Freien aus, und danach kamen die Küchenschränke an die Reihe.

Angeschlagenes Geschirr und Gläser sortierte sie aus und räumte alles, was brauchbar war, nach dem Spülen in die Schränke zurück. Als nach dem Tisch und der Eckbank auch noch der Boden gewischt war, strich sie stolz über alle Flächen und ließ sich dann auf die Bank sinken. Das wäre geschafft, vorerst konnte sie sich in einem sauberen Raum aufhalten. Das Streichen der Wände und das Schleifen des Bodens und des übrigen Holzes standen ihr noch bevor.

Sie verspürte den Wunsch, sich zu belohnen. Jetzt das »Heimatessen«! Das wäre der richtige Einstand hier im Haus. Es war nur ein einfacher Hackbraten mit Kartoffeln und Gemüse, aber damit verband sie die guten Tage ihrer Kindheit, die leider sehr selten gewesen waren. Dieses Sonntagsessen in ihrer Familie, von allen »falscher Hase« genannt, hatte es immer nur dann gegeben, wenn genug

Geld da gewesen war, um Fleisch für fünf Personen zu kaufen.

Auf der Fahrt ins Tal überlegte Ida, wo sie die Zutaten kaufen könnte, denn Fleisch von gequälten Tieren, die in Massenhaltung aufgewachsen waren, lehnte sie ab. In diesem Punkt ließ sie sich auf keinen Kompromiss ein. Maria kam ihr in den Sinn.

Ida hielt vor dem Hotel und trat in die Gaststube. Maria unterhielt sich gerade mit Gästen, deshalb wartete sie einige Minuten.

»Na, bist du weitergekommen?«, wollte die Hotelchefin wissen.

»Tatsächlich ja, ich kann es kaum glauben. Sag, wo bekomme ich Fleisch und Gemüse? Einen Bioladen gibt es hier wohl nicht?«

»Nein, den haben wir nicht. Ein paar Hofläden, das schon, und der Supermarkt vom Ehringer in Richtung Bundesstraße hat viele Bioprodukte, außerdem auch Fleisch vom Sauterhof, das ist ein echter Biobauer.«

»Das hätte ich nicht erwartet, dann fahre ich gleich los. Bis später dann!«, rief Ida schon im Hinausgehen.

Ida war erstaunt über das umfangreiche Angebot an regionalen Biowaren und legte Käse aus Heumilch, handgemachte Butter und Vollkornbrot mit Walnüssen in den Einkaufswagen. An der Fleischtheke erhielt sie Rind- und Schweinefleisch vom Sauterhof in Bioqualität. Die Verkäuferin gab ihr wortreich Auskunft über die Herkunft des Gemüses und des heimischen Obstes. Mit einem gut gefüllten Korb, in dem sich neben den Nahrungsmitteln und Teelichtern auch Servietten und eine Flasche Rotwein befanden, verließ sie den Supermarkt.

Zurück am Hof begann sie sofort mit der Zubereitung des Bratens, es ging ihr leicht von der Hand. Mit einem uralten, aber funktionsfähigen Fleischwolf, den sie beim Aufräumen in der Küche gefunden hatte, drehte sie eine viel größere Menge durch, als sie essen konnte. Sie freute sich schon jetzt darauf, den übrig gebliebenen Hackbraten in verschiedenen Varianten in den Tagen nach der Zubereitung zu essen.

Sie würfelte die Zwiebeln, dabei tränten ihre Augen, bis sie kaum noch etwas sehen konnte. Von der Petersilie naschte sie ein frisches aromatisches Blättchen, bevor sie sie, zusammen mit dem Knoblauch, fein hackte. Schließlich weichte sie Brötchen in Sahne ein und verrührte sie mit dem Eigelb, würzte mit Salz, Pfeffer und geriebenem Muskat, um alles mit dem Fleischteig zu vermengen. Gott sei Dank hatte sie im Supermarkt in letzter Minute noch an die Gewürze gedacht.

Während sie vor sich hin arbeitete, wurde ihr bewusst, dass sie wie früher ihre Mutter in der Küche stand und das Essen kochte. Dabei hatte sie als Kind oder Jugendliche nie an den Herd gedurft, sie war immer nur für Handlangerarbeiten eingesetzt worden.

»Putz die Schuhe, hol die Kartoffeln, räum auf, wisch den Boden!« – die tägliche Liste war endlos. Auch sonst behandelte ihre Mutter sie eher wie eine Dienstmagd und nicht wie ihr eigenes Kind. Nie fiel ein nettes Wort, egal wie sehr Ida sich auch anstrengte. Sie erfüllte ihre Aufträge immer zu hundert Prozent und noch ein bisschen mehr, um einmal ein anerkennendes Wort zu hören. Aber es kam nichts von der Mutter, nur ein ständiges Gezeter darüber, was sie falsch gemacht hatte und dass sie ihr immer nur im Weg stehen würde. Mit zwölf Jahren war Ida schon äußerst geschickt beim Nähen und Sticken und konnte ihrer Mutter, die als Schneiderin in Heimarbeit arbeitete, gut zur Hand gehen. Die Mutter nahm zwar ihre Unterstützung bereitwillig an, ein Lob hörte sie jedoch nie aus ihrem Mund. Ihre Hilfe war damals als selbstverständlich hingenommen worden.

Diesen Gedanken hing Ida mit Wehmut nach, während sie den als Laib geformten Hackbraten in den Ofen schob. Aber, so besänftigte sie sich, ihr »Heimatessen« wollte sie nicht missen, es gehörte zu ihr, und wie es gemacht wurde, hatte sie ja trotzdem gelernt. Nach der Zubereitung des Pürees und des Kohlrabis hatte sie noch etwas Zeit, um den Tisch zu decken.

Sie pflückte Wiesenblumen und Gräser vor dem Hof und arrangierte sie in einem alten Milchkrug auf dem Holztisch. Ihre Meisterin in der Lehre hatte größten Wert darauf gelegt, dass auf dem Mittagstisch ihrer Mitarbeiter ein Blumenstrauß stand, sie hatte immer gesagt, das sei ein Teil der Esskultur. Seitdem gehörte das für Ida zum Tischdecken dazu.

Sie häufte eine Bratenscheibe, das Gemüse und ihr geliebtes Kartoffelpüree auf einen derben Porzellanteller, mit einem Löffel träufelte sie den Bratensaft darüber. Dazu schenkte sie sich ein Glas Rotwein ein und prostete sich zu. *Der Anfang ist gemacht und fühlt sich gut an, darüber, wie es weitergeht, will ich jetzt nicht nachdenken.* Sie genoss jeden Bissen des zarten Fleisches und des sahnigen Pürees, es war einfach himmlisch.

Am liebsten hätte sie im Haus übernachtet, aber ihr Entschluss stand fest, erst die Wohnküche, einen Schlafraum und ein Badezimmer gründlich zu renovieren und danach einzuziehen. Während des Umbaus hier zu wohnen hätte bedeutet, ständig im Staub zu leben und von einem Zimmer zum nächsten umzuziehen.

Nein, sie würde momentan im Gasthof wohnen, das erleichterte das Leben um ein Vielfaches. Zum Glück hatte sie die Mieteinnahmen ihrer Münchner Wohnung, damit konnte sie ihre täglichen Kosten bestreiten. Das Geld, das ihr Maximilian noch zusätzlich vermacht hatte, würde sie für die Renovierung verwenden. Mehrmals hatte sie schon überschlagen, was wohl alles kosten würde, und sie war sicher, dass der Betrag ausreichte. Es sei denn, etwas Unvorhergesehenes wie ein wurmstichiger Dachstuhl würde dazwischenkommen ... oder poröse Wasserleitungen ...

*Stopp, Ida, mal den Teufel nicht an die Wand, es wird klappen. Es hat bisher immer eine Lösung gegeben.*

Nachdem Sie die Essensreste im Kühlschrank verstaut und das Geschirr gespült hatte, blieb sie in der Tür stehen, als wollte sie ihr Werk noch einmal begutachten. Dann verschloss sie das Haus und fuhr in Richtung Hotel.

Je näher sie kam, desto mehr freute sie sich auf eine ausgiebige Dusche nach dem langen und staubreichen Arbeitstag. Morgen würde sie nach München fahren, um ein Auto zu kaufen und, was ihr ganz besonders wichtig war, ihre Freundin Amy zu besuchen.

# *Besuch in München*

Ihr erster Weg nach der Rückgabe des Leihwagens führte Ida zu einem Autohändler, der ihr von einem Bekannten empfohlen worden war. Bisher hatte sie sich immer geweigert, ein Auto zu kaufen, denn in der Stadt war das überflüssig. Aber nun konnte sie nicht mehr darauf verzichten. Da im Winter viel Schnee zu erwarten war, musste es unbedingt ein Vierradantrieb sein. Ida wich mit Ausnahme einer Sitzheizung nicht von ihren Vorstellungen ab, obwohl der Händler sie bedrängte, ein viel größeres Auto mit diversen Sonderausstattungen zu kaufen. Wichtig war ihr eine Anhängerkupplung und ein starker Motor, und nach einigen zähen Verhandlungen war sie im Besitz eines zwei Jahre alten schwarzen Jeeps. Da der Wagen vom Vorbesitzer noch zugelassen war, konnte sie ihn gleich mitnehmen, Ida musste lediglich unterschreiben, dass sie ihn Anfang der nächsten Woche ummelden würde.

Bevor sie losfuhr, legte Ida die Hand auf die Motorhaube und tätschelte sie.

»Hi, Nero, wir zwei gehören jetzt zusammen, und ich hoffe, du lässt mich nie im Stich!«, stellte sie sich ihrem ersten eigenen Auto vor. Als würde sie einen Königsthron besteigen, ließ sie sich langsam auf dem Fahrersitz nieder, blickte mit erhobenem Kopf nach allen Seiten und fuhr los.

Nach mehreren erfolglosen Runden auf der Suche nach einem Parkplatz im Stadtteil Haidhausen stand Ida endlich vor dem Blumen-, Gemüse- und Suppenladen ihrer Freundin. Durch die geöffnete Tür sah sie Amy ihre Kunden bedienen. Während sie einen Teller Suppe an den Stehtisch zwischen den Blumen brachte, sprach sie laut und überschwänglich mit einer Kundin, die einen ihrer äußerst kreativen Blumensträuße kaufen wollte. Jede ihrer Bewegungen wurde durch das Geklimper unzähliger Armreifen unterstrichen, sie rutschten ständig vom Knöchel in Richtung Ellenbogen und wieder zurück.

Immer wieder schob Amy ihren Hut mit Blume, ohne den Amy nicht Amy wäre, aus der Stirn. Ihr violett getönter Pony, der in Herzform unter der Krempe hervorlugte, war genauso exzentrisch wie die übergroße Brille im Sixties-Stil. Unter der Oversize-Latzhose mit aufgekrempelten Hosenbeinen trug sie ein kunterbuntes Top. Sie zog einzelne Blumen, lange Blätter und einen Ast aus den hohen Zinkeimern und präsentierte sie der Kundin. Die Komposition des Straußes war genauso bunt und auffallend wie Amy selbst. Aber dieses Image war genau das, womit sich Amy ihren Namen als Floristin gemacht hatte. Ihr glockenhelles Lachen war bis nach draußen zu hören.

Als Ida den Laden betrat, umarmte Amy die Freundin mit Blumen in beiden Händen und begrüßte sie laut. »Ich mache den Strauß noch fertig, dann ist für heute Feierabend, meine Süße. Was freue ich mich, dass du da bist!«

»Heute war ein heftiger Tag. Nach dem Aufräumen nichts wie weg.« Amy schloss die Ladentür hinter dem letzten Kunden und wandte sich zu Ida um.

»Ich helfe dir, dann gehts schneller.«

Gemeinsam räumten sie die Blumen in den Kühlraum, wischten die Arbeitsflächen und kehrten den Boden, wie früher, in Idas Münchner Zeiten.

»Also dann los, Baldur wartet schon auf dich.«

»Baldur?«

»Sicher kannst du dich nicht an ihn erinnern, er ist erst seit Kurzem als Kellner im ›Haidhauser‹. Er hat nach dir gefragt, weil du angeblich seiner Schwester so ähnlich bist. Neue Taktik der Anmache, ganz klar, aber er ist okay.«

»Und woher kennt er *mich*?«

»Wir waren kurz vor deinem Umzug zusammen da, daran hat er sich erinnert. Ich habe ihm schon gesagt, dass du kommst. Dafür muss er uns etwas ausgeben, ist bereits alles abgemacht.«

Ida war etwas irritiert über diese Äußerung, aber im nächsten Augenblick hatte sie es auch schon vergessen.

»Hey, Eliza Doolittle«, begrüßte er Amy, und zu Ida gewandt sagte er: »Und dieses Mal wirklich in Begleitung! Das Gleiche wie immer?«

Kaum hatten sie genickt, standen schon die typischen Weizengläser mit einer perfekten Schaumkrone vor ihnen. Dieses Ritual nach Geschäftsschluss pflegte Amy schon seit Jahren, und es gab kaum etwas, das sie davon abhalten konnte. Wenn Ida es mit ihrer Arbeit hatte koordinieren können, war sie früher mit von der Partie gewesen.

»Ach, Ida, es tut so gut, wenn wir hier sitzen und reden können. Das fehlt mir echt«, meinte Amy und drückte Ida kurz die Hand.

Sie prosteten sich zu. Ida hatte Amy immer wieder beigestanden, wenn sie gemeint hatte, den Laden aufgeben zu müssen. Die Idee zur Kombination eines Blumen- und Gemüseladens mit Suppenküche war von Ida gekommen, und seitdem lief er richtig gut. Das Konzept hatte sich schnell herumgesprochen, die Kunden, die in ihrer Pause kamen, um die leckeren Suppen zu essen, konnten sich in der Zeit ihre Obst- und Gemüseeinkäufe einpacken lassen, und so manch einer bestellte einen Blumenstrauß für zu Hause oder eine Einladung. Es war Stress pur für Amy, aber so hatte sie den Kredit für den Laden und die dazugehörige Miniwohnung abzahlen können. Ida würde nie den Abend vergessen, als sie die letzte Ratenzahlung für den Kredit ausführlich begossen hatten. Seitdem war Amy etwas lockerer und unbeschwerter geworden, was ihr sichtlich guttat.

Amy und Ida verbrachten einen Abend in gelöster Stimmung, zu der Baldur mit kostenlosen Drinks beitrug. Immer wieder zwinkerte er Amy zu, und Ida ahnte, dass sich zwischen den beiden etwas anbahnte oder schon angebahnt hatte. Sie würde es sicher bald erfahren. Gefühlsmäßig würden Amy und Baldur auch ganz gut zusammenpassen. Seit dem Tod ihres Freundes vor fünf Jahren war Amy allein. Um den Laden, der ihrem Freund gehört hatte, und die Wohnung nicht zu verlieren, hatte sie sich zur Betäubung ihrer Trauer in die Arbeit gestürzt. Nun hatte sie also offensichtlich auch die Trauer überwunden, sonst würde sie sich keinem Geplänkel mit einem anderen Mann öffnen.

Als Ida am nächsten Tag nach Oberndorf zurückfuhr, verspürte sie einen Druck in der Magengegend, den sie sich nicht erklären konnte. War es die Trennung von München und dem damit verbundenen Leben? Oder war es die

Angst vor dem Unbekannten, das vor ihr lag. Plötzlich kam die Erinnerung an ihre erste Fahrt nach München hoch, als sie zum ersten Mal die Familie und ihre kleine, aber vertraute Umgebung verlassen und ihre Lehre begonnen hatte.

Ida war mit einem beklemmenden Gefühl in den Zug eingestiegen und suchte sich einen Platz. Sie saß kerzengerade am Fenster des Zugabteils, als wäre sie jederzeit zum Absprung bereit. Aus den Augenwinkeln heraus betrachtete sie reihum die drei Mitfahrer des Abteils. Der ältere Mann im Anzug ihr gegenüber verschwand hinter der *Süddeutschen Zeitung*, die er in gleichmäßigen Abständen geräuschvoll umblätterte. Sie sah nur seine Hosenbeine mit der scharfen Bügelfalte und die auf Hochglanz polierten Schnürschuhe, zwischen ihnen und dem Hosensaum lugten karierte Socken hervor.

Mehr liegend als sitzend lümmelte daneben eine junge Frau, die mit geschlossenen Augen Musik über einen Kopfhörer hörte. Ihre regelmäßigen und tiefen Atemzüge ließen darauf schließen, dass sie fest schlief. Ida wunderte sich, dass sie bei der Lautstärke schlafen konnte, denn die Musik war im ganzen Abteil zu hören.

Neben Ida hatte sich eine elegant gekleidete Frau im Alter ihrer Mutter ausgebreitet. Auf dem ausgeklappten Tischchen lag ein Stapel handbeschriebener Blätter, die sie mit Rotstift zügig durcharbeitete. Als sie bemerkte, dass Ida sie beobachtete, blickte sie kurz auf und sagte kurz angebunden: »Deutschschulaufgaben … müssen heute noch zurückgegeben werden«, und wandte sich wieder ihrer Arbeit zu.

Ida lächelte, was die Dame schon nicht mehr sah.

Nach dieser kurzen Ablenkung rutschte Ida unruhig im Sitz hin und her. Das Unbehagen übermannte sie erneut bei dem Gedanken, was nun in München auf sie zukommen würde. Ida flüsterte zum hundertsten Mal ihr Mantra vor sich hin: »Du kannst nichts falsch machen, du steigst am Endbahnhof in München aus und wirst von dem Lehrmädchen Josefine abgeholt. Sie wird dich erkennen, da sie ein Foto von dir hat.« Sie stieß einen tiefen Seufzer aus, der die übrigen Mitfahrer kurz aufblicken ließ. Der Zeitungsleser neigte die Zeitung und blickte über den oberen Rand hinweg. Die Lehrerin erkundigte sich, ob sie Hilfe brauche, aber Ida schüttelte, erschrocken über sich selbst, den Kopf und drehte sich verlegen zur Seite.

Sie hatte so sehr gehofft, dass ihre Mutter oder, was ihr noch lieber gewesen wäre, ihre ältere Schwester Johanna sie nach München begleiten würde, aber Vater hatte das als unnötigen und teuren Blödsinn abgelehnt. *»Wennst nach München willst, musst schaun, wiest zurechtkommst. Mach bloß koan Schmarrn und stell dich net so deppert an wie dahoam«,* war das Einzige, womit er sich auf seine gewohnt derbe Art verabschiedet hatte.

Mutter hatte ihr mit auf den Weg gegeben, dass sie nun froh sei, endlich ein »hungriges Maul weniger stopfen zu müssen«, erst an der Haustür hatte sie Ida hinterhergerufen, als hätte sie es sich anders überlegt: *»Pfiat di Gott, bis Weihnachten dann!«* Aber Ida war schon auf dem Weg zur Bushaltestelle gewesen und hatte sich nicht mehr umgedreht. Keiner hatte sehen sollen, wie sie mit den Tränen hatte kämpfen müssen. Der Kloß in ihrem Hals hatte sich dabei größer und größer angefühlt, sodass sie nach Luft gerungen und versucht hatte, ihn durch schnelles Schlucken loszuwerden.

Ihr Bruder Alois, der mit ihr im Bus bis zu seiner Arbeitsstelle gefahren war, hatte ihr, grob wie immer, als Abschied eine Kopfnuss mit den Worten *»Schleich di, viel-*

*leicht brauchns in München solche wie di. Ich brauch di auf koan Fall«* gegeben.

Idas Herz war vor Erleichterung gehüpft, als ihre Schwester Johanna vor dem Bahnhof auf sie gewartet hatte. »Das hab ich mir scho dacht, dass keiner dich zum Bahnhof bringt.« Sie hatte Ida in den Arm genommen und ihr über den Kopf gestrichen. »Ich kann zwar net mit dir mitfahrn, aber ich wart mit dir auf n Zug.«

»Ach, Johanna«, flüsterte Ida, »ich hab riesige Angst, dass ich alles falsch mach. Ich bin noch nie allein mit dem Zug gfahrn, und ich weiß net, was in München wird.« Tränen waren ihr über die Wangen gelaufen.

»Ida, du machst genau das Richtige. Du bist diejenige von uns, dies schaffen wird, wegzukommen. Ich bewunder dein Mut, ich weiß, dass dus gut machn wirst. Denk dran, du musst auf eignen Beinen stehn. Wennst Hilfe brauchst, ruf mich an, ich bin immer für dich da.«

Langsam hatte sich ein zaghaftes Lächeln auf Idas Gesicht geschlichen. »Ich wills so sehr, ich werd durchhaltn«, hatte sie wie zu ihrer eigenen Bestätigung erwidert.

Während der Zug mit laut kreischenden Bremsen eingefahren war, hatte Johanna ihre Hand gestreichelt. »Komm, wir suchn dir an Sitzplatz.« Sie war mit Idas Koffer in der Hand voran ins Abteil gegangen und hatte ihr einen Platz am Fenster gesichert. »Schau, hier hast an freien Blick auf die Berge.« Sie hatte Ida in den Sitz gedrückt, nachdem sie sie noch einmal umarmt hatte. »Pfiat di Gott, Ida, und Gottes Segn!«

Als der Zug losgefahren war, hatte Ida ihr Gesicht an die kalte Fensterscheibe gepresst und ihrer Schwester auf dem Bahnsteig nachgewunken. »Ich schaffs«, hatte sie in Johannas Richtung geflüstert.

Die Bergspitzen flogen, wie auf einer Kette aufgereiht, am Zug vorbei. Mit der Zeit wurde die Landschaft flacher, die schroffen Gipfel machten fast übergangslos großflächigen Wiesen Platz. Nun schlängelte sich der Zug seit einigen Minuten durch dicht aneinanderhängende Orte, die Häuser wurden immer höher und die dazugehörenden Gärten immer kleiner. Schließlich sah Ida nur noch Straßen mit dichtem Verkehr. Plötzlich wurde der Zug langsamer, und Ida las im Vorbeifahren »München, Hauptbahnhof«. Sie sprang hektisch auf, zog ihren Mantel vom Haken und versuchte, ihren Koffer aus dem Gepäcknetz zu ziehen.

Die Lehrerin neben ihr lächelte sie vielsagend an. »Keine Sorge, du verpasst den Ausstieg nicht, denn der Zug fährt nicht weiter. Ist wohl dein erstes Mal?«

Ida errötete und nickte. »Ich werd abgholt.«

»Na dann kann nichts passieren, ich wünsch dir viel Glück.«

Auf dem Bahnsteig ging Ida bis ans Ende des Gleises, so, wie es ausgemacht war. Sie blickte sich suchend nach allen Seiten um, ihre beiden kleinen Koffer fest in der Hand. Ihre Schultern sackten immer mehr nach unten, als würden sie vom Gewicht ihres Gepäcks gezogen werden. Ein Rempler eines Passanten, gefolgt von einer deftigen Schimpfkanonade, nicht wie ein Depp im Weg zu stehen, gab ihr den Rest. Nahm sie denn keiner wahr, war sie unsichtbar? Was, wenn Josefine nicht kam? Sie hatte nicht die geringste Vorstellung, wie sie den Weg finden sollte.

Mehrmals drehte sich Ida suchend im Kreis, konnte aber kaum etwas sehen, denn die aufsteigenden Tränen verschleierten ihren Blick. Im Gegensatz zu ihr schienen alle genau zu wissen, wohin sie gehen mussten, denn jeder lief wie ein Pfeil, der ins Ziel schoss, an ihr vorbei.

Wie sollte Ida hier jemanden finden, den sie noch nie gesehen hatte und der sie ebenfalls nicht kannte? Sie lauschte den schwer verständlichen Durchsagen, den fremden Zielen mit den Nummern der Bahnsteige und Abfahrtszeiten. Sollte sie am verabredeten Platz stehen bleiben oder weiter zum Ausgang gehen?

Langsam vereinnahmte eine aufdringliche Geruchsmischung aus altem Frittierfett, Popcorn und Bratwürsten ihre Nase und wurde mit jeder Minute intensiver. Sie kämpfte mit einem heftigen Würgereiz. Ihre Aufnahmefähigkeit an ungewohnten Eindrücken wurde übermäßig strapaziert, sie wollte zurück nach Hause in die Berge. Im Angesicht der Gipfel war sie klein, hier dagegen wurde sie klein gemacht. Plötzlich wurde ihr bewusst, dass sie noch nicht einmal wusste, wie sie nach Hause zurückfahren könnte.

Ein Ruck ging durch ihren Körper, und sie streckte sich um ein paar Zentimeter, das Kinn entschlossen nach vorn gereckt.

Diese Genugtuung würde sie keinem gönnen, lieber würde sie hier noch stundenlang stehen bleiben. Besonders Herrn Eggert, ihren Lehrer, wollte sie nicht enttäuschen, er hatte ihr schließlich die Lehrstelle verschafft. Ida setzte sich mit neuem Mut auf ihre Koffer und beschloss zu warten.

Während sie überlegte, wie sie auf eigene Faust den Weg zum Schneideratelier finden konnte, tippte ihr plötzlich jemand auf die Schulter. Erschrocken sprang Ida auf und griff panisch nach ihren Koffern. Sie glaubte, ihren Augen nicht zu trauen, denn Pippi Langstrumpf, etwas älter als sie selbst, stand mit einem breiten Grinsen vor ihr.

»Entschuldige, meine U-Bahn ist mir vor der Nase weggefahren. Du bist sicher die Ida, ich habe dich gleich an deinen roten Haaren erkannt, ich bin Joey, also eigentlich Josefine ...« Sie redete pausenlos weiter, während Ida sie mit offenem Mund anstarrte. Joey war an der Nase, der Oberlippe und den Augenbrauen gepierct, ihre messerkurzen Haare hatten einen violetten Farbstreifen entlang des Scheitels, zur kunterbunten Jacke mit Fransen trug sie einen kurzen Rock und derbe Schnürstiefel, die Beine steckten in orangefarbenen Strümpfen. Joey wirkte auf sie, als wäre sie einem Malbuch entsprungen.

»Hey, ich habe gefragt, ob du hier angewachsen bist, in der Schneiderhölle warten sie auf uns ...«

Ida hatte in dem Redefluss die Frage überhört, da sie sich so auf die Betrachtung von Joey konzentriert hatte.

Ohne auf eine Antwort zu warten, griff Joey einen Koffer und zog Ida mit sich. »Wir fahren mit der U2 sechs Stationen in Richtung Olympiapark, dann steigen wir in den Bus um, und nach vier Haltestellen sind wir da.« Ida hatte Mühe, ihr zu folgen, denn Joey schlängelte sich geschickt durch die vielen Menschen – mit der gleichen Geschwindigkeit, wie sie redete.

»Ich bin noch nie U-Bahn gefahren«, gestand Ida. »Wie funktioniert das mit den Karten und so?«

»Uups, okay, dass es das gibt, konnte ich mir bis heute nicht vorstellen, aber egal, lauf mir einfach hinterher, dann kapierst du es gleich ... Schnell, der Zug ist schon da«, rief sie lachend und zog Ida im Laufen am Arm weiter. Die letzten Meter rannten beide und konnten gerade noch durchschlüpfen, bevor sich die Türen schlossen.

Ida fiel in den Sitz und war froh, dass Joey endlos weiterredete.

»... wie hast du die Lehrstelle ergattert? Unser Laden ist nämlich in München als Ausbilder heiß begehrt.«

Ida hatte die Frage gerade noch gehört. Sie erzählte Joey, dass sie schon immer gern in der Schule genäht und ihr Lehrer ihr bei der Bewerbung geholfen habe, wurde aber sofort von dem nächsten Redeschwall unterbrochen. Zuhören war nicht Joeys Sache.

»Na dann, mich haben meine Alten dazu verdonnert, denn ich will Modedesign studieren, und sie betrachten das als brotlose Kunst, deswegen muss ich erst eine Lehre machen. Vergeudete Zeit, wenn du mich fragst, aber so zahlen sie wenigstens, und ich habe meine Ruhe. Und im Schneideratelier habe ich echt schon was gelernt, auch wenn Rosners sehr pingelig sind. Den Rock habe ich mir selbst genäht, ist der nicht klasse?« Sie schob ihre Hüften nach vorn, damit Ida den Rock sehen konnte. »Und wir haben ein paar echt geile Kunden, die keinen 08/15-Schrott wollen, richtig ausgefallene Klamotten, das dürfen zwar nur die Gesellen und Meister bei uns anfertigen, aber trotzdem ... Jetzt müssen wir aussteigen, schnell, bevor der Zug weiterfährt.« Wieder zog sie Ida zur Tür, die sich direkt hinter ihnen schloss.

Diese Hektik war Ida fremd, bisher hatte sie zwar viele Aufgaben zu erledigen gehabt, aber es war meistens genügend Zeit dafür da gewesen. *Geil* war ein Wort, das Ida nie verwendet hätte, nicht einmal als Schimpfwort, denn das hätte eine saftige Ohrfeige zur Folge gehabt.

»Also, jetzt fahren wir mit der Rolltreppe nach oben, Richtung Milbertshofener Straße, und dann ein paar Schritte bis zur Haltestelle. Merk dir das, hier wirst du öfter fahren ...«

Ida beschloss, dass sie das tunlichst vermeiden würde, behielt es aber für sich.

Sie kamen an der Oberfläche an, und Ida blieb abrupt stehen. Die Autos fuhren im Schritttempo zweispurig in beide Richtungen, dazwischen schlängelten sich Fußgänger durch, obwohl die Ampel Rot zeigte. Radfahrer klingelten ungeduldig auf dem Gehweg. So etwas hatte Ida noch nie erlebt, sie konnte keinen Schritt in Richtung dieses Blocks aus Lärm, Menschen und Fahrzeugen gehen.

»Denk dir nichts, die sind hier wegen eines Konzerts heute Abend im Olympiapark, aber eigentlich ist hier immer was los. Schau, da steht der Bus, komm, wir steigen ein, eine Karte habe ich schon für dich.« Joey zog Ida mit sich. »Warst du schon mal bei einem Konzert hier oder einer anderen Veranstaltung, das ist echt cool, aber superteuer. Wenn du nebenbei jobbst, dann kannst du dir das ab und zu leisten, ich bediene am Wochenende in einer Kneipe, da lernst du auch irre Typen kennen. Wenn du willst, dann helf ich dir, einen Nebenjob zu finden …« Joey redete ohne Punkt und Komma weiter, und allmählich genoss es Ida, denn sie musste nichts sagen und erfuhr doch ziemlich viel.

»Das ist unsere Haltestelle, hier müssen wir aussteigen, und schau, schräg gegenüber ist das Schneideratelier. Den Rosners gehört das Vorder- und Rückgebäude, unten ist das Schneideratelier und oben ist die Lehrlingswohnung, darüber sind andere Mieter. Rosners wohnen im Loft im Rückgebäude. Du wohnst mit Fritzi und Hanna in der Lehrlingswohnung. Glücklicherweise bin ich nicht dazu verdonnert, denn meine Alten wohnen am Stadtrand. Das ist billiger als ein Zimmer, aber wenn ich studiere, ziehe ich natürlich aus, das steht schon mal fest.«

Joey öffnete die Tür zum Atelier und breitete die Arme aus, als gehörte alles ihr. »Tataa, hier wären wir.«

Die elegante Einrichtung des Modesalons in Grau, Schwarz und Stahl, mit einem durchgehenden riesengroßen Wandspiegel und modernen Leuchten, beeindruckte

Ida enorm, aber sie hatte keine Zeit, sich alles in Ruhe anzuschauen. Ihr Herzklopfen wurde immer lauter, und sie fühlte sich wie im Fieberwahn. Nervös strich sie sich mehrmals eine Locke aus dem Gesicht. Was würde sie erwarten und vor allem, was wurde *von ihr* erwartet? Nicht jeder war so herzlich wie Joey! Immerhin schienen Herr und Frau Rosner sehr tolerant zu sein, wenn sie das Aussehen von Joey akzeptierten. Hoffentlich wurde nicht von ihr erwartet, dass sie sich auch so kunterbunt kleidete, sie mochte lieber einfache Kleidungsstücke, am liebsten in Schwarz.

»Komm, wir gehen nach hinten in die Näherei, dann stellst du deine Koffer ab und ich bringe dich zu Frau Rosner. Gut, dass wir die Rückfahrt zügig geschafft haben, denn Unpünktlichkeit kann Frau Rosner nicht leiden, kannst du dir gleich mal merken. Das nimmt sie sehr genau.« Joey klopfte an die Bürotür, öffnete sie, ohne auf eine Antwort zu warten, und schob Ida hinein.

»Hallihallo, Frau Rosner, ich bringe den neuen Lehrling, pünktlich wie die Maurer«, rief sie fröhlich und schloss die Tür hinter Ida, ohne sie zu begleiten.

Dieser lockere Umgangston war Ida völlig fremd. Sie blieb einfach stehen und wartete auf ein Zeichen Frau Rosners, die ohne Unterbrechung auf ihren Computerbildschirm blickte.

»Einen kleinen Moment, ich bin gleich so weit, setz dich schon mal.« Die klare, aber sanfte Stimme der Chefin ließ Ida etwas ruhiger werden. Sie setzte sich vorsichtig auf die vordere Kante des Stuhls dem Schreibtisch gegenüber, als wäre der Sitz ein Nadelbrett. Überall hingen Fotos von Frauen in eleganten Kleidern, auch prächtige Ballroben mit Stickereien, Perlen und Pailletten waren dabei. Auf einem Foto erkannte sie eine Schauspielerin auf einem roten Teppich, nur der Name fiel ihr nicht ein. Ida konnte sich nicht sattsehen und überlegte, bei welcher Gelegenheit man diese wunderschönen Kleider tragen konnte. Auf einem halb hohen Schrank stapelten sich Stoffe und Stoffrollen, auf einem überdimensional großen Tisch in der Mitte lagen Zeichnungen und Schnittteile aus Papier. Mehrere Schneiderpuppen standen vor dem Fenster, einige mit übergezogenen Kleidern und drapierten Stoffen, andere waren unbekleidet.

Ida wurde es warm, und sie öffnete ihren Mantel.

»Zieh ihn ruhig aus«, riet ihr Frau Rosner, ohne sie anzusehen.

Ida war überrascht, dass Frau Rosner das bemerkt hatte, denn sie hatte sich vollkommen unbeobachtet gefühlt. Während sie den Mantel ordentlich über die Lehne legte, wandte sich Frau Rosner ihr zu.

»Schön, dass du da bist, Ida, herzlich willkommen hier in München und bei uns im Atelier.« Sie trat auf Ida zu und reichte ihr die Hand. Ida sprang auf, beinahe wäre dabei der Stuhl umgefallen.

»Langsam, Ida, es geht hier nicht wie in einer Kaserne zu. Wie ich Joey kenne, hat sie dir schon ausgiebig erzählt, wie es hier bei uns so läuft. Wir sind schon sehr gespannt auf dich, denn dein Lehrer, Maximilian Eggert, den wir gut kennen, hat uns viel von dir erzählt und dich in höchsten Tönen gelobt. Deswegen haben wir dich auch ohne Probewoche als Lehrling genommen, wir vertrauen sehr auf sein Urteil.«

Ida wurde rot und wusste nicht, was sie antworten sollte. Dass Herr Eggert sich für sie eingesetzt hatte, erstaunte sie. Dass jemand Fürsprache für sie nahm und seine Beziehungen einsetzte, war ihr vollkommen fremd.

»Ich werde mich sehr bemühen, dass ich alles richtig mache, bei meiner Mutter habe ich schon viel genäht.« Ida flüsterte fast, ihr war der Umgang mit Lob überhaupt nicht geläufig.

»Das ist natürlich eine gute Voraussetzung für diese Lehre, aber du wirst sehen, hier bei uns wirst du alles von Grund auf lernen. Da du bei uns im Haus wohnen wirst, bringt dich Joey erst einmal in dein Zimmer. Um 12.30 Uhr gibt es Mittagessen, wir essen jeden Tag hier unten im Aufenthaltsraum zusammen. Dann lernst du deine Kollegen kennen, und danach zeige ich dir den Ausbildungsplan, damit du siehst, was in den nächsten Jahren auf dich zukommt.«

Sie rief Joey über das Haustelefon, und Ida bedankte sich. Sie war erleichtert, die erste Vorstellung hatte sie gut hinter sich gebracht. Mit einem Blick auf ihre Uhr sah sie, dass sie bis zum Essen noch fast eine Stunde Zeit hatte. Sie gingen durch zwei ineinander übergehende Räume, in denen vier Frauen an Nähmaschinen saßen und zwei Mädchen an Bügelbrettern standen.

»Tataa, hier kommt die Neue«, kündigte Joey Ida an, die unsicher lächelte. Sie hatte sich schon an Joey gewöhnt, aber sie wusste nicht, wie die anderen damit umgingen. Scheinbar schien es normal zu sein, denn keiner reagierte besonders überrascht.

Ida reichte jedem die Hand und stellte sich vor. Sie hatte keine Ahnung, ob sie sich die Namen der anderen merken konnte.

Über eine breite, ausgetretene Holztreppe gelangten sie in den ersten Stock, und Joey öffnete die Wohnungstür. Ein schmaler Flur lag vor ihr – mit einem kunterbunten Flickerlteppich auf dem Boden. Einige Mäntel und Jacken hingen ordentlich an Garderobenhaken, die an langen

Ketten von der Decke herabbaumelten. Bevor Ida drüber nachdenken konnte, wie witzig die Idee war, wies Joey auf eine Zimmertür.

»Hier ist dein Reich, klein, aber nicht fein«, kommentierte sie grinsend, »aber besser als nichts. Die Dusche mit Toilette ist dort, die Küche hier, und in den beiden anderen Zimmern wohnen Hanna und Fritzi. Den Weg nach unten kennst du. Bis dann!« Und weg war Joey.

Ida betrat ihr Zimmer. Es war größer als die Schlafkammer zu Hause und wirkte auf sie wie aus einem der Möbelprospekte, die immer der kostenlosen Wochenzeitung beilagen. Die Wand hinter dem Bett war apfelgrün gestrichen, die übrigen Wände waren weiß. Auf dem Bett, das doppelt so breit wie das zu Hause war, lag Wäsche in kräftigem Pink zum Überziehen. Ein weißer Schrank mit drei Türen, ein Schreibtisch mit Stuhl, eine Kommode und eine Art Riesenkissen mit Patchworkbezug bildeten die einfache Einrichtung.

So viel Platz hatte Ida noch nie für sich allein gehabt, es war wie in einem Traum. Sie sah sich das Kissen näher an und ließ sich rückwärts hineinplumpsen. Er war gemütlich. Aus der Froschperspektive betrachtete sie das Zimmer. Es gefiel ihr, war hell, und ... Es war ihr eigenes Reich. Sie sog alles in sich auf.

Geschafft!

Sie würde hierbleiben, die Lehre machen und mit den besten Noten abschließen, um nie mehr nach Hause zurückzumüssen. Weg vom Vater mit seinen Nachstellungen, weg von der Mutter, die sie mit ihrer barschen Ablehnung ständig verletzt hatte, und weg von Alois, der sie immer wieder getriezt hatte. Nur Johanna vermisste sie schon jetzt, denn so sehr ihre Schwester auch nach außen hin auf Abstand gegangen war, heimlich hatte sie ihr immer wieder geholfen und ihr als Einzige in der Familie Wärme und Zuneigung gezeigt. Aber seit Johanna verheiratet war und bei ihren Schwiegereltern lebte, hatte sie sie nur noch selten gesehen.

Nach dem Auspacken schaute Ida sich vorsichtig in der Wohnung um. Das Badezimmer war klein, im Regal war ein leeres Fach, sie vermutete, dass das für ihre Waschutensilien bestimmt war. Die Küche bestand aus einer Kochzeile mit Kühlschrank, an einem quadratischen Tisch vor einer Eckbank standen zwei Stühle. Auch ein tiefes, abgesessenes Sofa stand hier – zum Fernseher hin ausgerichtet. Was ihr auffiel, war, dass kein schmutziges Geschirr herumstand und alles aufgeräumt war. Auch im Flur lagen keine Schuhhaufen neben der Tür oder Jacken auf dem Boden, wie sie das von daheim kannte, denn weder ihr Bruder noch der Vater räumten ihre Sachen an ihren Platz.

An den Zimmertüren der anderen Mitbewohnerinnen hingen Namensschilder aus Stoff mit Applikationen und Stickerei, so wusste Ida, wer in welchem Zimmer wohnte. Sie war sehr gespannt auf die beiden. Beim Öffnen des Fensters fiel ihr Blick in einen Innenhof, in dem ein kleiner Garten angelegt war. Sogar etwas Grün, nicht nur Beton! Überrascht vernahm sie das Läuten einer Kirchenglocke, einmal, zweimal. Glockenläuten hatte sie mitten in München nicht vermutet, sie dachte, das gäbe es nur auf dem Land.

Plötzlich fiel ihr ein, dass das zweimalige Läuten die halbe Stunde bedeutete. 12.30 Uhr. Mittagessen!

Schnell schloss sie das Fenster ihres Zimmers und rannte die Treppe nach unten. Hoffentlich fiel sie nicht gleich durch Zuspätkommen auf, wo doch sogar Joey

Frau Rosners Pünktlichkeit betont hatte. Sie öffnete leise die Tür zum Atelier. Erleichtert atmete sie auf, alle saßen noch an den Maschinen, sie schalteten sie gerade aus und standen auf.

»Der Aufenthaltsraum ist hier rechts«, hatte ihr die ältere der beiden Frauen zugerufen und sie hineingeschoben. Dort war schon der Tisch für alle gedeckt gewesen, und der Geruch nach Essen hatte ihr Appetit gemacht.

Ida konnte sich noch wie heute an ihre anfänglich riesigen Ängste gegenüber ihrem Meister und den Kolleginnen erinnern. Sie war erst lockerer geworden, als sie gemerkt hatte, dass alle ihr zu einem guten Start verhelfen wollten. Keiner hatte sich vorstellen können, dass sie vorher noch nie in München gewesen war, genauso wie sie nicht hatten glauben können, dass Ida an den Wochenenden bis Weihnachten nicht ein einziges Mal nach Hause fahren wollte.

Die Ausbildung war der Beginn einer sehr glücklichen Zeit in Idas Leben gewesen, obwohl Frau Rosner hohe Ansprüche gestellt hatte. Aber Ida war geschickt und ehrgeizig, sie hatte alles Neue wie ein Schwamm in sich aufgesogen. Nach und nach hatte sie die Erfahrung gemacht, dass der Umgang mit ihren Kollegen ganz anders war als zu Hause. Auch wenn es mal Krach gegeben hatte oder stressige Termine angestanden waren, Schimpfen und bösartige Äußerungen waren bei Rosners nicht erlaubt gewesen. Wenn jemand einen Fehler gemacht hatte, dann war dieser besprochen worden. Ida hatte hier grundlegende Dinge für ihr ganzes Leben gelernt, sie hatte den respektvollen Umgang genossen, aber auch den Spaß, den alle miteinander gehabt hatten.

Ihr Gesellenstück hatte fast das Niveau eines Meisterstücks erreicht, und sie hatte ihre Lehre mit hervorragenden Noten abgeschlossen.

Sie verdankte den Rosners viel.

Ihren Erinnerungen nachhängend, hätte Ida beinahe die Ausfahrt von der Autobahn verpasst. Als sie im Hotel ankam, war sie froh, dass weder Maria noch Johannes in der Rezeption waren und sie mit niemandem reden musste. Nach ihren endlosen Gesprächen mit Amy freute sie sich nun auf ein paar Stunden allein.

## *Umbaupläne*

Ida stand auf dem kleinen Balkon über dem Eingang im oberen Stockwerk des Hofes. Andächtig beobachtete sie die Sonne, die allmählich über die Gipfel im Osten stieg und dadurch die Spitzen der Berge im Westen beleuchtete. Seit sie dieses beeindruckende Schauspiel das erste Mal zufällig beobachtet hatte, war sie jeden Tag versessen darauf, es wieder zu erleben. Es schien ihr, als würde die Sonne jedem einzelnen Felsen »Guten Morgen« zurufen und ihn für einen neuen Tag zum Leben erwecken. Aber selbst an Tagen, an denen dicke Nebelschwaden zwischen den Bergketten hingen und die Entscheidung vor sich herschoben, ob sie schwer wabernd zum Boden sinken oder sich doch in die Höhen schwingen und der Sonne Platz machen sollten, gehörten die meditativen Beobachtungen zu Idas Start in den Tag. Hatte sie sich daran sattgesehen, konnte ihr Tag beginnen. Jetzt gerade streiften die ersten Sonnenstrahlen die Ecke ihres Hofes und zauberten ihr ein Lächeln aufs Gesicht. Es konnte losgehen.

Ida betrat die Küche und ließ ihren Blick durch den Raum schweifen. Liebkosend strich sie mit der flachen Hand über den Holztisch. Ohne Zweifel, die Mühen der Renovierung hatten sich gelohnt. Die Wohnküche strahlte Ruhe und Gediegenheit aus, und das Wachs, mit dem sie das Holz eingelassen hatte, verströmte einen satten, aber unaufdringlichen Geruch. Mit Schaudern erinnerte sie sich an die schwere Arbeit, bei der sie an ihre körperliche Grenze gestoßen war. Sie war schon fast der Verzweiflung nahe gewesen, als beim wiederholten Streichen der Decke und der Wände die darunterliegenden Rußschichten immer wieder durchgekommen waren. Nach dem fünften Anstrich war endlich alles Weiß gewesen, und alle Schlieren waren überdeckt.

Während der Renovierung der Wohnküche hatte sie beschlossen, die Arbeiten in den übrigen Räumen nicht selbst auszuführen, denn das würde sie kräftemäßig nicht durchhalten, außerdem dauerte es viel zu lange. Auf keinen Fall würde sie es sich jedoch nehmen lassen, die Pläne für den Umbau zu zeichnen. Das wollte sie heute in Angriff nehmen, und sie freute sich schon darauf. Endlich konnte sie wieder einmal kreativ werden und eigene Ideen aufs Papier bringen.

Mit Maßstab und Notizblock ausgerüstet ging sie durch jedes Zimmer und trug die Maße der Wände, Fenster und Türen in ihre Grundrissskizzen ein, die sie anschließend mit dem Zeichenprogramm ihres Computers umsetzte.

Ida arbeitete einige Stunden mit höchster Konzentration, und endlich passten die Grundrisse des Erd- und Obergeschosses genau übereinander. Sie bewunderte den klaren und systematischen Grundriss, der lange und breite Flur in der Mitte teilte das Haus in zwei Hälften, zu beiden Seiten führten je drei Türen in die Zimmer. Das gleiche Schema setzte sich auch im Obergeschoss fort. Durch ihre maßstabsgerechte Zeichnung konnte sie anhand der Wandstärken mit einem Blick erkennen, welche der Wände tragend waren und welche sich ihrer Einschätzung nach entfernen oder durchbrechen ließen.

Nach getaner Arbeit lehnte sich auf ihrem Stuhl zurück und streckte Arme und Beine von sich, um ihre steifen Muskeln zu entspannen. Erstaunt bemerkte sie mit einem Blick auf die Uhr, dass es schon früher Nachmittag war, und augenblicklich meldete sich ein grummelndes Zwicken im Bauch.

Okay, Essenspause! Sie schnitt Brot und belegte es mit kaltem Braten, den sie dick mit Senf bestrich und zusätzlich mit Tomaten und Gurkenscheiben garnierte. Ein Haferl Kaffee dazu, und nun konnte die Brotzeit beginnen.

Während sie langsam Bissen für Bissen genoss, überlegte sie, wie sie den Umbau der Zimmer gestalten könnte. Sie hatte ein Händchen dafür, Wohnungen zu renovieren oder alte Möbel aufzuarbeiten. Es war eine ihrer Passionen und kam gleich nach ihrer Begeisterung für ihren Beruf. Außerdem war es ihr erklärtes Ziel, den Hof für Käufer interessant zu machen. Es müsste eine gewisse Prise moderner Luxus vorhanden sein, die aber das traditionelle Ambiente des Gebäudes nicht zerstörte.

Nach einigem Abwägen traf sie die Entscheidung, dass sie aus den drei Räumen im Erdgeschoss, die auf der linken Seite des Flures lagen, eine Zwischenwand herausreißen lassen würde, um einen großen Wohnraum und ein danebenliegendes Gäste- oder Arbeitszimmer zu bekommen. Die ehemalige große Milchkammer hinter der Küche mit dem Ausgang zum rückwärtigen Hof würde sie dagegen aufteilen, um die bestehende winzige Toilette durch einer Dusche zu vergrößern. Außerdem gewann sie durch das Einziehen einer weiteren Wand in der Kammer einen Vorratsraum neben der Küche, und es ergab sich ein Windfang zum Hintereingang.

Noch während sie aß, begann sie, mithilfe des Zeichenprogramms Wände zu entfernen oder sie auf dem Grundriss hin- und herzuschieben. Schließlich hatte sie drei Varianten und zeichnete zum Schluss eine große Terrasse an der Westseite des Hauses mit Zugang vom Wohnraum aus ein.

Die Planung für das obere Stockwerk ging ihr schnell von der Hand, denn die räumlichen Veränderungen waren geringer. Sie bedauerte es, das kleine Bad am Ende des Flures zerstören zu müssen, denn es war ein echter Zeitzeuge der 70er-Jahre, die Farben der Fliesen in Currygelb mit kleinen Ornamenten waren damals genauso wie der Alibert über dem Waschbecken das Nonplusultra gewesen. Aber es war nach heutigem Standard definitiv zu klein und passte auch nicht ins bäuerliche Ambiente. Die Wand zum danebenliegenden Zimmer konnte entfernt werden, um Platz für ein großzügiges Badezimmer mit einer Sauna zu schaffen. Ida selbst liebte es zu saunen, und sie war sich sicher, dass eine Sauna ein Pluspunkt für jeden Interessenten wäre. Die beiden danebenliegenden Zimmer ließen sich zu einem großen Schlafzimmer mit separatem Ankleidezimmer umgestalten – mit einem direkten Zugang zum Bad und der Sauna.

Immer wieder musste sie sich ermahnen, dass sie den Hof verkaufen wollte und nicht für sich selbst plante. Sie spielte die Bedürfnisse verschiedener Käuferkonstellationen durch, vielleicht würde eine Familie mit zwei Kindern einziehen oder ein Paar, das häufig Gäste hatte? In jedem Fall würden weitere Schlafzimmer und ein Gästebad benötigt, die sich problemlos aus den drei übrigen Zimmern im Obergeschoss schaffen lassen würden. Sollte jemand noch mehr Zimmer benötigen, dann könnte sogar das Dachgeschoss ausgebaut werden.

Idas Wangen glühten vor Eifer und Begeisterung.

Wie mit einer virtuellen Brille ging sie durch jedes Zimmer und begann gedanklich mit dem Einrichten. Die Truhe, die Kommode und zwei Schränke, die bereits in den Zimmern standen, würde sie restaurieren. Vielleicht würde sie auf dem Speicher auch noch alte Bettgestelle finden, sie erinnerte sich daran, dass dort haufenweise altes »Gerümpel« lagerte. Wenn sie Glück hatte, könnte noch etwas Brauchbares dabei sein.

Ida hatte in ihrer Münchner Wohnung ein unnachahmliches Geschick an den Tag gelegt, alte Möbel mit zeitgenössischem Design zu kombinieren. Sie wurde damals von Freunden mehrfach gebeten, als Innenausstatterin für sie zu arbeiten, was sie allerdings immer abgelehnt hatte.

Nachdem ihr visionärer Rundgang durch das »fertige« Haus beendet war, holte sich Ida auf den Boden der Tatsachen zurück. Um das alles zu verwirklichen und vor allem auch den finanziellen Rahmen auszuloten, musste sie einen Bauunternehmer und verschiedene Handwerker finden. Während sie ihre Arbeitsutensilien zusammenpackte, klopfte es an der Haustür, und sie konnte hören, dass die Tür geöffnet wurde. Ida vermutete, dass es jemand aus dem Dorf war, denn unter den Einheimischen war es üblich, nach dem Klopfen unaufgefordert das Haus zu betreten. Sie öffnete die Küchentür und sah einen groß gewachsenen Mann in der offenen Eingangstür stehen.

»Grias di, Nachbarin, ich bins, der Florian vom Nachbarhof«, streckte er ihr die Hand entgegen.

»Grüß dich, das ist eine Überraschung. Gerade wollte ich ins Hotel gehen. Aber komm doch kurz rein.«

»Ich wollt mich nur mal vorstellen und dir was vorbeibringen, auf gute Nachbarschaft sozusagen.« Florian legte einen großes Stück rohen Schinken auf den Tisch. »Der stammt von unserem Hof, von Bioschweinen, du kannst ihn unbedenklich genießen.«

»Das ist eine tolles Geschenk, vielen Dank. Ich wollte sowieso demnächst in deinen Hofladen kommen und einkaufen. Maria hat mir gesagt, dass du deine eigenen Bioprodukte dort verkaufst.«

»Ich freu mich, wenn du kommst, dann zeig ich dir den Hof, falls es dich interessiert.«

»Das mach ich.«

»Weißt, wir vom Sauterhof hatten immer einen gute Nachbarschaft mit dem Rupertihof, und das würd ich gern fortsetzen. Ich habe alle Felder vom Maximilian gepachtet, seitdem er sie nicht mehr bewirtschaften konnte.«

»Ich hoffe, du sagst mir jetzt nicht ab? Ich kann nämlich gar nichts mit den Feldern anfangen.« Ida ergriff die Gelegenheit beim Schopf.

»Auf alle Fälle mach ich weiter.«

»Gut, dann bleibt alles, wie es ist.« Sie reichte ihm die Hand, und er schlug ein. Er hatte einen kräftigen Händedruck.

»Ich versorge auch die Schafe, die waren Maximilian richtig ans Herz gewachsen und seine größte Sorge, als er ins Krankenhaus kam. Die gehören natürlich dir, ich habe über alles genau Buch geführt.«

»Mir gehört eine Schafherde? Das klingt interessant. Kannst du dich weiter um sie kümmern? Anschauen würde ich sie mir natürlich gern mal.«

»Das ist kein Thema, ruf mich an, wenn du kommen kannst, dann fahren wir gemeinsam hin. Da wir regelmäßig die Weide wechseln, kann ich dir jetzt noch nicht sagen, wo sie in ein paar Tagen stehen. Übrigens, wir haben uns auch immer gegenseitig gholfen, hatten sozusagen ein Aug aufeinander, da unsere Höfe abseits vom Dorf liegen. Das Angebot gilt auch für dich.«

»Das nehme ich gern an. Noch wohne ich nicht hier, aber es wird hoffentlich nicht mehr lange dauern, bis ich einziehen kann.«

Florian sah sich in der Stube um, während Ida ihn musterte. Groß, kräftig und gut aussehend, und vor allem mit durchaus angenehmen Benehmen, besser hätte sie es mit einem Nachbarn nicht treffen können.

»Gut schauts hier aus, da hast du ganze Arbeit geleistet«, nickte er anerkennend. »Das hätt dem Maximilian sicher gfalln.«

»Ich bin auch sehr zufrieden, aber es ist noch viel zu tun. Ab jetzt brauche ich Handwerker, denn so wie hier in der Küche alles allein zu machen ... Das schaffe ich nicht im ganzen Haus.«

»Alle Achtung, wenn du das ohne Hilfe geschafft hast.« Er trat einen Schritt zurück. »Ich geh dann wieder, die Arbeit ruft.« Er schüttelte ihr die Hand und lud sie erneut ein, ihn jederzeit zu besuchen.

»Bis demnächst dann bei dir.« Durch den Besuch beflügelt beschloss sie, den Arbeitstag mit einer Joggingrunde zu beenden.

Als sie zurückkam und der Hof in ihr Blickfeld rückte, wurde ihr plötzlich bewusst, dass sie demnächst hier einziehen könnte. Beim Gedanken daran verspürte Ida ein leichtes Kribbeln im Bauch, das sich sehr gut anfühlte. Aber es würde, wie ihr jetzt zum ersten Mal bewusst wurde, eine große Umstellung für sie werden, von der Wohnung im dicht besiedelten München in das riesige Haus allein am Berg. Mit diesen Gedanken fuhr Ida ins Hotel, um sich für den nächsten Tag vorzubereiten.

## *Handwerkersuche*

Ihre erste Fahrt nach dem Frühstück führte sie zum Supermarkt, denn Ida wollte ab sofort nicht mehr im Hotel, sondern in ihrer eigenen Küche kochen und essen.

Während Sie gezielt nach Kaffee, Butter, Brot und anderen Grundnahrungsmitteln, aber auch nach Gemüse und Obst suchte, wurde sie unerwartet von der Seite angesprochen.

»Na, Ida, kommst voran mit der Renovierung?« Die Verkäuferin im Supermarkt trat auf Ida zu, blickte sich dabei aber nervös nach beiden Seiten um.

»Ja schon.« Ida drehte sich mit einem Ruck um und wandte sich der Verkäuferin zu, die sie vorher nicht bemerkt hatte.

»Tschuldige, wenn ich di so einfach anred, aber ich kenn di noch aus der Schule, i war ein paar Klassen unter dir. Und hier weiß doch a jeder, dass du den Rupertihof umbaust. Deswegen ...«

»Wie heißt du denn, ich kann mich leider nicht an dich erinnern?« Ida fiel ihr abrupt ins Wort. Aussagen wie »Hier weiß doch a jeder« triggerten sofort ihre innere Abwehr. Sie war nahe daran, die Frau stehen zu lassen und weiterzugehen.

»Na, wart, ist doch klar, dass du mi nimmer kennst, i bin die Fanny. I hab di immer mit deinen roten Haarn bestaunt, deswegen wusst i auf Anhieb, wer du bist. Aber i wollt di kurz was Persönliches fragn, es wär tatsächlich wichtig ...« Fanny hob bittend die Hände.

»Was meinst du mit persönlich, ich kann mir ehrlich gesagt nichts darunter vorstellen.«

»Also, des ist so, mei Mann, der Sepp, hat einen Installationsbetrieb, und da ich seine Büroarbeiten erledige, weiß ich, dass du ihn angerufen hast, ob er bei dir am Hof die Sanitärinstallationen machen kann.«

»Du meinst, die Firma *Josef Erlauer & Sohn*?« Nun war Ida im Bilde. »Er hat die Anfrage abgelehnt, weil er zu viel zu tun hat.« Sie hielt kurz inne. »Oder hat er jetzt doch Zeit?«

»Ida, versprich mir, dass du das, was ich dir jetzt sage, für dich behältst, aber es ist wichtig für uns.«

»Ich kann ein Geheimnis bewahren, aber welches sollten *wir beide* haben?« Ida musste sich zusammenreißen, sie war genervt von diesem kindischen Verhalten.

»Dein Bruder, der Alois, will nicht, dass du hierbleibst. Alle Handwerker, die mit ihm im Schützenverein sind, mussten ihm versprechen, nicht für dich zu arbeiten. Er sagt, du bist eine Erbschleicherin und willst den Hof und die Grundstücke an eine Hotelkette verkaufen, die uns allen nur schadet.«

Ida war sprachlos, denn sie hatte bisher tatsächlich von allen Handwerkern im Ort Absagen erhalten. Dass ihr Bruder der Verursacher war und gegen sie hetzte, konnte sie nicht fassen, aber sie glaubte es sofort.

Fanny redete schon weiter, ohne Idas Bestürzung zu bemerken.

»Aber jetzt is mei Sepp mit seiner Firma fast pleite, denn er hatte einen großen Kunden, der nicht bezahlt hat. Für uns ist jetzt jeder Auftrag wichtig, sei er auch noch so klein. Deswegen helf ich a hier im Supermarkt, sonst hab i das Büro für unsere Firma gmacht.« Sie steigerte sich immer mehr in den Redeschwall hinein und war den Tränen nahe.

Ida war total verwirrt, aber sie konnte nicht anders, als Fanny beruhigend über den Arm zu streichen. »Jetzt beruhige dich doch, das wird schon wieder werden. Ich weiß allerdings nicht, wie ich dir helfen kann, wenn dein Mann nicht für mich arbeiten will.« Ida hatte Mühe, ihr zuzuhören, denn die Wut auf ihren Bruder erfasste sie wie eine Hitzewelle. Sie langte sich mit beiden Händen an die Stirn, denn sie hatte das Gefühl, ihr Kopf würde gleich platzen. Das Geplappere von Fanny hinderte sie daran, einen klaren Gedanken zu fassen.

»Von sich aus würd der Sepp nicht zu dir gehen, aber wenn du noch mal nachfragen würdest ...«, sie schniefte mehrmals hintereinander, » ... er würde den Auftrag jetzt sicher übernehmen, egal was dein Bruder gesagt hat. Der gibt uns nichts dafür, wenn wir bankrott sind.« Fanny verschränkte die Arme wie ein trotziges Kind.

»Am besten sagst du deinem Mann, dass er morgen bei mir vorbeikommen soll, ich bin den ganzen Tag am Hof. Dann bespreche ich mit ihm, in welchem Umfang er die Installation übernimmt.« Ida war nicht gewillt, noch einmal wegen des Angebotes nachzufragen, jetzt müsste Sepp Erlauer den nächsten Schritt machen. Sie wusste, wie stur die Dörfler sein konnten, und ließ ihm deswegen den Umweg über seine Frau, um nicht das Gesicht zu verlieren. Fanny würde ihm sicher eine wortreiche Erklärung dafür liefern.

Erleichtert fiel Fanny Ida um den Hals. »Du weißt ja nicht, wie froh ich bin, ich danke dir vielmals. Das werde ich dir nicht vergessen, glaube mir«, und schon flossen die Tränen.

»Das ist okay – aber wappne dich gegen meinen Bruder, der nimmt das nicht so einfach hin.« Ida fühlte sich nicht wohl in der Umarmung, spürte aber, dass sie in Zukunft eine Verbündete haben würde.

»Der soll mir nur kommen, nicht nur *ich* habe seine ständigen Hetzereien satt.« Fanny stampfte mit dem Fuß auf den Boden.

»Gut, dann warte ich morgen auf deinen Sepp.«

Nachdenklich fuhr Ida zum Hof zurück, um ihren Einkauf in der Küche zu verstauen. Unglaublich, dass ihr Bruder die Leute gegen sie aufhetzte. Schließlich hatten sie seit vielen Jahren keinen Kontakt. Und der Vorwurf, sie würde den Hof an einen Investor verkaufen, war vollkommen aus der Luft gegriffen. Noch dazu, dass es ihm egal sein konnte, was sie mit dem Hof anstellte. Wollte er sie einfach nur loshaben, um nicht durch sie an die Vergangenheit erinnert zu werden? Das war in Idas Augen abwegig, denn für ihn war die gemeinsam erlebte Kindheit sicher eine gute Zeit gewesen. Sie war es, die unter ihrem brutalen Vater und der lieblosen Mutter gelitten hatte, Alois dagegen war von beiden immer unterstützt worden. Sie kam zu keinem Ergebnis und ließ es erst einmal auf sich beruhen.

Nachdem alles untergebracht war, fuhr sie ins Hotel, um am Nachmittag im Internet zu surfen. Sie wollte Fotos auf Pinterest für den Ausbau sammeln, die sie den Handwerkern als Beispiel zeigen konnte. Erfahrungsgemäß ließen sich ihre Vorstellungen damit leichter erklären.

## *Stammtischrunde*

Ida blickte auf, als Afra, die Bedienung des Gasthauses, ihr die Hand auf den Arm legte. Sie saß in einer Fensternische der Gaststube und arbeitete an ihrem Laptop, denn das Internet in ihrem Zimmer war nicht stabil genug. Um die Unterhaltungen der übrigen Gäste auszublenden, trug sie Kopfhörer. Ein Blick auf die Uhr sagte ihr, dass knapp drei Stunden vergangen waren.

»Ich wollt nur fragen, ob du jetzt was essen willst. Der Koch hat mir grad gsagt, dass die Lachslasagne gleich ausm Ofen kommt. Schmeckt doch frisch am besten, was meinst?« Genießerisch verdrehte Afra die Augen und strich gleichzeitig über ihren fülligen Bauch.

Ida nickte dankbar. »Bringst du mir vorher noch einen Salat und ein Glas Rotwein?«

»Kommt sofort.« Die Kellnerin zwinkerte ihr zu und verschwand in Richtung Küche.

Während Ida die Dateien auf ihrem Laptop sicherte, ihn beiseitestellte und sich streckte und dehnte, um ihre starren Schulter- und Halsmuskeln zu lockern, nahm sie Stimmen aus der Stammtischecke wahr, die durch halb hohe und mit Schnitzereien verzierte Holzpalisaden verdeckt war. Eine heftige Diskussion war im Gange, die sich durch immer lauter werdendes Stimmengewirr und Klopfen auf den Tisch äußerte.

»... was hastn davon, wenn a andrer dei Arbeit macht? Koa Arbeit, koa Geld«, nahm Ida eine tiefe, eher ruhige Stimme wahr. »Wenn mirs ned machn, dann kommt a andrer. Oder glaubts ihr, die lässt sich von uns aufhalten?«

»Und was machst, Sepp, wenns den Hof verkauft an den Investor, dann stehn mir alle da wie die Deppn«, unterbrach ihn eine heisere Stimme. »Unsere eigenen Ferienwohnungen kriegen wir dann nimmer los.«

»Jetzt überleg doch mal, Schorsch. Würdst du erst renoviern und dann alles verscherbeln? Das wär doch damisch. Einen Haufen Geld und Zeit reinsteckn, und dann verkaufn? Nie und nimmer, die bleibt, und des is unsre einzige Chance, dass uns kein Fremder in die Suppn spuckt«, kam sofort die hitzige Antwort.

Allmählich dämmerte es Ida, dass es um ihren Hof und die Renovierung ging, vor allem, als der Name »Sepp« fiel. Das musste Fannys Mann sein, der vermutlich auf Veranlassung seiner Frau die anderen überzeugen wollte. Schorsch erkannte sie an der heiseren Stimme, er war einer der anderen Handwerker, den sie um einen Besprechungstermin gebeten hatte. Ida erinnerte sich, wie er am Telefon rumgedruckst hatte. Er hatte das Gespräch beendet und gemeint, er würde sich melden, falls er irgendwann Zeit hätte. Bei den übrigen Handwerkern hatte Ida bisher nur mit den Ehefrauen oder Mitarbeitern gesprochen, die ihr versprochen hatten, die Anfrage weiterzugeben. Gut, dass sie von Fanny wusste, dass ihr Bruder der Urheber der Verzögerungen und Ausreden war.

Ida war froh, dass keiner der Männer sie in ihrer Nische sehen konnte, und reckte sich, um besser zuhören zu können.

»Störn dich die Stammtischler? Ein Geschrei machens wieder, zum Davonlaufen. Wär gscheiter, sie täten arbeiten und net so viel dummes Zeug daherreden«, kommentierte Afra die Diskussion, während sie den Salat und das Glas Rotwein vor Ida stellte.

»Ah, der Salat sieht wieder appetitlich aus, wie frisch gepflückt«, lenkte Ida ab, während eine leichte Röte ihr Gesicht überzog. »Und so schön dekoriert mit Kapuzinerkresse und Borretschblüten.«

»Schön schauts scho aus, aber essen würd ich die nie und nimmer.« Afra verdrehte die Augen. »Da ist mir was Handfestes schon lieber als Salat mit Blumen, aber … jeder, wie ers mag.«

Die Unterhaltung am Stammtisch wurde in der Zwischenzeit fortgesetzt, und Ida versuchte, während des Essens weiter zu lauschen. Fannys Mann gab sein Bestes, die anderen davon zu überzeugen, dass sie doch wenigstens einen Termin mit Ida ausmachen sollten.

»Und, was sagst dann zum Alois?«, hörte Ida jemand fragen.

Nun war es eindeutig, es ging um ihren Bruder.

»Was soll ich dem denn sagn, meinst, er gibt mir Geld fürs Nixtun? San mir ihm Rechenschaft schuldig, wie und wo wir unser Geld verdienen?«, erwiderte Sepp. »Ich werds mir in jedem Fall anschaun, ich kanns mir schlichtweg nicht leisten abzusagn. Mir san mei Firma und mei Familie wichtiger.« Er war anscheinend abrupt aufgestanden, denn ein Stuhl kippte laut krachend auf den Boden. »Und des Gerede mit dem Investor ist bestimmt a reines Gerücht, oder woher soll der plötzlich kommen? Afra, mein Geld liegt aufm Tisch«, rief er zur Theke hin, »mir ist des alles zu dumm.«

Einen Augenblick später fiel die Eingangstür krachend zu. Ida beobachtete durchs Fenster, dass Sepp auf Maria traf, die am Parkplatz gerade aus dem Auto stieg. Sie wollte ihr durch die Scheibe zuwinken, zog sich aber vom Fenster zurück, als sie sah, dass Maria auf Sepp zuging. Sie sprachen kurze Zeit miteinander, anschließend ging Maria lachend zur Eingangstür, Sepp dagegen machte eine abfällige Handbewegung und stapfte mit großen Schritten davon.

»Was meinst, Schorsch«, setzte eine eher jugendliche Stimme die Unterhaltung fort, »was ist an dem Gerücht dran?«

»Mei, Investor hin oder her, mir wolln niemanden, der hier a ganzes Urlaubsdorf aufzieht. Dann sind Tag und Nacht nur noch Touristen um uns rum. I will mei Ruh habn und nicht das dumme Gewäsch von Fremden hörn.« Schorsch nahm gut hörbar einen tiefen Schluck Bier.

»Aber was will ein Investor mit dem Hof, der will doch sicher neu baun?«, insistierte die jugendliche Stimme. »Der braucht an Baugrund, aber koa alte Hüttn.«

»Vor Urlaubern können mir uns net verschließen«, erkannte Ida Marias Stimme, die nun bei den Stammtischlern stand. »Und ob es ein Investor ist oder net, ist doch egal. Hauptsache, mir schaun drauf, dass mir selber net zu kurz komma. Was machts uns aus, wenn da oben a Feriendorf entsteht, denn mir san hier unten.«

»Das ist mir scho klar, dass dir das gelegen kommt«, warf Schorsch Maria vor, »dann kannst a paar Grundstücke drum herum gut verkaufen. Oder hast gedacht, des wissen mir net?«

»Der ein oder andere von euch wird da sicher a rechtes Gschäft machen, ob beim Grundstücksverkauf oder mit seiner Arbeit. Wenn wir uns nicht so dumm anstelln, dann wär des a richtig feine Sach. Ich sag euch was, ich geb eine Runde aus aufs Haus, und dann denkt ihr mal in Ruhe über des Ganze nach.« Maria hatte die Männer besänftigt und dabei geschickt von ihren eigenen Interessen abgelenkt.

»Prost mitanand«, hob sie ihr Glas und leerte es wie die Männer auf Ex.

Ida hätte sich gern umgedreht, um Marias Gesicht zu sehen. Ihr gegenüber hatte sie nie zu erkennen gegeben, wie gut sie über das »Gerücht« Bescheid wusste. Sie würde bei Gelegenheit das Gespräch darauf lenken, um die Reaktion der anderen zu sehen.

»Und, hats gschmeckt? Magst auch an Schnaps zum Verdauen?«

Maria hielt ihr ein Tablett mit Schnapsgläsern hin, während Ida Mühe hatte, ihre Überraschung zu verbergen. Sie war so in das Lauschen vertieft gewesen, dass sie nicht mitbekommen hatte, dass Maria an ihren Tisch gekommen war.

»Danke, Maria, für mich keinen. Aber die Lasagne war ein Gedicht, ich könnte glatt weiteressen.«

»Koa Problem, ich lass dir noch was bringen.«

»Nein, nein, ich bin pappsatt, vielen Dank.«

»Ich hoffe, dich habn die Handwerker am Stammtisch nicht gstört, war wieder mal eine aufgebrachte Unterhaltung.«

»Ich hatte die Kopfhörer auf, um in Ruhe arbeiten zu können, du weißt ja, nur hier funktioniert das Internet.«

Ida war überrascht über sich selbst, wie leicht ihr die Notlüge über die Lippen gekommen war. Ihr Gefühl sagte ihr, dass sie Maria gegenüber zurückhaltender mit ihren Informationen sein musste. Dass Maria ihr Wissen über einen angeblichen Investor nicht an sie weitergegeben hatte, irritierte sie.

»Das ist sicher angenehmer als so ein Männertratsch«, stimmte sie Ida zu.

»Worum gings denn?«

»Ach, sie streiten sich drum, wenn einer einem Kunden etwas zu billig anbietet, dass er dann auf Dauer die Preise kaputt macht.«

Ida konnte kaum glauben, dass Maria sie offensichtlich anlog, ließ sich jedoch nichts anmerken.

»Na ja, da haben sie natürlich recht, ist der Preis erst einmal unten, dann gehts so schnell nicht wieder rauf«, stimmte Ida zu. »Das kenne ich gut von meinen Kunden. Vermutlich ist das in jeder Branche das Gleiche.«

»Ich lass dir noch einen Nachtisch bringen, ich selbst muss aber gleich wieder weg. Lass es dir schmecken«, verabschiedete sich Maria.

Am Nebentisch war die Unterhaltung auf eine normale Lautstärke gesunken, und Ida konnte kaum noch etwas verstehen. Als sie sah, dass Maria ins Auto einstieg, erhob sie sich und ging langsam zum Stammtisch. Hier und jetzt wollte sie ein für alle Mal klären, dass sie sich nicht auf der Nase rumtanzen ließ. Erst als sie um die Ecke der Nische kam, konnten die Männer Ida sehen.

»Grüß Gott miteinander. Gut, dass ihr alle hier beisammensitzt.«

Die Männer starrten Ida an, als wäre sie eine Erscheinung. »Ja, Sakradi, hast du alles gehört, was mir geredet haben?«, polterte Schorsch los.

»Ich bin nicht sicher, ob ich *alles* gehört habe. Aber laut genug wars jedenfalls.« Ida wollte den Handwerkern die Möglichkeit nehmen, mit Ausreden zu kommen.

»Und was willst jetzt von uns?«

»Ihr wisst, dass ich bei euch angerufen habe wegen der Renovierung vom Rupertihof. Jetzt könnt ihr mir gleich sagen, wann ihr kommt.«

»Das müssen wir uns überlegn, denn wir haben alle gnug Arbeit auch ohne dein Hof.« Schorsch stierte, ohne aufzublicken, in seinen Bierkrug.

»Dann weiß ich Bescheid, dann suche ich mir jemanden aus den Nachbarorten«, konterte Ida ruhig.

»Moment«, unterbrach der Jüngste am Tisch. Er unterschied sich von den anderen durch seine Rastalocken, die zum Zopf zusammengefasst waren. »Ich hätt schon Zeit, bei dir zu arbeiten. Ich lass mir doch net von einem andern die Butter vom Brot nehmen. Das Geld verdien ich lieber selber.«

»Wunderbar, das ist ein Wort.« Sie reichte ihm die Hand. »Wenn du morgen zum Hof kommst, besprechen wir alles. Jetzt musst mir nur noch sagen, wer du bist und was du machst.«

»Ich bin der Benjamin Guttler, du hattst mich wegen der Treppen und dem Holzboden angrufn. Ich komm gleich am Vormittag, dann ists ausgemacht.« Er tippte mit dem Zeigefinger an seinen Hut. Sein auffälliges Tattoo auf seinem Unterarm in Form einer Rose, die sich um ein Kreuz rankte, bannte Idas Blick.

»Und für euch gilt das Gleiche. Meine Nummer habt ihr. Wenn ich morgen nichts von euch höre, dann suche ich mir andere Handwerker.« Ida wandte sich vom Tisch ab in Richtung der Treppe.

»Und dann verkaufst alles, wenns fertig ist«, rief der Schorsch ihr nach, es klang fast so, als würde er bellen.

Ida drehte sich langsam um und ging zum Tisch zurück. »Fragst du jeden Kunden, ob er sein Haus verkauft?«

»Nein, das nicht, aber ...«

»Und warum willst du es dann von mir wissen?« Sie stellte sich dicht neben ihn hin.

Schorsch behielt seine sture Blickrichtung zum Tisch bei. »Weil ich was dagegen hab, wenn mir von den Städtern übern Tisch zogn wern, zum Schluss habn wir nix mehr zu melden in unserm eigenen Ort.«

»Hast du schon vergessen, dass ich von hier bin?«

»Nein, das nicht, aber trotzdem bist aus der Stadt und bildst dir ein, was Bsonders zu sein. Das war doch schon immer so ...«

»Ich wusste gar nicht, dass du mich so gut kennst, ich jedenfalls habe dich noch nie vorher gesehen.«

Schorsch schlug mit der Faust auf den Tisch. »Willst uns für blöd verkaufen, wir wissen doch, dass du schon lang in Verhandlungen stehst.«

»In Verhandlungen mit wem?«

»Beim Sepp war ein Makler, der Land kaufen wollt, das an deinen Hof angrenzt. Der Kaufvertrag für dein Hof wär so gut wie unterschriebn, hat er gmeint.« Nun drehte sich Schorsch zu ihr hin. »Da sagst jetzt nix mehr, oder?«

»Nein, da kann ich nichts dazu sagen, weil ich nichts davon weiß. Aber vielleicht kann mich ja der Sepp morgen aufklären, wenn er zu mir kommt.« Sie hielt inne und beugte sich zu den sitzenden Männern hinunter. »Es ist, wie es immer war, ihr könnt nur über die Leute reden, statt *mit* ihnen. Habt ihr immer noch nichts dazugelernt?« Ida schaute einem nach dem anderen intensiv in die Augen und wandte sich dann abrupt ab. Sie bebte innerlich vor Wut und wollte vermeiden, dass das jemand bemerkte. So langsam es ihr möglich war, ging sie zur Treppe, dabei fühlte sie die Blicke der Männer wie Gummibänder anhaften, die bis zum Zerreißen an ihr zogen. Mit jeder Stufe wurden ihre Knie wackliger, und als sie oben ankam und außer Sichtweite war, stampfte sie zornig auf den Boden. Hier hatte sich nichts, wirklich überhaupt nichts geändert! Aber gerade deswegen würde sie ihre Pläne durchführen und nicht aufgeben.

Ida warf mit Schwung die Tür ihres Zimmers zu, als wollte sie bekräftigen, dass hier keiner Zutritt bekam. Sofort startete sie den Laptop, vielleicht konnte sie im Internet etwas über Bau- oder Investitionsvorhaben für Ferienhäuser in der Gegend finden, aber die Seiten, die sie aufrief, erschienen gar nicht oder nur teilweise, das WLAN stürzte ständig wieder ab.

Zur Untätigkeit gezwungen lief sie zwischen Fenster und Tür hin und her. Sie musste dringend mit jemanden reden, um ihre Gedanken in eine andere Richtung zu lenken, und griff zum Hoteltelefon.

»Hallo, meine Schöne, was gibts?«, meldete sich Amy fröhlich. »Wie kommst du voran?«

»Frag nicht, ich bin so wütend, ich könnte aus der Haut fahren«, stöhnte Ida und erzählte Amy von ihrem Nachmittag. »Am liebsten würde ich alles hinschmeißen«, schloss sie den Bericht, als hätte sie vergessen, dass sie gerade *Jetzt erst recht!* gedacht hatte.

»Hey, Ida, das bist doch nicht du! Seit wann lässt du dich von deinen Plänen abhalten?«

»Gerade diese Gerüchteküche erinnert mich so an früher, da kocht alles wieder in mir hoch. Es erscheint mir vollkommen abwegig, dass ich jemals geglaubt hatte, hier länger bleiben zu können.«

»Aber du bist doch gerade aus diesem Grund dort, um dich der Vergangenheit zu stellen, wenn ich dich daran erinnern darf.«

»Ja, das schon, aber mir vergeht einfach alles angesichts dieses dummen Geschwätzes«, erwiderte Ida.

»Du bist keinem der Leute gegenüber verantwortlich, egal ob du bleibst oder gehst, ob du vermietest oder verkaufst. Solche Menschen sind nicht imstande, über ihren Tellerrand zu blicken, und löffeln gern ihre gewohnte Suppe. Endlich haben sie ein Thema, über das sie reden können.«

»Aber wie kommen sie darauf, dass ich an einen Investor verkaufen will. Das ist so absurd ... Und selbst wenn, ich würde keinem damit schaden.«

»Vielleicht haben sie Angst, dass das ihre Gemütsruhe stören würde. Aber, Ida, was kümmern sie dich? Keiner von denen hat sich je um dich geschert.«

»Du hast recht, ich ziehe durch, was ich vorhabe. Trotzdem will ich dem Gerücht auf den Grund gehen, irgendetwas Wahres ist meist dran. Es ist nur so schwierig, hier ins Internet zu kommen.«

»Dann besuch mich doch am Wochenende, du kannst du an meinem Rechner surfen, bis ich am Samstag den Laden schließe. Ein Mädelsabend steht sowieso längst wieder an.«

»Das ist eine super Idee, dann kann ich auch gleich noch ein paar Kisten aus meinem Münchner Keller mitnehmen. Du bist ein Schatz, Amykind.«

»Für dich doch immer! Dann bis Samstag oder auch schon früher, ich freu mich!«

## *Maria spioniert*

»Du bist ein Geschenk des Himmels, dass du das für mich übernimmst. Ich bin dir wirklich dankbar, ich wüsste nicht, was ich ohne deine Unterstützung machen sollte. Spätestens Montagabend bin ich zurück.« Ida umarmte Maria und kletterte auf den Fahrersitz ihres Jeeps.

»Das mache ich doch gern für dich, du musst mir nur sagen, wie ich dir helfen kann«, antwortete Maria und nahm Idas Hofschlüssel entgegen. »Fahr du ruhig nach München und lass dir Zeit bei deinen Erledigungen, ich halte hier die Stellung. Ich sperre morgen die Scheune für den Restaurator auf, und wenn er alles aufgeladen hat, schließe ich wieder ab. Mach dir keine Sorgen, ich kümmere mich darum, dass hier alles reibungslos abläuft.«

Ida winkte, zog die Tür zu, und Maria sah Idas Wagen hinterher, bis er hinter einer Kurve verschwunden war. Dann wandte sie sich zurück zum Hotel. »Diese Gelegenheit kommt wie gerufen, es könnte kaum besser laufen«, flüsterte sie.

Sie zog Idas Zimmerschlüssel vom Haken, ging unverzüglich in den ersten Stock, öffnete die Tür von Idas Appartement und zog sie lautlos hinter sich ins Schloss. Mit einem Blick nahm sie wahr, dass Idas Laptop offen auf dem Schreibtisch stand, sie hatte wohl vergessen, ihn auszumachen.

Wenn ich Glück habe, hat sie auch ihr Mailprogramm nicht geschlossen, überlegte Maria und berührte das Touchpad. Augenblicklich erschien es. Es zeigte eine Anfrage von Ida an das Einwohnermeldeamt in München. Die Antwort aus München lautete, dass es besser sei, Ida spreche persönlich vor, da sich gewisse Formalitäten besser vor Ort erledigen ließen. Maria zog die Luft laut hörbar zwischen den Zähnen ein. Deswegen musste Ida so dringend nach München. Aber um welche Formalitäten es sich wohl handelte? Aus den Mails konnte sie es nicht herauslesen.

Maria schloss aus Gewohnheit den Deckel des Laptops und durchsuchte systematisch die Schubläden und den Schrank. Sie wusste genau, dass sie, um nicht entdeckt zu werden, alles nur anheben und genau wie gehabt zurücklegen musste. Sie war geübt darin. Während ihrer Arbeit als Hotelangestellte in München hatte sie immer das Gepäck der Gäste durchforstet, die ihr interessant erschienen waren. Schade, hier fand sie nichts, was ihre Neugier befriedigen konnte. Ida musste den Erbschein und andere Unterlagen in München oder vielleicht sogar auf dem Hof deponiert haben. Ihr Groll darüber, keine neuen Informationen gefunden zu haben, ließ sie unvorsichtig werden, und sie trat aus dem Zimmer, ohne vorher nach rechts und links geschaut zu haben.

»Na, hast du wieder geschnüffelt? Du kannst es nicht lassen, nicht wahr? Es könnte dir ja etwas entgehen.« Johannes' Stimme kam vom Ende des Flurs, wo er das Fenster reparierte.

Maria zuckte zusammen, denn damit hatte sie nicht gerechnet. »Ich sollte für Ida etwas nachschauen, aber das geht dich überhaupt nichts an. Kümmere du dich doch um deine Weibergeschichten, damit hast du bestimmt genug zu tun«, kam ihre blitzschnelle Retourkutsche.

»So solltest dich mal deine Freundin Ida sehen, ich weiß nicht, ob sie dann die Freundschaft noch weiter pflegen würde. Aber das kannst du perfekt, den Leuten was vorspielen, ich bin ja selber drauf reingefallen.« Johannes murmelte mit hängendem Kopf vor sich hin, während Maria schon die Treppe nach unten ging.

## *Marias zweiter Besuch im Pflegeheim*

Sie hatte unbedingt ins Pflegeheim fahren und herausfinden müssen, ob Zenzi Besuch bekommen hatte. Glücklicherweise war der Restaurator am Montag nach zwei Stunden schon fertig gewesen, und sie hatte sich auf den Weg machen können.

In ihrer üblichen Tarnkappen-Aufmachung meldete sie sich an der Rezeption an und fragte mit einem Zwinkern, ob noch andere Besucher bei Zenzi wären. Der Pförtner, der sie schon kannte, verstand es als Scherz und antwortete, die einzige treue Seele, die zu Besuch käme, wäre immer noch sie.

Als er begann, sich darüber auszulassen, wie undankbar Kinder und Familien seien, fiel ihm Maria kurz angebunden ins Wort: »Wer weiß, vielleicht hat sie es verdient?« Dann ließ sie ihn mit offenem Mund zurück.

Die Schwester auf der Station begrüßte sie. »Dieses Mal sind Sie aber schneller wiedergekommen als sonst. Aber ich muss ehrlich zugeben, es wird nicht besser mit der Zenzi.«

»Tuts ihr denn gar nicht gut, wenn ich zu Besuch komm?«, fragte Maria mit besorgter Miene.

»O doch, sie ist hinterher immer stundenlang wie aufgedreht, aber danach ist alles wie vorher, meistens verschlimmert sich ihr Zustand. Gehen Sie ruhig hinein, sie kennen sich ja aus.«

Maria schloss die Tür hinter sich und betrachtete ihre Mutter. Sie wirkte noch kleiner und eingefallener als beim letzten Mal. Wenn sie fähig wäre, Mitleid für sie zu empfinden, müsste sie entsetzt sein über die Fixierungen. Aber der einzige Gedanke dazu war: Geschieht dir recht, so hast du es verdient.

»Da wäre ich wieder, wunder dich nicht. Aber vielleicht kriegst jetzt bald Besuch von Ida, denn die ist dir auf der Spur. Wie gut für mich, dass du nicht reden kannst.« Sie nahm ein Handtuch in die Hand und legte es ihrer Mutter über den Mund. »Sonst müsste ich dich zum Schweigen bringen, so wie hier mit dem Handtuch. Hast du ein Glück«, nahm sie ihr das Handtuch wieder vom Gesicht. Ihr Gesicht verzerrte sich plötzlich zur Fratze. »Ich musste auch immer schweigen, weißt du noch? Selbst als Omili gestorben ist, kannst dich noch erinnern? Keiner hatte mir gesagt, dass sie ins Krankenhaus musste. Sie war einfach nicht mehr da, und dann ist sie nach drei Tagen gestorben! Ich konnte sie nicht mal mehr besuchen.« Maria schüttelte heftig den Kopf und starrte vor sich hin. Zischelnd sprach sie weiter. »Der wichtigste Mensch in meinem Leben war tot, und ich war ahnungslos. Du hast mich einfach mit zur Beerdigung genommen und mir kurz vor dem Friedhof gesagt, dass Omili im Sarg liegt. Das war an Grausamkeit kaum zu überbieten, ich kann es bis heute nicht fassen. Und als ich weinte, hast du mich angefaucht, ich solle mich beherrschen, das sei doch eine Fremde. Eine Fremde! Diese Fremde war mir in meinem ganzen Leben näher als du!«

Jetzt weinte sie hemmungslos, als würde sie die verbotenen Tränen nachholen. Nach ein paar Minuten rückte sie mit dem Stuhl direkt ans Bett.

»Aber dann, dann habe ich dir gezeigt, was ich als Teenager so draufhatte. Da hättest selbst du noch was lernen können. Ich habe nämlich gemerkt, dass ich als ›reizendes Goldlockerl‹ nicht nur bei Erwachsenen punkten konnte, sondern auch bei den Jungs. Die haben mir immer was für a Busserl versprochen. Erst fand ich das eklig, aber dann habe ich gemerkt, dass die Belohnung umso größer ausfällt, je länger ich sie hinhalte. Von dir habe ich nichts bekommen, also musste ich mich darauf einlassen.« Maria betrachtete ihre Hände und grinste. »Am Anfang waren es nur Lippenstifte und Nagellack, aber später habe ich sogar Taschen und Schuhe dafür bekommen. Na ja, manchmal war es dann mehr als ein Busserl, aber was solls. Waren meine Wünsche erfüllt, habe ich sie abserviert.« Sie wischt mit der Hand durch die Luft, als würde sich dadurch alles auflösen. »Das Beste war, als ich dir und einem deiner Typen beim Sex zugeschaut habe. Du hast nichts davon gemerkt, aber er umso mehr. Betrunken wart ihr ja beide, wenn er über dich herfiel und dich schlug. Jeder Schlag war eine Genugtuung für mich, deine Schreie haben mich kaltgelassen. Endlich hat jemand etwas für mich erledigt, und er hat es umso schlimmer getrieben, wenn ich dabei zusah.«

Zufrieden lächelte sie in sich hinein, als würde sie noch in der Erinnerung ihren Erfolg genießen. Maria überlegte kurz – hatte ihr das alles weitergeholfen? Sicher war, dass sie ihrer Mutter immer hatte zeigen wollen, dass sie sie nicht brauchte, dass sie alles auch ohne sie erreichte, denn mit jedem neuen Liebesdienst waren die Preise angestiegen.

»Weißt du übrigens, dass ich meine Unschuld im Tausch gegen eine Jeans verloren habe? Du kannst dich sicher nicht an den Beppi aus der Nachbarschaft erinnern.

Den habe ich vielleicht zappeln lassen, dabei war er drei Jahre älter als ich. Ich habe ihm die Jeans bei ihm zu Hause vorgeführt, dann ist er über mich hergefallen, so schnell konnte ich die Hose gar nicht runterkriegen. Lang hats nicht gedauert, und schön wars auch nicht. Danach hab ich Schluss mit ihm gemacht. Du kannst dir nicht vorstellen, wie dumm der gschaut hat!«

Maria lachte hysterisch auf, sie war vollkommen in der Erinnerung versunken.

»Hast du nie gemerkt, dass ich Kleidung, Schuhe und Taschen hatte, für die du nie einen Pfennig gezahlt hattest? Ich habe dir meine Beute unter die Nase gehalten, und es war dir in deinem ständigen Delirium einfach egal. Pfui, Teufel, was warst du für eine Mutter. Du hast mich zur Hure gemacht!« Maria drehte sich angewidert ab, um kurz darauf mit frohlockender Stimme fortzusetzen. »Aber dann, als ich meine Lehre begann, dann habe ich von deiner ›Erziehung‹ profitiert. Jetzt hatte ich endlich einen Vorteil davon, dass ich bei jedem im Voraus wusste, was er wollte, so, wie ich immer deine Launen erahnt hatte. Ich wurde immer wieder für meine außerordentliche Zuvorkommenheit und Freundlichkeit gelobt, vor allem von den Männern. Damals habe ich viel Trinkgeld eingeheimst, obwohl wir alles hätten teilen müssen. Aber ich habe einfach nur einen kleinen Teil in den gemeinsamen Topf geworfen, dann ist es nicht aufgefallen. Keiner hat etwas geahnt, ich erklärte es immer mit dem Geiz der Gäste.«

Maria grinste.

»Noch besser ging es mir nach der Lehre, denn da war schon mehr als ein Techtelmechtel mit ein paar Gästen. Stell dir vor, bei einem bin ich damals abgeblitzt, und eine Kollegin hat das gemerkt und mich schadenfroh bloßgestellt. Die musste bluten! Ich habe aus dem Zimmer ihres Gastes teure Manschettenknöpfe geklaut und heimlich in ihre Handtasche gesteckt. Auf meinen Hinweis hat die Hausdame am Abend eine Taschenkontrolle durchgeführt, und ihr wurde fristlos gekündigt. Tja, so schnell hat sich danach keiner mehr mit mir angelegt. Freunde hatte ich dadurch zwar keine, aber viele Liebschaften, die sich gelohnt haben. Ich hatte einiges an Geld auf die Seite legen können und hatte trotzdem so ziemlich alles, was ich mir wünschte, und das werde ich auch in Zukunft schaffen.«

Es klopfte an der Tür, und die Pflegerin kam herein. »Es tut mir leid, aber der Arzt ist hier, und ich muss sie leider nach draußen bitten.«

»Das ist kein Problem, ich war sowieso am Gehen.« Maria strich die Bettdecke glatt und legte die Hand auf Zenzis Schulter. »Machs gut, Tantchen, bis zum nächsten Mal.«

## *Rückfahrt von München*

Ida bog vom mittleren Ring in München auf die Autobahn in Richtung Salzburg ein. Schade, dass die Tage mit Amy so schnell vorübergegangen waren. Sie musste ständig gähnen. Zwei durchzechte Nächte steckte auch sie nicht mehr so einfach weg. Ida freute sich für Amy, dass es zwischen ihr und Baldur gefunkt hatte.

Als Amys Wecker am Samstag um sechs Uhr morgens geklingelt hatte, hatte sich Ida zwar noch einmal umgedreht, sich dann aber schlaftrunken daran erinnert, dass sie wegen des angeblichen Bauvorhabens hatte recherchieren wollen, auch wenn die Nacht sehr kurz gewesen war. Aber ihre stundenlange Internetrecherche auf Amys Rechner war erfolglos geblieben. Trotz Amys Einwurf, das wären Hirngespinste der Stammtischler, hatte Ida ein vages Gefühl beschlichen, dass an den Gerüchten über ein geplantes Feriendorf doch etwas dran war. Vielleicht würde ihr Fanny etwas verraten, wenn sie sie das nächste Mal im Supermarkt antraf. Oder sie könnte Florian fragen, wenn sie ihn wegen der Schafherde besuchte. Wenn er etwas wusste, wäre er sicher die zuverlässigste Quelle für Informationen.

Während sich Ida Kilometer um Kilometer von München entfernte, erinnerte sie sich daran, wie sie nach ihrer Lehre München verlassen hatte, allerdings nach Norden in Richtung Berlin. Hätte ihr vor der Gesellenprüfung jemand gesagt, dass sie jemals ihre Meisterin verlassen würde, hätte sie das weit von sich gewiesen.

Frau Rosner bot ihr eine feste Stelle an, die Ida mit Freude annahm. Endlich verdiente sie ihr erstes richtiges Geld. Es war, als würden Reichtümer über ihr ausgeschüttet werden. Während sie auf der Suche nach einer kleinen Wohnung war, erhielt sie einen Anruf von Joey, die seit dem Abschluss ihrer Lehre bei einer Designerin in Berlin arbeitete. Ihre Chefin suche dringend eine Schneiderin, und Joey sei sicher, Ida wäre genau die Richtige. Nach mehreren Überredungsversuchen hatte es Joey geschafft, und Ida fuhr zum Vorstellungsgespräch übers Wochenende nach Berlin. Dort tat sich eine neue Welt vor Ida auf, noch schriller als bei ihrem ersten Eintreffen in München vor der Lehre. Ida konnte sich den Herausforderungen der Designerin Tavira nicht entziehen, die ganz außergewöhnliche Kleidungsstücke entwarf.

Sie war total aufgeregt, als sie sie aufforderte, an einer Schneiderpuppe einen Entwurf von ihr zu stecken und anschließend als Probemodell zu nähen. Begeistert von dem Modell, bei dem Ida sogar noch einen Verbesserungsvorschlag einarbeitete, bot ihr Tavira sofort die Stelle an. Noch auf der Rückfahrt nach München sagte Ida ihr telefonisch zu, als wollte sie damit vermeiden, es sich anders zu überlegen.

Der Abschied von München und Frau Rosner fiel ihr schwer, obwohl diese sie bei ihrem Vorhaben unterstützte und ihr anbot, sie könne jederzeit wieder zurückkommen.

Ida wohnte in Berlin in Joeys WG, Joey selbst zog einige Monate später zu ihrem Freund. Alles Neue bei Tavira sog sie wie ein Schwamm auf, und mit viel Elan bereitete sie sich auf die Meisterprüfung vor. Danach wurde sie Leiterin des Modellateliers, denn Taviras Unternehmen hatte sich seit Idas Arbeitsbeginns ständig vergrößert. Immer öfter entwarf Ida auch eigene Modelle, und schließlich studierte sie mit Unterstützung ihrer Chefin berufsbegleitend in einem Fernstudium Modedesign, nachdem ihr Meisterbrief und ihre mehrjährige Arbeitserfahrung als Zulassung zum Studium anerkannt worden waren.

Das war die anstrengendste Zeit in ihrem Leben, denn nach einem langen Tag im Atelier musste sie bis spät in die Nacht Kostümgeschichte, Farblehre und Designtheorie und -praxis pauken, Modelle entwerfen und nähen. An den wenigen freien Wochenenden vom Job besuchte sie die Vorlesungen. Nach zwei endlos scheinenden Jahren hielt sie nicht nur ihr Diplom als Modedesignerin in der Hand, sondern war auch mit ihrer Kraft am Ende.

Mittlerweile war die zweite WG-Mitbewohnerin ausgezogen und Ida lebte allein in der Dreizimmerwohnung. Nach und nach hatte sie jedes Zimmer für ihre Bedürfnisse eingerichtet. Dazu gehörte ein kleines Atelier mit einem Zeichentisch und einem Platz für ihre Nähmaschine. Es war noch die erste Maschine, die sie sich in München von ihrem Lohn zusammengespart hatte. Ein ganz besonderer, wenn auch seltener Genuss war es für sie, am Samstagvormittag auf ihrem Minibalkon im dritten Stock bei schönem Wetter mit Cappuccino und Croissants zu frühstücken, dabei fühlte sie sich wie eine Königin, das kleine Reich unter ihr waren die Straßen mit dem lebhaften Treiben in ihrem Kiez.

Ida war in ihrem Leben angekommen. Sie hatte eine Arbeit, die ihr viel abverlangte, aber ungeheuren Spaß machte. Alles, was sie in ihrer freien Zeit unternahm, hatte mit ihrem Beruf zu tun. Modenschauen, Messen, Materialeinkäufe im Ausland, all das beherrschte jetzt ihr

Leben. Sie kannte die Trends, sie konnte Stimmungen aufspüren und umsetzen, sie beherrschte alles, was für ihren Erfolg wichtig war.

Der Kontakt zur Familie war abgebrochen. Als ihre Mutter an Krebs starb, war Ida geschäftlich in China unterwegs. Ihre Schwester nahm es ihr sehr übel, dass sie nicht zur Beerdigung kam. Sie hatte kein Verständnis dafür, dass Ida die Reise nicht abgebrochen hatte. Knapp zwei Jahre später erhielt sie einen kurzen Brief von Johanna, in dem sie schrieb, dass der Vater beim Brand des Hauses gestorben sei, ausgelöst durch seine eigene Zigarette. Ida war schockiert bei der Vorstellung, in einem brennenden Haus qualvoll zu sterben. In der Erinnerung daran, was ihr Vater ihr angetan hatte, beschloss sie, nicht zur Beerdigung zu fahren. Daraufhin war absolute Funkstille zwischen ihr und Johanna, von der sie nur wusste, dass sie mittlerweile geschieden war.

Ida genoss ihr Leben in Berlin in vollen Zügen. Ab und zu hatte sie eine kurze Beziehung, brach diese aber immer dann ab, wenn zu große Nähe entstand. Ihre Freundin Lorett, die das bemerkte, sprach sie vorsichtig darauf an. Ida selbst hatte das nie als Problem gesehen, aber nach langem Nachdenken und vielen Gesprächen mit Lorett erkannte sie, dass sie wegen der Misshandlungen durch ihren Vater auf Abstand zu Männern ging. So entschloss sie sich, eine Therapie zu machen.

Während der zweijährigen Behandlung ging sie durch die tiefsten Schluchten ihres Lebens, erlebte die Übergriffe in Gedanken erneut und hatte oft das Gefühl, es nicht mehr aushalten zu können. Als sie an einem Gruppenwochenende Amy aus München kennenlernte, der es ähnlich wie ihr ergangen war, unterstützten sie sich gegenseitig bis zum Ende der Behandlung. Es entwickelte sich eine tiefe Freundschaft zwischen den beiden, dabei war die räumliche Distanz kein Hindernis.

Dann lernte sie Stefan kennen, und sie konnte zum ersten Mal die Nähe eines Mannes ertragen und damit umgehen. Sie begegnete ihm bei einer Fashionshow während der Modewoche, die er mit seinem Vater, einem Münchner Textilunternehmer, besuchte. Nachdem er ein Jahr später sein Wirtschaftsstudium in Berlin abgeschlossen hatte, überzeugte Stefan sie, mit ihm nach München zu kommen und in die Firma des Vaters einzusteigen. Gemeinsam könnten sie im Unternehmen einen Neustart für die etwas in die Jahre gekommene Firma hinlegen.

Ida verließ Berlin schweren Herzens, aber sie fühlte, dass es der richtige Zeitpunkt war, etwas Neues zu beginnen. Ein Lichtblick war, dass sie in München Amy häufiger treffen würde, denn die Freundschaft aus der Therapiezeit war ihnen geblieben. Stefan und sie stimmten überein, dass jeder eine eigene Wohnung haben und die Freiheit des anderen akzeptieren sollte. Ida ahnte allerdings nicht, dass das Stefan die Freiheit gab, auf keine der Frauen, die ihn umschwärmten, zu verzichten. Ida war anfangs so von ihrer Arbeit gefangen genommen, dass sie davon nichts mitbekam. Nur durch Anspielungen angeblicher »Freunde« wurde sie aufmerksam auf Stefans Affären. Es verletzte sie sehr, aber statt etwas dagegen zu unternehmen, kapselte sie sich ab, spielte mit und ging vollends in ihrer Arbeit auf. Nach einiger Zeit bot ihr Stefans Vater eine Teilhabe an der Firma an, genauso wie seinem Sohn. Sie sollten gemeinsam eine neue Abteilung aufbauen. Ida nahm mit Freude an, auch wenn sie dafür ihre gesamten Ersparnisse einsetzen musste. Nun war sie ihr eigener Chef.

Als sie den Vertrag beim Notar unterschrieben, kamen ihr vor Freude die Tränen über ihr Glück. Endlich hatte sie sich von ihrer ärmlichen Kindheit und traurigen Vergangenheit befreit. Was machte das schon, dass Stefan sie betrog? Diese Verletzung und Erniedrigung war weitaus geringer als das, was sie als Kind erlebt hatte. Sie machte sich selbst etwas vor in dem Glauben, dass sie damit würde leben können.

Ihre Welt brach zusammen, als Stefans Vater sich mit seinem Geschäftsanteil über Nacht ins Ausland absetzte. Sie erstarrte wie in einem nicht enden wollenden Albtraum. Stefan schlug vor, sie könnten gemeinsam mit ihren Anteilen die Firma fortführen, wobei er darunter verstand, dass Ida schuftete und er weiter sein gewohntes Leben lebte. In diesem ungelösten Durcheinander erhielt sie die Einladung eines Münchner Rechtsanwalts zur Testamentseröffnung von Maximilian Eggert. Ida hatte keine Zeit, darüber nachzudenken, was sie mit dessen Testament zu tun hatte, sie bedauerte allerdings sehr, dass er gestorben war. Da sie ihn in bester Erinnerung hatte, nahm sie den Termin wahr.

In der Kanzlei wunderte sie sich, dass niemand außer ihr anwesend war. Nachdem sie sich ausgewiesen hatte, eröffnete ihr der Anwalt mit wenigen Worten, dass sie die Alleinerbin des Rupertihofes und eines nicht geringen Kapitalvermögens sei. Beim Verlesen des knappen Testaments fiel die Schockstarre, in der sich Ida seit dem Abtauchen ihres Geschäftspartners befand, von ihr ab.

Sie hörte sich selbst mit größter Verwunderung sagen, dass sie das Erbe annehmen würde. In diesem Moment war ihr klar, was sie tun würde, um die Marionettenfäden zu kappen, an denen sie seit Wochen hing.

Danach ging alles Schlag auf Schlag. Sie begutachtete den Hof, verkaufte ihren Firmenanteil an Stefan, vermietete ihre Eigentumswohnung und kehrte der Stadt und Stefan den Rücken zu. Sie richtete ihr Leben zumindest vorübergehend auf den Rupertihof aus, der früher schon für sie ein Ort gewesen war, an dem sie sich wohlgefühlt hatte.

Das war der Zeitpunkt gewesen, das Drehbuch ihres Lebens wieder selbst zu schreiben und sogar Regie zu führen.

Ida schreckte aus ihrer Erinnerung wie aus einem Sekundenschlaf auf. War sie etwa eingeschlafen? Ihr Herz raste angesichts der Gefahr, die eine derartige Unachtsamkeit barg. Extrem laute Musik und weit geöffnete Fenster halfen nicht gegen die bleierne Müdigkeit. Ein doppelter Espresso an der nächsten Raststätte wäre die Lösung, bis dahin musste sie durchhalten.

Sie meinte, ihren Augen nicht trauen zu können, als sie beim Bezahlen Maria an einem Süßigkeitenregal erkannte. Die andere duckte sich weg, wollte von Ida nicht gesehen werden, aber Ida war schneller.

»Maria, was machst du denn hier?«, sprach sie sie von hinten an und tippte ihr auf die Schulter.

Ida war über Marias Aussehen entsetzt, sie trug die Haare als engen Dutt im Nacken und ein vollkommen unförmiges und farbloses Kostüm. Über ihrer Schulter hing ein abgegriffener großer Beutel. Sie sah die Personifizierung einer »grauen Maus« vor sich – genau so hatte sie sie sich immer vorgestellt.

Sie drehte sich um. »Ida … das ist aber eine Überraschung.«

»Das geht mir genauso, dich hätte ich hier nicht erwartet.«

»Montags ist im Hotel nie was los, und nachdem der Restaurator weg war, habe ich beschlossen, den Tag zum Shoppen in der bayerischen Hauptstadt zu nützen. Das brauche ich ab und zu. Jetzt muss ich mal dringend für kleine Mädchen ...«

Ida hatte das Gefühl, dass Maria die Flucht ergriff. »Na dann, wir sehen uns im Hotel.« Sie blickte ihr nach, während sie in Richtung der Toiletten ging. Der Gedanke, dass Maria in dieser altbackenen und formlosen Aufmachung zum Einkaufen nach München ging, ließ Ida nicht los. Es wirkte auf sie, als hätte Maria in die Altkleiderkiste gegriffen, dabei trug sie sonst mit Vorliebe teure Designerklamotten. Für Idas Geschmack meistens etwas zu sexy und übertrieben gestylt, aber das war einfach ihre Art und kam sicher dem Gastbetrieb zugute. Sie wusste, dass Maria gern in exquisite Geschäfte ging. Aber in dieser Aufmachung? Irgendetwas stimmte nicht, aber sie kam auf keine schlüssige Erklärung.

# *Stöbern auf dem Dachboden*

Nach und nach hatte Ida alle Handwerker erreicht, die sie für ihren Umbau brauchte. Die Dusche und Toilette im Erdgeschoss waren bis auf wenige Details fertiggestellt, und nun arbeitete der Installateur im Badezimmer im Obergeschoss. Das Klopfen mit Hammer und Meißel auf die über hundert Jahre alten Wände dröhnte durch das ganze Haus, nach jedem Schlag fielen eine oder mehrere Fliesen mit lautem Krachen auf den Boden, um anschließend scheppernd über eine Rutsche aus dem Obergeschoss in den Container im Hof zu plumpsen. Ida konnte dabei nicht helfen und entschloss sich, auf dem Dachboden zu stöbern. Vielleicht würde sie ein paar schöne Stücke finden. Sie klappte die Luke der Spitzbodentreppe um und steckte vorsichtig den Kopf hindurch. Nicht dass irgendein Tier, das hier oben ungestört lebte, aufgeschreckt wurde und auf sie losging. Nach wenigen Momenten, in denen nichts passiert war, stieg sie ganz auf den Boden und schaute sich um.

Spinnweben hingen wie ein dichter Vorhang von den Dachbalken herab. Der Staub der vergangenen Jahre klebte an den Fäden und ließ sie wie dicke Seile wirken, die sich durch die geringste Berührung auflösen und zu Boden rieseln würden. Ständig musste Ida niesen und löste mit dieser heftigen Bewegung die nächste Staubwolke aus.

Auf den ersten Blick lag ein großes Durcheinander vor ihr. Ein alter Speicher wie im Bilderbuch, vollgestopft mit Nähmaschinen, Schränken, Kommoden, Betten und Matratzen sowie einem riesigen Kinderwagen ... Und sogar ein Hörnerschlitten mit abgebrochenen Kufen stand in einer Ecke. Schneiderbüsten in verschiedenen Größen mit und ohne Mittelfuß drängten sich aneinander. Daneben lagen kreuz und quer Heugabeln, Holzrechen, etwas, das wie ein Pflug aussah und ein Ochsengeschirr, so, wie sie es von früher her kannte. Auch eiserne Töpfe, große Milchkannen, Siebe aus Holz mit Drahtgeflecht und eine riesige Küchenwaage konnte sie erkennen – einfach alles, was sich über mehrere Generationen angesammelt hatte.

Auf einer Seite des riesigen Raumes, der sich ohne Unterteilung über das gesamte Haus hinzog, standen in Richtung des Dachfirstes in Reih und Glied Schränke, Stühle, Tische und Kommoden. Steinguttöpfe und Kupferschüsseln, alte Gusspfannen und Flaschen lagen in zweiter Reihe vor den Möbelstücken, in einem Holzkasten befanden sich große Suppenschöpfer, Fleischgabeln und anderes Küchenbesteck. Scheinbar hatte schon einmal jemand den Versuch unternommen, den Dachboden zu entrümpeln, aber vermutlich angesichts des immensen Aufwandes wieder aufgegeben, denn auf der anderen Giebelseite herrschte das pure Chaos.

Stück für Stück arbeitete sie sich durch den Möbelberg. Mit dem inneren Auge der Kreativität betrachtete sie jedes Stück und teilte sie alle ein in Kategorien wie »dekorativ«, »mit etwas Aufwand renovierbar« oder »ein echt schönes Stück«. Nur vollkommen unverwertbare Teile landeten auf einem Haufen neben der Treppenluke, sofern sie sich bewegen ließen. Obwohl sie keine direkte Beziehung zu den bäuerlichen Antiquitäten hatte, fiel es ihr schwer, die wirklich unbrauchbaren Stücke auszumustern. Glücklicherweise waren viele der alten Möbel kaum beschädigt und durften bleiben. Womöglich mussten sie später wegen Holzwürmern doch entsorgt werden, aber bisher hatte sie nirgendwo die für Holzwürmer typischen Sägemehlhäufchen gesehen.

Ob sie nicht doch eine Pause machen sollte? Sie war schmutzig und auch schon ziemlich erschöpft, außerdem fühlten sich ihre Handflächen an, als würden jeden Moment Blasen aufplatzen. Die größeren und schweren Möbel zu verschieben erforderte viel Kraft, dazu würde sie Hilfe benötigen. Aber ihre Neugier auf das, was sich in den Truhen befand, trieb sie an. Da vermutlich die ältesten Stücke ganz hinten waren, beschloss sie, dort weiterzumachen. Sie schob übereinandergestapelte Stühle und einen Tisch auf die Seite, um sich einen Weg zu bahnen. Eine massive Holztruhe, die mit Blumen und Figuren in Tracht bemalt waren, bannte ihre Aufmerksamkeit. Vermutlich eine Aussteuertruhe, die früher der Braut mit in die Ehe gegeben worden war. Sie konnte sich noch gut daran erinnern, als ihre älteste Schwester geheiratet hatte. Nach alter Tradition hatten die Eltern ihr die Schlafzimmereinrichtung und Wäsche, die in einer Truhe verstaut wurde, als Mitgift gekauft. Und das, obwohl sie kaum genug Geld zum Leben gehabt hatten, aber sie hatten ihre Tochter vor den Eltern des Bräutigams nicht bloßstellen wollen.

Sie schob den angerosteten Riegel des Schlosses zur Seite und versuchte, den Deckel an der vorderen Kante anzuheben. Nur mit größter Kraftanstrengung gelang es ihr schließlich, und nach mehreren Versuchen klappte sie ihn nach hinten an die Dachschräge.

Die Truhe war voll, zuoberst abgedeckt mit einer doppelten Lage vergilbten Seidenpapiers. Ida hob das knisternde Papier weg, ganz vorsichtig, damit die Staubschicht nicht auf den Inhalt der Truhe fiel. Vor ihr lag ein weit ausgebreitetes, leicht vergilbtes weißes Kleid. Fertig zum Anziehen für eine ganz besondere Gelegenheit. Auf dem Kleid thronte ein Rosenkranz. Ida hob ehrfurchtsvoll die zierliche Kette mit dem goldenen Kreuz und ließ die anschmiegsamen Perlen durch ihre Finger gleiten. »Gegrüßet seist du Maria, Mutter Gottes …« Die heruntergerasselten Worte, die sich automatisch in ihren Gedanken formten, bedeuteten ihr nichts mehr, aber sie bewunderte das filigrane Schmuckstück.

Vorsichtig legte sie den Rosenkranz auf die danebenstehende Kommode. Sie strich mit den Händen über das Kleid und hob es an den Schultern hoch. Ein Kleid für eine Acht- bis Zehnjährige, schätzte sie. Das Oberteil war mit gestickten Smokfältchen verziert, der weite lange Rock hatte am Saum Stickereien und endete in einer breiten Klöppelspitze, auch der Kragen und die Rüschen an den Ärmeln waren geklöppelt. Sie vermutete, dass es das Kommunionskleid von Magdalena, Maximilians Schwester, war, die mit fünfzehn Jahren gestorben war – vielleicht stammte es sogar aus einer noch früheren Generation. Die aufwendigen Verzierungen hatte eine Näherin ausgeführt, die ihr Handwerk verstand. Das erkannte Ida an den handgenähten Knopflöchern, die mit Blütenblättern umstickt worden waren, und an der Bordüre, die von der Mitte aus den Rocksaum zierte.

Ida legte das Kleid vorsichtig über einen Stuhl, den sie vorher mit dem Papier abgedeckt hatte. Nun hob sie ein Kleid nach dem anderen aus der Truhe, niedliche Kinderdirndl und Trachtenröcke, auch kleine Blüschen waren darunter, jedes nach alter Tradition mit Stickereien und Borten verziert. Je mehr Stücke sie heraushob, umso kleiner wurden die Größen, bis sie feinste handgestrickte Strampelanzüge und winzige Kleidchen bewundern konnte.

Das letzte Kleid war wieder ganz in Weiß, der Form und Größe nach ein Taufkleid. Das rosafarbene Futter schimmerte durch den zarten Organzastoff. Zusätzlich zu den dekorativen Blumen und Ranken ganz in Weiß waren entlang des Saumes Namen und Daten eingestickt. Sicher die der Täuflinge, die dieses Kleid getragen hatten. Es begann mit Afra, 1859, weiter waren die Namen Vitus, Leonhard, Katharina und Maximilian zu lesen – und es endete mit Magdalena.

Sie fühlte sich betroffen und hing ihren Gedanken nach. Eine Truhe mit Kleidern ... War es das, was von so einem kurzen Leben übrig blieb? Sicher wäre später noch ein Brautkleid dazugekommen.

Als Ida das Taufkleid hochheben wollte, um die Jahreszahlen neben den Namen besser lesen zu können, blieb der Saum am Truhenboden hängen. Ida beugte sich tief hinein und versuchte, den Stoff vorsichtig zu lösen. Es wäre schade darum, wenn es reißen würde. Sie leuchtete mit der Taschenlampe auf den Boden. Ein Teil des Kleidersaums war zwischen der Truhenwand und dem Boden eingeklemmt. Doch etwas war merkwürdig daran, es schien dahinter noch Platz zu sein. Ein doppelter Boden?

Sie versuchte, einen Finger zwischen Truhenwand und Boden zu quetschen, aber es war unmöglich. Zum Glück lagen hier genügend Messer herum, wenn auch meistens rostige. Sie griff nach einem. Vor Aufregung glitt es ihr beinahe aus der Hand. Vorsichtig schob sie die Klinge zwischen den Rand des Bodeneinsatzes und die Truhenwand und versuchte durch Drehen, einen Abstand dazwischen zu bekommen. Endlich gelang es ihr nach mehreren Versuchen, den Einsatz so weit anzuheben, dass sie den Rand mit den Fingern greifen und hochziehen konnte.

Zwei flache Schachteln, bezogen mit marmoriertem Papier, lagen darunter. Sie nahm die kleinere von beiden und öffnete sie. Ein dunkelbraunes ledergebundenes Buch mit dem goldfarbenen Aufdruck »Familienstammbuch« und ein grauer Ordner, bezeichnet mit »Einnahmen und Ausgaben«, befanden sich darin. Ida blätterte im Stammbuch. Zuoberst entzifferte sie die Trauungsurkunde des Ehepaares Eggert, Maximilians Eltern. Die nächste Urkunde war die Geburtsurkunde von Maximilian und eine weitere elf Jahre später, von Magdalena, seiner Schwester. Danach folgte die Sterbeurkunde von Katts Mann, die Trauungsurkunde ihrer zweiten Ehe und die Sterbeurkunde des zweiten Ehemannes nur zwei Jahre später. Magdalenas Sterbeurkunde im Alter von 15 Jahren schloss die Familiengeschichte. Scheinbar hatte danach keiner mehr Interesse daran gehabt, das Stammbuch fortzuführen.

Katt hatte ein schweres Los gehabt. Sie hatte zwei Ehemänner, und, was Ida noch viel schlimmer erschien, das eigene Kind begraben müssen. Wenn man da nicht am Leben verzweifelte? Und dabei war sie immer so freundlich zu ihr gewesen! Ein fremdes Kind aufwachsen zu sehen, wenn das eigene unter der Erde lag – grausamer ging es kaum. Enttäuscht schloss sie das Stammbuch, da sie sich mehr Informationen erhofft hatte. Vielleicht hatte der Ordner aus grauem Karton mehr zu bieten. Ein kurzer Blick ins Innere genügte, es reihten sich endlose Zahlenkolonnen in Tabellen aneinander.

Den Ordner wollte sie sich am Abend in Ruhe vornehmen, das erschloss sich ihr nicht auf die Schnelle.

Hin- und hergerissen zwischen Neugier und Hoffnung öffnete sie den zweiten Karton.

Na endlich!

Sie fand unzählige Fotos, darunter sehr alte schwarzweiße mit Sepiafärbung, aber auch einige mit einem starken Rotstich. Durch ihre Ungeduld fiel ihr der Karton aus der Hand, und alle Fotos flogen wild durcheinander auf den Boden. Falls sie nach Jahreszahlen geordnet gewesen waren, hatte sie das jetzt zerstört. Aber vielleicht befanden sich die Jahreszahlen und eine Beschriftung auf den Rückseiten. Sie zog ein Foto nach dem anderen heraus und musste feststellen, dass nur die Datumsangaben auf den Rückseiten eingestempelt waren, es gab keine weitere Beschriftung. Wenigstens etwas, vielleicht s oder besser noch dessen Mutter bei der Identifizierung der Personen helfen.

Mit einem Blick auf die Uhr sah Ida, dass es schon sieben vorbei war und sie seit knapp vier Stunden auf dem Dachboden herumkruschtelte. Hier oben würde sie in Zukunft noch viel Zeit verbringen müssen, um weiter aufzuräumen. Vielleicht ließen sich noch ein paar ganz besondere Schätze entdecken, denn weggeschmissen worden war hier selten etwas, wie sie hatte feststellen können. Jetzt erst bemerkte sie die Stille im Haus, kein Klopfen, keine Bruch- oder Kratzgeräusche. Der Installateur hatte seine Arbeit beendet, denn er hörte jeden Tag pünktlich um 17.00 Uhr auf.

Ordentlich legte Ida die Kleider in die Truhe zurück, um sie vor dem aufgewirbelten Staub zu schützen, und stieg mit dem Familienstammbuch, dem Ordner und der Fotokiste nach unten.

Frisch geduscht, die feuchten Haare zu einem lockeren Zopf geflochten, saß Ida am Tisch in der Wohnküche. Sie hatte sich zwei große Schmalzbrote in mundgerechte Stücke geschnitten, dazu Tomaten, Radieschen und Käse auf einem Teller zurechtgelegt, um während des Essens ungehindert im Ordner lesen und die Fotos betrachten zu können.

Beim Durchblättern merkte Ida, dass im Ordner die Kaufverträge und Urkunden von mehr als hundert Jahren abgelegt waren. Auf einem »Kontoblatt«, das über mehrere Seiten und Jahrzehnte ging, fand sie die Einnahmen und Ausgaben säuberlich aufgelistet, zuerst in der für sie fast unlesbaren Sütterlinschrift, die dann später in die deutsche Ausgangsschrift wechselte. Mit den Datumsangaben und Summen boten die Zahlenkolonnen einen perfekten Überblick darüber, wie sich der Wohlstand des Rupertihofes ständig gemehrt hatte. Vermutlich war es Maximilians Urgroßvater gewesen, der über Jahre kleinere und größere Weideflächen gekauft hatte, ein anderes Mal hatte er zwei kleinere Grundstücke gegen ein größeres mit Zuzahlung getauscht. Für zwei Pferde hatte er 70 Mark ausgegeben, der Traktor war mit 890 Mark eingetragen und auch der Kauf eines Häckslers mit 250 Mark aufgeführt. Später waren die Preise gestiegen, und zwischen den Maschinen tauchten in der Spalte »Verkäufe« für ein Kalb die Einnahme von 180 Mark auf, 1 Schwein wurde für 80 Mark veräußert. So setzte sich die Liste fort, bis die Summen in DM angegeben wurden.

Eine so ordentliche Buchhaltung kannte sie von ihrem eigenen Zuhause nicht. Ihr Vater hatte immer gesagt, wozu solle er Listen führen über Geld, das er nicht habe.

Ida blätterte die Seiten aufmerksam durch. Ab 1983 tauchten monatliche Ausgaben in Höhe von 400 DM auf, die mit »Unterhalt« bezeichnet worden waren. 1999 waren die Zahlungen auf 600 DM erhöht worden, wurden 2001 mit 310 € fortgeführt und endeten 2004. Schade, es stand kein Empfänger dabei, das wäre interessant gewesen. Idas anfängliche Vermutung, dass es für Maximilian war, der nach Beendigung der Bundeswehr ein Studium zum Hauptschullehrer gemacht und danach hier im Dorf unterrichtet hatte, verwarf sie. Ihre Berechnungen ergaben, dass er ungefähr ab 1985 sein Lehrergehalt bezogen haben musste, da hatte er keinen Unterhalt mehr benötigt.

Die Eintragungen zum Unterhalt gingen ihr jedoch nicht aus dem Kopf. Hatte Maximilian ein uneheliches Kind gehabt, womöglich mit einer verheirateten Frau? Vielleicht wusste Florian etwas darüber, auch wenn er einige Jahre jünger war. Maximilian war sein Leben lang unverheiratet gewesen, obwohl er hier in den Bergen eine sehr »gute Partie« gewesen sein musste, mit seinem festen Einkommen als Beamter und dem stattlichen Hof. Sie konnte sich gut vorstellen, dass viele Mütter mit ihren Töchtern bei ihm Schlange gestanden hatten, um sie unter die Haube zu bringen. Aus irgendeinem Grund ließ ihr der Gedanke an die Unterhaltszahlungen keine Ruhe.

Sie würde weitersuchen, irgendwo müssten auch Kontoauszüge sein, vielleicht in den Schränken und Kommoden, die sie heute nicht geöffnet hatte. Vermutlich hatte Maximilian das Kontobuch nach dem Tod von Katt 1996 weitergeführt, vielleicht hatte er sie zusammen mit den Kontoauszügen aufbewahrt.

Obwohl es schon 22.00 Uhr war, breitete Ida noch die rund dreißig Fotos auf ihrem Esstisch aus: die Schwarz-Weiß-Fotografien auf die eine Seite, die farbigen auf die andere. Brautpaare in Tracht, sehr steif und ernst, aber mit Stolz, so wie früher Porträts für die Nachwelt auf Papier gebannt wurden. Die übrigen Bilder zeigten eines der Brautpaare als Eltern mit dem Säugling bei der Taufe und eine größere Hochzeitsgesellschaft.

Bei einem der rötlich verfärbten Farbfotos fiel ihr Blick auf ein Mädchen in dem weißen Kleid, das sie in der Hochzeitstruhe gefunden hatte. Mit einer feierlich geschmückten Kerze und dem Rosenkranz posierte sie mit einem zaghaften Lächeln vor dem Fotografen. Es bestätigte Idas Vermutung, dass das oberste Kleid in der Truhe ein Kommunionskleid war. Es passte dem Kind wie angegossen und unterstrich seine zierliche Gestalt. Ida hatte das Gefühl, als würde sie das Mädchen kennen, aber ihr fiel niemand dazu ein. Etwas im Gesichtsausdruck bannte ihren Blick, aber sie konnte nicht erkennen, wodurch die Faszination ausgelöst wurde. Ida lehnte das Foto auf den Wandsims, in der Hoffnung, dass ihr Erinnerungsvermögen angeregt werden würde, wenn sie es ständig vor Augen hatte.

Sie ordnete die übrigen Fotos nach den Zeitangaben auf dem Tisch, denn sie wollte morgen ihre Recherche fortsetzen.

# *Maria und Stefan*

Maria hatte ihren freien Tag und war, wie schon so oft, mit dem Fernglas unterwegs, immer den Rupertihof im Visier. Es passierte nichts Interessantes, das irgendwelche Rückschlüsse zuließ, nur der Pick-up des Installateurs war im Hof zu sehen und immer wieder die Staubwolken, die zwischen dem oberen Stockwerk und dem Container vor dem Haus aufstoben. Gerade als sie sich auf den Nachhauseweg machen wollte, sah sie in letzter Sekunde, dass in etwa hundert Metern Entfernung unterhalb von ihr Florian eine heftige Diskussion mit einem etwa gleichaltrigen Fremden führte.

Glücklicherweise hatten die beiden sie noch nicht gesehen. Verdeckt von einem Felsvorsprung versuchte sie vergeblich, etwas von deren Unterhaltung zu verstehen. Durch das Fernglas erkannte sie auf Anhieb, dass der Unbekannte nicht aus dem Dorf kam. Außerdem war seine Kleidung untypisch für die Einwohner, das Styling wies auf die Münchner Szene hin. Seine Jeans hatten Risse an der richtigen Stelle, auch die Auswaschungen waren sehr gut platziert. Das Shirt zierte ein Markenlabel, und das weiche Leder der Bikerjacke konnte man fast durch das Fernglas spüren, es schmiegte sich jeder Bewegung des Trägers an. Die Sneakers und eine angesagte Sonnenbrille ergänzten sein Outfit. Maria konnte sich den Gedanken nicht verkneifen, dass vor ihr zwei wirklich gut aussehende Männer standen, jeder auf seine Art ein besonderer Typ. Plötzlich fiel es ihr wie Schuppen von den Augen. Das musste Stefan sein, der Ex von Ida. Sie hatte ihr viel von ihm erzählt, und das Bild, das Maria sich von ihm machte, stimmte mit dem Fremden überein. Wer sonst sollte heimlich den Rupertihof mit dem Fernglas beobachten. Pech für ihn, dass er auf Florian getroffen war, denn der würde ihm das nicht ohne Weiteres durchgehen lassen.

Obwohl sie nicht hörte, worüber sich die beiden unterhielten, sprach Florians Körperhaltung Bände: breitbeinig und hoch aufgerichtet wie ein Platzhirsch, der sein Revier verteidigte, dabei die Arme in die Hüften gestemmt. In dieser Machtpose verharrte er. Schließlich machte der Fremde eine wegwerfende Handbewegung, drehte sich um und ging bergab zur Straße. Florian verließ erst seinen Platz, als der Unbekannte nicht mehr zu sehen war.

Maria überlegte fieberhaft, wie sie mit Stefan Kontakt aufnehmen könnte. Ein innerliches Vibrieren sagte ihr, dass er für ihre Pläne durchaus eine Unterstützung sein konnte. Sie wollte jedoch keinesfalls von Florian gesehen werden und musste abwarten, bis er endlich zurück in Richtung seines Hofes ging. Dann rannte sie, so schnell es bergab über die unebenen Bergwiesen ging, hinter Stefan her und sah im letzten Moment, dass er mit seinem Auto in Richtung Oberndorf fuhr. Ihr eigenes Auto stand ebenfalls nicht weit entfernt, und sie hoffte, er würde im Ort anhalten.

Tatsächlich, als sie am Marktplatz ankam und vor dem Hotel hielt, stand er gegenüber am Dorfplatz und studierte die große Landkarte der Umgebung. Sie schlenderte wie zufällig an ihm vorbei und blieb neben ihm stehen.

»Kann ich dir vielleicht helfen?«, sprach sie ihn direkt an.

»Eine gute Idee, aber vermutlich ist mir nicht zu helfen«, antwortete er grinsend.

»Das sollten wir drauf ankommen lassen.« Maria zwinkerte ihm zu.

»Da müsstest du schon hellsichtig sein«, stieg er in das Geplänkel ein.

»Na dann, soll ichs mal probiern? Hat schon manchmal geklappt, vielleicht haben wir ja Glück.« Maria flirtete ganz offensichtlich mit ihm.

»Okay, dann mal los. Hast du deine Glaskugel dabei, brauchst du Kaffeesatz oder vielleicht einen Kuhfladen ...?«

»Aber hallo, werd nicht frech. Was ich brauch, hab ich hier«, sagte sie und tippte sich an den Kopf. »Gehe ich recht in der Annahme, dass du eine bestimmte Person suchst?«

»Das ist schon mal nicht schlecht, aber darauf könnte jeder kommen bei einem Fremden, oder?« Stefan zeigte sich nicht übermäßig beeindruckt.

»Gehts um a Frau?« Maria lächelte erwartungsvoll.

»Das war die Fifty-fifty-Frage, aber auch nicht besonders schwer.«

»Dein Name könnte Thomas oder Markus sein, nein, ich habs, du heißt Stefan, richtig?«

»Uups, der Treffer schlechthin. Was hast du sonst noch auf Lager?« Stefan starrte sie mit offenem Mund an.

»Dann würd ich sagen, dass die Gesuchte ein rothaariger Lockenkopf namens Ida ist?« Maria hob siegessicher den Kopf und grinste.

»Ich bin platt ... Jetzt wüsste ich aber gern, woher du das weißt.«

»Mach ich gern, aber net hier aufm Dorfplatz, wo uns jeder sehen kann. Was hältst davon, treffen wir uns in Wiesenthal im Café Alpenrose. Das liegt direkt an der Ortsdurchfahrt, etwa zehn Kilometer von hier in Richtung Autobahn.«

»Für mich kein Problem, das ist mein Weg. Wir könnten aber auch hier ins Gasthaus gehen, dann brauchst du nicht fahren.«

»Nein, das lassen wir lieber. Hier kennt mich jeder, und der Dorffunk macht schnell seine Runden.«

»Wie du meinst, also dann bis gleich.« Stefan sah ihr noch hinterher, bis sie ins Auto stieg, und machte sich kurz darauf selbst auf den Weg.

Stefan setzte sich zu Maria an den Tisch, den sie ganz hinten im Café ausgesucht hatte, um möglichst viel Abstand zu den übrigen Gästen zu haben. Schon beim Betreten des Cafés hatte sie mit einem Blick festgestellt, dass unter den Leuten kein bekanntes Gesicht war.

»Kannst du mir zuerst mal sagen, wer du bist und woher du deine Informationen hast?« Stefan hatte den Flirtmodus abgelegt und wirkte distanziert.

»Ich bin die Maria, Chefin vom Hotel und Gasthof Angermaier in Oberndorf. Außerdem bin ich die beste Freundin von Ida.« Maria ging auf den Geschäftston ein.

»Ja, und warum treffen wir uns dann hier und sitzen nicht bei dir im Gasthof? Wäre vielleicht einfacher gewesen, oder hast du was zu verbergen?«

»Ich nicht, aber du!« Maria schaute ihm direkt in die Augen.

Stefan verzog die Lippen zu einem Lächeln, allerdings blieben seine Augen davon unberührt. »Das musst du mir erklären. Meinst du nicht, dass du da irgendwie einer falschen Information aufgesessen bist?«

Maria erkannte, dass Stefan freiwillig nichts preisgeben würde. Sie musste ihn aus der Reserve locken, vor allem, um herauszufinden, ob sie ihn für ihre Zwecke einsetzen konnte, ohne ihm ihre Ziele zu verraten. Sie entschied kurz entschlossen, in eine Rolle zu schlüpfen. Sie war die »beste Freundin«, die Ida vor Stefan schützen wollte.

»Ich weiß, dass Ida dir nicht verraten hat, wo sie wohnt, damit du ihr nicht nachstellen kannst. Du hast sie in vielfacher Weise enttäuscht, und sie will nichts mehr von dir wissen. Dass du sie ausspionierst, ist Beweis dafür, dass sie recht hat.«

»Das mag wohl auf den ersten Blick so ausschauen, aber ich stelle ihr nicht nach.« Er wies mit der Hand auf sich selbst. »Glaubst du, ich habe das nötig?« Er schüttelte lächelnd den Kopf. »Ich wusste schließlich, dass sie aus Oberndorf kommt und den Hof geerbt hat.«

»Tja, warum hast du dann ihren Hof mit dem Fernglas beobachtet?« Maria zog die Brauen hoch. »Wie würdest du das nennen?«

Stefan rutschte auf dem Stuhl hin und her. Er fuhr sich mehrere Male mit der Hand durch die Haare.

Maria jubelte insgeheim, sie hatte ihn ertappt. »Was willst denn von der Ida, sags mir doch ganz einfach.«

»Das würde ich ihr gern selbst sagen.«

Maria spürte die Dringlichkeit, mit der Stefan auf ein Treffen mit Ida beharrte, aber sie ließ sich nicht erweichen.

»Tja, entweder du sagst es mir und ich leg bei Ida ein gutes Wort für dich ein, oder ich erzähl ihr, dass du sie ausspionierst. Kannst dir sicher ausmaln, wie gut das bei ihr ankommt.« An ihrer entschlossenen Haltung war sicher leicht zu sehen, dass es für sie keine Alternative gab.

Stefan seufzte und gab sich geschlagen. Er erzählte ihr ausführlich, dass er nach dem plötzlichen Ausscheiden seines Vaters, von dem er beteuerte, nichts gewusst zu haben, und dem Entschluss Idas, die Firma zu verlassen, trotzdem weitermachen wolle, dazu aber unbedingt Ida als Designerin brauche. Alle Kunden würden nach ihren Entwürfen fragen, seine neue Designerin, die er eingestellt habe, erreiche bei Weitem nicht Idas Niveau und viele seien schon abgesprungen.

Er redete und redete, währenddessen Maria sich überlegte, wie sie die Situation zu ihrem Vorteil einsetzen konnte.

»... wenn du ihr klarmachen könntest, dass ich sie als Designerin brauche und sie dafür ein Top-Gehalt bekommt, wäre ich dir sehr dankbar«, endete Stefan den ausschweifenden Monolog.

Maria war klar, dass seine Firma ohne Ida, die, wie sie wusste, Tag und Nacht gearbeitet hatte, den Bach runterging. Aber das war ihr egal, entscheidend war für sie im Moment, dass er etwas von ihr wollte und sie ihn somit in der Hand hatte.

»Wenn das so ist, könnte ich vorsichtig versuchen, bei Ida ein gutes Wort einzulegen, aber, das sage ich dir gleich, schnell geht das nicht.« Sie rückte etwas näher zu Stefan hin und senkte ihre Stimme. »Weißt, ich selbst bin der Meinung, dass Ida hier nicht glücklich wird, denn im Dorf wird sie mit Argusaugen beobachtet. Das hat keine Zukunft, ich weiß selbst, wie das ist.« Maria kehrte die fürsorgliche Freundin heraus. »Und da oben, ganz allein auf dem Hof, wer weiß, was da alles passiern kann.«

»Wenn du das hinkriegen würdest ... Ich würde sonst was dafür tun, dass sie wieder in die Firma zurückkommt.« Stefan atmete erneut tief ein und war sichtlich erleichtert. Die Anspannung fiel von ihm ab, und er machte es sich im Stuhl gemütlich.

»Ich sorge mich nur um Ida, sonst nichts«, entgegnete Maria sofort. Sie wollte ihm nicht auf die Nase binden, dass sie irgendwann auf sein Angebot zurückkommen würde. Wichtig war, dass sie ihn an der Angel hatte. Sie beherrschte dieses Spiel perfekt, sie fühlte sich in ihrem Metier.

»Und noch was, solltest du Ida darüber etwas erzähln, werd ich dich als Lügner hinstellen. Da hab ich eindeutig die bessern Kartn. Oder denkst du, die würd dir ein Wort glaubn?«

»Okay, okay, ... mir tut es fast schon ein bisschen leid für Ida, denn mit Freundinnen hat sie keinen glücklichen Griff.« Stefan grinste Ida an.

»Scheint bei ihrem Lover genauso zu sein«, konterte Maria. »Ich glaub, wir verstehn uns, mehr gibts dazu nicht zu sagen.«

Maria reichte ihm die Hand über den Tisch. Stefan schlug ein. Nachdem sie die Telefonnummern ausgetauscht hatten, verließen beide kurz nacheinander das Café. Maria versprach Stefan, ihn auf dem Laufenden zu halten, und er erinnerte sie daran, dass für ihn die Zeit drängte.

Maria beglückwünschte sich zu dem zufälligen Zusammentreffen, das passte ihr genau ins Konzept. Gut, dass sie so schnell kapiert hatte, wer der Fremde war. Sie war sicher, dass sie ihn für ihre Zwecke würde brauchen können – früher oder später.

# *Holzlieferung*

Während im oberen Stockwerk die Handwerker die Badewanne setzten, fuhr ein Lastwagen hupend in den Hof. Ida ging beschwingt nach unten, um zu sehen, was geliefert wurde. So, wie sich das Bad entwickelte, war sie mehr als zufrieden. Jetzt fehlten noch die alten Holzdielen, die sie in der Holzhandlung ausgesucht und bestellt hatte. Dann konnten Benjamin und Max ohne Unterbrechung im Bad und an der Treppe weiterarbeiten.

Ida konnte es kaum glauben, als sie die Haustür öffnete und den Fahrer des Transporters von der Holzhandlung Brenner erkannte. Es war tatsächlich ihr Bruder, den sie schon seit zwanzig Jahren nicht mehr gesehen hatte. Ida wäre am liebsten wieder umgekehrt und hätte die Haustür geschlossen, aber sie ermahnte sich und überwand den Fluchtgedanken, schließlich musste sie sich ihm irgendwann einmal stellen.

Alois sprang aus der Fahrerkabine und stellte sich breitbeinig vor das Auto. An seiner gebeugten Haltung sah sie sofort, dass ihm seine schiefe Wirbelsäule schwer zu schaffen machte. Ihre Eltern hatten sich früher geweigert, ihn deswegen behandeln zu lassen, und er hatte schon als Kind unter Schmerzen gelitten. Alois wirkte viel älter, als er tatsächlich war, abgearbeitet und abweisend.

»Wo soll ich die Bretter abladn? Hab ned viel Zeit.« Er zündete sich eine Zigarette an.

»Grüß Gott, Alois. Ich wusste nicht, dass du beim Brenner arbeitest. Aber ich freu mich, dass wir uns treffen.« Ida ging auf ihn zu und reichte ihm die Hand.

Alois steckte demonstrativ seine rechte Hand in die Hosentasche, mit der anderen hielt er die Zigarette.

»Brauchst net so scheinheilig tun, als tätst dich freuen. Kümmerst dich doch seit jeher nicht um mich. Wo willstn des Holz haben, ich hab den Auftrag, es abzuladen.«

»Magst du nicht mit reinkommen und ein Bier oder einen Kaffee mit mir trinken. So viel Zeit hast doch bestimmt, oder?« Ida schaute ihn erwartungsvoll an.

»I bin nicht zur Unterhaltung hier, i werd fürs Arbeitn bezahlt.«

»Gut, dann trag das Holz bitte in den Hausflur. Wenn du fertig bist, kommst in die Küche, damit ich den Lieferschein unterschreiben kann.« Ida wandte sich ab und zeigte ihm den Platz. Sie hoffte, dass sie ihn anschließend überreden könnte, kurz zu bleiben.

Kurze Zeit später klopfte Alois an die Küchentür und trat ein.

»Da, unterschreib, dann bin ich auch scho weg.« Er legte den Lieferschein vor Ida auf den Tisch.

»Setz dich doch. Ich habe einen frischen Kaffee gemacht.« Ida wies auf eine bereitgestellte Tasse und goss Kaffee ein.

»Was willst du eigentlich von mir? Unterschreib und lass mich in Ruh! Mehr haben wir nicht miteinander zu tun.« Alois ließ sich nicht überreden.

»Hast du vergessen, dass ich deine Schwester bin, oder was ist los mit dir?«

»Na, leider hab i das nicht vergessn. I hatt nur ghofft, dass du nimmer auftauchst, denn ich brauch dich hier nicht.«

»Alois, jetzt sag mir doch bitte schön mal, was ich dir getan habe. Willst du so, wie sich unsere Eltern verhalten haben, weitermachen?«

»Ja, glaubst du, du kommst hierher und alles ist gut? Spielst Hoferbin, und mir san die Dummen. Wie kommstn überhaupt dazu, den Hof zu erben?«

»Genau deswegen bin ich hier, um das herauszufinden. Ich wollte aber auch dich und Johanna wiedersehen.«

»Das glaubst doch selber nicht. Du hast scho immer geglaubt, dass du was Bessres bist als wir. Was willstn mit dem Hof? Geh doch in dei feine Welt als Designerin nach München oder Berlin, warst ja lang genug dort, und wir waren dir egal.« Alois klopfte mit der Faust auf den Tisch und wandte sich zum Gehen.

Ida trat auf ihn zu und hielt ihn an den Schultern. Augenblicklich kam ihr der Gedanke, dass sie ihm körperlich noch nie so nahegekommen war wie in diesem Moment. Es fühlte sich total fremd für sie an, und ihre Reaktion überraschte sie selbst. Aber sie wollte ihn mit seinem Groll nicht gehen lassen.

Alois schüttelte sie ab und trat ein paar Schritte zurück.

»Hast du vielleicht mal gefragt, wie es mir ging, als ich mit fünfzehn weggegangen bin? Keiner von euch hat sich jemals bei mir gemeldet, ich war allein in München in der Lehre.«

»Hättst ja hierbleiben können«, unterbrach Alois sie unwirsch.

»Ehrlich gesagt, jetzt bin ich froh drum. Das war für mich die einzige Chance, den ständigen Vorwürfen von Mutter zu entkommen, ich könne nichts, obwohl ich immer versucht habe, alles richtig und gut zu machen ... Vor Vater war ich immer auf der Flucht und du«, sie blickte ihm fest in die Augen, »du hast mich immer nur getriezt und dich gefreut, wenn ich für etwas bestraft wurde, das du mir geschickt in die Schuhe geschoben hattest.«

Alois grinste. »Du warst ja auch zu blöd, um zu merken, wenn du mir auf den Leim gegangen bist. I könnt mich heut noch schieflachen, wenn ausm Ofen wieder mal nur Qualm kam. Hättst du a bisserl was drauf gehabt, hättst gemerkt, dass i dir feuchtes Holz untergejubelt hab. Dann hättst nicht immer wieder Prügel kriegt. Und mit den Geschichten mitm Vatta brauchst nicht wieder anzfanga.« Er ging einen Schritt auf Ida zu und hob den Zeigefinger. »Ein jeder weiß, dass du dir das nur ausgedacht hast. Kein Mensch musste vor ihm flüchten, und wenn er voll war, dann konnt ein jeder ihm ausm Weg gehen, er konnt ja meistens nimmer grad stehn. Tote zieht man nicht in den Schmutz, aber da hast du keine Hemmungen.«

»Du hast recht, Vater hat mich nie im betrunkenen Zustand belästigt, dazu war er nicht imstande. Ich war immer froh, wenn er trank, auch wenn dann Mutter die Prügel einstecken musste! Aber an den nüchternen Tagen kam er in mein Zimmer, seit dem Tag, als Johanna geheiratet hat und ich allein in meinem Zimmer war. Ich war damals zwölf, kannst du dir das vorstellen? Und als ich versucht hab, es der Mutter zu sagen, hat sie mich bestraft und als Dirne beschimpft, statt mir zu helfen und mich zu trösten. Schlimmer ging es kaum. Im ganzen Dorf hat sie es erzählt, und ich konnte nichts dagegen tun, ich habe mich nur noch geschämt. Ich war allein, keiner hat mir geholfen oder zugehört. Ich war froh, in die Lehre nach München gehen zu dürfen, auch wenn ich zuerst panische

Angst davor hatte. Vorher war ich nie aus dem Dorf rausgekommen, und dann plötzlich München. Glaubst du, das war leicht für mich? Nichts von dem, was ich mir bis jetzt erarbeitet habe, war geschenkt, das darfst du mir glauben. Der Hof ist das erste Geschenk in meinem Leben. Deswegen will ich wissen, warum ich ihn geerbt habe. Ich lass mir das nicht von dir nehmen, bloß weil du meinst, *du* hättest ein hartes Leben und es womöglich eher verdient. Es wird sicher einen Grund geben, warum nicht du oder Johanna den Hof überschrieben bekommen haben, und diesen Grund werd ich herausfinden, da kannst du sicher sein. Weder du noch andere aus dem Dorf werden mich daran hindern, Dinge ans Licht zu bringen, die nicht in euer selbstgefälliges Bild passen.« Ida hatte sich in Rage geredet und ließ sich erschöpft auf die Bank fallen.

Alois glotzte sie mit großen Augen an und rührte sich nicht vom Fleck, so erstaunt wirkte er über den Redeschwall seiner Schwester. Er schlug sich mit der Hand an die Stirn. »Bist du deppert, soll ich dir mal sagen, was hier los war? Du hast doch schon immer gemacht, was du wolltst. Mir waren dir doch vollkommen egal. Das Einzige, was du konntest, war, gute Noten in der Schule zu schreiben und den Lehrern was vorzumachen. Du durftest nach München in die Lehr, und mir konnten schauen, wo wir bleibn. Wir hatten daheim noch weniger Geld zum Leben, als du fortgangen bist. Es war vorher schon nicht viel, aber dann ... Aber für die feine Dame war nichts zu teuer.« Wieder klopfte er auf den Tisch.

»Red doch keinen Blödsinn, ich habe mir mein Geld selbst verdient. Wenig genug, um zu überleben. Ich habe mit anderen Lehrlingen eine winzige Wohnung geteilt, gegessen habe ich bei der Meisterin. Keiner von euch musste darunter leiden, ganz sicher habt ihr keinen Pfennig dafür gezahlt.«

Alois beugte sich zu Ida hin. »Und wie erklärst du dirs dann, dass wir noch weniger hattn, als du fort warst? Irgendwohin muss das Geld doch gegangen sein? Du kannst sagen und jammern, was du willst, du warst unser Unglück und wirst es immer bleibn. Am besten, du tust so, als ob du uns nicht kennst. Dann haben wir unsre Ruhe, und du kannst weiter feine Dame spielen.« Alois drehte sich um und ging langsam in Richtung Tür.

»Das könnte dir so passen, weiter so tun, als wäre alles in Ordnung ... Hauptsache, jeder macht so weiter wie bisher. Egal was ich herausfinde, ich werde es laut und offen aussprechen, das kann ich dir jetzt schon prophezeien. Ich möchte endlich reinen Tisch machen!« Ida rief es ihrem Bruder wie eine Kampfansage nach.

So hatte sie sich ihr erstes Treffen nicht vorgestellt.

Sie schloss die Haustür hinter ihm und ging langsam zurück in die Küche, dabei bebte sie am ganzen Körper. Die Aussage, dass die Familie nach ihrem Weggang noch weniger Geld gehabt hatte als vorher, blieb hängen und beschäftigte sie. Sie hatte damals von Zuhause kein zusätzliches Taschengeld zum Lehrgeld erhalten. Hatten ihre Eltern etwa das Mittagessen bezahlen müssen? Das konnte sie sich nicht vorstellen, denn alle hatten daran teilgenommen. Sie würde bei Gelegenheit Frau Rosner danach fragen, die sie hin und wieder in ihrer Seniorenresidenz besuchte. Obwohl sie mittlerweile schon fast achtzig Jahre alt war, war sie geistig klar. Noch heute nahm die Meisterin Anteil an ihrem Leben und war stolz darauf, dass *sie* den Grundstock für Idas Karriere gelegt hatte.

Während sie ihren Überlegungen nachhing, klopfte es an der Küchentür. Sie zuckte zusammen, denn ihr erster

Gedanke war, Alois sei noch einmal zurückgekommen. Aber dann erkannte sie Benjamins Stimme, der zaghaft die Tür öffnete und hereinkam.

Er stammelte herum. »Ich ... ich wollt nur sagen, dass wir für ... für heut fertig san und gehn. Morgen kommen wir dann wieder und machen mit der Einfassung und dem ... dem Boden weiter, des Holz ist ja jetzt da.«

»Sorry, Benjamin, dass ihr das Geschrei mitbekommen habt. Vergiss am besten, was du gehört hast.« Ida lächelte ihn mit zusammengepressten Lippen an.

»Es geht mich ja nix an«, druckste er herum, »aber dein Bruder ist ein guter Kerl, auch wenn er immer a bisserl rumpoltern muss. Seitdem er meine Schwägerin, die Veronika, geheiratet hat, ist er richtig handsam gewordn, die hat ihn regelrecht umgedreht. So was können nur Weiberleit, ehrlich.«

»Also nach *umgedreht* klang das aber gerade nicht, oder wie meinst du das?«

»So, wie er grad war, ist er jetzt nicht mehr, nur früher war er so. Ich hab das Gefühl, dass irgendjemand ihn aufhetzt, aber das ist nur ein Gefühl. Was hätt er denn davon, wenn du wieder weg wärst? Da steckt was andres dahinter.«

»Wer sollte denn überhaupt was davon haben, wenn ich wieder geh? Ich tu doch niemandem etwas.«

»Na, freilich nicht. Aber es war schon eine rechte Hetzerei im Gang, als du gekommen bist. Aber das weißt ja selber ... Der Alois hat damals immer behauptet, du wolltst uns alle über den Tisch ziehn. Und mir Deppn hams glaubt, des tut mir heut noch leid.«

»Ist schon gut, Benjamin, ich weiß es ja. Ich hoffe einfach, dass der Alois irgendwann versteht, dass ich ihm nichts Böses will, es ist ja schließlich mein Bruder. Danke, dass du für ihn eintrittst, das würd nicht jeder tun.«

»Nichts für ungut, dann sehn wir uns morgen wieder.«

Ida konnte sich nicht vorstellen, dass es seine Schwägerin geschafft hatte, ihren Bruder zu ändern. Sie kannte sie nicht, sie wusste nur, dass sie als Bäckerstochter die Bäckerei im Dorf führte. Vielleicht sollte sie einmal dort vorbeischauen.

# *Besuch bei Johanna*

Der ungewollte Zusammenstoß mit ihrem Bruder veranlasste Ida, endlich mit Johanna Kontakt aufzunehmen. Das hatte sie schon längst vorgehabt, aber durch die Handwerksarbeiten war immer wieder etwas dazwischengekommen.

Nachdem sie zuerst mit dem Namen Amrainer vergeblich versucht hatte, die Adresse ihrer Schwester übers Internet zu finden, war ihr eingefallen, dass Johanna vielleicht den Namen ihres Mannes behalten hatte. So war sie schnell fündig geworden.

Ida machte sich auf den Weg in die Kreisstadt, dank Navi fand sie auch schnell ihr Ziel. Trotz der ländlichen Umgebung war die Wohngegend eintönig grau, ohne Gärten, nur gepflasterte Garagenplätze und Wäschespinnen statt Rasen. Da sie direkt beim Haus keinen Parkplatz fand, musste sie einen kurzen Weg zurücklaufen.

Ida zog ihren Mantel fester um sich, als wollte sie sich nicht nur vor dem feinen Dauerregen schützen. Mit eingezogenem Kopf versuchte sie, die Hausnummern an den schmutzig-grauen Wohnhäusern zu entziffern. Die schweren Wolken, die seit Tagen nicht mehr weichen wollten, verstärkten die bedrückende Atmosphäre. Sie konnte es kaum glauben, dass ihre ältere Schwester in dieser Umgebung lebte.

Sie trat an die Haustür und fand den kaum leserlichen Namen *Johanna Wipfler* in der Mitte des Klingeltableaus. Es gab keine Sprechanlage, und nachdem sie den Klingelknopf gedrückt hatte, wurde im ersten Stock ein Fenster geöffnet. Eine schroffe Stimme rief: »Was willst?« Erst dann steckte Johanna den Kopf aus dem Fenster. Mit großem Erstaunen wiederholte sie: »Was willst du denn hier, du ausgschamte Person?« Dabei wurde ihre Stimme greller.

»Johanna, ich würde mich freuen, wenn du mich reinlässt. Ich würde gern mit dir reden.« Ida wartete und holte tief Luft. »Es liegt mir sehr am Herzen, ich bitte dich, öffne die Tür.« Sie sprach mit klarer Stimme und richtete den Blick auf ihre Schwester.

»Ich wüsste nicht, was *wir* zu besprechen hätten ... nach so langer Zeit«, entgegnete Johanna schroff.

»Ich glaube, dass es einiges gibt, dass uns beide betrifft, auch nach zwanzig Jahren. Lass mich doch rein auf ein paar Minuten. Es geht nicht nur um mich, sondern auch um dich. Sollte ich mich täuschen, dann gehe ich gleich wieder.« Ida hoffte inständig, dass sie ihre Schwester erweichen konnte.

Sie konnte sich gut vorstellen, dass sich die abweisende Haltung, die Johanna früher immer dann eingenommen hatte, wenn ihr etwas nicht gepasst hatte, durch die Scheidung und das Leben als Single vermutlich nicht gebessert hatte. In diesem Moment hörte sie, wie das Fenster mit einem Rumms geschlossen wurde – und ihre Hoffnung schwand.

*Schade, dann bleibt mir wohl nichts anderes übrig, als zu gehen.*

Während sich Ida tief seufzend von der Tür wegdrehte, ertönte ganz kurz das Summen des Türöffners. Sie war total verblüfft über diese Wendung und erwischte im letzten Moment die Tür, um sie zu öffnen. Sie trat ins Treppenhaus und schüttelte ihre feuchten Haare. Eine Mischung aus Heizöldampf und altem Fett, gepaart mit einem intensiven Kohlgeruch, empfing sie. Im oberen Stockwerk wurde eine Tür geöffnet.

»Einen Aufzug gibt es nicht, musst schon laufen.«

Ida stieg die laut ächzenden Holzstufen nach oben und streckte Johanna, die in der halb geöffneten Tür stand, die Hand zur Begrüßung entgegen. Aber diese drehte sich ohne ein Wort um und ging ihr voraus in die Wohnung. Die Bodendielen knarzten. Mit einem Blick erkannt Ida, dass der Zustand der Wohnung nicht besser war als der des Hauses. Allerdings wirkte alles sauber, und ein angenehmer Duft nach Bienenwachs hing in der Luft. Während sie Johanna folgte, bemerkte sie, dass die Schwester ihre Haare, die früher ihr ganzer Stolz gewesen waren und die sie immer als dicke Zopfkrone hochgesteckt gehabt hatte, als kurzen Bob trug. Damals war ihre Lieblingskleidung ein fesches Dirndl oder Tracht gewesen, die Leggings und das sackartige Hemd, das sie jetzt anhatte, unterstrichen ihr offensichtliches Desinteresse an ihrem Aussehen. Von Stolz und Selbstbewusstsein war hier nichts mehr zu sehen.

»Da setz dich hin, wennst scho mal da bist. Ich mach grad Bienenwachskerzen für meine Alten, viel Zeit zum Redn hab i net. Ich hab in einer Stunde Dienstbeginn« Johanna deutete auf einen der beiden Stühle, die am Esstisch in der Wohnküche standen. Auf dem Tisch lagen ein Stapel Wachswaben, mehrere Dochte und einige fertig gerollte Kerzen.

»Was meinst du mit ›deinen Alten‹?«, begann Ida unverfänglich, in der Hoffnung, dass Johanna etwas zugänglicher wurde.

»Die Leut aus dem Altenheim, in dem ich arbeite. Mir gehts nicht so gut wie dir, dass ich auf einem Hof leben kann, ohne zu arbeiten.« Johanna kniff die Lippen fest zusammen. Auch diese Geste kannte Ida von früher. »Was willst von mir, sags scho, ich weiß sowieso nicht, was das soll, dass du hier bist, wir haben doch nichts miteinander zu schaffen.« Johanna wirkte entschlossen, Ida gleich wieder loszuwerden.

»Wenn du keine Zeit hast, dann komme ich gleich zu meinem Anliegen ...« Sie holte tief Luft und flüsterte: »Obwohl es mir ziemlich schwerfällt.« Ida zögerte und versuchte, die richtigen Worte zu finden. »Du bist ein paar Jahre älter als ich. Weißt du, warum mich Mutter immer so schlecht behandelt hat? Wie eine Dienstmagd, als würde ich nicht zur Familie gehören?« Ida schaute Johanna offen in die Augen.

Johanna blies verächtlich Luft durch die Lippen. »Hat sie mich denn besser behandelt?« Sie blies durch die Zähne. »Ist das dein ganzes Problem? Der Einzige, der sich alles erlauben konnte und trotzdem immer hofiert wurde, war Alois.«

Ida war erstaunt, scheinbar hatte sie den richtigen Nerv bei Johanna getroffen. Mit etwas Glück würde Johanna zugänglicher werden. »Aber für dich hat Mutter immer gesorgt! Ich kann mich noch gut daran erinnern, dass sie in nächtelanger Arbeit deine Aussteuer genäht hat, damit deine Schwiegereltern keinen Anlass zum Klagen hatten. Mit dem letzten Geld haben die Eltern eine Schlafzimmereinrichtung als Mitgift gekauft, ich kann mich noch gut an das Gejammere über die Preise erinnern, als wäre es heute.«

»*Gesorgt* nennst du das? Loswerden wollten sie mich so früh wie möglich, dass sie ein Maul weniger zu stopfen hatten. Was war ich froh, endlich aus der Familie rauszukommen, auch wenn ich vom Regen in die Traufe kam …«

»War es noch schlimmer als zu Hause?« Ida war überrascht, in ihrer Erinnerung hatte sie immer die Bilder von Johannas ausgelassener und fröhlicher Hochzeitsfeier vor Augen gehabt. Johannas Mann war immer zum Spaßen aufgelegt gewesen und hatte ihr jedes Mal zugezwinkert, wenn sie sich vor Lachen den Bauch gehalten hatte. Nach der Hochzeit hatte sie allerdings kaum noch Kontakt zu ihrer Schwester gehalten. Die wenigen Male, meist an Feiertagen, als Johanna mit ihrem Mann zu Besuch gekommen war, war die Familie sehr distanziert und die Unterhaltungen einsilbig gewesen. Belanglose Fragen und wenig aufschlussreiche Antworten waren beim Kaffeetrinken hin- und hergeschoben worden. Auf Ida hatten die Begegnungen damals wie Pflichtbesuche gewirkt, und selbst ihrem Schwager waren die Witze und Späße ausgegangen.

»Meine Ehe war ein einziges Trauerspiel, denn ich wurde als billige Arbeitskraft geheiratet. Als feststand, dass ich keine Kinder bekommen würde, hat sich mein Mann schnell mit Unterstützung seiner Mutter einen gebärfreudigen Ersatz gesucht, schließlich brauchte der Hof einen Erben.« Johanna berichtete kurz und knapp von ihrem Leben, als wäre sie selbst nicht davon betroffen. »Aber sag schon, was willst von mir?«

»Hat dich der Vater auch belästigt, bevor du ausgezogen bist?« Mit leiser Stimme stellte Ida die Frage, die ihr auf der Seele lag. Hoffentlich würde sie nicht wieder eine Abfuhr erhalten. Schweigend sahen sich beide Schwestern in die Augen.

»Du meinst, der alte Bock hat bei dir fortgsetzt, was er bei mir nimmer haben konnt?« Johanna zischte die Worte beinahe unhörbar. »Ich hatte damals gehofft, er würd dich in Ruh lassn. Aber warum sollte er, er hat sich einfach immer gnommen, was er wollte, ohne Rücksicht auf Verluste. Ich habe mich deswegen so geschämt und mich und die ganze Familie verabscheut. Wie hätt ich da eine glückliche Ehe führn solln.« Johanna verbarg ihr Gesicht in beiden Händen und schluchzte.

»Oh, Hannerl«, unmerklich verfiel Ida in den Namen der Kindheit, »ich glaubte damals immer, ich war schuld, dass er mich nicht in Ruhe gelassen hat. Noch dazu, als ich es Mutter sagte und sie mich als Hure beschimpft hat. Ich habe doch nichts getan, um ihn zu locken, ich wollte ihn nicht bei mir in der Nähe haben, ich bin ihm immer ausgewichen, aber immer wieder ist er nachts gekommen ... Wenigstens hat er mich nicht vergewaltigt. Mutter hat mir nie geglaubt. Aber wahrscheinlich wollte sie es nicht wissen, aus Eigenschutz. Aber du hast es gewusst und hättest mir helfen können.« Ida schüttelte ungläubig den Kopf. »Ich hatte dich damals gefragt, ob Vater dich auch immer gestreichelt hat, aber du hast mich ausgelacht und mir gesagt, ich soll mit den Märchen aufhören.«

»Was glaubst du, was passiert wär, wenn ich zugegeben hätte, dass mir das Gleiche passiert ist. Meine Schwiegereltern hätten mich auf der Stelle vor die Tür gesetzt, und ich wär wieder daheim gelandet. Ohne Ausbildung, ohne Geld. Als mein Mann die Nase voll von mir hatte, haben sie mich rausgeschmissn wie einen ausgetretenen Fußabstreifer. Aber wenigstens Unterhalt musst er mir zahlen, bis ich die Ausbildung als Altenpflegerin fertig hatte. Schlimm gnug, dass ich von seinem Wohlwollen abhängig war, aber das war meine einzige Chance.« Sie klopfte mit der flachen Hand auf den Tisch. »Jetzt lebe ich von meim eigenen Geld, nicht so, wie ich mirs wünschen tät, aber ich bin auf niemand angwiesen.«

Ida nahm Johannas Hände und schaute sie eindringlich an. »Dann sind wir beide durch die gleiche Hölle gegangen, nur dass ich ohne Heirat von zu Hause weggekommen bin ... Glaub mir, das war nicht einfach! Ganz gleich, wie lieblos und abweisend Vater und Mutter zu mir waren, ich habe mich manchmal danach zurückgesehnt. Ich war ständig einsam und auf mich allein gstellt, dabei war ich grad sechzehn Jahre alt. Noch dazu in der Großstadt München. Ich kam mir immer wie ein Trampel vor. Das Einzige, was mir nach vielen Jahren geholfen hat, war eine Therapie, nachdem es mir seelisch immer schlechter gegangen war, aber das war schon in Berlin. Jeden Mann, den ich kennenlernte, egal wie nett und liebevoll er war, hab ich auf Abstand gehalten. Ich habe jedes Mal Schweißausbrüche bekommen, wenn es um körperliche Nähe ging. Erst nach der Therapie ging es mir besser.« Ida weinte bitterliche Tränen und war vollkommen überrascht, als Johanna sie spontan in den Arm nahm. Genauso überrascht war sie, als Johanna sie wieder wegschob.

»Aber dir geht es jetzt bestens, mit deinem Beruf und dem Erbe. Was willst du mehr?«

Ida glaubte, sich verhört zu haben. »Natürlich geht es mir finanziell gut, aber das ist doch nicht alles im Leben. Willst du denn nicht auch mit einem Menschen zusammen sein, mit dem du glücklich bist? Bedeutet dir Familie nichts? Du hast noch ein langes Leben vor dir.« In diesem

Moment wurde Ida bewusst, wie sehr sie sich selbst nach einer glücklichen Beziehung und familiären Banden sehnte.

»Mein Leben ist gut so, wie es ist, für einen Mann habe ich keinen Platz. Ich hätts mir schöner erträumt als in diesem alten Wohnmief, aber es sind meine eigenen vier Wände, keiner kann mir hier was anhaben.« Johanna zeigte wieder ihre altbekannte Härte, und Ida erkannte, dass sie daran nichts ändern würde. Sie wechselte schnell das Thema, um ihr Gespräch in eine, wie sie glaubte, positive Richtung zu lenken.

»Hast du denn Kontakt zu Alois und seiner Familie, ihr hattet euch doch immer einigermaßen gut verstanden?«

Johanna blies erneut verächtlich durch die Lippen. »Nachdem unser alter Hof abgebrannt war und wir nur noch das Grundstück und ein paar Felder verkaufen konnten, gabs einen riesigen Streit ums Geld. Alois wollte als Ältester alles für sich, und ich hab drauf bestanden, dass es zwischen uns aufgeteilt wird. Er konnt es nicht verhindern, denn ich war im Recht. Es waren für jeden knapp 100.000 Euro, denn die Grundstücke haben als Bauerwartungsland einiges eingebracht. Das Geld für dich liegt immer noch auf einem Sparkonto, denn ich wusst damals nicht, wo du bist. Seitdem hab ich kein Wort mit Alois gewechselt.«

Ida schüttelte ungläubig den Kopf. »Wir sind nur drei Geschwister und trotzdem keine Familie. Ich hatte kürzlich ein Zusammentreffen mit Alois – er hat mich beschimpft und bedroht. Meine Hoffnung war, dass du und ich zusammen zu ihm gehen und vielleicht alles wieder zurechtrücken könnten, aber danach schaut es wohl nicht aus.«

»Naa, wirklich nicht«, wiederholte Johanna kopfschüttelnd. »Ich hab ghört, dass seine Frau eine richtig Nette sein soll, und viele erzählen, sie hätte ihn gwandelt.«

»Meinst du, dass wir beide uns wiedersehen könnten, einfach mal auf einen Kaffee oder ein Glas Wein. Ich würde mich so sehr darüber freuen – wir sind doch beide allein, Johanna.« Ida drückte zärtlich Johannas Hand.

Johanna zog ihre Hand zuerst zuckend zurück, aber dann ließ sie sie zu Idas Erstaunen doch liegen.

»Wird schon mal klappen, Zeit hab ich ja gnug.« Sie drehte den Kopf zur Seite und die Überwindung, die sie dieses Zugeständnis kostete, war deutlich erkennbar.

Ida war erleichtert, nun war doch nicht alles umsonst gewesen. Sie wusste zwar nicht, wann oder ob Johanna sie wirklich besuchen käme, aber sie war einen Schritt weitergekommen, und nur das zählte im Moment. Sie gab ihr ihre Mobil- und Festnetznummer und umarmte sie zum Abschied.

»Bitte, ruf mich an, ich würde mich ehrlich freuen.«

## *Zwischenstopp bei Florian*

Auf dem Weg nach Hause kam Ida kurz vor Oberndorf der Gedanke, dass sie bei Florian vorbeischauen könnte, vielleicht hatte er Zeit, ihr die Schafherde zu zeigen.

Florian beschrieb ihr am Telefon den Weg zu einem Treffpunkt kurz hinter Oberndorf, da er mit seinem Traktor dort auf dem Feld arbeitete, das nicht weit entfernt von der derzeitigen Koppel lag. »Du kannst dann zu mir auf den Traktor steigen, damit kommen wir besser zur Weide, die ein bisschen weiter oben am Berg liegt.«

Als Ida an der Kreuzung ankam, wartete Florian schon auf sie. Sie parkte ihren Jeep und begrüßte ihn. »Du wirst es vielleicht nicht glauben, aber ich bin noch nie Traktor gefahren, bei meinem Vater war das absolut tabu, wir Kindern durften nicht mal in die Nähe kommen.«

»Das war früher auch noch eine gefährliche Angelegenheit, denn ein Traktor war bis auf die Windschutzscheibe meistens nach allen Seiten offen. Heute sind sie rundum geschlossen wie ein Auto, Sicherheitsgurte sind Pflicht, und mit Sitzheizung und Klimaanlage bieten sie Annehmlichkeiten, die vor dreißig Jahren nicht einmal Standard in den Autos waren.«

Er öffnete die Tür und ließ ihr den Vortritt. »Rechts oder links, du hast die freie Platzwahl. Es sei denn, du beabsichtigst zu fahren?«

»Bloß nicht, das ist mir doch eine Nummer zu groß.« Ida beobachtete Florian, der leichtfüßig in die Kabine sprang. Hm, ein Naturbursche mit Charme, und das als Nachbar ... Sie erinnerte sich, dass sie diesen Gedanken schon einmal hatte.

Während sie auf einem schmalen und holprigen Feldweg den Berg hochfuhren, wies sie Florian auf eine stattliche Eiche hin. »Kein Wunder, dass der Baum hier so gut gedeiht. Es ist einfach ein wunderbarer Platz, da fühlt man sich wohl, auch als jahrhundertealter Baum. Der ständige Ausblick auf die Berggipfel und hinunter ins Tal, das ist doch herrlich.« Ida geriet ins Schwärmen, sie bemerkte dabei nicht, dass Florian sie aufmerksam beobachtete.

»Das ist wirklich eine schöne Gegend, wenn nicht die schönste, in der man leben kann. Hast du dir schon mal überlegt, ob du hierbleiben willst?«

»Da triffst du mich an einem wunden Punkt ... vieles spricht dafür, einiges dagegen. Noch bin ich nicht mit dem Umbau fertig, daher bleibt mir Zeit, mich endgültig zu entscheiden. Sollte ich verkaufen, könnte ich mich an den Makler wenden, von dem alle erzählen, dass er weiträumig Land und Gebäude kaufen will.«

»Ich hab davon gehört, aber bei mir war noch keiner. Der hätte auch keine Chance, mir wärs lieber, ich könnte selbst was dazukaufen. Ich würde an deiner Stelle nicht so viel auf solche Gerüchte geben, die kursieren immer mal wieder.« Er hielt mit einem Ruck an. »So, da wären wir, jetzt kannst du Schäfchen zählen«, lachte er, »es müssten 37 sein, die Lämmer nicht eingeschlossen.«

»Wie soll ich in dem Gewurrle zählen, die sind ja ständig in Bewegung. Können wir mal mittenrein gehen, oder stört das die Herde?«

»Klar können wir. Schau, hier lässt sich der Zaun öffnen.« Florian löste den Torgriff und schob Ida hinein. Seine Berührung elektrisierte Ida, als käme der Stromstoß vom Weidezaun, und sie fühlte eine kribbelnde Hitze im Körper aufsteigen.

Plötzlich drängten sich die Schafe um Ida herum und schoben sie vor sich her. Florian dagegen stand unverrückbar wie ein Fels in der Herde. »Du darfst dich nicht von ihnen rumschubsen lassen, die machen sonst mit dir, was sie wollen«, sagte er grinsend. »Soll ich dich erlösen?« Er kam auf sie zu.

Ida beobachtete ein kleines schwarz-weißes Lämmchen, das zwischen den erwachsenen Schafen eingekeilt war. Das Wollknäuel mit seinem zarten Stimmchen faszinierte sie. Gerade als sie das Lämmchen hochheben wollte, gab ihr die Mutter einen heftigen Schubs, und nur Florians rettender Griff bewahrte sie davor, nicht mitsamt Lämmchen umzufallen. Ida brach plötzlich in heftiges Gelächter aus, denn es erinnerte sie an eine ähnliche Situation vor fast zwanzig Jahren. Florian hielt sie mit beiden Armen fest, aber sein Blick ließ darauf schließen, dass er mit ihrer unvermittelten Heiterkeit nichts anzufangen wusste.

»Entschuldige bitte meinen Ausbruch, es hat nichts mit dir zu tun«, meinte sie und lachte immer weiter. »Ich hatte gerade ein Déjà-vu an mein allererstes Date in München. Wir waren zum Schlittschuhfahren auf dem Nymphenburger Kanal verabredet. Da es auch mein erstes Mal auf Schlittschuhen war, kannst du dir sicher vorstellen, was für eine tollpatschige Figur ich abgegeben habe. Als es dann einigermaßen geklappt hat und ich in Fahrt kam, fuhr ich auf eine Gruppe zu und wusste nicht, wie ich bremsen oder ausweichen sollte. In letzter Not ließ ich mich einfach fallen. Dabei versuchte mein Begleiter, mich an den Armen festzuhalten und mich vor dem Sturz zu bewahren, so wie du gerade auch, allerdings lagen wir dann beide auf dem Eis. Das war dann auch das erste und letzte Date mit ihm«, schloss sie etwas ernüchtert.

»So tragisch muss es ja nicht immer enden«, bemerkte Florian, der sich nun ebenfalls ein Lachen nicht verkneifen konnte.

Idas Herz klopfte wie ein Hammer auf dem Amboss, sie meinte, Florian würde es hören. Wie sollte sie diese Aussage deuten? Warum war sie nicht in der Lage, die Initiative in einer solchen Situation zu ergreifen? Sie war hier wirklich das allergrößte Schaf in der Herde, fasste sie für sich zusammen.

Auf dem Rückweg erzählte Florian, dass Maximilian mit sieben Schafen begonnen hatte, aber es natürlich jedes Jahr mehr geworden waren, ab und zu hätte er, seitdem er die Herde übernommen hatte, auch mal ein paar Lämmer an andere Schafhalter verkauft. Einmal im Jahr kam dann ein Schafscherer, der die Wolle selbst weiterverarbeitete. Da die Schafhaltung unter Einbeziehung aller ökologischen Gesichtspunkte stattfand, erzielte Florian mit der Wolle gute Preise, allerdings, reich werden würde man damit nicht.

Ida hörte zwar zu, aber sie war in Gedanken mit ihren Gefühlen für Florian beschäftigt. Wie sollte sie damit umgehen, und vor allem, wie sollte sie mit Florian umgehen? Er hatte sie zwar aufgefangen, aber die Situation nicht weiter ausgenützt und sich ihr angenähert. Sicher hatte er eine Freundin und deswegen an ihr keinerlei Interesse.

Sie verabschiedeten sich am Auto, und Ida lud Florian ein, jederzeit bei ihr vorbeizukommen. Zu mehr war sie im Moment nicht fähig.

# *Amys Geständnis*

Ida kuschelte sich in ihren Lieblingssessel, den sie aus ihrer Münchner Wohnung mitgebracht hatte. Sie hatte ihn neben dem Kachelofen platziert, um die abstrahlende Wärme zu spüren, außerdem konnte sie auf der umlaufenden Bank ihr Weinglas abstellen und die Füße hochlegen. Bevor sie ihr Buch aufschlug, schloss sie kurz genüsslich die Augen. Sie hatte schon viel mit den Umbauarbeiten am Hof erreicht, alle bisherigen Änderungen waren wirklich gut gelungen. Selbst den eingefleischten Handwerkern gefielen ihre ungewöhnlichen Ideen, auch wenn sie anfangs sehr skeptisch gewesen waren. Als sie ein altes Kupferbecken für das Badezimmer im Obergeschoss gebracht hatte, hatte der Installateur sie zuerst ungläubig angestarrt und gefragt, wozu sie das denn verwenden wolle. Nachdem sie ihm erklärt hatte, dass er es als Waschbecken einbauen solle, war seine kurze Antwort »Wennst moanst!« gewesen. Als das Bad fertig gestellt war, hatte er ihr immer wieder erklärt, dass er so etwas Außergewöhnliches noch nie gemacht habe: »Vielleicht scho a bisserl spinnert, aber echt eine Schau.«

Ida lächelte, während sie sich wieder einmal bei dem Gedanken ertappte, den Hof nach der Renovierung vielleicht doch zu behalten. Vielleicht könnte Sie hier arbeiten und leben, mit Florian als Nachbarn und Freund. Sie spann dieses Szenario gedanklich aus und fand richtig Gefallen daran.

Zögerliches Klopfen an der Haustür holte sie aus diesen Gedankenspielen heraus. Wer würde sie hier spätabends besuchen? Ein Einheimischer würde klopfen und gleich danach im Zimmer stehen. Trotz der wohligen Wärme des Ofens bekam sie eine Gänsehaut und richtete sich aus ihrer bequemen Lümmelhaltung wie zum Absprung auf. Unbewusst strich sie sich immer wieder eine Locke aus dem Gesicht und horchte, ob vielleicht doch jemand hereinkam. Erneut klopfte es, nun schon etwas fester als vorher. Sie öffnete leise die Küchentür und schlich zum Hauseingang. Als sie die Hand auf den Türgriff legte, hörte sie eine vertraute Stimme: »Ida, ich bins, Amy, keine Angst!«

Ida riss die Tür auf und legte erleichtert die Hand auf ihren Brustkorb. »Amy, hast du mich vielleicht erschreckt. Ich weiß zwar nicht, wen ich hinter der Tür vermutete, aber dich auf keinen Fall.« Erleichtert zog sie die Freundin an sich. »Das ist vielleicht eine tolle Überraschung! Willkommen in meinen vier Wänden.«

Amy umarmte sie stürmisch, und Ida genoss das warme Gefühl. So konnte sich nur Amy freuen, ihre verrückte allerbeste Freundin.

Während der Umarmung kam Ida ein Verdacht. »Ist irgendetwas passiert?« Sie hielt Amy mit etwas Abstand von sich. Da Amy tagtäglich in ihrem Laden stand und sehr früh zum Großmarkt musste, war ein Besuch unter der Woche zu dieser Zeit eher ungewöhnlich.

»Du bist doch sicher gleich nach Ladenschluss losgefahren. Aber komm rein, drinnen ist es gemütlich warm.« Ida zog die Freundin in die Wohnküche.

»Ist das schön hier, das schaut ja richtig knuffig aus, viel besser noch als auf den Fotos, die du mir geschickt hast.« Amy legte die Hand auf den Kachelofen. »Und dieses Schmuckstück heizt sogar!«

»Bei Regenwetter wird es abends immer ziemlich kühl, und der Kachelofen bleibt bis morgen früh warm.«

»Genial, das ist die perfekte Wärme.«

»Setz dich doch, sicher hast du Hunger. Trinkst du ein Glas Wein mit mir?«

»Na klar, ich sage zu beidem Ja. Ich muss zwar noch zurückfahren, aber ein Glas ist okay.«

Ida werkelte kurz in der Küche, um den Eintopf, den sie am Vortag zubereitet hatte, zu erhitzen. Der Gedanke, dass etwas passiert sein könnte, ließ sie nicht los. Allerdings wollte sie warten, bis Amy es zur Sprache brachte.

Während sie mit dem Rücken am Ofen lehnten, löffelte Amy genießerisch ihren Teller leer. Ida konnte es nicht mehr erwarten, bis Amy mit der Sprache herausrückte.

»Jetzt sag schon, was ist los? Willst du heiraten, hast du im Lotto gewonnen oder ein anderes großes Los gezogen?«

Amy wich Idas Blick aus. »Ich weiß gar nicht, wie ich es dir sagen soll, und ich hoffe jetzt schon im Voraus, dass du mir verzeihen kannst, wenn du es erfährst.«

In Idas Innerem kroch augenblicklich eisige Kälte hoch. »Egal was es ist, sag es mir einfach.«

»Baldur hat sich verplappert und verraten, dass du hier bist.«

»Wem hat Baldur verraten, wo ich wohne?«

»Stefan«, gab Amy leise zu.

»Ich glaube es nicht, das kann nicht sein. Er ist der Letzte, der erfahren sollte, wo ich jetzt lebe. Wie konntest du es Baldur bloß sagen?« Sie schaute Amy mit ungläubigem Erstaunen an. »Du weißt doch, wie wichtig es für mich ist, dass ich mit Stefan nichts mehr zu tun habe.« Ida sprang auf, lief hin und her und setzte sich gegenüber Amy auf die Bank. »Auch wenn meine Festnetznummer in keinem Telefonbuch steht, wird er einen Weg finden, die Nummer zu erfahren und mich wieder täglich mit seinen Anrufen traktieren. Amy, das kann doch nicht sein. Wie ist das passiert, sags mir schon?« Ida barg das Gesicht in ihren aufgestützten Händen. Mit vielem hatte sie gerechnet, aber nicht damit.

»Baldur wusste nicht, dass dein Wohnort geheim ist. Stefan hat ihn in der Kneipe ziemlich hinterhältig ausgefragt. Was glaubst du, wie wütend ich darüber war. Mir tut das echt leid, aber jetzt ist es zu spät.« Amy fasste Ida an den Schultern und drehte sie zu sich. »Stefan war in den vergangenen Wochen häufig in Baldurs Kneipe. Ich schätze, er hat von dort aus meinen Laden beobachtet – in der Hoffnung, dass du mich besuchst.«

»Aber woher weiß Stefan, dass Baldur mich kennt?«

»Ich vermute, er hat uns bei deinem letzten Besuch in der Kneipe gesehen. Denn einige Tage später hat er Baldur nach der »süßen Rothaarigen in Begleitung seines Hippiegirls« ausgefragt.

»Das klingt im O-Ton nach Stefan. Ich glaube, mir wird gleich übel.«

»Baldur antwortete ihm, dass er da zu spät kommen würde, du hättest dich in die alte Heimat zurückgezogen. Das war schon alles, aber natürlich kann Stefan sich ausrechnen, wo das ist.«

»Na klar, er weiß schließlich, wo ich geboren bin. Sicher steht er bald vor der Tür.«

Amy nahm Idas Hände. »Es ist mein Fehler, dass ich Baldur nicht Bescheid gesagt habe, dass dein Wohnort geheim bleiben soll. Aber an diese Möglichkeit habe ich nie gedacht.«

Ida wollte sie zuerst abrupt abschütteln, aber ihr wurde augenblicklich klar, dass weder Amy noch Baldur eine Schuld traf. Sie seufzte tief. »Sorry, natürlich nehme ich die Entschuldigung an.« Sie umarmte Amy und drückte sie an sich. »Ich war nur so schockiert.« Ida wusste, dass Stefan enorm geschickt war, Informationen jeder Art zu sammeln, keiner konnte sich dagegen wappnen. Sie musste sich überlegen, wie sie sich vor ihm schützen könnte.

»Was wirst du jetzt machen?«

»Keine Ahnung, erst mal abwarten. Ich weiß ja nicht, was er von mir will.«

»Wenn ich dir irgendwie helfen kann, sag mir Bescheid. Ich will es unbedingt wiedergutmachen.«

»Na ja ... vielleicht könnte Baldur herausfinden, was mein Ex plant, vorausgesetzt, Stefan kommt wieder in die Kneipe.«

»Das könnte klappen, denn wenn Baldur etwas beherrscht, dann ist es, Leute zum Reden bringen«, sagte Amy erleichtert und kicherte.

»Weißt du, wann Stefan sich bei Baldur erkundigt hat?«

»Ich weiß nicht genau, wann, aber es muss schon einige Zeit her sein, zwischen dem ersten und zweiten Wochenende, das du bei mir verbracht hast.«

»Und jetzt erst ist Baldur dazugekommen, es dir zu sagen?«

»Ja, denn wie gesagt, wir haben nie drüber gesprochen, dass dein Wohnort ein Geheimnis ist, es war Zufall, dass er mir von Stefan erzählt hat.«

Nachdem dieses Thema geklärt war und sie beschlossen hatten, nicht mehr darüber zu reden, zeigte Ida Amy die übrigen Räume, die zum Teil noch im Umbau waren. Amy brach in Begeisterung aus, vor allem, als sie das neue Badezimmer sah. »Das Kupferbecken ist der Hammer. Es passt perfekt zu dem Holz und dem Granit, einfach klasse!«

»Ich bin auch richtig stolz auf die Wirkung, es hätte auch schiefgehen können«, sagte Ida lächelnd.

»Und du überlegst immer noch, es zu verkaufen?«

»Ach, ich weiß nicht, ich bin hin- und hergerissen. Eigentlich ...«

Amy fiel ihr ins Wort. »Merkst du nicht, dass du hierher gehörst? In jedem Zimmer ist deine Handschrift zu spüren, da steckt deine Seele drin.«

»Ich fühle mich auch total wohl hier, aber um hundertprozentig sicher zu sein, fehlt mir noch irgendetwas.«

»Ich bin sicher, das ist schon im Busch ... Wie war das noch mal, wohnt dieser ... Florian nicht in der Nähe?«, feixte Amy.

»Ich bin zwar sicher, dass er mich mag, aber laut Maria ist er angeblich schwul.«

»Na, das kannst du doch herausfinden. Was heißt ›angeblich‹? Gerüchte sind schnell in die Welt gesetzt, du musst es drauf ankommen lassen.«

Ida drehte sich zur Seite, denn sie fühlte sich von Amy ertappt.

»So, mein Herzchen, jetzt muss ich leider wieder zurück, morgen früh um fünf gehts wieder los für mich.«

»Schade, aber auch wenn der Anlass deines Besuchs nicht so toll war, ich habe mich wahnsinnig gefreut.«

Sie brachte Amy zum Auto und umarmte sie.

»Alles wieder gut, Ida?«

»Alles gut, und sicher bis bald!«

Ida saß noch einige Zeit auf der Ofenbank, nachdem Amy weggefahren war. Sie fühlte absolute Leere im Kopf.

Was hatte sie von Stefan zu befürchten? Egal wie sie die Geschichte betrachtete, es verhieß nichts Gutes, dazu kannte sie Stefan zu gut. Er war überzeugt davon, dass jeder nach seiner Pfeife tanzen müsste, die Bedürfnisse anderer hatten für ihn keine Bedeutung. Aber es machte keinen Sinn, sich irgendein Szenario vorzustellen, denn es war, als würde sie in dicke Watte stoßen, die alles aufsog und nichts zurückgab. Es blieb ihr nichts anderes übrig, als abzuwarten. Vielleicht fand Baldur etwas heraus, dann könnte sie Stefans Pläne besser einschätzen.

Sie versuchte, das Thema für heute abzuhaken und abzuwarten. Wenn Stefan käme, dann würde ihr sicher Florian beistehen, falls es notwendig war. Der Gedanke an Florian verursachte ihr ein wohliges Kribbeln im Bauch. Sie genoss das Gefühl, dass sie sich zu ihm hingezogen fühlte. Amys Anspielung hatte ihr das klar und deutlich vor Augen geführt. Ob seine Fürsorge ihr gegenüber nur Freundschaft oder doch etwas mehr war, konnte sie nicht einschätzen. Ihr eigener Wunsch beeinflusste sie zu sehr, um sich darüber klar zu werden. Ida stöhnte. Auch hier blieb ihr nichts anderes, als abzuwarten. Sie hoffte, dass er ihre Aufforderung vorbeizukommen annehmen würde.

# *Der Albtraum*

Als Ida am Abend nach ihrer Besorgungstour zurückkam, fiel ihr ein, dass sie seit dem Frühstück noch nichts gegessen hatte. Sie beschloss, bei Maria zu essen, so musste sie nicht erst kochen. Da alles besetzt war, bestellte sie sich an der Theke einen Salat und Knödel mit Rahmschwammerl und hoffte, dass irgendwann ein Platz frei werden würde, bis das Essen kam. Während sie überlegte, ob sie sich irgendwo dazusetzen sollte, tippte ihr jemand auf die Schulter.

»Magst dich zu uns setzen, bei uns ist noch was frei?«

Ida drehte sich um. »Florian, dich habe ich gar nicht gesehen. Aber es ist ja auch proppenvoll wie lange nicht mehr.«

»Wir sitzen gut verborgen im Alkoven hinter dem Kachelofen. Kommst mit?«

»Stör ich euch denn nicht, ihr habt doch sicher was zu bereden?«

»Ich würde dich nicht fragen, außerdem kennst du die beiden anderen. Es ist der Max, der deine Sanitärinstallationen macht, und Benjamin, der auch bei dir werkelt ... beides Schulfreunde von mir. Außerdem wollten die beiden schon bald gehn. Also ... »

»Wenn ich nicht störe, dann esse ich natürlich gern mit euch.«

Sie gingen zum Tisch, und Ida begrüßte die beiden Handwerker. Seitdem sie bei ihr den Umbau durchführten, hatten sie ein gutes Verhältnis zueinander entwickelt. Vor allem Benjamin bewunderte Idas Geschick, das, was sie sich vorstellte, zu zeichnen und dann die Materialien dafür aufzutreiben. Es war eine ganz andere Arbeitsweise als das, was sonst von ihm erwartet wurde, nichts von der Stange, sondern sehr individuell. Während Ida aß, unterhielten sie sich angeregt über die noch ausstehenden Umbauarbeiten. Schließlich, als sie auf den Nachtisch wartete, verabschiedeten sich Max und Benjamin.

»Du brauchst wegen mir nicht hier zu sitzen, bis ich fertig gegessen habe. Ich freue mich zwar, Gesellschaft zu haben, aber du sollst dich nicht verpflichtet fühlen.« Sie lächelte Florian an, gleichzeitig hätte sie sich am liebsten die Zunge abgebissen. Warum konnte sie nicht einfach sagen, dass sie seine Anwesenheit sehr genoss?

»O nein, kein Problem, ich bleib gern hier bei dir. Außerdem wollt ich sowieso mit dir über eine bestimmte Sache reden.«

»Meinst du, weil ich deine Mutter zu den Leuten auf dem Rupertihof befragen wollte? Wenn es dir passt, würd ich morgen kommen.«

»Das kannst gern machen, aber ich wollt dir was anders erzählen. Ich bin mir nicht ganz schlüssig, was das bedeutet, aber vielleicht fällt dir dazu was ein.«

»Jetzt machst du mich aber neugierig, erzähl ...«

»Ein paar Tage, nachdem wir uns die Schafherde angeschaut hatten, hab ich oberhalb deines Hofs die Wiese gemäht und den Zaun repariert, dabei ist mir ein geschniegelter Typ aufgefallen, der mit einem Fernglas hinter dem Gebüsch stand und zu deinem Hof runtergschaut hat. Ich hab ihn erst eine Zeit lang beobachtet und dann gfragt, ob ich ihm helfen kann. Dass er etwas auskundschaften und dabei nicht gesehen werden wollte, war ganz eindeutig. ›Ist okay‹, hat er erwidert. Ich konnte ihm ansehn, dass er sich drüber geärgert hat, dass er von mir entdeckt wurde. Aber dann ist er richtig überheblich gworden, so von oben runter, als ich ihn gefragt hab, was er denn suchen würd. ›Ich mache eine Bergwanderung und habe hier die Aussicht bewundert‹, hat er abweisend geantwortet. ›Hinter einem dichten Busch sieht man allerdings nicht besonders viel von der Aussicht‹, hab ich ihn drauf hingewiesen. Der Typ hatte meiner Meinung nach ganz andere Absichten, als eine Bergwanderung zu unternehmen. ›Wo willst denn hin?‹, habe ich ihn dann gefragt. ›Was glaubst du, auf den Gipfel natürlich.‹ Eine dümmere Antwort ist ihm nicht eingfallen. ›Na, dann würde ich an deiner Stelle einfach den Weg entlanggehen. Es stehen ja genug Schilder da. Auf meiner Wiese gehts allerdings nicht weiter. Ist dir der Zaun nicht aufgefallen, über den du gestiegen bist.‹ Ich habe ihn dann noch drauf hingwiesen, dass es fraglich ist, ob er mit seinen schicken Sneakers weit kommt, weil aus dem Weg später ein Klettersteig werden würde. Worauf er geantwortet hat: ›Das lass mal meine Sorge sein.‹ Ich hab ihm ›Hals und Beinbruch‹ gewünscht und ihn noch mal drauf hingewiesen, dass der Weg hinter dem Zaun weiterführt. Ich hab abgewartet, bis er Richtung Tal verschwunden ist. Und ich bin ganz sicher, dass er deinen Hof beobachtet hat, der von der Stelle aus gut einsehbar war. Irgendwas wollte der auskundschaften … Vielleicht kam er von dem Hotelinvestor, von dem das Gerücht seit einiger Zeit im Umlauf ist«, endete Florian den Bericht und schaute sie fragend an.

Ida war in der Zwischenzeit leichenblass geworden, was Florian offensichtlich erst jetzt bemerkte.

»Was ist los, sind dir die Schwammerl nicht bekommen?«

»Nein, es ist nur ... Ich glaube, ich weiß genau, wer das war.« Ida nahm einen tiefen Schluck aus ihrem Weinglas.

»Willst mir nicht sagen, wer es ist?«

»Ich glaube, ich muss kurz raus an die frische Luft, mir ist regelrecht übel geworden«, antwortete sie im Aufstehen und ging in Richtung Ausgang.

Florian begleitete sie. Draußen nahm er ihre Hände und schaute sie eindringlich an.

»Ich bin ziemlich sicher, es war Stefan, mein Ex-Freund aus München. Ich wollte vermeiden, dass er erfährt, wo ich wohne, damit er mich in Ruhe lässt. Aber es war offenbar nicht schwer für ihn, meinen Aufenthaltsort herauszufinden.« Ida setzte sich auf eine Bank im Biergarten und legte den Kopf auf die aufgestützten Hände.

»Hast du Angst, dass er gewalttätig wird?«

»Nein, das nicht. Aber ich habe mich von ihm getrennt, nachdem ich aus der Firma ausgestiegen bin. Das ist in seinen Augen etwas, das man ihm nicht antun kann. Er kann den reinsten Psychoterror veranstalten, das habe ich schon mehrfach erlebt.«

»Na, das werden wir aber in den Griff kriegen, meinst du nicht?«

»Hast du eine Ahnung, welche Register der ziehen kann, ein normal tickender Mensch macht sich davon keine Vorstellungen.«

»Der kennt mich nicht, das darfst mir glauben.« Florian legte den Arm um sie. »Ich bin für dich da, egal zu welcher Tages- oder Nachtzeit. Ruf mich an, wenn du Hilfe brauchst.« Er schaute Ida fast zärtlich in die Augen – oder bildete sie sich das nur ein? –, und sie stellte fest, dass ihr seine Nähe sehr angenehm war.

»Das ist lieb von dir, aber tätlich angreifen wird er mich nicht, das läuft anders.«

»Auch dann wird mir was einfallen, versprochen.«

Ida lächelte ihn an, Florians Bereitschaft, ihr jederzeit beizustehen, berührte sie im Innersten. Ein wohliges Gefühl breitete sich in ihr aus wie ein heißer Tee, der an einem kalten Wintertag in jede Ader des Körpers floss. Schön, jemanden zu haben, der für sie eintrat. »Ich danke dir, und ich komme ganz sicher darauf zurück.« Sie drückte seine Hände und schaute ihm in die Augen. »Jetzt würde ich aber gern wieder reingehen und zahlen, mir ist nämlich kalt geworden und ich will nach Hause.«

»Aber sicher, komm, ich bring dich noch rein.«

»Nein, schon gut, du wolltest doch sowieso gehen, und ich habe dich nur aufgehalten. Ich übernehme die Rechnung, dann brauchst du nimmer mit rein.«

»So war das nicht gedacht, aber ... zum Ausgleich gehen wir miteinander essen, ich kenn ein gutes Lokal, ich glaub, das könnt dir gfallen. Was meinst?«

»Gern, da freue ich mich schon drauf. Und morgen komme ich deine Mutter besuchen.«

»Klar, mach das, am Vormittag gehts ihr immer am besten.«

Er umarmte sie und drückte ihr einen schnellen Kuss auf die Wange, der bei Ida ein warmes Gefühl auslöste. »Bis morgen dann«, verabschiedete er sich und ging zu seinem Auto.

Ida schaute ihm noch kurz nach und war ganz mit sich und ihren Emotionen beschäftigt. Eine Wolke positiver Energie lud sie auf, hüllte sie ein, und Ida gab sich diesem elektrisierenden Gefühl hin. Als sie sich umdrehte und leicht beschwingt zum Eingang ging, sah sie, dass an der offenen Tür Schorsch lehnte, der sich kaum noch auf den Beinen halten konnte.

»Was willstn mit dem schwulen Kerl, da wirst ned weit kumma.« Sein stark alkoholisierter Atem, gewürzt mit Zigarrengeruch, kam ihr schwallartig entgegen. Er spuckte neben ihr aus.

»Nimmst besser mi, dann hast wenigstens an richtigen Kerl«, röchelte er heiser.

»Ich glaube, was ein richtiger Kerl ist, darüber haben wir verschiedene Ansichten. Schau doch erst mal, dass du unversehrt heimkommst und nicht im Graben landest.« Ida wandte sich angewidert ab und ging ins Gasthaus zum Bezahlen.

Als sie endlich in ihrem Bett lag, war sie gedanklich ständig hin- und hergerissen zwischen ihren Gefühlen für Florian und der Überlegung, ob an Schorschs Bemerkung etwas dran sein könnte. Maria hatte es ja auch schon angedeutet. Was hilfts, ich werde es heute nicht mehr herausfinden, dachte sie, und dann schlief sie endlich ein.

In dieser Nacht hatte Ida seit vielen Jahren wieder einen Albtraum, der sie schon als Kind verfolgt hatte. Sie hatte geglaubt, dass sie ihn mit der Therapie hinter sich gelassen hatte, aber der Traum war genauso intensiv und erschreckend wie früher.

Eine Hand griff nach ihr, und sie versuchte, sich der Berührung zu entziehen. Aber es gab kein Entweichen, egal in welche Richtung sie sich bewegte. Plötzlich schrumpfte sie zusammen. Die Haut ihres Bauches wich in Richtung der Wirbelsäule, an den Armen und Beinen zog sie sich bis auf die Knochen zusammen. Sie spürte das Schrumpfen und sah gleichzeitig sich selbst als mumifizierte Leiche, deren Knochen dicht von einer lederartigen Hülle zusammengehalten wurden. Sie war gefangen in der starren Lederhaut, bis sie von ihrem eigenen Schrei aufwachte. Das Bild der Mumie war beharrlich, es ließ sich nicht wegschieben, und sie hatte panische Angst, die Augen zu öffnen. Unfähig, sich zu bewegen, lag sie unter der dicken Bettdecke, die sich wie ein eiskaltes und tonnenschweres Gewicht anfühlte.

Allmählich wich die Angst, und ihr wurde bewusst, dass es der Traum von früher war. Tränen lösten ihre Schockstarre auf, als würden sie sie wieder zum Leben erwecken. Nur allmählich konnte Ida wieder die Hände bewegen. Vorsichtig tastete sie ihren Körper ab, um sich zu vergewissern, dass das Bild in ihrem Kopf nicht der Realität entsprach. Dann stand sie langsam auf und ging im Zimmer herum. Sie musste wieder Leben in ihren starren Gliedmaßen spüren, wollte ihr Herz klopfen hören und sehen, dass ihr Körper sich nicht verändert hatte. Dabei umarmte sie sich selbst, um sich Wärme und Halt zu geben.

»Es ist vorbei und es kommt nie wieder«, flüsterte sie immer wieder vor sich hin. Aber ihre Gedanken liefen dagegen Sturm, sie hörte ständig »Eben nicht, eben nicht«. Es dauerte lange, bis sie erkannte, dass nicht die innere Kälte des Traums sie erschauern ließ, sondern dass sie tatsächlich fror. Sie ging zurück ins Bett und wickelte die Decke fest um sich. Der Traum würde sich nicht wiederholen, das wusste sie aus der Vergangenheit, und mit dieser Sicherheit schlief sie kurze Zeit später ein.

## *Florians Mutter*

Am nächsten Morgen war Ida wie gerädert, und sie dachte beim Frühstück lange darüber nach, warum der Traum sie gerade hier und jetzt einholte. Seit Berlin, nach Beendigung der Therapie, war er weggewesen, und sie hatte ihn schon vollkommen vergessen gehabt. War die Begegnung mit Schorsch an der Tür der Auslöser gewesen? Sein Geruch nach Alkohol und Zigaretten, aber auch sein eindeutiges Angebot hatten unbewusst die Erinnerung an ihren Vater zurückgeholt, der der Auslöser ihrer damaligen Albträume gewesen war. Hoffentlich konnte sie sich mit dieser Erkenntnis in Zukunft vor dem Traum schützen.

Nachdem Ida sich telefonisch bei Florian erkundigt hatte, ob der Besuch möglich sei, stand sie jetzt mit ihm vor der Tür des Schlafzimmers seiner Mutter. Er klopfte und öffnete im gleichen Moment.

»Ich kündige meiner Mutter immer an, dass jemand kommt«, erklärte er Ida. »Seit ihre Demenz fortgeschritten ist, hat sie ständig vor jedem und allem Angst.«

Ida trat hinter Florian ins Zimmer und war überrascht über die Einrichtung des großen Raumes, denn sie hatte eher ein muffiges, dunkles Zimmer erwartet, vollgestopft mit unzähligen Erinnerungen. Das antike bäuerliche Himmelbett stand in der Mitte der Wand rechts von der Tür.

Durch die hellen, seitlich gerafften Vorhänge wirkte es wie ein eigenes kleines Zimmer. Den übrigen Raum auf der linken Seite nahmen ein großer Sessel neben einem Beistelltischchen und eine alte, mit besticktem Leinen bezogene Chaiselongue ein. Eine bemalte Kommode, auf der drei gerahmte Fotografien thronten, stand an der Wand zwischen den Fenstern.

Florians Mutter war auf den ersten Blick in dem wuchtigen Sessel kaum zu sehen. Mit geschlossenen Augen, eingehüllt in eine Wolldecke, wirkte sie auf Ida sehr gebrechlich. Deswegen war Ida überrascht, als Ada ihren Sohn lächelnd und mit klarer Stimme begrüßte: »Schön, dass du da bist, Bub, wen hast du mir denn mitgebracht?«

Florian ging zu seiner Mutter und strich ihr über die Wange. »Mama, das ist Ida, die den Rupertihof geerbt hat. Du kennst sie vielleicht noch von früher, sie ist die Tochter vom Amreiner Alfons.« Während er sprach, strich er mit der Hand über die Decke der Mutter und schob ihr Kissen unter dem Kopf zurecht.

Etwas an dieser Geste berührte Ida. Sie selbst hatte ihn bisher zwar immer freundlich erlebt, aber er konnte anderen gegenüber auch schroff und abweisend sein. Ein paar Mal, als er mit seinen beiden Schulfreunden im Gasthof gesessen hatte, waren derbe Sprüche gefallen.

Ada musterte Ida aus halb geschlossenen Augen. »Das ist aber lang her, Magdalena, dass ich dich das letzte Mal gsehn hab. Hübsch bist du geworden, aber das warst du schon immer. Hat nur keiner gemerkt, und dann warst du weg.«

Florian ergriff die Hände der alten Frau und sah sie an. »Nein, Mama, die Magdalena ist vor vielen Jahren gestorben, das ist Ida, die Tochter vom Alfons und der Frieda Amrainer.«

Ada reckte sich plötzlich und antwortete sehr resolut »Geh mir weg, da kannst du mir nichts erzählen, die Magdalena hast du mitgebracht vom Rupertihof, die wär a rechte Frau für dich.« Dann drehte sie sich wie ein trotziges kleines Kind zur Seite. »Jetzt sag i nix mehr, dass dus nur woaßt.«

Florian drehte sich zu Ida. »Vorhin war Mama noch gut drauf, aber das wars jetzt. Das wechselt leider sehr schnell. Es ist besser, wenn wir wieder gehen, tut mir leid, Ida.« Er verabschiedete sich von seiner Mutter. »Schlaf noch ein bisschen, ich bringe dir später dein Mittagessen.«

»Auf Wiedersehen«, flüsterte Ida und verließ mit Florian das Zimmer.

»Komm, wann immer du Zeit hast. Dann probieren wir es noch mal, und am besten bringst du ein paar von den Fotos mit. Das mag sie gern, alte Bilder anschaun. Wenn du einen guten Zeitpunkt erwischt, kann sie dir viel dazu erzählen, denn an früher erinnert sie sich immer ganz gut.«

»Das mach ich, denn ich habe viele alte Fotos gefunden. Sicher weiß sie, wer darauf zu sehen ist. Jetzt probiere ich mein Glück beim Pfarrer, der soll ja noch ganz fit sein, wie ich erfahren habe.«

»Wie soll *der* dir helfen? Er ist schon seit Jahren pensioniert. Allerdings wohnt er noch im Kirchengemeindehaus und betreibt das Pfarramt sozusagen ehrenamtlich, da sich die katholische Kirche für die kleine Gemeinde keinen eigenen Priester leisten kann.«

»Dann hat er das Verzeichnis mit den Geburten und Verstorbenen im Dorf in irgendeinem Schrank liegen, vielleicht finde ich dort einen Anhaltspunkt.«

»Na dann viel Erfolg!« Ida wollte schon gehen, da nahm er sie in den Arm. »A Abschiedsbusserl muss schon sein«, sagte er lächelnd. »Ach ja, und wann gehen wir mitanand essen?« Er hielt Ida an den Händen fest.

»Sag mir, wann du Zeit hast, ich bin immer hier.« Ida war zu verdattert, als dass sie einen Tag festlegen konnte.

»Dann hol ich dich Freitagabend ab, um halb sieben.«

»Gut, ich spar mir meinen Hunger bis dahin auf.« Ida fiel nichts Passenderes als Antwort ein. Sie freute sich sehr über die Einladung, aber das Wort »schwul« schwirrte nach wie vor in ihrem Kopf herum.

# *Der alte Herr Pfarrer*

Nach mehrmaligem Klopfen wurde die Haustür des Pfarrhauses zögerlich geöffnet. »Keiner bleibt an der Tür stehen, und wartet, bis ich aufmach, a jeder kommt einfach rein«, warf die Haushälterin Ida statt einer Begrüßung hin. Die Haushälterin hatte sich nicht verändert, schon zu Idas Kinderzeit war sie mürrisch und abweisend gewesen.

»Grüß Gott erst mal. Daran muss ich mich noch gewöhnen, in München ist das anders.«

»Mir san aufm Land, kommst doch auch von hier, oder?« Sie führte Ida murmelnd zum Büro und öffnete die Tür. »Besuch, Hochwürden«, rief sie hinein und schlurfte wieder davon. Ida war überrascht, dass der Pfarrer im Kirchenbüro saß.

Der gebrechlich wirkende alte Mann, der mittlerweile schon über achtzig Jahre alt sein musste, schüttelte Idas Hand im Sitzen.

»Ich hab schon gehört, dass du wieder hier bist. Und auch, wenn ich nur noch selten predige, in der Kirche habe ich dich am Sonntag noch nicht gesehen.«

»Ich war die letzten Wochenenden in München, denn ich muss dort noch einiges erledigen.« Ida hatte den Vorwurf erwartet.

»Für den Gottesdienst sollte immer Zeit sein.«

Ida entzog ihm ihre Hand, die er immer noch festhielt, und ging zum Stuhl gegenüber.

»Meine liebe Ida, ich darf dich doch so nennen, schließlich habe ich dich getauft. Dass du wieder hierher zurückkehrst, ist sicherlich für deine Schwester und deinen Bruder eine große Überraschung.«

»Da haben Sie recht, ich hatte mich nicht vorher angekündigt.«

»Nachdem du nicht zur Beerdigung deines Vaters gekommen bist, hat wohl auch niemand mehr mit dir gerechnet.«

Die Rüge des Pfarrers kam bei ihr an. Ida biss sich auf die Zunge, denn beinahe wäre ihr herausgerutscht, dass ihn das nichts angehen würde. Allerdings durfte sie sich jetzt nicht mit ihm anfeinden, so kam sie nicht ans Ziel. »Sie können das nicht wissen, aber ich habe damals erst nach der Beerdigung vom Tod meines Vaters und dem Brand erfahren. Zu der Zeit war ich beruflich im Ausland.«

»Ach ja, das ist natürlich eine Erklärung. Und jetzt bleibst du hier?«

»Nun bin ich wieder hier und renoviere den Rupertihof.«

»Geerbt hast du den, ich habs schon gehört. Es ist doch wie ein Wunder für dich, oder nicht?« Er blickte ihr herausfordernd in die Augen.

»Es war eine große Überraschung, wie Sie sagen, Herr Pfarrer.« Ida wollte nicht zu viel preisgeben.

»Schön, schön, und wie komme ich zur Ehre deines Besuchs?«

»Ich dachte mir, dass Sie mir vielleicht helfen können, da sie doch jeden hier kennen, so lange, wie Sie schon hier leben.«

»Da kannst du sicher sein, dass ich keinen aus den Augen verliere«, brüstete er sich.

»Ich bin beim Ausräumen auf ein Sterbebild gestoßen, mit dem ich nichts anfangen kann. Ich glaube, das war niemand, der zum Hof gehörte, oder täusche ich mich?« Ida ging um den Schreibtisch herum und stand neben dem alten Mann. »Schaun Sie, Herr Pfarrer, das habe ich beim Stammbuch gefunden.« Durch die räumliche Nähe nahm sie seinen säuerlichen Körpergeruch wahr und musste sich davon abhalten, sich nicht instinktiv die Nase zuzuhalten. Sie legte das abgegriffene Sterbebild und das Foto vor ihn auf den Schreibtisch. Ida war sich ziemlich sicher, dass die Verstorbene nicht auf dem Hof gelebt hatte, sie hatte das Bild nur zum Anlass genommen, den Pfarrer aus der Reserve zu locken.

»Ich würde so gern wissen, wer früher auf dem Hof gelebt hat. Da ich damals noch ein Kind war, kann ich mich nur an Katt und Maximilian erinnern, und selbst ihn kenne ich nur, weil er mein Lehrer war.«

»Wer soll denn dort gestorben sein? Außer dem Tod von Katts Ehemann und ihr selbst viele Jahre später kann ich mich an keinen Sterbefall erinnern«, antwortete er langsam, während er seine Brille umständlich aufsetzte. Er betrachtete das Sterbebild. »Das war niemand aus der Gemeinde, die Person kenne ich nicht. Sicher ist sie nicht hier gestorben.«

»Aber Katts zweiter Ehemann, der Franz Häfner, ist doch auch hier gestorben, oder nicht?«

»Jaja, das ist wohl wahr. Aber er ist in seinem Heimatort begraben worden. Schau, hier ist das Kirchenverzeichnis.« Er zog es aus einem Fach hinter seinem Schreibtisch hervor und blätterte es umständlich auf. Endlich hatte er die Eintragungen des Zeitpunktes auf dem Sterbebild gefunden. Er drehte das Buch um, sodass Ida es lesen konnte.

Interessiert las sie Zeile für Zeile und verglich die Daten. »Schaun Sie, Herr Pfarrer, da ist meine Geburt und das Taufdatum verzeichnet.« Ida las den Vermerk, dass ihr Geburtsort mit »München, Privatklinik Moosmüller« angegeben war. Ihre Mutter hatte in einer Privatklinik entbunden? Das erschien ihr eigenartig, woher hatte sie das Geld genommen, und vor allem, warum? Sie wollte sich dem Pfarrer gegenüber aber nichts anmerken lassen und deutete mit dem Finger auf die nächste Zeile. »Und das Sterbedatum von Magdalena Eggert ist vier Tage nach meinem Geburtsdatum eingetragen. Sie haben mich wenige Tage nach Magdalenas Beerdigung getauft.«

»So ist das Leben, Geborenwerden und Sterben gehören dazu. Aber die Magdalena hätte ich beinahe vergessen, die Arme ist leider nicht alt geworden. Mein Gedächtnis ist eben auch nicht mehr das Beste, verzeih mir.« Er lächelte gedankenverloren. »Das war ein fesches junges Madl, die Schwester vom Maximilian.« Er zog ein Stofftaschentuch aus der Tasche und wischte sich die Stirn.

»War das ein Unglücksfall oder eine Krankheit, mit fünfzehn ist man doch gerade am Anfang des Lebens«, drängte sie den Pfarrer. Sie hatte das Gefühl, dass sie ihm jede Information aus der Nase ziehen musste.

Er hob den Finger, als würde er sich plötzlich erinnern. »Das arme Kind ist am Fieber gestorben, es kam ganz plötzlich, ich kam sogar zur letzten Ölung zu spät, der Herr hab sie selig.« Er seufzte tief, schloss die Augen und fügte nach einer kurzen Pause an: »Mehr kann ich dir dazu nicht sagen.«

Ida spürte, dass der Priester mehr wusste, als er bereit war, ihr zu sagen. »Das war sicher ein schwerer Verlust für Katt und Maximilian. Und dann verließ auch noch Katts Schwägerin den Hof, anstatt ihr beizustehen. Maximilian war doch, soweit ich weiß, damals beim Studium und konnte seiner Mutter zu Hause nicht helfen.« Ida offenbarte ihr Wissen ganz nebenbei, um den Priester zu einer Äußerung zu verlocken.

»Das war kein großer Schaden für die Familie, als Kreszentia wegging, sie war ein schlimmes Luder, das nur Männer im Kopf hatte. Mit diesem liederlichen Frauenzimmer hatte Katt kein Glück, nur Ärger. Aber das ist nichts, worüber du dir den Kopf zerbrechen musst, seitdem haben wir hier nichts mehr von ihr gehört.«

»Aber würde dann nicht ihr der Hof in der Erbfolge zustehen, wenn sie die Schwester von Franz Häfner, Katts zweitem Ehemann, war? Wissens, Herr Pfarrer, ich möchte mir nichts aneignen, was mir nicht zusteht.« Ida hoffte, den Priester mit diesem Einwand gesprächiger zu machen, denn ihr war klar, dass diese Gedankenkonstruktion vollkommen unzutreffend war.

»Da musst du dir keine Gedanken machen, mein Kind, die Kreszentia war nur eine Stiefschwester vom Franz. Sein Vater hatte nach dem Tod seiner ersten Frau eine Witwe geheiratet, die die Kreszentia mit in die Ehe brachte. Sie hat nur den Namen Häfner nach der Hochzeit angenommen, mehr war da nicht, schon gar keine Blutsverwandtschaft.«

Nun weiß ich wenigstens, nach wem ich suchen muss, freute sich Ida insgeheim, bisher hatte sie weder Vor- noch Nachnamen der Schwägerin gehabt. »Wissen Sie denn, wohin sie gegangen ist?«, hakte Ida nach.

»Wie gesagt, wir haben nie mehr etwas von ihr gehört. Mehr kann ich dazu nicht sagen.« Er legte seine gefalteten Hände wie eine Barriere vor sich auf den Tisch. »Und nun, liebe Ida, muss ich dich leider auch verabschieden«, beendete der Priester abrupt die Unterhaltung. Es war, als würde er es bereuen, so viel über Kreszentia verraten zu haben.

»Vielen Dank für Ihre Zeit, Herr Pfarrer«, verabschiedete sich Ida und war froh, der unangenehmen Atmosphäre zu entrinnen. Es hatte sich nichts geändert, der Pfarrer war ein Unsympath. Sie würde nie ihre aufrichtige Frage im Kommunionsunterricht vergessen, wie denn ein Baby ein Sünder sein könne. Zur Strafe wegen ihrer Ungehörigkeit, seine Aussagen anzuzweifeln, und als Abschreckung für ihre Mitschüler musste sie in den folgenden Stunden vorn neben dem Pult stehen.

Während sie sich auf den Heimweg machte, ging sie das Gespräch noch einmal gedanklich durch. Sie schüttelte sich, als könnte sie die unangenehme Atmosphäre des Pfarrhauses körperlich abwerfen. Sie war überzeugt, dass der Pfarrer etwas wusste, entweder über Kreszentia oder die verbliebene Familie auf dem Rupertihof. In ihrem aufkeimenden Ärger konnte sie sich gerade noch erinnern, dass sie nicht vergessen durfte, beim früheren Arzt von Oberndorf anzurufen, warum sie in einer Münchner Klinik geboren worden war. Ihre Geschwister waren Hausgeburten gewesen, aber vielleicht hatte der Arzt Probleme bei der Geburt erwartet und die Mutter deswegen überwiesen. Leider war über solche Themen in ihrem Elternhaus nie gesprochen worden. Aber was sollte sich daraus Neues für sie ergeben, fiel ihr plötzlich ein, es würde sicher nur ihre Geburt mit den Namen der Eltern verzeichnet sein. Enttäuscht erkannte sie, dass das wieder nur eine Sackgasse war und es sich wohl nicht lohnen würde, dort nachzufragen.

# *Ida bekommt Besuch*

»Unglaublich, was du mit dem Hof gemacht hast. Hier würde ich mich auch gleich wohl fühlen«, schwärmte Maria. »Man sieht einfach dein gestalterisches Händchen. Du hast das Alte erhalten und mit modernen Mitteln betont. Das kommt wahrscheinlich daher, dass du hier aufgewachsen bist, ein Designer aus der Stadt hätte dafür kein Auge ghabt.«

Ida hatte ihr die fertig renovierte urgemütliche Wohnküche gezeigt und die Toilette mit Dusche in der ehemaligen Milchkammer. »Das Schlafzimmer und das neue Bad im oberen Stockwerk sind noch im Umbau, das dauert noch.«

»Ach zeigs mir doch bitte, auch wenns noch nicht fertig ist.« Maria drängte Ida, die sich nicht lange bitten ließ, schließlich war sie sehr stolz auf das bisher Erreichte.

Oben angekommen öffnete Ida die Tür, und vor ihnen lag das geräumige Badezimmer. Sie musste es selbst anerkennen, es wirkte beeindruckend.

Maria ging einen Schritt hinein und drehte sich im Halbkreis. »Das ist genial, wie bist du denn auf diese Idee gekommen?«, fragte Maria und zeigte auf die Natursteine, die als Ablageflächen aus der verputzten Wand über der Badewanne herausragten. »Und hier die großen Findlinge, die in die Einfassung der Badewanne übergehn, einfach toll.« Sie strich bewundernd über die riesigen Feldsteine, aus denen die Badewanne »herauswuchs«. »Mei, und noch dazu a ›Whirlwanne‹, du hast ja an gar nichts gespart. Und dahinten die große Dusche mit dem ... Rainforrest-Duschkopf, einfach der Hit neben der Sauna. Ein Profi hätte das nicht besser machen können, ehrlich.« Sie umarmte Ida überschwänglich, die fühlte, dass die Begeisterung ehrlich war.

Sofort meldete sich Idas schlechtes Gewissen. Lag sie falsch mit ihrem Verdacht, dass Maria ein Spiel mit ihr trieb? Ihr Bauch sagte ihr immer wieder, dass irgendetwas nicht stimmte. Aber als sie ihr vor einigen Wochen die Falle mit dem offenen Laptop gestellt hatte, hatte Maria keinen Hehl daraus gemacht und sie direkt bei ihrer Rückkehr darauf angesprochen. Ihre Erklärung, dass sie wegen eines klappernden Fensterladens in ihrem Zimmer gewesen war und bei dieser Gelegenheit den offenen Laptop bemerkt hatte, war nachvollziehbar. Hätte sie das angesprochen, wenn sie hätte schnüffeln wollen, oder hatte sie damit von vornherein jeden Verdacht von sich lenken wollen?

»Wenn du das sagst, dann weiß ich, dass ich richtig liege mit meinen Ideen. Du kennst die Wünsche der Gäste im Hotel und vor allem auch die Münchner Szene, die so etwas kaufen würde.«

»Willst du den Hof denn wirklich verkaufen, nachdem du so viel Arbeit und Geld reingsteckt hast?«, bohrte Maria nach. »Ich fänds so schad, wennst uns wieder verlässt.«

»Ach, weißt du, ich möchte irgendwann wieder meiner Arbeit nachgehen ... Die fehlt mir schon sehr.«

»Du könntest doch auch hier arbeiten, oder wenigstens in München, und hier wohnen. Weißt, deine Freundschaft ist mir echt wichtig. Obwohl ich schon so lang hier lebe, habe ich hier keine Freundin gefunden. Die Einheimischen sind Fremden gegenüber einfach misstrauisch. Ich weiß bis heut nicht, was sie gegen mich haben.« Maria schaute Ida fragend an.

Ida hatte ihre Mimik gut im Griff, denn obwohl sie spürte, dass die Reaktion über die Renovierung echt war, spürte sie, dass Maria ihr gegenüber nicht ganz ehrlich war. Es tat ihr weh, denn eigentlich hätte sie Maria gern als Freundin gehabt, aber seitdem sie berechtigte Zweifel an ihrer Freundschaft hatte, hielt sie sich sehr zurück. Sie gab nur eine vage Antwort.

»Manchmal überlege ich schon, warum ich das alles wieder aufgeben soll. Ursprünglich bin ich zurückgekommen, um herauszufinden, ob ein Zusammenhang zwischen meiner Familie und meinem Erbe besteht. Irgendeine Verbindung muss es geben, das sagt mir mein Gefühl, obwohl ich bis jetzt auf keinen Anhaltspunkt gestoßen bin. Hierbleiben ... Ich weiß nicht, das hat für mich keine große Zukunft.«

»Sei doch nicht so unflexibel, warts ab, wie sich alles entwickelt.«

»Weißt du, den Unterhalt des Hofs kann ich mir auf Dauer nicht leisten. Das geerbte Geld habe ich fast vollständig in die Renovierung gesteckt. Aber selbst wenn ich nach München zurückgehe, bin ich nicht aus der Welt.« Ida fühlte sich nicht gut bei dieser Lüge, aber sie sah keinen anderen Weg, um an Informationen zu kommen, die nur Maria ihr geben konnte.

Marias Mundwinkel fielen nach unten und sie zog eine Schnute wie ein enttäuschtes Kind, ein Bild größten Bedauerns. War das echt oder perfekt gespielt? Zeigte sie das jetzt nur, weil sie sicher war, Ida würde gehen?

»Vielleicht überlegst dus dir ja, schließlich bist noch länger da. Umentscheiden kannst dich immer noch. Ich wär jedenfalls sehr traurig, wennst gehst. «

»Wir werden sehen, die Renovierung dauert ja noch.«

»Sag, und heut Abend gehst mit Florian essen? Der würd mir auch gfalln, a richtiges Sahneschnittchen.« Maria wechselte abrupt das Thema, es wirkte, als brenne es ihr auf den Nägeln.

»Ja, ich freu mich schon drauf. Das erste Mal seit Langem richtig schön ausgehen«, sagte Ida und lächelte mit schwärmerischem Blick.

»Warts ab, zum Schluss will er dich nur ins Bett kriegn, als Alibi sozusagen. Woaßt scho, was die Leut über ihn sagen?«

»Jaja, ich weiß, das hast du schon gesagt. Was solls!« Ida machte eine abwertende Handbewegung. »In der Modebranche gibt es fast nur schwule Männer, und die waren immer viel angenehmer als die meisten Frauen, das kannst du mir glauben.« Ida widerstand dem Bedürfnis, Maria die Zähne zu zeigen. Wenn sie wirklich eine Freundin wäre, würde sie Ida aufklären und nicht nur den Dorftratsch wiederholen, denn mit Sicherheit kannte sie die Wahrheit. Schließlich waren ihr Mann und Florian gleich alt. »Ich geh doch nicht mit ihm aus, um in seinem Bett zu landen. Ich freue mich einfach auf einen schönen Abend.«

»Der wird sicher unterhaltsamer, als wenn man seit Jahren verheiratet ist. Schöne Abende haben da Seltenheitswert, das kann ich dir sagen.«

»Der Johannes ist doch wirklich ein super Typ, vielleicht solltest du mal ein bisschen netter zu ihm sein«, ermahnte Ida Maria. »So, wie du ihn gestern in meinem

Beisein angemotzt hast, das war alles andere als freundlich.«

»Der braucht des, glaub mir, das ist unsere Art von Liebe. Hinterher frisst er mir aus der Hand«, sagte Maria bedeutungsvoll lächelnd.

»Na ja, du musst es ja wissen, aber beklagen darfst du dich nicht, wenn er mürrisch ist.«

»Ist scho gut, ich wünsche dir einen angenehmen Abend, egal ob schwul oder nicht«, entgegnete Maria im Hinausgehen.

# *Das Abendessen*

Ida stand am Fenster der Wohnküche und wartete auf Florian, dabei war sie nervös wie ein Teenager beim ersten Date. Es kam ihr wie eine Ewigkeit vor, dass sie einen Abend in Gesellschaft eines attraktiven Mannes verbracht hatte. Und sie konnte es nicht leugnen, Florian interessierte sie mehr, als sie sich anfangs eingestehen wollte.

Endlich hielt er vor der Tür und betrat nach kurzem Klopfen das Haus.

»Wow, du schaust toll aus!« Florian schnalzte mit der Zunge und blieb bewundernd stehen. Ida hatte die Haare locker hochgesteckt und trug ein schlichtes schwarzes Kleid aus Crêpe de Chine mit Spaghettiträgern, das ihren schlanken Körper in weichen Wellen umfloss. Es war aus ihrer letzten Münchner Kollektion, ihr absolutes Lieblingskleid.

»Das freut mich, dann mache ich dir keine Schande als Mädel vom Lande«, frotzelte sie. »Ich dachte, ich muss dir mal einen meiner Entwürfe vorführen, es ist tatsächlich nicht der schlechteste.« Sie strahlte Florian an und umarmte ihn kurz zur Begrüßung.

Während sie ihre Handtasche nahm und sich eine federleichte Strickjacke aus Silkmohair über die Schultern legte, spürte sie Florians Blicke, der sie von oben bis unten musterte. Auch sie selbst hatte aus den Augenwinkeln sein Outfit gescannt und war mehr als zufrieden.

Ihre Bedenken, neben ihm overdressed zu wirken, waren überflüssig. Das stahlblaue Leinensakko passte perfekt zur beigen Chinohose, das blau-weiß gemusterte Hemd war nicht nur modisch gesehen eine gute Wahl. Es gefiel Ida, dass er in dem ungewohnten Aufzug genauso selbstverständlich auftrat wie mit Jeans und Arbeitsstiefeln.

»Tja, und ich wollte nicht wie der Bub vom Land daherkommen«, grinste er.

Leise regte sich ein zartes Flattern in ihrer Magengegend, und sie legte die Hand auf den Bauch, als wollte sie es festhalten. Während sie durch die Voralpenlandschaft fuhren, genoss sie es, sich mit Florian über Begebenheiten der letzten Tage zu unterhalten. In einem kleinen Dorf bog Florian in eine Seitenstraße ab und fuhr in Serpentinen den Berg hinauf. Wenige Kilometer nach dem Ortsrand hielt er vor einem imposanten alten Haus. Wuchtige Balkone mit Schnitzereien liefen über zwei Stockwerke, das Holz wirkte fast schwarz. Kunstvolle Lüftlmalerei, die tanzende Paare in Tracht umrahmt von Enzian und Edelweiß zeigte, verzierte den Giebel. Der Mittelpunkt der Bemalung war eine medaillonartige Tafel mit der Jahreszahl 1648. Ida hatte das Gefühl, das Alter des Hauses auf eine angenehme Art wahrzunehmen. Vermutlich könnte es viele Geschichten erzählen.

»Da sind wir, ich hoffe, es gefällt dir.«

»Der alte Hof ist sehr beeindruckend. Bist du das erste Mal hier?«

»Früher war ich mit meinen Eltern bei besonderen Anlässen hier essen. Es gibt Dinge, bei denen ist man froh, wenn sie bleiben, wie sie immer waren. Der Lüftlhof hier gehört für mich dazu.«

Der Ober, traditionell bekleidet in einer Trachtenweste aus Hirschleder, einem weißen Hemd und einer dunklen Hose, führte sie nach der Begrüßung in ein Gastzimmer mit alten hölzernen Wandpaneelen. Das weiß gekalkte Deckengewölbe ruhte auf unverputzten Ziegelsteinsäulen, die den Raum gliederten.

»Wollts lieber draußen sitzen, heut is noch recht warm?«, fragte der Ober. »Ihr könnts auch, wenns später kühler wird, drinnen weiter essen, ganz so, wie ihr wollt.«

»Das machen wir, der laue Sommerabend ist zu herrlich.« Ida stimmte zu.

Schöner hätte ihr Date gar nicht beginnen können. Die alten Holztische waren mit Leinen und Gmundner Porzellan gedeckt. Die Flammen der Kerzen im Windlicht spiegelten sich auf den Gläsern, und eine einzelne rosafarbene Bauernhortensie lag in einer flachen Schale. Dünne Baumscheiben dienten als Platzteller, bestickte Leinenservietten lagen bereit. Ida lehnte sich im Stuhl zurück und schaute sich um. Rosenstöcke am Rand des Gartens verströmten ihren süßlichen Duft, und jedes Mal, wenn ein leiser Windhauch die Zweige bewegte, intensivierte sich das Blütenaroma. Sie sog den Duft ein und schloss dabei die Augen. »Hier gefällts mir.«

Nachdem der Kellner ihnen die Speisekarte gereicht hatte, besprachen sie gemeinsam die Auswahl des Menüs und stellten fest, dass beide sowohl die bayerische als auch die mediterrane Küche, die in der Karte angeboten wurde, liebten.

»Wenn wir alles essen, was wir bestellt haben, können wir uns wahrscheinlich nicht mehr bewegen«, stellte Ida lachend fest.

»Kein Problem, hier gibt es auch Gästezimmer. Der Kellner trägt dich bestimmt gern nach oben, so, wie der dich ständig anschaut.«

»Ich glaube, der taxiert mich nur wegen der Unmenge an Essen, die wir bestellt haben.«

»Das Dessert lassen wir noch offen.« Florian zwinkerte Ida während des Bestellens zu. Dass Florian sich nicht nur beim Essen auskannte, sondern auch wusste, welche Weine der Ober als Begleitung empfahl, nahm Ida anerkennend zur Kenntnis. Er konnte also nicht nur seinen Hof souverän betreiben, er war auch in Gesellschaft eine echte Bereicherung. Schade nur, dass er ... Was solls, unterbrach sie ihre Gedanken, lieber einen echt guten Freund, der homosexuell war, als eine halbherzige Liebelei, die im Chaos endete.

»Ich würd was geben für deine Gedanken«, bemerkte Florian und berührte ihre Hand.

Ida erschrak und spürte, wie ihr die Röte ins Gesicht stieg. »Ach, nichts Wichtiges ... nur eine Erinnerung an früher, aber ohne Bedeutung.« Ihr fiel keine bessere Antwort ein.

»Na dann, lass uns doch anstoßen«, überging Florian ihr Stammeln. Er schaute ihr in die Augen und lächelte. »Lass es dir heute Abend richtig gut gehen nach all der Schufterei.«

»Ich genieße jeden Augenblick.« Während der Klang der aneinanderstoßenden Gläser ertönte, errötete Ida schon wieder beim Blick in Florians graue Augen. Ein Teenie beim ersten Date konnte sich nicht ungeschickter anstellen, sie konnte es kaum fassen.

»Wie wars denn beim ehrwürdigen Herrn Pfarrer, du hast noch gar nichts davon erzählt?«

»Leider rückt er nicht raus mit der Sprache, obwohl ich sicher bin, dass er genau weiß, was mit Kreszentia passiert ist. Es war fast wie eine Predigt, was er von sich gegeben hat ...«

»Das kann ich mir vorstellen, der glaubt immer noch, wir müssten ihm die Füße küssen und vor ihm niederknien.«

»Du klingst aber nicht gerade nach einem wohlerzogenen Katholiken?«

»Wie mans nimmt. Mein Glaube hat nicht viele Gemeinsamkeiten mit den Ansichten unseres Pfarrers oder der katholischen Kirche.«

»Mir geht es ganz ähnlich. Ich muss mich immer an die Ungerechtigkeiten im Kommunionsunterricht erinnern, als er uns einreden wollte, wir Neunjährigen wären die schlimmsten Sünder, und ich widersprochen habe. Ich habe dafür zu Hause eine Tracht Prügel bekommen, da ich mich weigerte, Sünden zu beichten, die ich nicht begangen habe. Er konnte es nicht lassen, bei einer ausgiebigen Brotzeit meine Eltern über mein sündiges Verhalten aufzuklären. Ganz nebenbei hat er so kräftig zugelangt, dass für uns nur noch trockenes Brot übrig blieb.«

»Das sieht ihm ähnlich, überall mitzunehmen, was zu bekommen war. Daran hat sich bis heute nichts geändert.«

Sie redeten den ganzen Abend, in den wenigen stillen Momenten bildeten ihre Gedanken die wortlose Fortsetzung der Unterhaltung. Auf die Frage nach Stefan erzählte ihm Ida von ihrer schwierigen Beziehung, die nur am Anfang während ihrer gemeinsamen Zeit in Berlin gut verlaufen war. Auch die Firma seines Vaters erwähnte sie, um ihm die Zusammenhänge zu erklären.

»Was meinst du, was er vor ein paar Tagen von dir wollte?«, hakte Florian nach.

»Vermutlich braucht er etwas von mir, und sei es auch nur, um sein narzisstisches Ego zu bedienen.«

»Will er, dass du wieder zu ihm zurückkommst?« Florian sah ihr in die Augen.

»Sicher nicht, denn er hatte ja ständig andere Frauen. Sein Problem ist eher, dass er es nicht verkraften kann, wenn ihm etwas weggenommen wird. Dass ich den Schlussstrich gezogen habe, ist für ihn ein absolutes No-Go. Wenn, dann steht so etwas nur ihm zu.«

»Dann will er dich doch zurück, anders kann ich es mir nicht erklären …«

»… damit er die Beziehung theatralisch beenden kann. Das würde zu ihm passen. Aber was solls, da beißt er bei mir auf Granit.« Ida reckte entschlossen ihr Kinn, sie wollte das Thema jetzt beenden. »Aber sag mal, Florian, was hast du gemacht, bevor du den Hof übernommen hast? Davon hast du noch nie etwas erzählt.« Ida hatte genug vom Thema Stefan, sie wollte sich nicht den Abend verderben lassen. Außerdem hoffte sie, endlich etwas zu erfahren, woraus sie schließen konnte, ob er homosexuell war oder nicht.

Florian erzählte ihr, dass er in Freising Agrarwissenschaften studiert und gerade an seiner Doktorarbeit gearbeitet hatte, als sein Vater plötzlich verstorben war. Es war für ihn selbstverständlich gewesen, seine Pläne, ins Ausland zu gehen und dort in ökologischen Betrieben Erfahrungen zu sammeln, aufzugeben, um den Hof zu Hause zu bewirtschaften. Für ihn war immer festgestanden, dass er irgendwann die Landwirtschaft übernehmen wollte, der Zeitpunkt war leider früher gekommen als geplant. Seine einzige Bedingung, die er damals seiner Mutter gestellt hatte, war gewesen, auf ökologischen Landbau umzustellen, aber sie war mit allem einverstanden gewesen. Seine Eltern hatten ihm schon immer vertraut und waren seinen Ideen und Vorstellungen gegenüber sehr aufgeschlossen gewesen.

»Und deine Doktorarbeit, hast du die abgeschlossen?«

»Aber sicher, die habe ich fertig gemacht. Ich habe es zwar nie an die große Glocke gehängt, aber mein Doktortitel ist der Anlass für ständigen Spott meiner Nachbarn. Seitdem ich auch noch auf Ökolandwirtschaft umgestellt habe, nennen sie mich den ›Doktorbauern‹.«

»Das ist sicher für die meisten unfassbar, dass du damit auch noch Erfolg hast.«

»Das darfst du glauben.«

»Hast du nie eine Beziehung gehabt, als Student oder später? Den Hof allein zu bewirtschaften, ist sicherlich sehr anstrengend.« Ida wusste nicht, wie sie das Thema geschickter anschneiden konnte.

»Als ich mich entschloss, den Hof zu übernehmen, war es schnell aus mit der Beziehung. Für jemanden, der nicht hier aufgewachsen ist, ist das Leben in dieser Umgebung zu urwüchsig. Es ist anders, als nur für ein paar Tage Urlaub zu machen.« Er lächelte sie an. »Und seitdem hat sich einfach nichts Passendes ergeben.«

»Bist du so wählerisch?«

»Unter dem Aspekt, ein Leben lang zusammenzubleiben, kann man gar nicht wählerisch genug sein. Meinst du nicht?« Er schaute Ida herausfordernd an.

»Sicher, du hast vollkommen recht.«

»Etwas auf die Schnelle brauche ich nicht. Ich habe immer die liebevolle Beziehung meiner Eltern vor Augen, und weniger ist mir nicht genug.«

»Das ist ein tolles Kompliment für deine Eltern. Ich kann ein Lied davon singen, was es bedeutet, die falsche Wahl zu treffen. Die Geschichte mit Stefan hat viel zu lange gedauert, obwohl ich schon nach kurzer Zeit in München wusste, dass es nichts von Dauer sein wird. Damals habe ich für die Arbeit und den Erfolg alles in Kauf genommen, bis zum bösen Erwachen.« Ida hielt gedankenversunken kurz inne, als würde ein Film vor ihrem inneren Auge ablaufen. »Jetzt bin ich froh, allein zu sein. Das Leben hier auf dem Hof hat mich total verändert, auch in Bezug auf meine Arbeit.«

»Heißt das, du willst allein bleiben?« Florian unterbrach ihr Resümee.

»Darüber habe ich nicht nachgedacht, aber ehrlich gesagt, sind mir gute Freunde lieber als eine oberflächliche Beziehung. Da geht es mir ähnlich wie dir.« Blöd, jetzt hätte sie ihm sagen können, dass sie durchaus für eine Beziehung offen wäre. Ida überlegte fieberhaft, wie sie Florian zu einer Äußerung bezüglich des Geschlechts seiner damaligen Beziehung bringen könnte. Aber es fiel ihr nichts ein, was möglichst beiläufig klang. Schließlich gab sie es auf, der Abend war zu schön, um ihn mit solcher Spionagetätigkeit zu verderben. Es würde sich irgendwann von selbst ergeben.

Während ihrer lebhaften Unterhaltung unterbrach der Kellner sie, um die verschiedenen Gänge des Menüs zu servieren. Er beschrieb jedes Mal ausführlich die Zutaten, und allein davon wurde Ida schon neugierig auf den zu erwartenden Genuss. Die Gerichte waren liebevoll angerichtet und verströmten ein Aroma, das die Geschmacksknospen verführte. Mehr als einmal schloss Ida genießerisch die Augen und stöhnte wohlig vor sich hin.

»Die Mangoldravioli mit der Nussbutter sind einfach göttlich! Eigentlich hatte ich nicht erwartet, dass etwas die Parmesansuppe vom vorherigen Gang toppen könnte. Umso gespannter bin ich jetzt auf den Rehrücken auf einer Apfel-Sellerie-Lasagne, allein schon die Zusammenstellung lässt mir das Wasser im Mund zusammenlaufen. Ich habe seit Langem nicht mehr so gut gegessen, am liebsten würde ich gar nicht mehr aufhören.«

»Ich bin echt begeistert, wie viel du essen kannst.« Florian grinste sie an. »Ich kenne Frauen, die picken wie Vögel auf dem Teller rum, und nach ein paar Bissen sind sie satt. Schade immer um das gute Essen, dabei vergeht mir dann selbst oft der Appetit.«

»Ich hab dir doch gesagt, dass ich vorher nichts essen werde.« Ida lachte. »Außerdem ... ich bin ziemlich groß, das geht in die Länge. Aber ganz ehrlich, jetzt bin ich pappsatt.« Ida strich sich über den Bauch, während sie aufstand. In der Zwischenzeit war es kühler geworden, und sie beschlossen, den Kaffee und einen Schnaps drinnen zu trinken. Sie kuschelte sich wohlig in den tiefen Sessel neben der Bar und nippte an dem Vogelbeerbrand.

»Den hat mein Vater früher immer selbst gemacht, besser hat er ihn auch nicht hingekriegt. Ein echtes Schmankerl.«

»Ich wusste gar nicht, dass es so etwas aus Vogelbeeren gibt, ich dachte immer, die sind giftig.«

»Nicht das schlechteste Gift, oder?«

»Ja, grias di, so a seltener Besuch.« Ida schaute erstaunt auf den Koch, der plötzlich vor ihnen stand und Florian gut zu kennen schien. Florian erhob sich und umarmte den Mann. »Grüß dich, Anton. Schön, dass du aus deiner Zelle herauskommst, ich wäre sonst noch kurz bei dir reingeschneit.«

Die beiden schienen sich gut zu kennen, Ida konnte die Verbindung der beiden fast körperlich spüren. Mit einem Blick erkannte sie, dass Anton homosexuell war. Die Betonung der Vokale beim Sprechen, die tänzelnden Bewegungen und die Mimik, es passte alles zusammen. Und schon während sie es dachte, schalt Ida sich aufgrund ihrer Vorurteile.

Anton strich Florian über die Schulter. »Gut schaust du aus, mein Lieber, deine Begleitung kannst du allerdings nicht toppen.« Er strahlte Ida an, während Florian sie vorstellte.

»Designerin bist du, das ist ja mal eine Bereicherung. Hast du keine Lust, für mich zu arbeiten. Der Lüftlhof braucht etwas Neues, ein Facelift sozusagen. Ich stelle mir allerdings was ganz Besonderes vor, an die Tradition angelehnt, aber außergewöhnlich muss es sein.«

Ida war so überrascht über dieses Angebot, dass sie kurz überlegte, ob es ernst gemeint oder nur so dahingesagt war. »Wie meinst du das?«, war das Einzige, was sie antwortete.

»Na so, wie ich es gesagt habe.« Er wandte sich wieder Florian zu.

»Erkläre ihr doch mal, dass ich immer alles so meine, wie ich es sage, auch wenn keiner damit rechnet. Ich muss jetzt wieder in die Kuchl, aber hier ist meine Karte ... Ruf mich an, dann können wir drüber reden. Und du, mein Bester«, er drehte sich mit erhobenem Finger zu Florian, »wenn du wieder mal unangekündigt kommst, dann gibts nichts zu essen. Ciao, ihr Süßen!« Er rauschte winkend davon.

Ida schaute Florian an, sie fühlte in sich ein großes Fragezeichen. »Was oder besser *wer* war das?«

»Der Sohn des Hauses, jetzt ist er der Chef, und wie du schon festgestellt hast, ein begnadeter Koch. Ich kenne ihn seit meinem Studium. Er ist eine schillernde Person, und nicht zu Unrecht halten ihn viele für überspannt und exzentrisch.« Florian grinste und verharrte kurz.

»Ist sein Angebot ernst gemeint oder nur so dahingesagt?«

»Was er sagt, meint er ernst, da kannst du sicher sein. Das könnte ein interessanter Auftrag für dich werden, denn etwas Normales, das man an jeder Ecke kaufen kann, will er nicht.«

»Das muss ich erst mal verdauen«, stammelte Ida, für die nun feststand, dass die beiden sich wohl aus dergleichen Neigung heraus kannten. »Aber es ist ein tolles Angebot, das höre ich mir in jedem Fall an.«

Als Florian zahlte, kam es Ida so vor, als hätte der Abend gerade erst begonnen. Wie gern hätte sie sich noch viel länger mit Florian unterhalten, es war so leicht, Gesprächsthemen mit ihm zu finden. Aber sie wusste, dass er am nächsten Morgen sehr früh aufstehen musste. Die Tiere warteten nicht, bloß weil er am Abend spät nach Hause gekommen war. Schweigend fuhren Sie zurück, jeder hing seinen Gedanken nach.

Als Florian Ida an die Haustür brachte, umarmte er sie. »Das war der beste Abend seit Langem. Ich danke dir.« Er gab ihr einen Kuss auf die Wange. »Ich würde das gern wiederholen, was meinst du?«

»Der Abend ist wie im Flug vergangen, es war einfach wunderbar. Danke für deine Einladung.« Ida war unschlüssig, am liebsten hätte sie Florian geküsst, aber da er keine Anstalten machte, musste sie es wohl bei einem freundschaftlichen Busserl belassen. Sie meinte schon, er würde ihre zittrigen Knie bemerken, als er sie noch einmal fester umarmte. Aber dann ließ er sie los und ging zum Auto.

»Danke noch mal«, rief Ida ihm hinterher, »bis bald!« Aber Florian fuhr schon weg.

Wie gesagt, ermahnte sich Ida ein weiteres Mal: Besser ein schwuler Freund als eine laue Beziehung. »Aber schade ist es schon«, seufzte sie beim Hineingehen.

# *Bei Johanna im Altenheim*

Als Ida am nächsten Morgen die Sonne von ihrem Balkon aus beobachtete, hatte sie Mühe, sich auf dieses tägliche Schauspiel zu konzentrieren. Immer wieder blieb sie gedanklich am gestrigen Abend hängen. Es war so leicht, mit Florian zu lachen, aber auch schwere Themen waren ihm nicht fremd. In Florian könnte sie sich tatsächlich verlieben. Aber sicher waren Anton und er in der Vergangenheit ein Paar gewesen, sonst hätten sie sich nicht so innig begrüßt. Sie musste Florian einfach direkt darauf ansprechen.

Mit diesem Entschluss, bei dem sie schon wieder Herzklopfen bekam, ging sie nach unten, um ihre Pläne für den heutigen Tag anzugehen. Tage vorher hatte sie auf dem Dachboden einen wahren Schatz in einem wuchtigen Schrank geborgen. Beim Öffnen der Türen konnte sie es erst nicht glauben, dicht gestapelt lagen unzählige Ballen aus altem Leinen vor ihr. Vorsichtig zog sie eine aufgerollte Bahn heraus, die einige Meter lang war, und stellte zufrieden fest, dass die handgewebten Stoffe während der vielen Jahre der Lagerung keinen Schaden erlitten hatte. Sie hatten weder Löcher noch waren sie brüchig geworden.

Daraufhin trug sie die Ballen in die ehemalige Milchkammer, wo ihre Waschmaschine stand. Es würde einige

Tage dauern, bis sie alle gewaschen hatte, aber sie war sicher, diese Mühe würde sich lohnen.

Ida strich mit beiden Händen über die feuchten Stoffbahnen, die baldachinartig von Leine zu Leine in der Scheune hingen. Sie liebte den Griff in das alte, von Hand gewebte Leinen mit der leicht körnigen und knittrigen Oberfläche. Sofort lief ein Film vor ihrem inneren Auge ab, mit welchen Motiven sie das Leinen besticken und anschließend weiterverarbeiten könnte. Die Stick- und Nähmaschine zu holen und dann endlich wieder etwas zu arbeiten, das war ihr nächstes Ziel. Ein schlichter A-Linien-Rock mit einer Bordüre entlang des Saumes, dazu eine Jacke, die das Motiv auf dem Rücken wiederholte, oder ein hochgeschlossenes Dirndlkleid mit Stickereien auf dem Mieder, Kissen in verschiedenen Formen mit Stickereien und Bändern – Ida sah alles vor sich, als wäre es schon fertig. Vielleicht wäre das etwas für Antons Restaurant?

Aus dem Haus drang ein helles, wiederkehrendes Geräusch, und es dauerte, bis sie begriff, dass es das Telefon war. Wieder einmal hatte sie es auf der Ladestation vergessen. Durch den schlechten Handyempfang am Hof war das Festnetz ihre einzige Chance, störungsfrei zu telefonieren. Kurz zögerte sie, sollte sie loslaufen, oder war es schon zu spät? Sie hatte keine Ahnung, wie oft es schon geläutet hatte, als sie schließlich doch noch losspurtete.

»Ida, grüß dich Gott, Johanna hier«, vernahm Ida die Stimme ihrer Schwester.

Sie atmete tief und schnell, nicht nur wegen des kurzen Sprints. »Johanna, ist irgendetwas passiert?«, keuchte sie in den Hörer. Einen anderen Grund konnte sie sich nicht für einen Anruf ihrer Schwester vorstellen.

»Nein, nein, passt schon alles. Kannst du heute Nachmittag zu mir ins Altenheim kommen?«

»Ja, klar komme ich. Aber warum …?« Vor wenigen Tagen hatte Johanna nur kurz den Arm gehoben, als sie sich beim Einkaufen begegnet waren, sie war nicht einmal stehen geblieben.

»Das erklär ich dir, wenn du da bist. Ich muss jetzt zum nächsten Patienten. Komm am besten gegen drei auf Station 4. Wart im Aufenthaltsraum gegenüber der Eingangstür auf mich. Wenn dich jemand fragt, sagst du, du hättest einen Termin mit mir.«

Ida konnte sich nicht einmal mehr verabschieden. Sie betrachtete den Hörer in ihrer Hand, als hätte ein Geist daraus gesprochen, und schüttelte sich, dabei klopfte ihr Herz immer schneller. Als sie aufgelegt hatte, machte sie einen kleinen Luftsprung.

»Wow, das nenn ich mal eine Überraschung!«, flüsterte sie Befana zu, die ihr aus der Scheune nachgelaufen war und mit erwartungsvollem Blick neben ihr stand. Sie kraulte der Hündin, die täglich zu Besuch von Florians Hof zu ihr herübergelaufen kam, überschwänglich die Ohren und strich ihr durchs Fell.

Hopsend wie ein Kind lief Ida zurück in die Scheune, umkreist von wilden Sprüngen der Hündin. Jeder Schritt fühlte sich leichter und beschwingter an als der vorherige, selbst das Zwitschern der Vögel klang fröhlicher und intensiver als sonst. Obwohl ihre Schwester ihr gegenüber sehr distanziert war, wusste Ida, dass Johanna keine schlechten Absichten hegte, dazu kannte sie sie zu gut. Johanna war immer ein klarer und aufrechter Mensch gewesen, der für Ida das Gute verkörpert hatte.

Nun ging ihr die Arbeit in der Scheune noch schneller von der Hand, und als sie mit dem leeren Wäschekorb zurück zum Haus ging, blendete sie plötzlich ein Sonnenstrahl, der sich durch die dicken Wolken drängte. War das ein Zeichen?

Sie fand den Aufenthaltsraum der Pflegestation auf Anhieb. Die Tür stand weit offen. Ida sah sich um und war über das sonnige Gelb der Wände und die kleinen Blumensträußchen auf den Tischen überrascht. An den Wänden hingen Blumenfotografien mit Bergpflanzen, auch Fotos von den Gipfeln der heimischen Berge waren zu sehen. An einer Pinnwand hingen viele Kinderzeichnungen, sicher von den Enkeln und Urenkeln der Heimbewohner. Durch die offen stehenden Fenster strömte frische, klare Luft herein. Nur wenige Bewohner des Pflegeheims hielten sich nach dem Mittagsschläfchen dort auf und pflegten den Kontakt mit anderen. Während Ida nach einem Platz suchte, beobachtete sie aus den Augenwinkeln eine kleine, mit Runzeln übersäte Frau, deren riesiger Buckel ihren Kopf überragte und diesen nach unten drückte. Sie winkte ihr lächelnd und flüsterte der Frau im Rollstuhl neben ihr etwas zu, dabei streichelte sie ihr über den Arm. Beide kicherten und lachten zwischen dem Gemurmel wie zwei junge Mädchen, sie schienen sich sehr wohlzufühlen. Dagegen wirkte der stattliche alte Mann mit wüst abstehenden weißen Haaren ein bisschen orientierungslos. Er stand bewegungslos in der Mitte des Zimmers, bis eine Pflegerin kam. Sie zwinkerte den beiden alten Damen zu und scherzte: »Na, Herr Mittermeier, können Sie sich nicht entscheiden, mit welcher der beiden Damen Sie heute ausgehen. Ich glaube, ich erlöse sie von der Qual der Wahl, und *wir* beide machen uns auf den Weg«, sagte sie lachend und führte ihn sachte am Arm aus dem Zimmer.

Die lockere Atmosphäre überraschte Ida, denn das bisschen, das sie bisher über Pflegeheime gehört hatte, entsprach eher dem Gegenteil. In diesem Moment kam Johanna durch die Tür.

Ida strahlte sie an und reichte ihr die Hand. »Grüß dich, Johanna.«

Johanna erwiderte ihren Händedruck hastig, als wollte sie Ida nicht zu nahe kommen.

»Gut, dass du a bisserl früher da bist. Wir können hier kurz reden.« Sie schob Johanna in Richtung des Fensters. »Worum es geht, ist kurz gesagt. Du erinnerst dich an die alte Frau, die dich im Laden angsprochen hat. Die ist meine Patientin, die alte Frau Muggenthaler. Sie hat mich auf einen Gedanken gebracht, der mich einfach nicht mehr loslässt.«

»Ich dachte, alle deine Patienten sind dement?«

»Das schon, aber sie ist ein leichter Fall, streckenweise ist sie immer noch ganz klar. Sie sagte mir heut Morgen noch einmal, dass du – ›die fesche Rothaarige‹ – sie an die Magdalena vom Rupertihof erinnern würdest, denn alle Rupertikinder hätten rote Haare gehabt, das hätte sich über Generationen durchgesetzt.«

»Weiß sie nicht, dass ich nicht vom Rupertihof abstamme?« Ida flüsterte die Worte.

»Das ist nicht so wichtig. Vielleicht ist meine Idee a bisserl deppert, aber das wird sich schnell zeigen. Ich hab mir einen Plan überlegt, aber viel kann ich dir jetzt nimmer dazu sagn. Vor wenigen Minuten ist Hermine, die Tochter von Frau Muggenthaler, pünktlich zum Kaffee gekommen. Nach ihr kannst deine Uhr stellen. Wir leisten den beiden einfach Gesellschaft beim Kaffee.«

»Einfach so reingehen, ist das nicht zu aufdringlich?«

»Na, die freuen sich immer, wenn es Gesprächsstoff gibt.« Während sie redete, schob sie Ida in Richtung Flur.

»Ich bringe das Gespräch auf den Rupertihof, dann sehen wir, was kommt. Hermine Muggenthaler und ihre Mutter waren früher Hebammen im Dorf. Die beiden haben sicher mehr mitbekommen, als mancher Familie lieb ist.«

Ida hielt Johanna am Arm zurück. »Johanna, wie kommt dein plötzlicher Stimmungswechsel? Nicht dass ich nicht froh drüber bin, aber was hat dich dazu bewogen?« Ida schaute ihr in die Augen, doch Johanna drehte den Kopf zur Seite.

»Nicht jetzt, Ida, ich erklär dir das später, wir gehn jetzt zu Frau Muggenthaler.« Entschlossen zog Johanna ihre Schwester weiter.

»Aber lass uns später drüber reden, ich bitt dich drum.«

»Ist schon gut, aber jetzt sei still.« Johanna klopfte an die Tür und öffnete sie, ohne auf Antwort zu warten. Sie betraten hintereinander das Zimmer. Ida stand wie in Deckung hinter ihrer Schwester und trat von einem Fuß auf den anderen.

»Grüß dich Gott, Hermine, ich bringe euch euren Kaffee und eine kleine Überraschung zur Unterhaltung«, dabei zeigte sie auf ihre Schwester.

»Da schau her, da ist sie wieder, die Rothaarige!« Die alte Frau Muggenthaler schien Ida wiederzuerkennen. Sie wirkte, als wäre sie plötzlich hellwach, und eine leichte Röte überzog ihr Gesicht.

»Deine Mutter hat mir erzählt, dass ihr beide uns in der Stadt gesehen habt.« Johanna wandte sich Hermine zu.

»Jaja, ich hatte die liebe Not, sie davon zu überzeugen, dass das nicht die Magdalena war.« Hermine musterte Ida unverhohlen. »Aber ich muss schon sagen, die Mama hat recht, die Ähnlichkeit ist frappierend. Aber, die Magdalena war viel kleiner und zierlicher, a richtigs Pupperl.« Während sie Ida die Hand reichte, intensivierte sie ihren prüfenden Blick.

»Ich habs doch gesagt«, murmelte Frau Muggenthaler immer wieder vor sich hin, dabei lächelte sie Ida erwartungsvoll an.

»Setzt euch doch zu uns her, die Mama ist froh, wenn sie ein bisschen Abwechslung hat und wir was zum Reden finden«, lud Hermine die beiden Schwestern ein.

Nach dem ersten Schluck Kaffee konnte Hermine ihre Neugier nicht zurückhalten und platzte heraus: »Wenn ich dich so anschau, bin ich sicher, dass du mit dem Rupertihof verwandt bist. Wenn ich richtig rechne, bist du jetzt sechsunddreißig Jahre alt, oder?« Sie rührte konzentriert in ihrer Tasse und rückte allmählich mit der Sprache raus. »Da könnt was im Busch gwesen sein, zwischen eurer Mutter und dem Max, meinst ned?«, wandte sie sich an Ida, die wegen dieser vollkommen unerwarteten Aussage um Worte rang.

»Was meinens denn damit?« Johanna antwortete an ihrer Stelle.

»So ähnlich, wie die Ida der Magdalena und auch ihrem Bruder Maximilian schaut! Und die beiden hab ich gut genug gekannt, um das sagen zu können?«

»Aber geh, unsrer Mutter a Liebschaft? Sie hatte alle Hände voll zu tun mit uns Kindern, dem Haushalt und dem Hof, und gnäht hats auch noch. Für ein Techtelmechtel war da sicher koa Zeit. Wie hätt sie das denn anstelln solln.« Johanna machte eine wegwerfende Handbewegung, die die Möglichkeit völlig absurd erscheinen ließ.

»Na, ich weiß nicht, der Max vom Rupertihof hat sich niemals abwimmeln lassen, wenn er a Frau im Visier hatte, des wissn alle. Und eure Mutter war trotz der vielen Arbeit und Sorgen mit eurem Vater a wirklich attraktive Frau.«

Hermine konnte sich die Anspielung auf die Probleme mit dem alkoholsüchtigen Mann offenbar nicht verkneifen, im Dorf hatte damals schließlich jeder davon gewusst.

»Den Max hätt ich auch nicht von der Bettkantn gstoßn, das war echt ein toller Kerl, nicht wahr, Mama.« Sie wiegte ihren Kopf hin und her.

»Waren das geheime Wünsche, oder wie soll ich das verstehen?«, neckte Johanna sie.

»Komisch ists schon, ich erinnere mich grad. Du, Ida, warst das einzige Kind, für das deine Mutter zur Entbindung nach München gefahrn ist, und das, obwohl ihr keinen Pfennig Geld übrig hattet.«

»Die Ida war halt schon immer anders, das hat schon mit der Entbindung angefangen.« Johanna ergriff erneut das Wort, denn Ida war immer noch sprachlos.

»Du und der Alois, ihr seid zu Hause mit meiner Mutter als Hebamme zur Welt gekommen. Bei Ida war sie nicht einmal während der Schwangerschaft bei uns Hebammen. Angeblich gab es Schwierigkeiten und sie war deswegen bei einem Münchner Frauenarzt.«

»Aber dann ist das doch naheliegend, dass sie mich nicht hier entbunden hat«, unterbrach Ida den Redefluss. Sie hatte sich schon immer über ihren Geburtsort in München gewundert, aber keiner war da gewesen, der es ihr erklärt hätte.

»Damals dacht ich, sie hätt kein Vertrauen zu mir, weil ich so jung war und grad von der Hebammenschule kam. Mama war damals krank, und ich hatte ihre Wöchnerinnen übernommen. Gell, Mama?« Hermine fuhr fort, ohne auf die Antwort ihrer Mutter zu warten, die immer noch vor sich hin murmelte. »Aber was solls, das ist vorbei. Wissts, eure Mutter hats nicht einfach gehabt, und zum Schluss hat der Krebs ihrem harten Leben die Dornenkrone aufgesetzt. Wenn sie mit dem Max eine schöne Zeit gehabt hat, dann sei ihr das gegönnt. Wolln wir sie in Ruh lassen, es ändert eh nichts mehr, Gott hab sie selig.«

Ida war froh, dass Hermine das Thema von sich aus beendete. Sie konnte keinen klaren Gedanken fassen, denn diese Vermutung musste sie erst einmal verdauen. Konnte es wirklich sein, dass ihre Mutter ein Verhältnis gehabt hatte? Aber, und dieser Gedanke elektrisierte Ida, das wäre eine Erklärung für ihr Erbe! Wenn sie Maximilians Kind war, dann wäre sie tatsächlich die rechtmäßige Erbin. Trotzdem konnte sie es sich nicht vorstellen, sie schwankte zwischen dem Glauben an ihre unbescholtene Mutter und dem Gedanken, dass diese trotz der vielen Arbeit für die Schmeicheleien eines Mannes Zeit gefunden hatte, hin und her. Durfte sie ihre Mutter jetzt noch mit solchen Anschuldigungen belasten? Aber ihre Mutter war tot, es war niemand mehr da, der ihr verlässliche Antworten liefern konnte. Warum war sie von ihrer Mutter immer wie ein Stiefkind behandelt worden, schlimmer noch, wie eine Arbeitsmagd, die keine Rechte wie jedes andere Familienmitglied gehabt hatte, dafür aber jede Menge Pflichten. Hatte ihre Mutter Ida für ihre eigene Verfehlung insgeheim bestraft? Hatte sie es nicht ertragen können, jeden Tag das Ergebnis ihres Verhältnisses vor Augen zu haben?

Während Ida ihren Gedanken nachhing, hatte Johanna das Gespräch noch einmal auf Magdalena gebracht. Sie wollte wissen, woran sie gestorben sei. Hier schaltete sich die alte Frau Muggenthaler ein, die dem Gespräch aufmerksam gefolgt war. »Die Magdalena ist nach langer Krankheit innerhalb von wenigen Tagen mit schwerem Fieber gstorben. Da konnt keiner mehr helfn.« Ihre Stimme zitterte. »Das weiß ich noch wie heut, denn der Doktor war damals fort, und ihre Mutter, die Katt, hat mich grufen, weil sie sich nicht mehr zu helfen wusste. Bis ich hinkam, wars schon tot, das Madl. Wer denkt bei einem Fieber gleich ans Schlimmste? Das war ein Schock ...« Sie schüttelte den Kopf, und es war ihr anzusehen, dass sie im nächsten Augenblick mit ihren Gedanken weggetreten war. Ihr Blick ins Leere war für Johanna die Gelegenheit, sich zu verabschieden.

»Schön, dass ihr hier wart«, meinte Hermine händeschüttelnd. »Mama hats gern, wenn sie Unterhaltung hat, und ich natürlich auch«, zwinkerte sie verschwörerisch. »Und nimms nicht so tragisch, was ich gsagt habe, wichtig is doch, dass es dir gut geht.«

»Das ist vorbei und auch nicht mehr so wichtig«, antwortete Ida betont locker, obwohl ihr keineswegs froh zumute war.

Als Johanna die Tür hinter sich schloss, drehte sich Ida zu ihr um.

»Wie bist du da drauf gekommen? Meinst du, da ist was dran?«

»Frau Muggenthaler hat mich drauf gebracht, aber eigentlich hab ich mir diesen Verdacht verboten. Die eigene Mutter ein Verhältnis ... Aber wenn ich so überlege, das Recht dazu hätte sie gehabt, wenn ich an unseren alten Herrn denke.«

»Johanna, was machst du heute nach der Arbeit? Um das alles zu verdauen, brauche ich jemanden zum Reden. Und du bist die Einzige, mit der das möglich ist.« Ida ergriff Johannas Hände und blickte sie eindringlich an.

»Um sieben bin ich fertig, danach bin ich aber ziemlich geschafft und muss auch erst mal etwas essen.«

Ida überging den Rückzieher. »Das passt, dann treffen wir uns im Restaurant Alpenpanorama zum Essen. Da können wir ungestört reden.«

»Das ist mir zu teuer.«

»Ich lad dich ein!« Ida spürte, dass Johanna ausweichen wollte. »Ich hole dich hier ab, dann brauchst du nicht zu laufen.«

Johanna gab sich kopfschüttelnd geschlagen. »Du bist noch so stur wie eh und je, wennd was willst.«

Am Abend saßen beide Schwestern in einem erkerähnlichen Alkoven etwas abseits der zahlreichen Sitzgruppierungen im gut besuchten Restaurant. Ida hatte gezielt diesen Tisch reserviert, um ungestört reden zu können. Sie empfand das Ambiente als entspannend, und sie erhoffte sich die gleiche Wirkung auf ihre Schwester. Die Tische waren weiß gedeckt, Kerzen brannten, gefaltete Stoffservietten und ein kleines Blumenarrangement auf jedem Platzteller boten einen herzlichen Willkommensgruß.

Auf die Frage, was Johanna sonst nach der Arbeit machte, erzählte sie ihr, dass sie immer allein sei, denn ihre früheren Freundinnen, die allesamt verheiratet waren, hatten nach der Scheidung Abstand von ihr genommen, als wäre es ansteckend. Während Johanna das erzählte, spürte Ida die Einsamkeit und Leere, und allmählich konnte sie sich die Schroffheit, die Johanna nach außen zeigte, erklären. Dagegen hatte sie sie ihren Patienten gegenüber sehr fürsorglich erlebt, und ihr Lächeln war herzlich gewesen. Es tat ihr weh, dass Johannas Leben sich so geändert hatte, in ihren Augen hätte sie etwas viel Besseres verdient. Sie war ein fröhlicher und liebenswerter Mensch gewesen, ein bayerisches Madl, wie es im Buche stand. Davon war jetzt nichts mehr übrig, am liebsten hätte Ida sie in den Arm genommen, aber das traute sie sich nicht. Sie wollte ihrer Schwester nicht den geringsten Anlass geben, die allmählich bröckelnde Mauer der Abwehr sofort wieder aufzubauen. Sie musste sehr behutsam vorgehen, Ida kannte das von sich selbst: Wenn ihr jemand zu schnell zu nahe kam, machte sie dicht.

Bei der Vorspeise brachte sie das Gespräch auf die Anspielung von Hermine.

»Die Vorstellung, dass Mutter ein Verhältnis gehabt haben sollte, kriege ich irgendwie nicht hin. Gehts dir auch so?«, begann Ida.

»Allerdings, ich kanns kaum glauben. Ständig kreisen meine Gedanken darum, wie das hätte funktionieren sollen, dass Vater nichts davon bemerkt hat.« Sie hielt inne. »Aber er war halt oft im Wirtshaus beim Stammtisch, zu Haus war er eher selten, und wir Kinder sind immer weggeschickt worden, wenn jemand kam.«

»Verstehen könnte ich es ja, die dauernde Schinderei mit dem Hof, die schwere Arbeit, dazu noch die Näherei und der ständige Krach und Ärger mit dem Vater – wenn da einer kommt, der dir schmeichelt und dein Herz anrührt ... Da wird man sicher empfänglich.«

»Und dem Vater eine Schwangerschaft unterzujubeln war sicher nicht schwer, an die meisten Tage oder Nächte hatte er doch sowieso keine Erinnerung, bei dem Alkoholkonsum.« Johanna schüttelte angewidert den Kopf.

»Angenommen, das stimmt alles, dann erklärt sich natürlich mein Erbe. Trotzdem hätte ich gern einen eindeutigen Beleg dafür, aber es wird wohl niemand geben, der mir den geben kann? Oder hast du eine Idee?« Ida schaute ihre Schwester fragend an.

»Nein, da fällt mir niemand ein. Für eine DNA-Analyse ist es leider zu spät, wir haben nichts von Mutter und auch nichts von Maximilian für einen Test.«

»Von Maximilian schon, denn am Hof sind noch Kleidungsstücke und sein Toilettenbeutel, den das Krankenhaus nach seinem Tod in einem Sack geschickt hat. Anscheinend hat der Bürgermeister alles in Empfang genommen und in der Milchkammer abgestellt. Aber von Mutter? Durch den Brand ist das bisschen, das nach ihrem Tod von ihr übrig war, sicher weg.« Ida klang verzweifelt. Nun hatte sie eine mögliche Erklärung zu ihrer Herkunft gefunden, aber nichts, womit sie es beweisen konnte.

»Ich habs«, rief Johanna erregt, sodass sich der Kellner, der sich gerade mit den leeren Suppentellern vom Tisch entfernte, überrascht umdrehte. »Kann ich Ihnen sonst noch etwas bringen«, fragte er mit hochgezogenen Augenbrauen.

»Nein, ist schon gut«, antwortete Johanna schnell, wobei ihr Gesicht einen tiefroten Farbton annahm, »vielen Dank.«

Als der Kellner seinen Weg fortsetzte, griff sie Ida an beiden Schultern, als wollte sie sie schütteln. »Ida, ich habe von Mutter ein Medaillon zur Hochzeit bekommen, da war eine Locke von ihr mit ihrem Babyfoto drin.« Erwartungsvoll strahlte sie Ida an. »Ida, das klappt, schau, dass du irgendwas vom Maximilian findest, dann können wir eine Analyse machen lassen. Ich würde am liebsten gleich alles in die Wege leiten.«

Ida konnte es kaum glauben. Johanna war wieder ein bisschen die Alte. Das Angebot, ihr zu helfen, kam von der Schwester, die sie von früher her kannte.

»Johanna, du bist ein Schatz!« Idas Stimme wurde immer leiser. »Letztens, als wir uns zufällig begegnet sind, da warst du so ... abweisend.«

Johanna überlegte und zögerte mit der Antwort. »Diese Äußerung von Frau Muggenthaler wegen der Ähnlichkeit ... Ich hab mir ständig überlegt, wies wär, wenn ich nicht wüsste, wer meine Eltern sind, oder wenn ich Zweifel dran gehabt hätte. Und dann dacht ich«, sie hielt inne, als müsste sie die richtigen Worte finden, »es wär vielleicht gut für dich zu wissen, dass du einen andern Vater hast. Bei mir gibt es keine Zweifel, aber du bist so anders als Alois und ich ...«

»Ach, Hannerl!« Ida griff nach Johannas Händen, diesmal ließ die Schwester es geschehen. »Warum warst du nur so ... distanziert mir gegenüber?«

»Ach, Ida, du warst so erfolgreich, und bei mir lief alles schief. Ich kann keine Kinder bekommen, wusstest du das? Ich wollte immer eine große Familie, stattdessen kam die Scheidung, die Einsamkeit und ... harte Arbeit.« Johanna unterbrach sich, um sich die Tränen wegzuwischen. »Das ist so ungerecht!« Sie schnäuzte sich und atmete tief durch, um sich zu beruhigen.

Ida ließ Johanna reden. Sie hätte in diesem Moment alles dafür getan, ihr zu helfen. Gerade brachte der Kellner den Hauptgang, und sie hoffte, dass dadurch ihr Gespräch nicht abgebrochen werden würde. Aber zum Glück redete Johanna in dem Moment weiter, als der Ober wenige Schritte weg war. Es war, als müsste sie sich alles von der Seele reden, was sich aufgestaut hatte.

»Seit du plötzlich vor meiner Tür gestandn bist, muss ich immer wieder an früher denken. Ich war bei deiner Geburt gerade fünf Jahre alt. Du lagst in der Wiege, und keiner hat nach dir gsehn, da hab ich mich eben um dich gekümmert. Irgendwie hat mich das glücklich gmacht. Ich konnte nicht widerstehn, dich ständig zu streicheln und deine zarte, fast durchscheinende Haut zu berühren. Mutter hat mich immer weggscheucht, aber wenn sie es nicht gsehn hat, hab ich dir über den roten Lockenflaum gstrichn, ich konnt es kaum fassen, wie zart sich die Haare eines Babys anfühlten. Als du älter wurdest, wusste keiner außer mir, dass du panische Angst bei Gewitter hattest und Atemnot bekamst. Nur ich wusste, dass dich Singen beruhigte. Ich wollte dich vor allem und jedem beschützen. Aber leider ist mir das nicht gelungen. Wenn Vater im Vollrausch die Treppe hinaufpolterte, lag ich zitternd vor Angst im Bett und habe inständig gebetet, dass er nicht zu dir ins Zimmer gehen würde.« Johanna hielt kurz inne, während Ida weiter ihre Hand hielt. »Ich hab mich nie getraut, drüber zu redn. Ich wollt nicht wie du als verlogenes Stück, das zu nichts nutze ist und die ganze Familie in Verruf bringt, beschimpft werden. So konnte ich dir wenigstens ab und zu helfen.«

Während Johanna sich ihre Selbstvorwürfe von der Seele redete, setzte sich Ida neben sie und legte ihren Arm um die Schwester. Gut, dass sie abseits saßen, so musste es niemandem peinlich sein, diesen heftigen Gefühlsausbruch mitzuerleben. »Du musst dir keine Vorwürfe machen, du warst immer für mich da. Ohne dich wäre ich oft verloren gewesen, durch dich habe ich Selbstvertrauen bekommen, durch deine Bewunderung und deine Liebe. Du hast mich in allem unterstützt, sogar als ich nach München zur Lehre wollte. Weißt du noch, du hast mich als Einzige zum Zug gebracht.« Sie umarmte Johanna. »Ich bin so froh, dass wir uns haben.« Sie wiegten sich in den Armen, dann setzte sich Ida zurück auf ihren Stuhl.

»Allein dass wir wieder miteinander sprechen, das ist es schon wert, dass ich hierher zurückgekommen bin.«

»Du warst schon immer mutig, dich allem zu stellen. Selbst wenn du damit rechnen musstest, eine Tracht Prügel zu kriegn. Ich dagegn hab zu allem Ja gsagt, nur um nicht ausm Rahmen zu falln. Das war sicher a große Überwindung für dich zurückzukommen?«

»O ja, das kannst du glauben. Aber es hatte sich einiges angesammelt, sodass ich das Gefühl hatte, dass nun der richtige Zeitpunkt gekommen sei. Ich erzähle dir das noch ausführlich, aber jetzt ist es zu spät dafür.« Sie schaute zum Kellner auf, der neben dem Tisch stand und sich räusperte.

»Wünschen die Damen noch etwas?« Sein Gesichtsausdruck ließ darauf schließen, dass er auf das Gegenteil hoffte.

»Wir würden gern zahlen, es ist schon spät«, antwortete Ida, und sie konnte ihm seine Erleichterung ansehen. »Ich bringe dich nach Hause, Johanna, aber unsere Unterhaltung setzen wir demnächst fort.«

Vor Johannas Haustür umarmten sich die Schwestern innig und wünschten sich eine gute Nacht. Ida fühlte sich ungemein erleichtert, wenigstens Johanna wieder auf ihrer Seite zu wissen. Das Übrige würde sich noch ergeben, da war sie sich plötzlich felsenfest sicher. Jetzt musste sie herausfinden, wie und wo sie eine DNA-Analyse erstellen lassen konnte.

Als sie die Haustür öffnete, hörte sie schon das Telefon klingeln. Wer rief denn jetzt noch an? Das konnte eigentlich nur Amy sein, sonst fiel ihr niemand ein ... Ida nahm den Hörer ab.

»Ich habs, ich weiß, wer uns die DNA-Analyse macht.« Johanna klang aufgeregt, aber glücklich.

»Ich habe mir gerade den Kopf zerbrochen, wer jetzt noch anruft.« Ida lächelte über ihre Schwester.

»Ich habs schon am Handy probiert, aber keine Verbindung gekriegt. Also ... die Tochter meiner Kollegin arbeitet in einem Labor in München. Die Irmi hat scho oft erzählt, dass sie DNA-Analysen machen muss wie am laufenden Band. Ich frag sie gleich morgen, ob sie das für uns übernimmt. Ist dir doch hoffentlich recht?« Johanna holte hörbar Luft.

»Aber sicher, dann gibst du mir Bescheid, wohin ich die Sachen von Maximilian bringen soll. Von Mutters Haaren brauche ich keine Analyse machen lassen, denn dass sie meine Mutter ist, steht ja außer Frage.«

»Also, wenn sie uns das macht, würd ich zur Sicherheit auch Mutter analysieren lassen. Die Tochter von der Irmi macht uns sicher einen Sonderpreis.« Johanna dachte wie immer praktisch.

»Darum gehts mir nicht, ich wäre einfach froh, Gewissheit über meinen Vater zu bekommen.« Ida war der Preis egal, wenn sie bloß weiterkommen würde.

»Ich melde mich bei dir, sobald ich was weiß. Und noch was ... Es war ein schöner Abend, vielen Dank, Ida.«

»Ja, für mich auch. Ich bin froh, dass wir wieder miteinander reden. Bis bald, Johanna.«

## *Ein heimlicher Gast*

Mit einem leeren Wäschekorb in der Hand betrat Ida die Scheune, in der vom Vorbesitzer in der hintersten Ecke ein alter Traktor, ein Pflug und eine Egge standen. Der größte Teil im vorderen Bereich war leer, denn seit Jahren wurden hier kein Heu oder Stroh mehr eingelagert. Für ihre Wäsche war der Raum jedoch perfekt. So war sie nicht nur vor Regen, sondern vor allem vor den Blicken der Nachbarn geschützt, was Ida wegen ihres ausgesprochenen Faibles für ausgefallene und äußerst luxuriöse Unterwäsche sehr gelegen kam.

Stück für Stück nahm sie jedes einzelne Teil von der Leine und faltete es zusammen, bevor sie es in den Korb legte. Plötzlich stutzte sie. Geräusche, ähnlich wie leise, zögerliche Tapser, kam unregelmäßig vom darüberliegenden Heuboden. Sie hielt inne, aber nun war es wieder still.

Doch sofort vernahm sie das gleiche Geräusch erneut. Leises Tapsen, eindeutig von einem größeren Lebewesen. Idas Herz schlug schneller, und sie musste sich zusammenreißen, um klar zu denken. Eigentlich kam hier niemand rein und raus, ohne an ihr vorbeizukommen. Zwar hatte die Scheune auf der Ebene des Heubodens ein zweites Tor, aber das war fest verriegelt. Der einzige Fluchtweg war die Leiter vom Trockenboden nach unten. Sie endete direkt neben ihrem Wäscheplatz. Sie rieb sich nervös die Hände, die immer feuchter wurden. Am liebsten würde sie weglaufen und das Tor verschließen, aber das wäre keine Lösung.

Sie nahm ihren Mut zusammen und stieg ganz leise Sprosse für Sprosse die Leiter hoch, um sich einen gewissen Überraschungseffekt zu sichern. Es kostete sie große Überwindung, die letzten Stufen der Leiter zu betreten, denn dann war sie über dem Niveau des Trockenbodens und bot sich als Zielscheibe dar, wer auch immer sie dort oben erwartete. Sie schob sich plötzlich nach oben, dabei drehte sie den Kopf in alle Richtungen, um schnellstmöglich einen Überblick über den Trockenboden zu bekommen. Gleichzeitig hielt sie sich krampfhaft an der Leiter fest, falls sie ganz schnell wieder nach unten klettern müsste.

Das Einzige, was sie auf Anhieb sehen konnte, war etwas weiter weg von der Leiter ein zusammengekauerter kleiner Mensch, der die Hände über dem Kopf hielt, um ihn zu verdecken. Er drückte sich in die Ecke des Raumes, so, als ob er Schutz suchen würde. Etwas beruhigter, da sie in diesem Häufchen Elend keine Gefahr vermutete, erkannte sie beim zweiten Blick an langen herabhängenden Zöpfen, dass es ein Mädchen sein musste.

»Was machst du denn da?« Ida hatte mit einem Landstreicher gerechnet oder auch mit ein paar Jungs, die ihre Scheune auskundschafteten, aber keinesfalls mit einem Mädchen. Sie drehte langsam den Kopf zu ihr hin, sah sie von der Seite an und schüttelte den Kopf.

»Wer bist du denn, und wie kommst du hierher?«

Ida sah, dass die Kleine kein Wort herausbrachte, und ging langsam auf sie zu. Das Mädchen zog den Kopf zwischen die Schultern, drückte sich noch mehr in die Ecke und fing an zu weinen.

»Tu mir nichts, nicht schlagen, nichts tun!«, stammelte sie und rutschte an der Wand entlang von Ida weg.

»Jetzt beruhige dich doch, ich werde dir nichts tun«, sagte Ida leise und ging dabei etwas schneller auf sie zu.

Die Kleine blieb nun sitzen, behielt aber die zusammengekauerte Haltung bei. Ida konnte sehen, dass sie zwischen den Fingern zu ihr herschaute.

»Weißt du, wer *ich* bin?« Sie war selbst überrascht, dass sie die Frage stellte.

»Hm«, kam es fast trotzig zurück.

»Und wer bist du?«

»Die Annalena«, kam die zögerliche und geflüsterte Antwort.

Ida überlegte. Welche Annalena? Plötzlich erinnerte sie sich. »Ist der Alois dein Papa?«

»Ja, scho«, kam die zögerliche Antwort. »Aber nix dem Papa sagn, bitte, bitte ned.«

Ida konnte es nicht fassen. Was machte ihre Nichte auf ihrem Trockenboden. Womöglich war ihr Bruder auch in der Nähe. Schon wieder bekam sie feuchte Hände. »Und was tust du hier oben in meiner Scheune? Vor allem, wie kommst du hier rauf?«

»Über die Leiter«, kam vorsichtig grinsend die Antwort.

Ida musste fast über ihre blöde Frage lachen, aber so leicht wollte sie es ihrer Nichte nicht machen. »Gehst du überall in fremde Scheunen und kletterst rum, oder warum bist du hier?« Ida versuchte, jetzt eine gewisse Strenge an den Tag zu legen.

»I wollt einfach nur schaun, wies hier so is.« Mittlerweile wurde sie gelöster und ließ die Hände fallen.

»Ja dann, jetzt weißt du, wie es hier ist. Dann kannst du die Leiter wieder mit mir runtersteigen.« Ida wies ihr mit der Hand den Weg nach unten. »Ich geh voraus und du kommst mir nach!« Während Ida zurück zur Leiter ging, behielt sie Annalena im Auge, die sich langsam erhob und ihr mit Abstand folgte.

Als Ida unten anlangte, sah sie, dass sich die Füße des Mädchens oben auf die erste Sprosse schoben. Sie versuchte, sich mit einer Hand an der Leiter abzustützen, da sie mit der anderen Hand etwas krampfhaft festhielt. Plötzlich verlor die Kleine das Gleichgewicht und ließ das, was sie in der Hand hatte, los, um sich auch mit dieser Hand festzuhalten. Etwas Leichtes, Schwarzes schwebte zu Boden. Fassungslos hob Ida ihren Spitzenslip und einen BH vom Boden auf und schüttelte den Kopf.

Annalena blickte von oben herunter und wirkte unschlüssig, ob sie nun weitergehen sollte.

»Jetzt mach, dass du runterkommst, ich bekomme sonst noch ein steifes Genick.«

Flink wie ein Wiesel kletterte Annalena die Leiter herunter und stand mit gesenktem Kopf neben Ida. Ihre kindlichen Gesichtszüge verrieten, dass sie nicht älter als elf oder zwölf Jahre war.

»Wir beide gehen jetzt nach drüben ins Haus und werden uns unterhalten.« Ida fasste sie am Arm, und Annalena zog ihn ruckartig zurück. »Du brauchst keine Angst vor mir zu haben, aber du kannst dir doch sicher vorstellen, dass ich dich nicht so einfach gehen lassen kann.«

Annalena trottete neben Ida her, und wieder sah Ida aus den Augenwinkeln, dass sie sie genau beobachtete.

»Da gehts hinein in die Küche. Aber wahrscheinlich weißt du das ja schon«, stellte Ida fest.

»Nein, in ein fremdes Haus würd ich nie gehen«, war die spontane Antwort.

»Und die Scheune war dir nicht fremd?« Ida grinste in sich hinein. Den Schneid ließ sich Annalena nicht abkaufen, und auf den Mund gefallen war sie auch nicht. Ida gefiel das, sie mochte keine Duckmäuser.

»Setz dich dort an den Tisch, ich hole dir einen Saft, und dann kannst du mir erzählen, was du hier zu suchen hattest.«

Nach einem tiefen Zug aus dem Glas kam die prompte Antwort. »Die Mama sagt, wer so a Wäsch trägt, hats nötig«, stieß das Mädchen hervor.

Ida reckte ihren Kopf in Richtung Annalena und riss die Augen auf. »Wie bitte?« Sie konnte es nicht fassen. »Und woher weißt du, dass ich *so eine* Wäsche habe?«

»Der Papa hat der Mama erzählt, was du für a Zeug trägst, und des wollt ich auch sehn, denn die Mama sagt, für so was wär ihrs Geld zu schad.«

»Und dann hat dir meine Unterwäsche so gut gefallen, dass du sie mitnehmen wolltest?«

»Scho, so was Scheens hat die Mama net, so was Durchsichtiges und Glänzendes.« Das Mädchen lächelte sie mit glänzenden Augen an. Ida erkannte, dass von Angst oder Unbehagen nun keine Spur mehr vorhanden war.

»Dann hast du deine Mama und den Papa belauscht, als sie über mich gesprochen haben?« Ida wurde augenblicklich von heißen Wellen überflutet, und sie begann zu zittern. Ihre Wut stieg ins Unermessliche. Alois hatte hier herumgeschnüffelt. Es war wie früher, er machte einfach, was er wollte, das Wort »Privatsphäre« kannte er nicht. Das Eindringen in ihre Scheune war Einbruch, nichts anderes. Ins Haus zu kommen, war fast unmöglich, denn dann hätte er Spuren hinterlassen. Wenn sie bloß wüsste, welche Pläne er verfolgte, dann könnte sie sich vor ihm schützen. Um das Zittern in den Griff zu bekommen, legte sie beide Hände auf den Tisch und drehte sich zu Annalena hin.

»Was soll ich denn jetzt mit dir machen?«

»Bitte nix sagn, sonst krieg ich Krach mitm Papa und der Mama sicher a«, flehte sie.

Ida hatte längst beschlossen, ihrem Bruder nichts von diesem Vorkommnis zu sagen. Aber es war einen Versuch wert, für die Zukunft Annalena zu ihrer Verbündeten zu machen. »Kannst du unser Geheimnis für dich behalten?«, fragte Ida.

Annalena grinste breit. »Wenn du niemanden was sagst, sag ich auch nix, das versprech ich bei der Muttergottes.«

Dieser Schwur war Ida zuwider, aber sie glaubte den hehren Absichten des Mädchens.

»Wie bist du denn hergekommen, zum Laufen ist das ganz schön weit?« Bis zum Wohnhaus ihres Bruders waren es bestimmt fünfzehn Kilometer.

»Mit dem Radl. Des steht in den Büschen, damit dus net siagst.«

Ida war erstaunt, dass das Mädchen ihr Vorhaben so gut geplant hatte. »Aber zu Hause warten sie doch bestimmt auf dich?«

»Die Mama ist mit dem Auto zur Tante gfahrn und kommt erst am Abend zurück, dann merkt sie nix.«

»Dann würde ich sagen, dass du jetzt schleunigst nach Hause fährst, sonst ist die Mama vor dir da.«

»Weißt, ich glaub, der Papa hat ausnahmsweise mal nicht recht.«

»Das verstehe ich nicht, womit hat er *nicht recht*?«

»Ich find, dass du scho passt!«

»Da bin ich aber froh, wenn du das sagst.« Ida schaute zur Seite, damit Annalena ihr Grinsen nicht sehen konnte. Sie begleitete ihre Nichte zum Fahrradversteck.

»Komm gut nach Hause. Ich freu mich, wenn du mich wieder besuchst, aber nur, wenn du an die Haustür klopfst. Und denk an unser Geheimnis!«

»Versprochen ist versprochen«, Annalena hob im Davonfahren die Hand zum Schwur.

Auf dem Weg zurück holte Ida ihren Wäschekorb aus der Scheune. Gut, dass sie ihre Wäsche in der Scheune trocknete, wer wusste schon, wie sich der Flurfunk ohne diese »Vorsichtsmaßnahme« hochschaukeln würde. Dass ihr Bruder ihr nachschnüffelte und daraus keinen Hehl machte, machte sie rasend. Aber jetzt war sie gewarnt und würde sich in Zukunft vorsehen.

Ida hatte bis zur endgültigen Fertigstellung der Renovierungsarbeiten noch viel zu tun, denn gerade wegen der Details musste sie immer wieder Entscheidungen treffen, die vorher nicht absehbar gewesen waren. Dabei blieb ihr kaum Zeit, sich um die Fortsetzung ihrer Entwurfsarbeit zu kümmern. Nach einem ausführlichen Gespräch mit Anton, das gleichzeitig witzig und unterhaltsam gewesen war, hatte er Ida beauftragt, Entwürfe für die Outfits seiner Angestellten, die Räumlichkeiten, Speisekarten, Homepage etc. im Rahmen einer neuen Corporate Identity zu erstellen. Das neue Design sollte sich an bestehende Traditionen anlehnen, aber unbedingt modern und etwas extrovertiert ins Auge fallen. Die Bekleidung sollte für verschiedene Gelegenheiten variabel sein, von der normalen täglichen Bedienung bis hin zu festlichen Veranstaltungen wie Hochzeiten. Das war eine echte Herausforderung, wie Ida sie liebte. Schon bei der Besprechung kamen ihr spontane Ideen, woran sie sich orientieren konnte. Im ersten Schritt würde sie verschiedene Farbthemen vorschlagen, danach konnte sie die Details ausarbeiten. Für Stickereien, die Anton unbedingt haben wollte, wollte sie als Grundlage die Lüftlmalerei am Haus verwenden, aber das sollte eine Überraschung für Anton werden.

Nun machte es Sinn, dass sie ihre früheren Kontakte mit Stofflieferanten wieder aufnahm, denn sie musste sich über deren aktuelle Sortimente, Lieferbedingungen und vieles mehr informieren. Es kam ihr sehr entgegen, dass ihr ein Lieferant aus China einen Termin wenige Tage später in München anbot, da er geschäftlich einige Tage dort verbrachte. Eine gute Gelegenheit, mal wieder ein Wochenende mit Amy zu verbringen. Die Gute machte sich ständig Sorgen wegen Stefan, aber der hatte bis jetzt nichts von sich hören lassen.

## *Die neue Treppe*

Ida stand in ihrem Flur. Der Termin mit dem Lieferanten in München war sehr gut gelaufen, und sie hatte abends ein paar schöne Stunden mit Amy verbringen können. Gott sei Dank hatte Maria an ihrer statt die Abnahme der Treppe übernommen, Florian hatte keine Zeit gehabt, da er an einem Symposium über ökologische Landwirtschaft in Freising teilnahm. Sie war der Freundin sehr dankbar für ihre selbstlose Hilfe.

Von der unteren Treppenstufe aus begutachtete sie die Treppe aus verschiedenen Blickwinkeln. Eine absolut perfekte Arbeit, es war kein Unterschied zu den übrigen Stufen zu sehen, alles wirkte wie aus einem Guss. Voller Freude lief sie, immer zwei Stufen auf einmal nehmend, nach oben, um von dort einen Blick draufzuwerfen. Doch beim Aufsetzen auf der vorletzten Stufe rutschte plötzlich ihr rechter Fuß mit der Treppenstufe zur Seite, als würde sie ins Nichts treten. Sie verlor das Gleichgewicht und fiel nach hinten. Ihre Hände, die reflexartig das Geländer suchten, griffen ins Leere, und mit einer ungewollten Rolle rückwärts stürzte sie die Treppe hinab. Ihr Hinterkopf schlug dumpf auf dem Steinboden auf.

Als sie wieder zu sich kam, dauerte es einige Minuten, bis sie sich orientiert hatte. Sie spürte die harten und kalten Fliesen unter sich. Ihr Rücken und die Beine fühlten sich starr und kalt an. Langsam öffnete sie die Augen, schloss sie aber sofort wieder, als das Licht des Flurs wie Blitze in ihren Kopf einschlug. Wieso lag sie hier auf dem Boden? Wie lange lag sie schon hier? Ihr Versuch, den Kopf zu heben, scheiterte kläglich, nun gesellte sich zu den Lichtblitzen ein nadelartiger Schmerz. Kraftlos ließ sie den Kopf auf den Boden sinken. Jeder weitere Versuch, Arme oder Beine vorsichtig zu bewegen, endete mit höllischen Schmerzen. Sie blieb reglos liegen. Wie hatte das passieren können? Das Letzte, an das sie sich erinnern konnte, war das Gefühl, dass sich die Treppenstufe verschob.

Nach kurzer Zeit, die sich jedoch wie eine Ewigkeit anfühlte, begann sie erneut, sich langsam zu bewegen, sie musste trotz der unerträglichen Schmerzen weg vom Boden, die eisige Kälte war kaum auszuhalten. Aber ohne Hilfe würde sie niemals aufstehen können. Sie schloss die Augen und versuchte, einen klaren Gedanken zu fassen. Sie brauchte einen Arzt oder einen Sanitäter. Gut, dass sie bis kurz vor der Haustür noch telefoniert und danach das Telefon in die Tasche ihrer Jacke geschoben hatte. Hoffentlich war es beim Sturz nicht herausgefallen! Mit zusammengebissenen Zähnen fischte sie das Handy nach mehreren Anläufen aus der Tasche.

Ida drückte den Notruf und war erstaunt, dass es tatsächlich funktionierte. Sie schilderte dem Sanitäter ihren Unfall und erfuhr, dass sie bis zu einer Stunde warten musste, bis Hilfe kam. Der junge Mann schien ihre aufkeimende Verzweiflung wahrzunehmen und sorgte sich um sie. »Soll ich jemanden in Ihrer Nähe benachrichtigen, der in der Zwischenzeit zu Ihnen kommt?«

»Nein, Hauptsache, Sie kommen so schnell wie möglich.« Sie fürchtete sich zwar vor der Kälte des Bodens, aber den Einzigen, den sie jetzt bei sich haben wollte, wäre Florian, und der war noch nicht aus Freising zurück. Sie musste das einfach aushalten.

Nach einer gefühlt endlos langen Zeit, in der sie sich immer wieder vergeblich aufzurichten versuchte, betraten zwei Sanitäter und eine Notärztin nach kurzem Klopfen das Haus. Es fiel ihr schwer, deren Fragen zu beantworten, und selbst die Untersuchung der Ärztin bereitete ihr ungeheure Schmerzen. Als die Medizinerin ihren Arm um wenige Zentimeter anhob, stöhnte Ida laut auf, denn sie hatte das Gefühl, eine Tonne zog ihn nach unten. Zudem kämpfte sie mit ständiger Übelkeit. Ihr Rücken und die Beine waren durch die Kälte des Bodens absolut gefühllos. Sie wollte einfach hier weg und die Schmerzen loswerden, alles andere war ihr egal.

Während die beiden jungen Männer Ida auf die Liege hoben, fühlte sie sich erneut einer Ohnmacht nahe. Der pochende Schmerz im Kopf, der beim Anheben noch stärker geworden war, hielt sie jedoch bei Bewusstsein.

»Wir werden Sie im Krankenhaus eingehend untersuchen, denn ich befürchte, dass sie eine Gehirnerschütterung haben, außerdem müssen wir Ihren Arm und das linke Bein röntgen.«

»Mein Bein ist okay, ich glaube, das ist überflüssig«, flüsterte Ida.

»Da bin ich mir nicht so sicher, aber vielleicht täusche ich mich.«

»Ich gebe Ihnen jetzt eine Spritze gegen die Schmerzen und zur Beruhigung, sonst wird die Fahrt ins Krankenhaus zur Tortur.«

»Könnten Sie die Haustür abschließen und den Schlüssel in meine Jackentasche stecken.« Ida schloss die Augen und hoffte, dass die Spritze schnell wirken würde. Während sie versuchte, den Sturz zu rekapitulieren, schlief sie schon ein.

Dichter Nebel waberte vor ihren Augen, als sie langsam die Lider öffnete. Als sich der Nebel lichtete, wanderte ihr Blick langsam von rechts nach links. Piepsende Geräte auf einem hohen Gestell neben ihr, die in verschiedenen Farben blinkten, das ungewohnt hohe und schmale Bett und die Infusionsnadel in ihrem Handrücken, durch einen dünnen Schlauch mit einer Flasche verbunden, machten ihr klar, dass sie im Krankenhaus lag. Sie schloss die Augen und seufzte tief.

»Na, sind Sie wieder hier angekommen?« Der junge Mann, zu dem die Stimme gehörte, stand wie aus dem Nichts neben ihrem Bett und legte seine Hand auf ihren Arm.

Sie schaute ihn wortlos fragend an. »Wieder da? Was ist mit mir?«

»Sie haben Glück im Unglück gehabt!«

»Ach ja?«, flüsterte Ida.

»Ihr linker Arm ist angebrochen, und die Gehirnerschütterung ist auch nicht so schwer, wie wir am Anfang vermutet haben. Aber alles in allem war der Aufprall am Boden so heftig, dass es besser ist, wenn Sie zu Ihrer Sicherheit noch ein bis zwei Tage hierbleiben.«

Ida musste die Informationsflut erst verarbeiten.

»Seit wann bin ich hier?«, flüsterte sie. Ihr Mund war so trocken, dass ihr das Sprechen schwerfiel.

»Sie wurden gestern eingeliefert.«

»Und mein Bein?« Der höllische Schmerz war sofort wieder präsent.

»Das ist in Ordnung, wir hatten mit schwereren Verletzungen gerechnet.« Der Pfleger fuhr das Kopfteil des Bettes leicht nach oben und hielt ihr ein Glas Wasser an die Lippen. »Trinken Sie langsam, Schluck für Schluck, und vermeiden Sie jede schnelle Bewegung, Ihr Kreislauf ist sehr schwach.«

»Wie lange bin ich schon hier im Zimmer?«, flüsterte Ida.

Er sah auf die Uhr. »Ungefähr seit zwei Stunden. Wie gesagt, Sie hatten großes Glück, das hätte viel schlimmer ausgehen können.«

»Manchmal muss man auch Glück haben«, sagte Ida lächelnd und schloss die Augen.

»Schlafen Sie«, war das Letzte, was sie wie im Nebel hörte.

Beim nächsten Aufwachen stand Maria neben ihrem Bett. »O Gott, Ida, wie konnte das denn passieren. Wolltest du vor Freude über die gelungene Renovierung runterspringen?«

»Gut, dass du da bist«, flüsterte Ida.

»Na, das ist doch selbstverständlich. Und natürlich wollt ich wissn, was passiert ist. Ich hatte vielleicht einen Schreck, als der Sanitätswagen den Berg hochfuhr und kurz danach wieder zurückkam. Als du nicht ans Telefon gangen bist, war ich noch mehr beunruhigt. Zu guter Letzt hab ich Florian angrufen, ob er etwas gsehen hat. Er ist zum Hof gfahren und hat festgestellt, dass nur dein Auto da war. Ich soll dir übrigens liebe Grüße von ihm ausrichtn.« Marias Redeschwall wollte nicht enden.

»Es tut mir leid, dass du dir Sorgen gemacht hast, ich verspreche, es nicht wieder zu tun«, flüsterte Ida und hob die Hand wenige Zentimeter hoch zum Schwur.

»Das glaube ich dir aufs Wort, hast bestimmt heftige Schmerzen?« Maria legte ihr die Hand auf den Arm und betrachtete sie eingehend.

»Ich bin vollgepumpt mit allem Möglichen, was den Schmerz betäubt.« Ihr Versuch, dabei zu lächeln, war jedoch nicht überzeugend.

»Als ich hier im Krankenhaus angerufen habe, gab mir keiner Auskunft, weil ich nicht verwandt mit dir bin. Deswegen bin ich einfach hergefahren. Selbst in dein Zimmer zu kommen, hat mich viel Überzeugungskraft gekostet ... Glücklicherweise kenne ich die Stationsschwester, sie ist aus dem Dorf.«

»O Maria, wenn ich dich nicht hätte ...«

»Glaubst du etwa, ich ließe dich hier liegen, ohne zu wissen, wie es dir geht. Was ist denn eigentlich passiert?«

Ida berichtete Maria langsam und in kurzen Sätzen von ihrem Sturz. «Ich werde wohl nie erfahren, wie das passieren konnte«, beendete Ida den Bericht. Beim Reden fielen ihr immer wieder die Augen zu, und sie kämpfte dagegen an einzuschlafen.

»Ich lasse dich jetzt in Ruh. Die Schwester sagt, dass du vermutlich übermorgen entlassn wirst. Bis dahin kannst du das kesse Krankenhaushemdchen tragen. Solltest du wider Erwarten länger bleiben müssen, bringe ich dir frische Wäsch. Lieber wäre es mir allerdings, wenn ich dich abholen könnt.«

»Das wäre mir auch am liebsten, und noch mal vielen Dank.«

Ida schlief zwei Tage mit kurzen Wachpausen dazwischen und erholte sich überraschend schnell.

»Gut, dass du nach Hause darfst, wie wäre es, wenn du ein paar Tage zu mir ins Hotel kommen würdst. Da kannst du in Ruhe deine Blessuren auskurieren.« Maria hatte Idas Medikamente in eine Tasche gepackt und hielt ihr den Arm zum Einhaken hin.

»Das ist ein verlockendes Angebot, aber ich sehne mich nach zu Hause und in mein Bett. Ich bin ja nicht krank, auch wenn der Arm in einer Gipsschiene ist. Ich muss nur alles etwas langsamer angehen.«

»Das verstehe ich, aber ich werde dir jeden Tag etwas zu essen bringen, keine Widerrede.«

Langsam dahinschlurfend verließen sie die Krankenstation.

Ida konnte es kaum erwarten, dass Maria sie endlich allein ließ. Ihr größtes Interesse galt den oberen Treppenstufen. Sie krabbelte auf den Knien die Treppe hoch und zog und rüttelte an jeder einzelnen Stufe, aber nichts bewegte sich. Immer wieder hatte sie das Bild der Treppenstufe, die beim Auftreten verrutschte, vor Augen. Wahrscheinlich hatte sie Halluzinationen durch den Aufprall, anders konnte sie es sich nicht erklären.

Nachdem sie den ganzen Nachmittag verschlafen hatte, kam Florian zu Besuch. Er betrat nach einem leisen Klopfen ihr Schlafzimmer. »Ida, bin ich froh, dass du wieder hier bist.« Er setzte sich auf den Rand des Bettes und drückte ihre rechte Hand.

Sein besorgter Blick tat Ida richtig gut, und ihr wurde warm ums Herz.

»Kann ich dir irgendwas Gutes tun?«

»Das ist lieb von dir, mich zu besuchen. Ganz ehrlich, ich habe einen Bärenhunger«, sagte Ida lächelnd. »Wir könnten zusammen Brotzeit machen, irgendwas Essbares habe ich im Kühlschrank.«

»Da ich deinen unstillbaren Hunger kenne«, er grinste sie an und zeigte auf einen Korb, gefüllt mit Essbarem, »hab ich dir was mitgebracht.«

»Du bist ein Schatz, genau das, was ich brauche.«

»Ich richte alles her und hole dich, wenn ich fertig bin.«

»Aber, ich kann ...«

»Keine Widerrede, du bleibst erst mal liegen.«

Ida beschloss, das Gefühl zu genießen, von ihm umsorgt zu werden.

Im Hinausgehen drehte er sich um und grinste. »Bin ich froh, dass du schon wieder Hunger hast, das ist ein gutes Zeichen.«

Ida begutachtete sich im Spiegel. Mit den dunklen Augenringen war sie keine Augenweide, aber daran konnte sie im Moment nichts ändern. Sie wickelte ihre Haare zu einem losen Knoten und steckte sie fest. Dann war Florian auch schon wieder da.

»Ich bin nicht gehbehindert oder durch meinen Sturz senil geworden, ich kann tatsächlich noch laufen«, wehrte sie ihn lachend ab.

»Okay, aber dann bitte langsam Stufe für Stufe, ohne zu stürzen.«

Sie freute sich, dass er den Tisch gedeckt hatte, auch eine Flasche Wein hatte er nicht vergessen.

»Den Wein lasse ich wegen der Medikamente weg.«

»Aber einen Schluck zum Anstoßen darauf, dass dir nichts Schlimmeres passiert ist, den müssen wir trinken.«

Sie stießen auf ihre Gesundheit an, und Ida konnte sich wieder einmal dem intensiven Blick seiner grauen Augen nicht entziehen.

Beim Essen erzählte sie ihm, wie der Unfall passiert war, und bat ihn, die oberen Treppenstufen zu überprüfen. Aber auch Florian fand nach eingehender Überprüfung keine losen Stufen vor.

Ida entschuldigte sich, dass sie plötzlich todmüde war.

»Das ist doch normal, und Schlafen ist gesund. Morgen kommst zum Mittagessen zu uns, ich hol dich ab.« Florian umarmte Ida wie ein rohes Ei und gab ihr wieder nur einen freundschaftlichen Kuss auf die Wange. Ida hätte ihn gern richtig geküsst, aber sie hatte keine Kraft dazu.

Als Ida am späten Vormittag aufwachte, benötigte sie längere Zeit, um sich zu duschen und anzuziehen. Sie war froh über die Einladung zum Mittagessen, denn sie spürte, dass selbst das Kochen einer Tasse Tee eine ungeheure Anstrengung für sie war.

Mit dem Tee in der Hand setzte sie sich auf die Bank vors Haus und ließ sich von der Sonne verwöhnen. Sie rekelte sich in der Wärme und beschloss, zu Florians Hof zu laufen. Zeit hatte sie genug, und wenn sie früher ankäme, könnte sie die Gelegenheit nützen, ihre Schafherde zu besuchen, die derzeit auf der Wiese hinter dem Sauterhof grasten. Sie war ganz vernarrt in die kleinen Wollknäuel, und die Lämmer würden ihrer Seele gerade heute guttun.

Nach wenigen Minuten Fußweg kam ihr schwanzwedelnd Befana entgegen, als hätte sie ihren Besuch geahnt.

Ida hatte sich total überschätzt, ihre Kräfte hatten schnell nachgelassen und sie setzte sich auf die Wiese, um eine Pause zu machen. Neben ihr lag Florians Hund, der das Kraulen ausgiebig genoss. Dass der kurze Weg so anstrengend werden würde, hatte sie nicht erwartet, aber sie würde etwas langsamer weitergehen, es war noch genügend Zeit bis zum Mittagessen. Der Weg, für den sie normalerweise zwanzig Minuten zu Fuß gebraucht hätte, zog sich endlos hin. Immer wieder musste Ida nach wenigen Minuten innehalten, und allmählich fragte sie sich, ob sie es überhaupt schaffen würde.

Sie schüttelte über sich selbst den Kopf, das wäre ja wohl lächerlich, jetzt noch Florian anzurufen, und Schritt für Schritt kämpfte sie sich weiter vorwärts.

Als sie am Sauterhof ankam, war ihr schwindlig, jeder Schritt fühlte sich an, als ginge er ins Leere. Der Fußmarsch war eindeutig zu viel gewesen, sie musste ihre Kräfte besser einteilen. Da auf ihr Klopfen niemand reagierte, ging sie ins Haus und schaute sich um. Die Tür zum Hofladen am Ende des Ganges stand halb offen. Florian unterhielt sich mit Benjamin, den sie an seiner tiefen Bassstimme schnell erkannte. Erstaunt blieb sie stehen und lauschte den beiden, da es um ihre Treppe ging.

»Du hast gute Arbeit am Rupertihof geleistet, Benjamin, Respekt. Die neuen Stufen sind von den alten nicht zu unterscheiden.«

»Na ja, das Holz hat Ida bei einem Händler gfunden, sie ist da sehr wählerisch gwesn. Mir hams nur einbaut.«

»Aber auch das muss man können. War der Huber, dein Geselle, dort?«

»Ich habs selbst gmacht mit dem Lehrling, der Huber ist schon länger krank. Warum fragst?«

»Du weißt, dass Ida von der Treppe gstürzt ist und im Krankenhaus war. Ihre einzige Erinnerung ist eine lose Stufe, auf der sie abgerutscht ist.«

»Das kann nicht sein, die waren alle bombenfest.« Benjamin hob seine Stimme. »Schlampige Arbeit lass ich mir nicht nachsagen.«

»Nein, nein, Benjamin. So war das nicht gmeint. Meine Vermutung ist eher, dass nach euch jemand im Haus war. Hat die Angermaier Maria hinter euch abgeschlossen, oder ist die erst später gekommen?«

»Sie hat direkt nach mir die Tür abgsperrt. Geredet hats wieder wie a Buch, du kennst sie ja. Sie hat sogar mein Lehrling im Auto mitgenommen, da ich noch zu einem andern Kundn wegen eines Angebots musste.«

»Ich bin ganz sicher, dass abgesperrt war, denn auf dem Rückweg von meinem Kunden hab ich die Maria noch einmal aus Idas Hofeinfahrt kommen sehen. Sie hat angehalten und mir lachend erzählt, dass sie vor lauter Reden doch tatsächlich vergessen hatte, ob sie vorher wirklich abgeschlossen hatte. Deswegen ist sie noch mal zurückgekommen, aber es war alles in Ordnung. Also, da kannst sicher sein, mit den Sicherheitsschlössern an beiden Türen, die die Ida hat einbauen lassen, kommt keiner rein, ohne die Tür zu beschädigen.«

»Wahrscheinlich bildet sich Ida die lose Stufe nur ein, was bei einer Gehirnerschütterung gut möglich ist. Sie ist sich selbst nicht sicher, wie es passiert ist«, schloss Florian das Gespräch, denn gerade betrat ein neuer Kunde den Laden.

Ida konnte sich nun noch weniger erklären, wie ihr Unfall zustande gekommen war. Nachdenklich ging sie in die Küche und setzte sich zu Florians Tante Annamirl, die für den Haushalt sorgte.

»Mei, Ida, gehts dir wieder gut? Florian hat scho erzählt, was passiert ist.« Florians Tante betrachtete sie besorgt.

»Ihr sorgt alle so gut für mich, mir gehts schon wieder besser. Kann ich dir was helfen?«

»Na, bloß net, setz dich an den Tisch, is scho alles fertig. Der Florian macht gleich den Laden zu und kommt dann rüber, hat sicher auch an Hunger«, rief sie vom Herd zu Ida. »Weißt, die Berta, die sonst im Ladn steht, is heut nicht da, deswegen musste der Florian einspringn.«

Während Annamirl immer weiterredete, kam Florian herein, und ein Lächeln ging über sein Gesicht. »Schön, dass du da bist, ich hab scho ständig darauf gwartet, dass du anrufst.« Er umarmte Ida und sah sie prüfend an. »Bisschen blass bist aber schon no«, bemerkte er.

»Das liegt vielleicht daran, dass ich hergelaufen bin. Unterwegs habe ich gemerkt, dass es zu viel ist, aber umkehren wollte ich auch nicht mehr. Ich habe aber viele Pausen eingelegt«, beruhigte ihn Ida.

»Dann musst du jetzt richtig essen, um zu Kräften zu kommen.« Ida ließ sich gern von Annamirl auflegen, die aromatischen Gerüche, die aus den Töpfen strömten, weckten ihren Hunger.

»Einen guten Appetit wünsche ich euch, lassts euch schmecken.«

Florian scherzte beim Essen mit Annamirl, die Ida immer wieder drängte, sich mehr zu nehmen. Erst als sich die Tante erhob, um Florians Mutter das Essen in ihr Zimmer zu bringen, gestand Ida, dass sie die Unterhaltung mit Benjamin belauscht hatte.

»Hoffentlich hat er nicht das Gefühl, dass ich seine Arbeit anzweifle. Ich glaube mittlerweile schon, dass ich mir das lose Brett nur eingebildet habe.«

»Ich wollte vor allem wissen, ob Maria direkt nach ihm abgeschlossen hat, das war alles«, beschwichtigte Florian.

Er verabschiedete sich von Ida, da er wieder an die Arbeit musste. Sie versprach ihm, langsam nach Hause zu laufen, nachdem sie die Schafherde besucht hatte. Sie fühlte sich durch das Mittagessen gestärkt und hatte keine Zweifel, dass sie den Weg zurück schaffen würde. Wenn sie eine längere Pause bei der Herde machte, würde sie auch wieder Kraft tanken können.

»Wenn irgendwas ist, ruf mich an, versprochen?« Er umarmte sie und drückte sie noch mal an sich.

»Werde ich machen, aber keine Sorge, mir gehts schon wieder besser.« Dieser Mann bereitete ihr mittlerweile mehr Kopfzerbrechen als ihr Treppensturz, wie sollte sie bloß sein Verhalten deuten. War er wirklich so schüchtern, oder wollte er schlichtweg nicht mehr von ihr? Gab sie ihm irgendeinen Anlass, Abstand zu halten?

Selbst auf dem Rückweg drehten sich ihre Gedanken ständig im Kreis. Wieder einmal beschloss sie, ihn bei nächster Gelegenheit einfach direkt zu fragen.

## *Der DNA-Test*

Ida schob immer wieder das Besteck neben dem Teller etwas weiter nach außen, nach vorn und wieder zurück. Geistesabwesend strich sie über die Serviette und rückte eine Blume in der Vase zurecht. Sprang auf, lief zum Herd und rührte gedankenlos in dem Gulasch, das schon seit einer Stunde fertig vor sich hinköchelte. Johannas Ankündigung am Telefon, dass sie nach Arbeitsschluss das Ergebnis des DNA-Tests vorbeibringen würde, war der Auslöser für ihre Unruhe. Sie setzte sich auf die Eckbank und starrte wie gebannt durchs Fenster auf die Straße, die zu ihrem Hof führte, als könnte sie Johanna dadurch herbeizaubern.

Endlich sah sie den Lichtstrahl der Scheinwerfer von Johannas Auto, das sich Serpentine für Serpentine den Berg hocharbeitete und schließlich in ihre Hofeinfahrt einbog. Warum musste sie erst noch umständlich wenden und konnte nicht einfach vor der Haustür parken? Johanna musste doch wissen, unter welcher Anspannung Ida stand. Sie öffnete die Haustür, lief ihrer Schwester entgegen und umarmte sie.

»Endlich, ich konnte es kaum erwarten.«

»Typisch Ida, deine Neugier hast du immer noch nicht im Griff, da hat sich in all den Jahren nichts geändert. Wie geht es deinem Arm?«

»Die Schiene ist seit gestern weg. Seitdem du angerufen hast, bin ich wie elektrisiert. Du hast sicher Hunger, ich habe was gekocht. Ich hoffe, es schmeckt.« Sie zog Johanna am Arm in die Wohnküche.

»Hier ist es aber gemütlich geworden, Respekt.« Johanna sah sich in der Stube um und nickte anerkennend. Ida hatte vergessen, dass Johanna zum ersten Mal bei ihr zu Besuch war und das Haus nur von früher kannte.

»Und der schöne Kachelofen, was für ein Glück, dass der noch da ist«, dabei strich Johanna über die bemalten Kacheln. »Mei, und der alte Wamsler funktioniert auch noch, des ist ja die Schau! So was hätt ich immer gern ghabt in meiner Kuchl.«

»Johanna, hast du das Ergebnis schon angeschaut?«

»Natürlich nicht, das überlasse ich dir.«

»Was meinst, schaun wir es uns gleich an, ich bin schon so gspannt.«

»Ich tät lieber erst was essen, es riecht so gut, und ich hab heut noch nichts Richtiges gekriegt. Und den Tisch hast so schön gedeckt, und das nur für uns.« Sie setzte sich und strahlte Ida an.

»Tschuldigung, daran hab ich nicht gedacht. Aber ich krieg keinen Bissen runter, bevor ich etwas weiß. Wenns dir recht ist, schaue ich nach, während du schon mit dem Essen anfängst.« Ida trug das Gulasch und die Semmelknödel auf, die sie zu Ehren ihrer Schwester gemacht hatte, und stellte eine große Schüssel mit Salat dazu. »Nimm dir bitte, ich schenk dir noch einen Rotwein ein, den magst du doch, oder?«

»A Glaserl gern, und dazu noch a Wasser aus der Leitung, das wär perfekt.«

»Ich hoffe, dir schmeckts, es ist sicher ganz anders, als du es kennst.«

Johanna schwieg einen Moment, dann murmelte sie kauend: »Es schmeckt hervorragend, ich kann gar nicht mehr aufhören. Wann hast du denn das Kochen gelernt?«

»Ach, das fing erst an, als ich von Berlin nach München zurückkam. Damals habe ich mir nach und nach mit Kochbüchern verschiedene Rezepte beigebracht, denn bei Mutter durft ich ja nie kochen. Ich war immer nur für die niederen Arbeiten zuständig.«

»Das ist schon seltsam, ich kann mir das auch nicht erklärn. Aber schau, nähen durftest nur du, des hat dir die Mutter zeigt, da war ich nicht gut genug.«

»Sicher nur, weil du dich absichtlich so ungschickt angestellt hast. Kannst dich noch an deine selbst genähte Dirndlschürze erinnern …« Ida lachte laut auf, und Johanna stimmte mit ein.

»O ja, da waren richtige Löcher drin, es war so schlimm, dass sogar Mutter mir geholfen hat, damit ich in der Schul net ausglacht werd.«

Während sie den Erinnerungen nachhingen, hatte Ida kurzzeitig den Anlass ihres Treffens vergessen. Aber nun öffnete sie hektisch den Brief, dabei zerfetzte sie den Umschlag. Sie zog die Briefbögen heraus und begann zu lesen. Sie schüttelte den Kopf. »Nein, das kann einfach nicht sein. Ich glaube es nicht.«

»Jetzt sag schon, was steht denn drin.« Nun wurde auch Johanna ungeduldig.

»Hier, lies, vielleicht kapier ichs nicht!«

Johanna arbeitete sich durch die Zeilen des Schreibens und schüttelte ebenfalls ungläubig den Kopf. »Was ich hier les, ist, dass die DNA vom Maximilian mit knapp 46 Prozent mit deiner übereinstimmt und er deswegen nicht als dein Vater infrage kommt, allerdings in engem verwandtschaftlichen Verhältnis zu dir steht.«

Ida ließ sich auf den Stuhl sinken, als wäre jede Energie aus ihr gewichen. »Kannst du mir erklärn, was das bedeutet? Jetzt steh ich wieder wie am Anfang da, unsere Vermutungen sind anscheinend völlig an den Haaren herbeigezogen.«

Johanna setzte sich neben Ida und legte den Arm um ihre Schulter. »Erklärn kann ichs dir nicht, aber wir können überlegen, welche Möglichkeiten es sonst noch gäbe.«

»Tatsache ist, dass der Maximilian nicht mein Vater war«, stellte Ida emotionslos fest. »Daraus ergeben sich für mich drei Fragen: Was habe ich erstens mit dem Hof zu tun, wer ist zweitens mein Vater, und in welchem verwandtschaftlichen Verhältnis stehe ich drittens zu Maximilian?« Sie legte den Kopf auf ihre Arme und zog die Knie an den Körper, als würde sie sich in ein Schneckenhaus zurückziehen. »Keine Ahnung, wie ich das herausfinden soll.«

»Pass auf, jetzt lassen wir noch mal einen Test machen. Gut, dass die Tochter von der Moni im Labor arbeitet und uns das aus Freundschaft kostenlos macht.«

»Ach, das Geld ist mir egal, ich wills einfach nur wissen. Aber was willst du denn testen lassen, etwa deine DNA mit meiner vergleichen lassen oder was?«

»Daran hab ich noch gar nicht gedacht, das ist aber eine gute Idee. Außerdem würd ich jetzt doch die DNA von Mutter mit deiner vergleichen lassen, denn ich hatte dir ja gsagt, dass ich ein Medaillon mit ihrer Locke besitze.«

»Wenn es dann keine Übereinstimmung gibt, dann bin ich ein Findelkind?« Ida hob resigniert die Hände.

»So weit wirds nicht kommen, wirst schon sehn, wir finden die Lösung, das wär ja glacht. Schenkst mir noch a bisserl Wein ein, bevor ich geh.«

»Aber sicher, im Moment hätt ich gute Lust, die ganze Flasche zu leeren, um den Frust runterzuspülen.«

Johanna stieß mit ihr an. »Komm schon, wir lösen das Geheimnis deiner Geburt, da bin ich sicher!« Sie lächelte Ida zuversichtlich an.

»Was, wenn ichs nie rausfind?«

»Dann bist und bleibst mei Schwester, ganz einfach.« Johanna nahm sie in den Arm und wiegte Ida wie ein Kind.

Ida konnte nun ihre Tränen nicht mehr zurückhalten. »Das ist mehr, als ich in den vergangenen Jahren hatte. Dank dir, Johanna.«

Drei Wochen später hatten sie das Ergebnis des neuen Tests und auch die Vergleiche mit den vorherigen Analysen. Ida las den Brief und reichte ihn wortlos an Johanna weiter. Sie beobachtete die Schwester beim Lesen. Als sie fertig war, starrten beide fassungslos auf das mehrseitige Schreiben.

»Johanna, wenn ich das richtig verstehe, haben wir nicht dieselbe Mutter. Allerdings ... denselben Vater. Siehst du das auch so?«

Johanna nickte. »Wohl wahr. Ich ...«, sie schluckte laut hörbar, als müsste sie einen Kloß im Hals hinunterwürgen. »Mit wem ist der Vatta fremdganga? Wer ist deine leibliche Mutter? Wie solln wir das rausfindn?«

»Das Einzige, was ich mir jetzt erklären kann, ist das schäbige Verhalten von Mutter mir gegenüber. Sie musste ein Kuckuckskind großziehen. Aber warum hat sie mich überhaupt angenommen, das Geld hat doch auch ohne mich kaum gereicht?«

»Sicher ist nur, dass das alles mit deinem Erbe überhaupt nichts zu tun hat, denn der Maximilian ist ja auch nicht dein Vater. Seine Schwester ist zu jung gstorben, und seine Mutter wäre zu alt gwesen, um noch ein Kind zu bekommen.«

»Meinst du, sie war noch keine fünfzig?« Ida rechnete nach.

»Warum hätte sie dich dann weggegeben? Noch dazu in unsere Familie. Nie und nimmer! Sie ist doch erst gestorben, kurz nachdem du nach München gegangen bist.«

Ida musste ihrer Schwester recht geben. »Ich weiß, dass hier noch eine angeheiratete Schwägerin gelebt hat, die Katts zweiter Mann mit ins Haus brachte. Die hat aber zum Zeitpunkt meiner Geburt nicht mehr hier gewohnt.«

»Und wenn ihr der Vater nachgestellt hat und du ihr Kind wärst?«

»Aber warum sollte mich dann unsere Mutter als eigenes Kind annehmen, die Schwägerin hätte doch auch mit einem Kind hier auf dem Hof bleiben können. Sie war ja ›nur‹ eine angeheiratete Stiefschwester, das hätte die Schande gemildert. Außerdem, warum sollte ich dann den Rupertihof erben … als außereheliches Kind? Nein, Johanna, das ist sehr weit hergeholt. Trotzdem werde ich versuchen herauszufinden, wohin sie gegangen ist.«

»Aber weiter kommen wir damit auch nicht«, stellte Johanna fest.

»Meinst du, der Alois weiß was? Der war ja doch ein paar Jahr älter als du?« Ida schöpfte neue Hoffnung, die Johanna gleich wieder zerstörte.

»Dazu müsst er erst mal mit uns redn! Außerdem hat der sich doch nie für jemand andres interessiert.«

»Du hast recht, aber ich werds probieren. Ich statte ihm einen Besuch ab, mehr als rausschmeißen kann er mich nicht.« Ida reckte ihr Kinn in die Höhe und richtete sich kerzengerade auf. Sie erzählte Johanna von dem heimlichen Besuch Annalenas und dass sie verraten hatte, dass Alois hier bei ihr spioniert hatte.

Johanna konnte es nicht glauben. »Der macht vor gar nichts Halt. Dabei hab ich in der letzten Zeit ghört, dass er sich bessert hat, sei Frau scheint an recht guten Einfluss auf ihn zu habn.«

»Tja, vielleicht wusste sie nichts davon, gefragt hat er sie bestimmt nicht. Kommst du mit und unterstützt mich?«

»Du ersparst uns aber gar nichts, ich bin jetzt scho sicher, dass das in einem ausufernden Gschrei endet.« Johanna holte tief Luft. »Aber gut, ich komm mit, als moralische Unterstützung sozusagen.«

Sie verabredeten sich für den Donnerstagabend, denn Ida wusste von ihrer Zeit, als sie noch im Gasthof gewohnt hatte, dass Alois an anderen Abenden mit diversen Vereinen und beim Stammtisch im Gasthof war. Vielleicht hatten sie Glück, und er war an diesem Abend zu Hause.

Zwanzig Minuten vor der verabredeten Zeit saß Ida im Auto gegenüber von Alois' Haus. Das Gebäude mit dem kleinen Vorgarten machte einen liebevoll gepflegten Eindruck, auch das, was sie vom Innenhof hinter der offen stehenden Einfahrt erspähte, wirkte sehr ordentlich und gemütlich. Es passte nicht zu ihrem Eindruck, den Alois durch sein ungepflegtes und ruppiges Auftreten vermittelt hatte. Anscheinend war ihre Schwägerin, die sie nie kennengelernt hatte, ganz anders als er.

Kurze Zeit später kam Alois mit seinem Auto und fuhr schwungvoll in den Hof. Gleich darauf hörte sie ihre Schwägerin nach den Kindern rufen. Gut, dann war die ganze Familie versammelt. Wenn ein Gespräch zustande kommen und heikel werden würde, könnte man die Kinder ja aus dem Zimmer schicken. Aber vielleicht würde sich Alois in deren Gegenwart ein bisschen am Riemen reißen. Immer wieder schaute sie auf ihre Uhr. Hoffentlich hatte es sich Johanna nicht anders überlegt, denn es war schon sechs Uhr vorbei und noch immer nichts von ihr zu sehen. Sollte sie noch warten oder ohne sie hineingehen?

Während sie das Für und Wider abwägte, bog Johanna forsch um die Kurve und parkte hinter ihr. Augenblicklich verließ Ida ihr Auto und ging zu ihr. »Bin ich froh, dass du kommst«, begrüßte sich die beiden und umarmte einander.

»Wir hatten noch an Notfall, und ich musst warten, bis die Sanitäter da waren. Hoffentlich bin ich unterwegs net blitzt wordn, ich bin viel zu schnell gfahrn.« Sie schaute Ida fragend an. »Wagen wir uns in die Höhle des Löwen?«

»Ich bin dazu entschlossen. Es sind auch alle zu Hause, ein Familientreffen sozusagen.«

»Na dann, bringen wirs hinter uns.«

Nach dem zaghaften Klingeln Idas wurde die Tür mit Schwung erwartungsvoll aufgerissen. Annalena stand im Eingang. »Griasd eich«, rief sie ihnen entgegen und erkannte erst im nächsten Moment Ida und Johanna.

»Uih, oje ...« stotterte sie und rief nach innen gewandt: »Mama, kannst mal kumma?« Gleichzeitig drückte sie mit verschwörerischer Miene ihren Zeigefinger vor den Mund.

»Okay, ich habs verstanden, wir kennen uns nicht«, flüsterte Ida. »Keine Sorge.«

Annalena trat zur Seite und ließ ihrer Mutter den Vortritt. »Griasd eich mitanand.« Sie blickte Ida und Johanna an. »Ja, dös is ja die Johanna«, wandte sie sich mit einem herzlichen Lächeln an Johanna, und an Ida gerichtet sagte sie: »Und dann musst du die Ida sein, ich hab scho ghört, dass du wieder da bist. Das ist echt eine Überraschung, das freut mich. Sicher wollt ihr zum Alois?« Während sie sprach, drückte sie beiden die Hände und zog sie in den Flur. »Dann kommts mal rein in die gute Stubn, wir sind grad beim Brotzeitmachen.«

Sie ging voran, und Ida und Johanna folgten ihr, beide sprachlos vor Überraschung, denn sie hatten mit einer Abweisung gerechnet.

Als sie in der Wohnküche standen, hoben Alois und ein Junge – das musste wohl sein Sohn Xaver sein – die Köpfe in ihre Richtung.

»Schaut mal, wer uns besucht. Die Ida und die Johanna.«

»Sakra di, die zwei haben mir grad no gefehlt. Was wollts ihr von uns, ihr stört nur beim Essen.« Alois wandte sich seinem Teller zu und behandelte sie wie Luft.

»Jetzt geh, Alois, ein bisserl Benehmen wirst deinen Schwestern gegenüber schon noch an den Tag legn können. Was solln denn das Lenerl und der Xaver denken, schließlich sind es ihre Tanten.«

Ida wunderte sich über den tadelnden Ton ihrer Schwägerin, und sie erwartete eine barsche Antwort ihres Bruders, der sich sicher nicht von seiner Frau vor ihnen und den Kindern zurechtweisen ließ. Für Ida waren ihr Vater und Alois aus einem Holz geschnitzt, und wenn ihre Mutter jemals so mit dem Vater gesprochen hätte, wäre der

Haussegen lange schief gehangen und die Stimmung Tage lang ins Unerträgliche gesunken. Umso ungläubiger vernahm sie Alois' Antwort.

»Xaver und Annalena, das sind eure Tanten, Johanna und Ida, sagts ›Grias Gott‹.«

»Hob i scho«, kam es wie aus der Pistole geschossen von Annalena, und sie grinste ihren Bruder an.

Xaver wirkte, als wäre er zwischen der ablehnenden Haltung seines Vaters und seiner eigenen Neugier hin- und hergerissen. Er begrüßte sie und setzte wie sein Vater das Abendessen fort, beobachtete jedoch aus den Augenwinkeln das Geschehen.

»Kommts, setzt euch«, forderte ihre Schwägerin beide auf, während sie schon aus der angrenzenden Küche Teller und Besteck holte. »Der Tisch ist gedeckt, und es reicht sicher für alle. Bier und Wasser gibts auch gnug, langts bittschön zu.«

»Das lass ich mir nicht zweimal sagen, ich komm grad von der Arbeit.« Johanna griff nach dem Brotkorb und der Butter, als wäre es das Normalste von der Welt.

»In so einer großen Runde habe ich schon lange nicht mehr gegessen«, stellte Ida vollkommen überrascht fest und bediente sich. Während sie besonders sorgfältig Butter auf dem Schwarzbrot verteilte, um Zeit zu gewinnen, überlegte sie, wie sie das Gespräch in die gewünschte Richtung bringen könnte.

Nach einigen wortlosen Minuten, in denen jeder mit seinem Essen beschäftigt war, begann Annalena zu kichern. »Ich glaub, ihr wisst nimmer, was ihr sagen sollt, oder?«

»Du weißt doch«, entgegnete ihre Mutter geistesgegenwärtig, »mit vollem Mund spricht man nicht.«

»Da hast a wieder recht«, stimmte ihr Annalena zu. »Seids ihr jetzt fertig mit Essen, oder dauerts noch länger?« Sie rutschte ungeduldig auf dem Stuhl hin und her.

»Jetzt isses gnug, iss du auch erst mal fertig«, wies ihre Mutter sie zurecht.

Ida löschte gedanklich das Bild, das sie sich von der Familie ihres Bruders gemalt hatte. Ihre Schwägerin, deren Name ihr partout nicht einfallen wollte, hatte die Familie gut im Griff, selbst ihren Bruder. Was für ein Glück, sowohl für ihn, aber auch für sie und Johanna. Während sie immer noch nach den richtigen Worten suchte, ohne mit der Tür ins Haus zu fallen, nahm ihr Johanna den Anfang ab.

»Alois, wir sind gekommen, um dich was über die Mutter und den Vater zu fragen. Wir wissen einfach nicht weiter und dachten, dass du uns vielleicht helfen kannst«, wandte sie sich Alois zu, der immer noch in leicht gebeugter Haltung an seinem Platz saß, dabei ein Stück Brot nach dem anderen in den Mund schob.

»Was könnt ich denn wissen, was ihr nicht wisst? Lasst die beiden doch einfach in Frieden ruhn.«

»Weißt, Alois, die Ida hat einen DNA-Test machen lassen.«

»Einen DNA-Test, ja warum denn so was?« Alois richtete sich plötzlich auf und schaute Ida erstaunt an.

»Weil ich schon länger das Gefühl hab, dass ich nicht so zur Familie gehöre wie du und Johanna.«

»Ja, da schau her, glaubst immer noch, du bist was Bessers.«

»So was hab ich noch nie gedacht. Du warst es doch, der mich immer wie eine Fremde behandelt hat, aber ... das ist ein für alle Mal vorbei. Jetzt geht es mir um was ganz anderes.«

»Und, was sagt dei DNA-Test? Weißt jetzt, wohin du ghörst?«

»Das ist es ja eben, jetzt weiß ich es noch weniger als vorher, deswegen brauch ich deine Hilfe.«

Die Kinder, Veronika und Johanna verfolgten gespannt das Gespräch. »Was ist ein DNA-Test?«, unterbrach sie Annalena. »Ist das ein Test wie in der Schule?«

»Mei, du hast ja gar keine Ahnung«, erklärte Xaver in Großer-Bruder-Manier, »aber wenn ich dir das erklär, kapierst es sowieso nicht. Also lass es einfach, bist einfach noch zu dumm.«

»Weißt, Xaver, du bist ja auch drei Jahr älter als das Lenerl und noch dazu auf dem Gymnasium, wenn du das nicht wissen tatst, hättest geschlafen in der Schul. Aber um das Ganze kurz zu machen«, sie wandte sich den Kindern zu, »ihr könnt jetzt noch eine halbe Stunde fernsehen bis zu den Nachrichten, und danach gehts ins Bett. Und Lenerl, ich erklär dir vorm Schlafengehen, was ein DNA-Test ist, erinner mich dran!«

Unter Protest gingen die Kinder ins angrenzende Wohnzimmer, denn sie wollten natürlich wissen, was die Erwachsenen zu besprechen hatten, aber Veronika blieb unnachgiebig.

Ida begann, ihre Überlegungen zum DNA-Ergebnis auszuführen. Als sie die Vermutung äußerte, ihre Mutter hätte ein Verhältnis mit Maximilian gehabt, schlug Alois mit der Hand auf den Tisch.

»Was glaubst du, wer du bist, unsere Mutter so zu beschuldigen. Ausgschamts Frauenzimmer, ich habs glei gwusst.« Er erhob sich ungestüm vom Stuhl, der nach hinten umkippte.

Veronika stand sofort neben ihm, hob den Stuhl auf und beruhigte ihn. »Komm scho, Alois, jetzt lass sie doch erst mal ausreden, du woaßt ja gar ned, was kommt.« Sie drückte ihn sanft auf den Stuhl zurück, ließ ihre Hand auf seinem Arm liegen und rückte näher zu ihm hin. Er ließ es mit sich geschehen, was Ida noch mehr verwunderte. Veronika schien genau zu wissen, wie sie Alois nehmen musste. Dann setzte Johanna die Zusammenfassung der beiden Testergebnisse fort.

»Jetzt wissen wir eigentlich gar nicht mehr, wo wir anfangen sollen. Sicher ist nur, dass unsere Mutter eindeutig nicht Idas Mutter ist.«

Alois blickte erstaunt auf. »Was? Ganz sicher?« Er schüttelte den Kopf. »Ich kann des net glaubn, warum bist dann bei uns aufgwachsn und nicht bei deiner richtigen Mutter?«

»Genau das versuche ich herauszufinden, und vor allem, wer meine richtige Mutter ist oder war. Hast du damals was mitgekriegt, mit wem der Vater rumgmacht hat? Du warst doch älter als Johanna?«

»Ich? Glaubst du, der Vater hätt mir erzählt, wo er rumghurt hat?« Alois spie die Worte aus. »Der war doch hinter jedem Rock her, das wusste doch das ganze Dorf. Was glaubt ihr, wie oft ich mir das in der Schul anhörn musst. Und ich Depp hab mich dafür a no prügelt.«

»Das hab ich nicht gewusst, das tut mir leid, dass du deswegen Prügel einstecken musstest. Ich dachte immer, deine Schlägereien waren damals nur dazu da, deinen Anspruch als Rudelführer zu sichern. Dass das was mit dem Vater zu tun hatte, da wäre ich nie drauf gekommen.« Ida verspürte das erste Mal Mitgefühl mit ihrem Bruder, als sie sich die Situation vorstellte.

»Mei, das ist vorbei und hat mich hart gmacht, aber schön wars nicht, das kann ich euch sagen.«

»Aber dann weißt du auch nichts«, flüsterte Ida. »Du warst tatsächlich meine letzte Hoffnung. Jetzt weiß ich überhaupt nicht mehr weiter.« Ida sackte in sich zusammen.

»Vielleicht musst du die Tatsache einfach so hinnehmen«, Veronika legte ihr die Hand auf die Schulter. »Manche Geheimnisse nehmen die Menschen mit ins Grab, und da bleibns für immer. Wer weiß, wofürs gut is.«

»Das mag schon sein, aber wissen tät ichs trotzdem gern ... wer meine Mutter war.«

»Wenns dir recht ist, könnt ich mal mei Mama fragen, in der Bäckerei meiner Eltern habens früher sicher einiges mitkriegt. Außerdem ... ich glaub, die Mama und die Magdalena waren miteinander in der Realschule.«

»Das kannst du gern machen, mir ist jede Möglichkeit recht.« Ida wischte eine Träne weg. »Es ist alles ein bisschen viel, es ist besser, ich geh jetzt. Aber wissts was, wollt ihr mich nicht besuchen kommen? Ich würde mich richtig freun, vielleicht an einem Sonntag zum Kaffee?«

»Was sollen wir bei dir, kannst wahrscheinlich sowieso keinen Kuchen backen«, polterte Alois aus alter Gewohnheit.

»Das ist eine gute Idee«, unterbrach ihn Veronika. »Und den Kuchen bring ich aus der Bäckerei mit, dann sparst du dir die Müh. Ich bin nämlich scho gspannt, was du mit dem Hof gmacht hast. Die Leute reden alle drüber, dass du ihn so ›anders‹ renoviert hast.«

»Gut, dann besucht ihr mich, wenn Johanna keinen Dienst hat. Sie gibt uns allen Bescheid.« Sie wandte sich Veronika zu. »Und denk dran, deine Mama zu fragen, ich wär so froh, drüber etwas zu erfahren.«

»Das mach ich gwiss, wenn die Mama was weiß, dann sagts mir das auch.«

»Dann vielen Dank fürs Abendessen.«

Die Schwestern verabschiedeten sich. Es kostete Ida etwas Überwindung, ihrem Bruder die Hand zu geben, so viel Nähe zu ihm war ihr eigentlich nicht recht. In der Vergangenheit waren die Gedanken an Alois immer mit dem Gefühl der Wut und Ohnmacht, manchmal sogar mit Hass verbunden, und nun war stattdessen ein Hauch von Verständnis für ihn eingetreten. Ida spürte einen Anflug von Hoffnung aufkeimen, allerdings wusste sie nicht genau, worauf. War es die Aussicht, wieder eine »Familie« um sich zu haben? Oder hoffte sie auf Veronikas Mutter? Wie sollte die etwas Entscheidendes zu ihrer Herkunft beitragen können? War sie schon so verzweifelt, dass sie sich an jeden Strohhalm klammerte, auch wenn er noch so dünn war?

Vor dem Auto umarmte sie Johanna. »Der Alois hat mit Veronika echt das große Los gezogen, der ist wie Wachs in ihren Händen.«

»Ich bin noch ganz sprachlos, dass ihr das gelungen ist, unglaublich. Schade, dass er nach außen hin immer noch den harten Mann spielt. Selbst bei seinen Kumpels tritt er so auf. Fragt sich nur, warum.«

»Das ist vielleicht reine Gewohnheit, so ist er nicht so leicht angreifbar.«

»Ich frage mich, was er beim Ausspionieren bei mir erwartet hat. Wie er das der Veronika erklärt hat, tät mich auch interessieren. Ich kann mir nicht vorstellen, dass sie das richtig fand.«

Johanna seufzte. »Du hast sicher recht, aber er macht sich das Leben dadurch nicht leichter. Ist sicher für die Kinder auch nicht einfach.«

»Ich fühle mich im Moment völlig leer gepumpt, ich kann einfach keinen klaren Gedanken fassen.«

»Das ist doch verständlich, jetzt schlaf erst mal drüber, vielleicht fällt dir morgen was ein. Ich bin jetzt a hundsmiad.«

»Ich weiß nur, dass ich versuchen werde, Kreszentia zu finden. Vielleicht erfahre ich von ihr etwas. Danke, dass du mitgekommen bist. Das war tatsächlich ein Familientreffen, das erste Mal seit zwanzig Jahren.« Ein zaghaftes Lächeln verdrängte ihre hoffnungslose Miene. »Das hätte ich mir vor einem Jahr nicht träumen lassen.«

»Ich auch net, vielleicht ändert sich unsere Familiengschicht doch noch zum Gutn.«

## *Besuch bei Kreszentia*

Die Dame im Vormundschaftsgericht in München blieb hart. Egal welche Argumente Ida vorbrachte, um den Aufenthaltsort von Kreszentia Häfner zu erfahren, sie lehnte es ab, Auskunft darüber zu geben. Während Ida vortrug, dass sie doch nur wissen wolle, ob sie oder Kreszentia die rechtmäßige Erbin sei, klopfte es an der Tür. Ein junger Mann steckte den Kopf durch den Türspalt und entschuldigte sich. »Sorry, aber wir bräuchten dich dringend bei einem Computerproblem.«

»Da müsst ihr schon warten, bis mein Termin hier beendet ist, so eilig wird es schon nicht sein«, antwortete Idas Gegenüber.

Ida sah ihre Chance. »Gehen Sie ruhig, Frau Moser, ich habe Zeit. Lieber würde ich danach weiter in Ruhe mit Ihnen sprechen.«

Der junge Mann schob sich nun ganz durch die Tür. »Vielen Dank, das ist echt eine Hilfe. Wir stecken im Programm und nichts geht mehr ...«

»Also gut, warten Sie bitte dann hier, ich schau, dass ich gleich wieder da bin. Wir haben eine neue Software, und meistens ist es nichts Gravierendes ...« Sie verließ das Zimmer und schloss die Tür.

Auf der Stelle stand Ida auf und ging hinter den Schreibtisch. Sie hoffte, dass die Sachbearbeiterin das Programm nicht geschlossen hatte, mit dem sie die Datei von

Kreszentia vorhin aufgerufen hatte. Ida frohlockte, denn die Seite war offen, und sie fotografierte die Adresse des Pflegeheims mit ihrem Smartphone ab. Sofort setzte sie sich wieder auf den Besucherstuhl und wartete. Dabei schaute sie sich die Seite an, die sie gerade fotografiert hatte. Sie war entsetzt, denn sie las, dass Kreszentia seit knapp 17 Jahren in einem Pflegeheim am Mittleren Ring lebte.

O Gott, wer kann dort leben, direkt neben dem viel befahrenen mehrspurigen Ring, dachte sie bei sich. Gleichzeitig stieg die Befürchtung in ihr auf, dass Kreszentia auf Grund der langen Aufenthaltsdauer vielleicht nicht mehr in einem Zustand wäre, ihr etwas über den Rupertihof erzählen zu können. Aber wer weiß, schöpfte Ida Hoffnung, vielleicht ist sie nur körperlich eingeschränkt und kann sich deswegen nicht mehr allein versorgen.

Als die Sachbearbeiterin zurückkam, fand sie Ida in ihrem Smartphone lesend vor. Nach einigem Hin und Her versprach sie Ida, ihre Bitte mit ihrem Chef zu besprechen. Sie würde ihr den Bescheid schriftlich zukommen lassen. Ida bedankte sich überschwänglich und hinterließ die Adresse von Marias Gasthof, da der Postbote nicht jeden Tag zu ihrem Hof hochfuhr. Maria würde ihr sicher gleich Bescheid geben, wenn ein Brief für sie eintraf.

Während Ida sich einige Tage danach auf den Weg nach München machte, fragte sie sich, ob sie wohl jemals etwas vom Vormundschaftsgericht hören würde. Diese unglaublich bürokratische Denkweise hatte sie nicht erwartet, denn sie wollte schließlich nichts Böses. Jeder müsste doch eigentlich froh sein, wenn sie nach einem alten, verlassenen Menschen im Pflegeheim fragte und sich sorgte.

Aber gesunder Menschenverstand und Mitgefühl waren den wenigsten in die Wiege gelegt.

An der Rezeption des Pflegeheimes St. Bernadette, die auf Ida mehr wie ein Bahnhofsschalter wirkte, ließ sie sich den Weg zur Station im fünften Stock beschreiben. Dort angekommen folgte sie den Hinweisen durch einen endlos langen Gang, der immer wieder von Fluren, die in den verschiedenen Stationen mündeten, gekreuzt wurde. Der beißende Geruch, eine Mischung aus scharfem Desinfektionsmittel und Urin, verstärkte sich an den Kreuzungen der Flure, manchmal musste Ida die Luft anhalten, wenn es zu aufdringlich wurde. Die Vorstellung, wie das an einem heißen Sommertag roch, schob Ida weit von sich. Die quietschenden Töne, die ihre Sneakers auf dem abgeschabten Linoleumboden hinterließen, wurden nur ab und zu von einem entfernten Türenklappern unterbrochen, gefolgt von einem lauten »Grüß Gott«.

Mit jedem Schritt verstärkte sich ihr Bedürfnis, umzudrehen und wieder zu gehen. Die Beklemmung, die Ida wie einen ständig enger werdenden Ring um ihren Brustkorb spürte, wurde immer stärker. Sie musste die Vorstellung, auch einmal so zu enden, weit von sich schieben. Aber wenn du niemand hast, der sich um dich kümmert, dann wird es wohl keine andere Möglichkeit geben. Sie war froh, als sie endlich am Ende des Ganges die gesuchte Abteilung erreichte und diesen Gedanken nicht weiterverfolgen konnte.

Sie drückte die Klingeltaste und wartete. Eine schrille Stimme erklang, verzerrt durch das Knistern der Sprechanlage.

»Ja, bitte«? Ida nannte ihren Namen und erklärte, dass Sie Kreszentia Häfner besuchen wolle. Augenblicklich ertönte das Summen des Türöffners, und Ida hatte Mühe, die schwere Tür zu öffnen, die dicht hinter ihr mit einem lauten Rumms ins Schloss fiel. Ida blickte sich suchend in alle Richtungen um, da niemand zu sehen war. Auf jeder Seite des Flures waren etwa zehn Türen zu erkennen.

Plötzlich öffnete sich eine, und ohne dass sie jemand zu Gesicht bekam, hörte sie eine Stimme, die immer lauter wurde, bis die dazugehörige Person im Türrahmen erschien.

»Sie wollen zur Zenzi? Naa, naa, naa. Ich kann es kaum glauben!« Die Schwester musterte Ida mit einem abschätzenden Blick.

»Ja, ich würde gern Frau Häfner besuchen.«

»Ja, dann sind Sie ihre Tochter?«

Ida zögerte einen Moment mit der Antwort. Dass Kreszentia eine Tochter hatte, war eine unerwartete Information für sie, die sie erst einmal verdauen musste.

»Nein, ich bin nicht ihre Tochter, mein Name ist Ida Amreiner.«

»Na dann, umso mehr wunderts mich, dass sie sie besuchen kommen.«

»Ich habe bei uns im Dorf erfahren, dass Frau Häfner hier wohnt. Sie hat vor meiner Geburt auf meinem jetzigen Hof gelebt.« Ida drückte sich bewusst vage aus, damit keiner auf die Idee kam, im Vormundschaftsgericht nachzufragen.

»Und was wollen Sie dann jetzt von ihr?«

»Ich bin beim Ausräumen des Dachbodens auf Dokumente mit ihrem Namen gestoßen und wollte wissen, wo sie wohnt. Leider lebt keiner mehr, der mir etwas über sie sagen kann.«

»Und wie sind Sie dann darauf gekommen?« Stirnrunzelnd sah die Schwester Ida an, denn sie konnte kaum glauben, dass nach so vielen Jahren doch noch jemand nach der alten Frau fragte.

»Ich hatte erst versucht, durch die Nachbarn etwas über den Aufenthaltsort zu erfahren, aber keiner wusste etwas. Sie hat anscheinend den Hof von einem auf den anderen Tag verlassen.«

»Ich weiß nur, dass sie seit 17 Jahren hier ist. Allerdings wird sie Ihnen kaum weiterhelfen können, denn sie lebt seit einigen Jahren in ihrer eigenen Welt.«

»Das tut mir leid ... aber darf ich sie trotzdem sehen?« Ida hatte es befürchtet und wusste nicht, was sie sich davon versprach, aber sie wollte die alte Frau nicht, ohne sie selbst gesehen zu haben, zurücklassen.

»Ja, dann kommen sie mit, aber wie gesagt, erwarten Sie sich nichts davon. Wenn sie einen wirklich guten Tag hat, dann hat es den Anschein, dass sie vielleicht mal jemanden von uns Pflegern erkennt, aber das ist äußerst selten.«

Während die Schwester sprach, gingen sie bis zum Ende des Flures. Mit leisem Klopfen öffnete sie die letzte Tür. »Besuch für dich, Zenzi, ist das nicht eine Überraschung.« Sie schob Ida in das winzige Zimmer und öffnete das Fenster. »Ich lass mal frische Luft herein, dann ist es nicht so drückend warm«, zwinkerte sie Ida zu.

Wenigstens ist das Zimmer nicht auf der Seite des Mittleren Ringes, war Idas erster Gedanke. Sie betrachtete die in sich zusammengesunkene Frau, deren Blick ins Leere ging. Der große Sessel verschluckte sie, als wäre sie ein kleines Kind. Trotz mehrerer Decken, die sie bis zum Kinn bedeckten, konnte Ida erkennen, dass sie mithilfe eines Gurtes im Sessel aufrecht gehalten wurde. Die Schwester bemerkte Idas Blick.

»Wenn sie nicht fixiert ist, dann fällt sie vom Sessel. Da wir Druckstellen vermeiden wollen, müssen wir sie immer wieder mal aufsetzen.«

Ida ging vor Zenzi in die Hocke und legte langsam ihre Hand auf Zenzis faltige Finger. Sie spürte die knotigen Schwielen und die runzelige Haut. Vielleicht würde die Wärme der Hand sie spüren lassen, dass jemand vor ihr stand. Aber es kam keine Reaktion, der Kopf blieb seitlich an der Lehne liegen, sie hob nicht einmal die Lider. Ein dünnes Speichelrinnsal floss aus dem leicht geöffneten Mund.

Ida musterte Zenzi eingehend, die viel älter als die 77 Jahre wirkte, die in der Datei angegeben waren. Die schütteren weißen Haarsträhnen ließen die Kopfhaut durchschimmern, die Haut im Gesicht und am Hals hatte unzählige tiefe Falten. Es gelang Ida nicht, die Gesichtszüge mit einem Gesicht der alten Fotos in Verbindung zu bringen. Da bemerkte sie ein Bild auf einem Tischchen, das durch die hohe Lehne des Sessels verdeckt war. Es zeigte eine junge Frau mit einem Baby auf dem Arm. Hier konnte sie die Ähnlichkeit mit Zenzi erkennen, sie war eine sehr hübsche, vollbusige Frau im Dirndl mit einem dicken Zopf, der zur Haarkrone gesteckt war – eine typische Frisur für die Frauen in den Alpen. Vermutlich war das Baby ihre Tochter, ein richtiger Wonneproppen. Ein Gedanke streifte sie wie ein Blitz: Konnte sie selbst dieses Kind sein? Müsste sie irgendeine Art von Verbundenheit spüren? Aber nicht das geringste Wiedererkennen regte sich bei Ida. Sie musste sich Zenzis Gesicht und Erscheinung einprägen, vielleicht erkannte sie sie auf einem der Fotos am Hof. Da kam ihr eine Idee.

»Darf ich das Foto abfotografieren, um es zu Hause zu vergleichen?«

»Na ja, ich weiß nicht, ob das rechtlich zulässig ist, wegen der Privatsphäre und so«, sagte die Schwester verunsichert. Plötzlich zwinkerte sie Ida zu. »Ich muss kurz nach einem anderen Patienten schauen, ich habe gerade den Piepser gehört.« Auf der Stelle war die Pflegerin verschwunden.

Ida machte mehrere Aufnahmen, um sicherzugehen, dass wenigstens auf einer davon etwas zu erkennen war, da das Glas stark spiegelte. Sie betrachtete die teilnahmslose alte Frau. Auch ohne familiäre Bindung übermannte sie das Mitgefühl. Ida schluckte mehrmals hörbar, um den Kloß im Hals loszuwerden. Mittlerweile war die Schwester wieder zurück.

»Schade, ich hätte so gern ein paar Worte mit ihr gewechselt, aber dazu ist es wohl zu spät.« Ida drehte sich langsam um, nachdem sie ihr zum Abschied noch einmal über die Hand gestrichen hatte, und ging zur Tür. Sie hoffte für Zenzi, dass sie das alles nicht mitbekam und in ihrer abgeschlossenen Welt zufrieden war. Vor der Tür blieb sie stehen und holte tief Luft.

»Machen Sie sich nichts draus, sie ist hier gut aufgehoben und bekommt von ihrem Zustand nichts mit. Schade, dass Sie die Zeit verpasst haben, als sie noch ansprechbar war.« Die Schwester konnte es sich nicht verkneifen, mit spitzen Lippen anzufügen: »Wie ich schon sagte, hat sie eine Tochter, aber die hat sie noch nie besucht.«

»Vielleicht lebt sie im Ausland ... Oder lebt sie überhaupt noch?«, gab Ida zu bedenken.

»Wenn sie nicht mehr leben würde, wäre das in der Kartei vermerkt.«

»Man kann es nicht verstehen, aber wer weiß, welche Gründe es dafür gibt.« Ida bedankte und verabschiedete sich von der Schwester.

Kaum hatte sie die Station hinter sich gelassen, liefen ihre Gedanken Sturm. Zenzi hatte eine Tochter! Als sie den Hof vor etwas mehr als sechsunddreißig Jahren verlassen hatte, war sie allein gewesen, zumindest hat keiner, mit dem sie darüber gesprochen hatte, irgendetwas von einem Kind erzählt. Aber da Zenzi damals schon einundvierzig Jahre auf dem Buckel gehabt haben musste, konnte deren Tochter aller Wahrscheinlichkeit nicht viel jünger als Ida sein, da hatte die biologische Uhr ganz klare Grenzen gesetzt. Vielleicht war deren uneheliche Schwangerschaft der Grund dafür gewesen, dass Katt sie rausgeworfen hatte. Leider hatte auf der Rückseite des Bildes, das Ida fotografiert hatte, keine Datumsangabe gestanden. Ida vermutete, dass Zenzis Tochter einige ihrer Fragen beantworten könnte. Aber wie sollte sie jemanden finden, der nicht in Erscheinung treten wollte? Sie könnte es mit dem Geburtenregister der Stadt München versuchen, aber da sie kein Geburtsjahr hatte, würde das dauern. Zuerst wollte sie zu Hause die Fotos, die *nach* Kreszentias Weggang datiert waren, anschauen, vielleicht ist sie doch noch einmal mit dem Kind zu Besuch gekommen.

Ihre Stimmung war auf einem Tiefpunkt. Nicht nur, dass es keinerlei Informationen gab, die sie sich von Kreszentia erhofft hatte. Sie war an einem Punkt angekommen, wo sie überhaupt nicht mehr wusste, an wen sie sich wenden konnte. Das Einzige, worin sie sich gefühlsmäßig sicher war, war, dass ein Erbe dieser Größenordnung niemals einer vollkommen fremden Person vermacht werden würde. Bauern achteten immer darauf, dass nicht das kleinste Fleckchen Land aus der Hand gegeben wurde. Das Alte bewahren, mehren und an den Nächsten weiterreichen, so kannte sie die unausgesprochene Regel ihrer bäuerlichen Heimat, egal wie klein der Hof auch war. Und ein großer Besitz wie der Rupertihof war etwas, das unbedingt in der Familie bleiben *musste*. Aber welchen Platz sie in dieser Familie hatte, wurde immer undurchschaubarer.

# *Idas Schafherde*

Auf der Heimfahrt wälzte Ida nicht nur das Thema Kreszentia gedanklich hin und her. In der kurzen Zeit, die sie mit Amy verbracht hatte, hatten die beiden das Für und Wider, am Hof zu bleiben oder diesen zu verkaufen, diskutiert. Glücklicherweise war die Autobahn nahezu frei, und sie konnte es sich erlauben, mit den Gedanken abzuschweifen.

Sie würde Amys Rat befolgen: »Die Entscheidung kommt von selbst, du musst nur versuchen, sie zu verstehen.« Typisch Amy, aber es war kein hohler Spruch gewesen, Amy hielt sich auch daran, seitdem sie ein paar Entscheidungen in ihrem Leben zu schnell getroffen hatte.

Ida hatte die Wohnküche und die übrigen Zimmer vor Augen. Eine Woge der Zufriedenheit durchflutete sie, wenn sie an die beiden renovierten Badezimmer und das Schlafzimmer dachte. Bis auf wenige Kleinigkeiten ließ sich alles umsetzen, wie sie es sich vorgestellt hatte, und jeder, der das Haus bisher angeschaut hatte, war begeistert. Besonders stolz war sie darauf, dass sie auch die Handwerker nach und nach von ihren Ideen überzeugt hatte, auch wenn diese anfangs häufig das Ganze als nicht machbar bezeichnet hatten. Durch die intensive Zusammenarbeit und ihre Beharrlichkeit, Lösungen zu finden, hatte sie sich einen gewissen Respekt erarbeitet.

Mit Benjamin und Max war sogar ein freundschaftlicher Umgang entstanden, der die Zusammenarbeit beflügelt hatte. Als sie bemerkte, dass sie an den Hof als ihr Zuhause dachte, staunte sie über die gelassene Zufriedenheit beim Gedanken daran, anzukommen und ihre restlichen Habseligkeiten unterzubringen. Es war mehr als »eine Wohnung einzurichten«, sie hatte ein kuscheliges Nest, in dem sie sich wohlfühlte. Der Hof vereinnahmte sie, nahm sie in den Arm und bot ihr ein weiteres Stück Geborgenheit und Schutz.

Und auch Florian schlich sich immer wieder in ihre Gedanken. Es geschah mehr und mehr, dass sie sich überlegte, was Florian dazu sagen oder er jetzt an ihrer Stelle tun würde. Den Mut, ihn direkt auf das Gerücht anzusprechen, er sei homosexuell, hatte sie bisher immer noch nicht gefunden. Amy hatte treffend erkannt, dass Ida Angst vor der Antwort hatte.

Kaum dachte sie an Florian, verspürte sie das mittlerweile vertraute Flattern in ihrem Bauch. Ein verträumtes Lächeln umspielte ihre Gesichtszüge. Er schenkte ihr das Vertrauen, das sie mit Ausnahme ihrer Schwester und Amy mit keinem anderen Menschen verband.

Bei Stefan hatte sie das Gegenteil erlebt, vertraut hatte sie ihm nie. Während der Zeit in München war sie mehrfach durch die spitzen Bemerkungen angeblicher Freunde auf seine diversen Beziehungen neben ihr hingewiesen worden.

Plötzlich wurde Ida bewusst, wie lange sie nicht mehr an ihre Arbeit in München gedacht hatte. Sie selbst konnte diese Veränderung kaum glauben.

Das Leben in den Bergen, die Renovierung des Hofes und vor allem ein Mensch wie Florian, der sich um sie sorgte und immer zur Stelle war, ohne großes Aufhebens darum zu machen, verschaffte ihr eine innere Ruhe, die sie früher nie gekannt hatte.

Aber noch fehlte ihr ein Kunde, für den sie als Designerin arbeiten könnte. Der Auftrag von Anton war zwar sehr umfangreich, und die Bezahlung gut, aber sie würde neue Kunden brauchen. Vom Bargeld des Erbes hatte sie einen Großteil in die Renovierung investiert, es blieb nicht viel übrig. Bisher hatte sie der Umbau vollständig beschäftigt, aber bald würde alles fertig sein und sie Zeit und Muße haben, um sich voll und ganz ihrer Arbeit zu widmen. Wie sagte Amy: »Abwarten und achtsam für die Möglichkeiten sein, die sich anbieten.« Womit sie wieder am Anfang ihrer Überlegungen angekommen war.

»Nach hundert Metern bitte von der Autobahn abfahren ...« Ida hatte die Stimme ihres Navis gerade noch rechtzeitig wahrgenommen, und sie schwenkte abrupt in die Ausfahrt ein. Um ein Haar hätte sie sie verpasst. Sie kämpfte mit dem Schlingern des Anhängers, der mit den restlichen Möbelstücken und ihrer Näh- und Stickmaschinen, dem Plotter und diversen anderen Geräten, die sie zum Arbeiten benötigte, beladen war. Jetzt muss ich aufpassen, ermahnte sie sich, denn ab sofort wird es kurviger.

Eine Stunde später manövrierte sie umständlich den Anhänger rückwärts an ihren Hintereingang, um den Transportweg der Möbelstücke ins Haus möglichst kurz zu halten. Rückwärtsfahren mit dem Anhänger war einfach nicht ihr Ding.

Ida stieg aus und sog mit geschlossenen Augen die klare, kühle Bergluft ein, das Blöken der Schafe, die zurzeit auf der Wiese hinter dem Hof grasten, klang wie ein Willkommensgruß. Sie schloss die Hintertür auf und klemmte einen Klotz hinein, damit sie nicht wieder zufallen konnte. Die kleineren Teile konnte sie selbst hineintragen, Florian wollte später mit Franz die schweren Maschinen transportieren. Während sie neben dem Anhänger stand und die Klappe öffnete, empfand sie plötzlich das Blöken der Schafe aufgeregter als sonst.

Irgendetwas war nicht in Ordnung, so laut war die Herde noch nie gewesen. Ida beschloss nachzusehen. Die Schafe standen dicht gedrängt um ein Lämmchen herum, das am Boden lag. Ida stieg über den Zaun, und die älteren Tiere rückten gerade genug auseinander, damit sie durchkommen konnte. Das Tier, das die jämmerlichen Laute von sich gab, blutete stark am Bein, das in einem überdrehten Winkel vom Körper abstand. Vorsichtig hob sie das zitternde Fellknäuel hoch, und strich ihm beruhigend über den Kopf. »Komm, mein Kleiner, dir kann nur der Tierarzt helfen.«

Sie trug es zum rückwärtigen Hauseingang und holte aus der ehemaligen Milchkammer eine alte Decke, auf die sie das verletzte Schaf bettete.

Als sie zum Festnetztelefon in die Küche ging, registrierte sie einen üblen Geruch nach fauligen Eiern.

Woher das wohl kam, den Mülleimer hatte sie doch vor ihrer Abfahrt geleert. Im nächsten Moment meldete sich die Sprechstundenhilfe der Praxis. Sie versprach, den Arzt zu schicken, in der Zwischenzeit sollte sie versuchen, das Bein zu säubern und eventuell abzubinden.

Ida drehte den Wasserhahn auf, um warmes Wasser in eine Schüssel laufen zu lassen. Das Wasser blieb kalt. Auch das zischende Geräusch des Durchlauferhitzers blieb aus. Ihr Versuch, die Maschine per Knopfdruck in Gang zu bringen, scheiterte. Der Gastank war erst vor wenigen Monaten gefüllt worden, und sie hatte bisher kaum Gas verbraucht, das konnte nicht das Problem sein. Da fiel ihr ein, dass sie das Ventil vor der Abfahrt geschlossen hatte. Natürlich, da konnte der Durchlauferhitzer nicht anspringen.

Ungläubig stand sie vor dem Gastank, denn die Füllstandsanzeige war auf null. Wie konnte das sein? Ganz sicher, sie hatte ihn vor der Abfahrt geschlossen. Ida lief ins Haus zurück. Tatsächlich, die Leitungen zum Durchlauferhitzer war durchtrennt, einfach durchgeschnitten!

Plötzlich wusste sie, woher der faulige Geruch kam ... Gas!!

Sie rannte nach draußen und ihr kamen vor Schreck die Tränen. Vor dem Haus verharrte sie, atmete eilig die frische Luft ein. Sie mochte gar nicht daran denken, was passiert wäre, wenn sie direkt nach der Ankunft im Haus geblieben wäre.

Ida fing an zu zittern, sie konnte sich kaum noch auf den Beinen halten. Ihre Zähne schlugen aufeinander. Ihre Gedanken rasten. Das verletzte Lämmchen hatte sie gerettet. Der geöffnete Hahn am Tank konnte noch als Streich durchgehen, denn über den Verschlag konnte mit ein bisschen Geschick fast jeder klettern. Aber wie sollte jemand ins Haus kommen und dort die Leitungen kappen? Nur dann konnte das Gas ausströmen. Die Hintertür war verschlossen. Mit wackligen Knien ging sie ums Haus herum zur Vordertür, aber auch die war fest verschlossen, ebenso wie alle Fenster im Erd- und Obergeschoss. Sie fühlte sich immer ohnmächtiger, ihr Herz raste, und ihre Hände und Knie flatterten.

Mit zittriger Stimme flüsterte sie ins Telefon, dass sie dringend Florians Hilfe benötige.

»Ich komme sofort rüber, ich bin gerade auf dem Rückweg vom Feld.«

Wenige Minuten später fuhr er mit dem Traktor durch die Auffahrt. Er lief auf sie zu und nahm sie in den Arm. Ida ließ sich innerlich und äußerlich fallen. Wenn sie bloß nicht ohnmächtig werden würde. Sie zitterte wie Espenlaub und konnte kaum sprechen. Florian musste sich aus den Satzfetzen zusammenreimen, was geschehen war. Er führte sie in die Küche, legte eine Decke um sie und schenkte ihr einen Schnaps ein.

»Trink das erst mal, das hilft gegen den Schreck.« Er wartete, bis sie die Flüssigkeit hinuntergekippt hatte. Ida schloss die Augen. »Am Gasherd ist die Leitung ebenfalls zerstört. Kann ich dich einen Moment allein lassen, dann gehe ich durchs Haus. Bist du sicher, dass die Türen verschlossen waren?«

Ida nickte. »Aber natürlich, du kennst mein Unbehagen in Bezug auf Einbrecher. Ich habe bei der Rückkehr die Tür mit dem Schlüssel geöffnet, sie war fest verschlossen. Was soll das Ganze bloß?«

Nach wenigen Minuten kam Florian kopfschüttelnd zurück. »Wir rufen die Polizei, denn das ist eine ernste Geschichte. Ich mag mir gar nicht vorstellen, was passiert wäre, wenn das Schaf sich nicht verletzt hätte. Es hat dir das Leben gerettet.« Er betrachtete das Bein des Tieres. Das Kleine hatte sich inzwischen etwas beruhigt, aber es blökte laut, als er es anfasste. »Da wirst du deinen Lebensretter eine Weile pflegen müssen, das Bein ist eindeutig gebrochen, aber das tust du sicher gern.«

Florian säuberte das verletzte Bein mit kaltem Wasser, während Ida leise weinend auf der Bank saß.

»Ich glaube, ich werde den Hof verkaufen, irgendjemand will mich hier nicht haben. Ich halte das nicht aus!« Sie schluchzte. »Dumme Sprüche und Verleumdungen kann ich ja noch verkraften, aber wenn mein Leben nicht mehr sicher ist, dann gehe ich lieber.«

Florian legte den Arm schützend um sie. »Jetzt mal langsam, du brauchst nichts zu überstürzen. Du kommst mit zu uns, Platz haben wir genug. Aber erst mal müssen wir auf die Polizei warten, die werden das sicher genau untersuchen.« Ida war froh, dass er ihr alles abnahm, sie wollte nur noch weg.

Der junge Polizist und sein Kollege nahmen ihre Aussage und Anzeige gegen unbekannt auf. Ida hatte das Gefühl, dass sie von den beiden als hysterisch eingestuft wurde, denn die Blicke, die sie ihr zuwarfen, sprachen Bände. Auch die ständigen Nachfragen, ob sie sicher alles verschlossen gehabt hatte, zeugten von deren Ungläubigkeit. Nur Florians Anwesenheit war es zu verdanken, dass sie mit Ernst an die Sache gingen. Sie baten Ida, sich im Haus umsehen zu dürfen. Nach kurzer Zeit kamen sie zurück und erklärten, dass sonst nichts Auffälliges zu sehen wäre, weder eine zerstörte Tür und auch keine eingeschlagene Scheibe.

»Hat irgendjemand einen Zweitschlüssel fürs Haus.« Der bärtige ältere Polizist, der wirkte, als wäre er schon seit Jahren im Ruhestand, holte seinen Notizblock hervor.

»Nur Maria Angermaier unten vom Hotel, da sie in meiner Abwesenheit die Handwerker ein- und auslässt. Sie ist eine Freundin von mir. Außerdem habe ich einen Notschlüssel versteckt, aber der ist für einen Fremden nicht zu finden.«

»Na, dann zeigen Sie uns doch mal das angeblich sichere Versteck.« Der Jüngere der beiden, mit nach hinten gegelten Haaren und nicht zu übersehenden Pickelnarben im Gesicht, grinste süffisant.

Ida führte ihn zur alten Weide hinter der Scheune, fast fünfzig Meter vom Haus entfernt. Die aus dem Boden aufragenden knorrigen Wurzeln bildeten Hohlräume, und Ida schob ihre Finger tastend in eines der erdigen Löcher. Schließlich zog sie den Schlüssel heraus. Der Polizist drehte sich langsam im Kreis. »Könnte es sein, dass jemand Sie beim Verstecken beobachtet hat. Oder weiß sonst jemand davon?«

Ida schüttelte den Kopf. »Ich habe den Schlüssel noch nie benützt, er liegt hier, seitdem ich das Schloss kurz nach meiner Ankunft ausgewechselt hatte. Das ist schon ein paar Monate her. Keiner weiß von dem Versteck, denn am Anfang kannte ich niemanden und wollte für mich einen Notschlüssel deponieren.«

»Tja dann ...« Er griff durch eine Klarsichttüte, die er aus der Tasche zog, wie durch einen Handschuh und steckte den Schlüssel in die Tüte, um ihn nicht zu berühren. »Ich nehm ihn in jedem Fall mit, und wir lassn ihn auf Fingerabdrücke überprüfn. Auch Abdrücke auf den Gasventilen und an den Haustüren lassn wir nehmen, vielleicht bringt das ein Ergebnis. Allerdings«, räumte er ein, »wenn Sie ständig Handwerker hier hatten, wirds wohl an Haufen Fingerabdrück gebn. Hatten den Schlüssel auch die Handwerker, um in Ihrer Abwesenheit weiterarbeitn zu können?«

»Nein, wie gesagt, wenn ich nicht da war, hat Maria Angermaier aufgeschlossen und nach dem letzten Handwerker wieder die Türen zugesperrt. Ich wollte keinen Fremden meinen Schlüssel geben, auch wenn sie aus dem Dorf sind.«

»Dann müssen wir abwarten, was die Fingerabdrücke ergeben und was uns Frau Angermaier sagt«, beendete der Polizist die Befragung.

Nachdem Florian den Anhänger mit der Näh- und Stickmaschine und diversen Kisten in der Scheune abgestellt hatte, um keine Spuren im Haus zu verwischen, brachte er Ida in ihrem Auto zu sich nach Hause. Den Traktor würde er später holen. Ida fühlte sich vollkommen kraft- und willenlos und fügte sich den Vorschlägen der Polizisten und Florians. Das alles überstieg ihre Kräfte.

Die Polizisten warteten auf die Spurensicherung und würden ihr im Anschluss den Schlüssel bringen. Das Schäfchen nahm Florian auch mit, denn der Arzt hatte zwischenzeitlich angerufen und mitgeteilt, das Tier später auf Florians Hof zu behandeln.

Florian öffnete die Tür zum Gästezimmer. »Früher hat meine Tante Annamirl hier gewohnt. Seitdem sie verheiratet ist, fährt sie jeden Tag nach Hause, und die beiden Zimmer mit dem kleinen Bad stehen leer. Es ist keine Luxussuite, aber bewohnbar«, fügte er fast schon entschuldigend hinzu.

Ida lächelte mit verzogenen Mundwinkeln. »Hauptsache, ich habe ein Dach über dem Kopf, das nicht zu explodieren droht.« Sie schaute sich im Zimmer um. »Jetzt habe ich meine Reisetasche im Auto vergessen.«

»Kein Thema, ich hol sie.«

Immer noch zitternd ließ sich Ida kraftlos aufs Bett sinken, und als Florian zurückkam, schlief sie tief und fest. Sie bekam nicht mit, dass er sie fürsorglich zudeckte und sie noch einige Zeit beim Schlafen beobachtete.

Ida erwachte durch das Geräusch eines Traktors, das sie im ersten Moment nicht zuordnen konnte. Als sie sich umschaute und das fremde Zimmer erkannte, waren die Geschehnisse des vergangenen Tages sofort wieder präsent. Das Gedankenroulette ratterte sofort los. Wer konnte das getan haben, wer nahm ihren Tod in Kauf oder beabsichtigte ihn eiskalt, denn das wäre bei einer Explosion durchaus möglich gewesen? Das Gefühl, in ihrem eigenen Haus nicht sicher zu sein, machte ihr Angst. Gerade jetzt, als sie anfing, sich heimisch zu fühlen. Wem war sie im Weg? Mit diesen Gedanken stand sie auf und bemerkte, dass sie noch angezogen war. Neben dem Bett lag ihre Reisetasche.

Ida erinnerte sich, dass Florian die Tasche aus dem Auto geholt hatte. Sie musste währenddessen eingeschlafen sein. Sie ging ins Badezimmer und freute sich, dass dort Handtücher und Waschutensilien für sie lagen. Wie umsichtig sich Florian um sie sorgte! Frisch geduscht ging sie wenig später nach unten, vielleicht konnte sie Annamirl in der Küche helfen. Florian arbeitete sicher schon seit einigen Stunden. Hoffentlich hatte er nicht allmählich genug von ihr, denn wieder einmal fiel sie ihm zur Last. Irgendwann würde es ihm zu viel werden – bei aller Freundschaft.

Sie betrat die Küche und war erstaunt, ihn dort anzutreffen. Er stand auf und umarmte sie.

»Hast du gut geschlafen, nach allem, was passiert ist?« Besorgt betrachtete er sie. »Ich mache gerade Brotzeit, setz dich doch zu mir. Es wird dir sicher guttun, etwas zu essen.«

Ida nahm das Angebot gern an.

»Ich bin so froh, dass du gestern gleich gekommen bist. Ich weiß nicht, wie ich das ohne dich überstanden hätte. Haben die Polizisten den Schlüssel gebracht?« Allmählich wurden ihr Einzelheiten des vergangenen Tages wieder bewusst.

»Das ist doch selbstverständlich. Und dein Schlüssel ist hier. Das Schäfchen ist ebenfalls versorgt.«

»Oje, meinen Lebensretter hatte ich ganz vergessen. Ist das Bein gebrochen?« Ida schämte sich, dass sie nicht gleich danach gefragt hatte.

»Du hast sicher noch viele Gelegenheiten, dich bei ihm zu bedankn, denn es muss ein paar Tage gut gepflegt werdn. Aber jetzt gehts erst einmal um dich«, wandte er sich ihr zu. »Heute Nachmittag kommt die Polizei und wird dich noch a mal fürs Protokoll befragn. Schließlich war das ein Anschlag auf dein Lebn, und es wird Anzeige durch den Staatsanwalt erstattet. Überleg dir doch scho mal, wer könnt etwas Derartiges durchführen, oder besser noch, wem könnt es nützn?« Florian wirkte sehr ernst.

Ida legte den Kopf auf ihre aufgestützten Hände. »Seitdem ich wach bin, denke ich über nichts anderes nach. Ich traue mich gar nicht, überhaupt eine Verdächtigung auszusprechen, denn das ist etwas so Ungeheuerliches.«

»Wer käme denn infrage?«

»Die einzigen beiden Menschen, die mir nicht wohlgesonnen sind, sind Stefan und mein Bruder. Trotzdem traue ich beiden keinen Mordanschlag zu, was hätten sie davon?« Ida schüttelte verzweifelt den Kopf. »Gerade jetzt, wo ich meinem Bruder ein bisschen näher gekommen bin«, fügte sie leise hinzu. »Das war wie ein Neuanfang. Aber wer weiß, man kann in niemanden hineinschauen.«

»Welchen Vorteil hätte Stefan, wenn du sterbn tatst? Und welchen hätte Alois von deim Tod?« Florian sprach klar aus, worum es ging.

Ida stöhnte. »Welchen Vorteil? Ich vermute, Alois würde als mein Bruder erben. Bei Stefan fällt mir gar nichts ein.«

»Hat er vielleicht noch Schulden bei dir?«

»Nein, das ist alles geklärt.«

»Hast du eine Lebensversicherung?«

»Sicher, die musste ich bei der Finanzierung meiner Münchner Wohnung abschließen. Da fällt mir ein«, Ida schlug sich die Hand vor den Mund, »Stefan ist noch als Berechtigter im Todesfall eingetragen, das habe ich nie geändert.«

»In beiden Fällen wäre Geld ein Motiv, das vermutlich nicht von der Hand zu weisen ist.«

»Aber dann käme meine Schwester genauso in Verdacht, und das ist absurd.«

»Ida, man muss einfach alle Möglichkeiten überdenkn, das heißt doch noch lange nicht, dass sie wirklich infrage kommen«, versuchte Florian, sie zu beruhigen. Irgendwo muss die Polizei ansetzn, vielleicht findens eine ganz andere Spur. Vermutlich werden sie auch Maria befragen, denn schließlich hat sie als Einzige deinen Hausschlüssel.«

»Was sollte denn Maria von meinem Tod haben? Das macht doch überhaupt keinen Sinn.« Ida schüttelte ratlos den Kopf. »Vielleicht war es doch eine Aneinanderreihung von Zufällen, das könnte doch sein?«

»Das wäre schon sehr seltsam, zufällig öffnen sich die Ventile am Tank und am Gasherd, zufällig ist jemand in dein abgeschlossenes Haus gekommen ... Nein, Ida, das ist haarsträubend. Vielleicht hat derjenige auch deinen Treppensturz vor ein paar Wochen verursacht, das wäre doch denkbar?«

»Nein, das ist … nicht möglich. Ich bin mittlerweile überzeugt davon, dass ich damals in meinem Überschwang ausgerutscht bin, die lose Treppenstufe war wirklich nur Einbildung.« Ida schlang die Arme um sich. »Was mir einfach Angst macht, dass ich mich so ausgeliefert fühle. Diese Ohnmacht, nicht zu wissen, wer mir schaden will …« Ida brach in Tränen aus, sie konnte sie nicht mehr zurückhalten.

Florian nahm sie in den Arm. »Das ist doch verständlich. Ich möchte, dass du erst in dein Haus zurückkehrst, wenn alles geklärt ist. So lange kannst hier wohnen.« Während er sprach, strich er Ida über die Haare.

»Ehrlich gesagt, habe ich wirklich Angst davor zurückzugehen. Aber ich will dir nicht ständig zur Last fallen. Du tust sowieso so viel für mich. Außerdem wollte ich mit den Entwürfen für Anton anfangen, ich brauche meine Stifte, den Entwurfsblock, die Farben – es ist einfach alles zu verrückt.«

»Das ist nicht verrückt. Sobald die Polizei sagt, dass du wieder ins Haus kannst, holen wir, was du brauchst. Du kannst hier genauso arbeitn, und vielleicht klärt sich alles ganz schnell auf. Meine Tante freut sich, dass sie dich aufpäppeln kann und jemand ihre Kochkünste schätzt. Außerdem …«, er drehte Idas Gesicht zu sich, »ich freue mich auch, dass du hier bist, auch wenn mir ein anderer Anlass lieber wär. Du willst doch nicht den Hof und alles, was damit zusammenhängt, sausen lassen? Ich schätze dich nicht so ein, dass du so schnell aufgibst?«

»Du hast recht, das ist nicht mein Ding. Aber es fällt mir immer schwerer, denn der Anschlag gestern war keine Lappalie, die man einfach wegwischen kann. Ich danke dir jedenfalls für dein großzügiges Angebot.«

Ida schaute Florian tief in die Augen. Ihr Schmetterlinge begannen zu flattern, aber sie verbot es sich nachzugeben. Sie würde die Situation nicht ausnützen und alles noch schwieriger machen.

Am Nachmittag kam der ältere der beiden Polizisten mit Kriminalkommissar Eder, der den Fall untersuchte. Ida war über seinen eleganten Anzug mit Krawatte und Hemd erstaunt, er unterschied sich sehr von seinen Kollegen, die trotz der Uniform eher nachlässig gekleidet waren. Seine Fragen zeigten ihr, dass er den Vorfall ernst nahm, im Gegensatz zu den beiden Dorfpolizisten vom Tag vorher. Ausführlich gingen sie das Geschehen durch, und natürlich blieb die Frage nicht aus, wer von ihrem Tod profitieren würde. Ida zögerte, ihre beiden Geschwister und auch Stefan zu nennen, denn nach wie vor traute sie es keinem zu. Der Kommissar versprach ihr, bei der Befragung der drei Genannten darauf hinzuweisen, dass die Anschuldigung nicht von Ida kam. Auch Maria würde vernommen werden, da sie ihren Hausschlüssel hatte.

»Sie tut mir einen Gefallen und wird dadurch auch noch verdächtig. Wahrscheinlich wird sie mir in Zukunft nicht mehr helfen, ich könnte es ihr nicht verdenken.«

»Wissen Sie, Frau Amreiner, jedem, der Ihnen nahesteht, wird daran gelegen sein, dass dieser Vorfall so schnell wie möglich aufgeklärt wird. Keiner wird es Ihnen übel nehmen, da können Sie sicher sein.« Der Kommissar versuchte, ihre Bedenken mit Logik zu zerstreuen.

»Wenn Sie da mal recht haben. Bei meinem Bruder wäre ich mir da nicht so sicher ... Ich rechne mit dem Schlimmsten.«

»Ich versichere Ihnen, dass ich umsichtig vorgehen werde, sodass er keinen Anlass hat, Ihnen Vorwürfe zu machen.«

Der Kommissar und der Polizist verabschiedeten sich mit dem Hinweis, dass sie wieder ins Haus könne, da alle Spuren gesichert seien. Außerdem sollte sie in den nächsten Tagen ins Kommissariat kommen, um das Protokoll zu unterschreiben.

Als Ida und Florian am Abend ihre Habseligkeiten ins Haus trugen, stand plötzlich Maria im Hof. Sie lief auf Ida zu und umarmte sie. »Die Polizei war bei mir und hat mich befragt. Sag mal, Ida, wie konnte denn das passieren? Das ist ja ungeheuerlich ... schon der zweite Anschlag auf dein Leben.«

Ida wand sich aus ihrer überschwänglichen Umarmung und stutzte. »Was meinst du mit ›zweiter Anschlag‹.«

»Ja, das ist doch wohl klar, der erste war die Treppenstufe, und jetzt das. Ich mag mir gar nicht vorstellen, was als Nächstes kommt. Mein Gott, wo leben wir denn bloß?« Maria schüttelte den Kopf, während Florian voll bepackt im Haus verschwand.

»Du kannst hier ja keinem mehr trauen. Ziehst jetzt beim Florian ein? Du könntst auch wieder zu uns ins Hotel kommen, da wärst du bestimmt sicherer unter vielen Menschen.«

»Maria, du willst doch wohl nicht behaupten, Florian würde mir schaden wollen?« Ida riss entsetzt die Augen auf.

»Nein, nein, wie kommst denn da drauf? Aber hier bist doch mit der kranken Mutter und der Tante den ganzen Tag allein, wenn Florian auf dem Feld arbeitet. Keiner kann dir zu Hilfe kommen, wenn irgendwas passiert, das mein ich damit.«

»Ida ist hier sicher, das garantier ich dir«, antwortete Florian, der den letzten Satz gehört hatte, als er aus dem Haus kam. »Wer hier auftaucht, der bekommts mit mir zu tun.«

»Na, hoffentlich ist der Spuk bald vorbei, und alles erweist sich als a Verkettung von Zufälln, ich wünsch es dir auf jeden Fall. Besuch mich doch morgn auf an Kaffee, ich bin den ganzen Tag im Hotel.«

»Mir ist grad alles ein bisschen zu viel, musst entschuldigen, Maria. Ich meld mich morgen bei dir«, flüsterte sie und ging ins Haus. Ida war hin- und hergerissen zwischen der Wut über die Anspielung auf Florian und der Dankbarkeit, dass Maria sich um sie sorgte. Sie zitterte von Kopf bis Fuß. Zum Schluss würde die Polizei auch noch Florian vernehmen, wenn Maria so blödsinnige Verdächtigungen äußerte.

Zwei Tage später stand tatsächlich der Kommissar vor der Tür. Ida wollte ihn davon abhalten, Florian zu befragen. Aber er beruhigte sie, da er selbst gern zur Aufklärung des Vorfalls beitragen wollte, wenn es irgendwie ging. Trotzdem war Ida wütend und versuchte, an ihren Entwürfen weiterzuarbeiten, aber es war ihr unmöglich. Schließlich zerriss sie alles und war gerade dabei, die Papierknäuel in den Kachelofen zu werfen, als Florian das Büro betrat.

»Das ist nur aufgrund von Marias Anschuldigungen zustande gekommen. So ein falsches Biest. Von wegen, sie will helfen. Unter einer Freundin verstehe ich etwas anderes. «

Ida lief aufgeregt im Zimmer hin und her und blieb schließlich vor Florian stehen. »Es tut mir leid, da genieße ich deine Gastfreundschaft, und zum Dank wirst du auch noch verdächtigt.«

»Ist schon gut, ich habe damit kein Problem. So wissen wir wenigstens, dass sie alle Möglichkeiten in Betracht ziehen.«

»Dass ich für all das der Auslöser bin, macht mich fix und fertig.« Ida ließ sich auf den Sessel fallen. »Ich kann mich nicht konzentrieren, noch nie war ich so fertig mit den Nerven wie jetzt. Arbeiten konnte ich immer, egal wie schwierig die Umstände waren. Was soll ich bloß tun?« Ida fühlte sich, als würde ihr Kopf explodieren, ihre Gedankenblitze veranstalteten ein Gewitter, das sie nicht zur Ruhe kommen ließ. Es wäre so einfach, wenn sie allem davonlaufen könnte, wenn sie aus dem Kokon ausbrechen könnte, der immer undurchdringlicher wurde. Wenn sie bloß den Anfang des Fadens zum Abwickeln fand ...

»Wie bist du denn früher zur Ruhe gekommen, wenn dich etwas sehr beschäftigt hat?«, versuchte Florian, ihr zu helfen.

»Florian, das ist *die* Idee! Wenn ich dich nicht hätte ...«, rief sie im Hinausgehen, um wenige Minuten später im Laufdress das Haus zu verlassen. Sie würde bergauf laufen – solange, bis sie keine Kraft mehr hatte. Danach wäre ihr Kopf hoffentlich leer.

Als Ida völlig außer Atem nach 35 Minuten an der unbewirtschafteten kleinen Berghütte ankam, ließ sie sich am Trog neben der Hütte eiskaltes Wasser über das Gesicht laufen, bis die Nadelstiche auf der Haut zu schmerzhaft wurden. Sie richtete sich auf und blickte auf die Berge vor ihr. Die Gipfel wirkten beständig und beruhigend, es war ein erhabenes Gefühl. Frei und grenzenlos! Je höher der Standpunkt war, von dem aus man auf die Probleme blickte, umso kleiner und unbedeutender erschienen sie. Als würde die Nähe zum Himmel alles erleichtern und die klare Luft alle Sorgen auflösen. Wie gern würde sie weiter zum Gipfel gehen, das musste sie unbedingt demnächst machen. Aber erst einmal wollte sie ihr Leben wieder in den Griff bekommen. Ständig nur abzuwarten, bis andere etwas für sie erledigten, das war nicht ihr Ding. Sie beschloss, ihre Schwester und ihren Bruder anzurufen. Mittlerweile hatten auch deren Vernehmungen stattgefunden, und sie konnte ihnen erklären, was passiert war. Leider hatte sie dem Kommissar versprechen müssen, nicht vor ihm mit ihnen zu sprechen. Stefan war ihr egal, er durfte ruhig ein bisschen in die Zange genommen werden.

Innerlich und auch äußerlich ruhiger geworden lief sie zum Sauterhof zurück.

Nach einer ausgiebigen Dusche betrat sie die Küche. Florian war gerade dabei, den Tisch fürs Abendessen zu decken. Er lächelte sie an. »Na, gehts dir besser?«

»Florian, mein Ausbruch vorhin tut mir leid, bitte entschuldige. Ich habe nicht mehr gemerkt, dass ich mich nur noch um mich selbst gedreht habe. Aufs Joggen hätte ich schon längst kommen können, aber ich steh mir momentan selbst im Weg.« Sie nahm ihm Teller und Besteck aus der Hand und stellte alles auf den Tisch.

»Fehlt noch was, magst an Wein?« Florian überging ihre Entschuldigung und schenkte ihr großzügig ein. »Weißt, Ida, wenn du in der Situation cool bleiben würdest, würde ich mir ehrlich gesagt mehr Gedanken machen, denn das wäre vollkommen unnatürlich. Ist doch klar, dass dich nichts anderes beschäftigt.«

»Was hat denn Herr Eder von dir wissen wollen? Mir erscheint das vollkommen an den Haaren herbeigezogen, dass sie dich vernommen haben.« Ida verspürte plötzlich großen Hunger und griff nach einer Scheibe frisch gebackenen Bauernbrotes.

Florian erzählte ihr ausführlich, dass sie ihn nach seinem Alibi während ihrer Abwesenheit in München befragt hatten. »Aber«, setzte er fort, »das bringt nicht viel, denn egal, was ich gmacht hab, ich hab natürlich keinen, der mich dabei beobachtet hat. Ich habe zwar während des Tages immer wieder mit Franz gearbeitet oder gsprochn, aber auf die Uhr schaut da keiner von uns.« Dann grinste er. »Sie wollten auch wissen, wie ich dich einschätze, ob du schusselig bist und vielleicht selbst die Hähne offen gelassen hast.«

»Ich glaube es nicht, wirke ich etwa so?«

»Nein, der Eder hat es selbst angezweifelt, aber er wollte sichergehen. Erstaunlicherweise hat er auch nach deinem Treppensturz gefragt, wozu ich ihm genauso wenig sagen konnte wie zum Versteck deines Hausschlüssels.«

»Wie kommt er denn auf den Treppensturz, davon kann er doch nichts wissen?«

»Vermutlich von Maria oder vielleicht von deiner Schwester? Da fällt mir ein, deine Schwester hat angerufen und würde sich freuen, wenn du sie zurückrufst. Sie klang sehr besorgt, brauchst also keine Angst haben, dass sie dir etwas übel nimmt.«

»Danke, ich hatte sowieso vor, sie und Alois anrufen. Das mache ich gleich nach dem Essen.«

Nachdem Ida den Tisch abgeräumt hatte und Florian zu seinem wöchentlichen Treffen mit seinen beiden Schulfreunden ging, sprach sie lange mit Johanna. Ihre Schwester äußerte kein Wort des Vorwurfs über die Befragung durch die Polizei. Allerdings erzählte sie, dass Alois wütend war und getobt hatte wegen seiner Vernehmung. Johannas Versuch, ihn zu beruhigen, war ins Leere gelaufen. Ida gestand, dass sie es befürchtet hatte, aber sie würde in jedem Fall mit ihm sprechen. Hoffentlich würde er das geplante Familientreffen nicht deswegen abblasen, für sie war das wichtiger als je zuvor. Johanna war beruhigt, dass Ida so lange bei Florian bleiben konnte, bis sich alles geklärt hatte.

Als Ida auflegte, verschob sie den Anruf bei Alois auf den nächsten Tag. Sie gestand sich ein, dass die späte Stunde nur ein Vorwand war, aber ihr fehlte die Kraft und auch der Mut, sich jetzt auch noch mit ihrem Bruder auseinanderzusetzen.

Nach ihrer Joggingrunde vor dem Frühstück fühlte sich Ida körperlich fit und konnte sich auf ihre Entwürfe für den Lüftlhof konzentrieren. Ein Anruf von Herrn Eder unterbrach sie, er bat sie, möglichst kurzfristig ins Kommissariat zu kommen, es hätten sich einige Fragen ergeben, die er gern mit ihr besprechen wollte, außerdem könne sie dann das Protokoll unterschreiben. Um endlich den Kopf freizubekommen, machte sich Ida gleich auf den Weg. Sie gab der Tante Bescheid, dass sie länger weg wäre, damit sich keiner Sorgen machen musste.

Herr Eder bot ihr einen Platz in einem Besprechungszimmer, das sehr unpersönlich und äußerst notdürftig eingerichtet war. Fünf bunt zusammengewürfelte alte

Stühle, ein abgeschabter Holztisch in der Mitte und ein schiefes Regal an der Wand wirkten nicht so, als wäre es Teil einer Polizeidienststelle. Als er ihren kritischen Blick bemerkte, meinte er, hier tickten die Uhren doch noch anders als bei ihm in Garmisch. Danach wurde er sachlich und berichtete von seinen bisherigen Ergebnissen. Idas Bedenken, dass der Vorfall schnell ad acta gelegt werden würde, weil man sie hysterisch nannte, wurden durch seine ausführlichen Nachforschungen widerlegt. Aber sie wussten nicht, wie und womit sie für weitere Nachforschungen ansetzen sollten.

Ein Kollege in München hatte Stefan überprüft und sein lückenloses Alibi bestätigt, denn er war in der fraglichen Zeit mit einer Kollegin auf Geschäftsreise in der Türkei gewesen. Seine Sekretärin konnte seine Angaben umgehend mit den Flugtickets und diversen Hotelrechnungen belegen.

Maria, der sie den Hausschlüssel anvertraut hatte, war durchgehend im Hotel beschäftigt gewesen, da sie an besagtem Wochenende dort zwei große Veranstaltungen gehabt hatten. Außerdem würde ihr in seinen Augen ein schlüssiges Motiv fehlen.

Das Gespräch mit Alois beschrieb er als eher schwierig, aber auch er hatte für den Zeitraum ziemlich genaue Angaben über seinen Aufenthaltsort gemacht, die der Überprüfung standgehalten hatten. Nachdem er betont hatte, wegen der Erbschaft seiner Frau weder Schulden noch sonstige finanzielle Schwierigkeiten zu haben, wurden seine Konten durchgecheckt und festgestellt, dass seine Angaben der Wahrheit entsprachen.

Die einzige Person, für die Geld im Moment wichtig wäre, sei ihre Schwester Johanna, denn diese hatte gerade einen größeren Kredit aufgenommen.

»Johanna, nie und nimmer«, antwortete Ida empört. »Meine Schwester könnte keiner Fliege etwas zuleide tun, dafür lege ich meine Hand ins Feuer.« Ida schüttelte vehement den Kopf.

»Wenn Sie wüssten, wozu Menschen fähig sind, vor allem, wenn sie Geld brauchen«, gab der Kommissar zu bedenken. »Wissen Sie zufällig, wofür der Kredit ist?«

»Nein, das weiß ich nicht. Aber sicher gibt es eine Erklärung dafür, vielleicht ist ihr Auto kaputt oder sonst etwas Banales.« Ida versuchte, eine verständliche Erklärung zu finden.

»Sie gaben an, ein gutes Verhältnis zu Ihrer Schwester zu haben. Würde es da nicht dazugehören, dass sie Ihnen anvertraut, wofür sie einen Kredit in Höhe von 125.000 Euro benötigt?«

Ida riss die Augen auf. »Das ist tatsächlich eine Menge Geld und zu viel für ein Auto. Bitte, geben Sie mir die Gelegenheit, sie danach zu fragen, es gibt sicher eine plausible Erklärung.« Sie konnte sich nicht vorstellen, was Johanna mit dieser Summe anfangen wollte, und war auch ein bisschen enttäuscht, dass sie nichts davon wusste. Trotzdem wies sie den Gedanken weit von sich, dass Johanna etwas mit ihrem Unfall zu tun haben könnte. Herr Eder betrachtete sie aufmerksam, äußerte sich aber nicht.

»Sobald ich weiß, wofür der Kredit ist, melde ich mich. Mir ist aber etwas eingefallen, das mich beschäftigt, seitdem ich hier wohne. Ich habe den Hof vom Maximilian Eggert geerbt, es bestand aber keinerlei verwandtschaftliche Beziehung zu ihm. Vor Kurzem habe ich herausgefunden, dass früher Kreszentia Häfner dort gelebt hatte und den Hof vor etwas mehr als 36 Jahren verlassen hat. Seitdem hat keiner etwas von ihr gehört. Könnte es sein, dass sie oder ihre Nachkommen glauben, ein Anrecht auf mein

Erbe zu haben? Diese Frage beschäftigt mich ständig, aber egal wo und wie ich suche, ich komme nicht weiter.«

Der Kommissar verlor seine kühle Distanz und erhob sich. »Das hätten sie mir längst sagen können, natürlich ist das eine naheliegende Verdächtigung, der wir nachgehen müssen.«

»Das tut mir leid, aber in dem Zustand, in dem ich mich befand, habe ich nicht daran gedacht.«

Herr Eder stand nun dicht vor ihr. »Können Sie mir Angaben zu der Frau machen?«

»Ich habe bisher nur den Namen und Aufenthaltsort herausgefunden. Allerdings lebt Frau Häfner seit mehr als 17 Jahren in einem Pflegeheim und ist schwer dement, sie war bei meinem Besuch überhaupt nicht ansprechbar. Bestimmt erhalten sie vom Vormundschaftsgericht mehr Informationen als ich. Worüber ich auch schon nachgedacht habe, ist, ob Maximilian Eggert ein uneheliches Kind hat, das seine Ansprüche mit Gewalt durchsetzen möchte?«

»Bei unehelichen Kindern ist das natürlich immer ein Problem, wenn der Name des Vaters nicht angegeben wird. Allerdings müsste dann erst einmal die Vaterschaft nachgewiesen werden, was durch den Tod von Herrn Eggert schwer möglich ist. Das erscheint mir ehrlich gesagt auch eine Sackgasse zu sein.«

»Sollten Sie eine DNA-Analyse von Maximilian brauchen, die habe ich.«

Eder, der inzwischen wieder saß, hob verblüfft den Kopf. »Wie kommens denn dazu?«

Ida wurde es plötzlich ganz heiß. »Ich habe sie machen lassen, um festzustellen, ob Maximilian mein Vater war.« Ida hielt den Blick auf den Tisch gerichtet.

»Sie wissen, dass das rechtlich nicht in Ordnung ist.«

»Es war ja auch nur für mich.«

»Und die Proben sind sicher Herrn Eggert zuzuordnen?«

»Daran besteht kein Zweifel. Es ist allerdings genauso eindeutig, dass er nicht mein Vater ist.«

»Das hilft uns dann auch nicht weiter, aber ich komme drauf zurück, falls ich die Analyse benötigen sollte.« Eder stützte seinen Kopf auf seine Hände. »Tatsächlich befinden wir uns momentan bei der Aufklärung im Stillstand. Vielleicht ergibt sich aus den Unterlagen des Vormundschaftsgerichtes etwas Brauchbares.«

Nachdenklich fuhr Ida nach Hause. Sie konnte es nicht glauben, dass Johanna als Hauptverdächtige infrage kam. Bestimmt würde sich alles ganz einfach erklären lassen. Sie war erleichtert, dass ihr Bruder als möglicher Täter ausgeschlossen wurde. Aber wer dann, diese Frage ließ sie nicht los. Obwohl das Hotel Angermaier schon hinter ihr lag, kehrte sie kurz entschlossen wieder um und beschloss, Maria zu besuchen. Vielleicht hatte sie Zeit für einen Kaffee.

Sie wurde laut und überschwänglich von ihr begrüßt.

»I freu mich, dass dir nix passiert is«, meinte dagegen Johannes, Marias Mann. »Schade, dass man sich nicht mal mehr bei uns in den eigenen vier Wänden sicher fühlen kann. Hoffentlich erwischns den Typen bald, dass du wieder dei Ruh hast.«

»Das hoffe ich auch, aber es schaut nicht so aus, wie ich grad erfahren hab.«

»Komm, wir setzen uns nach hinten in den kleinen Garten, da sind wir ungstört und können redn, den Kaffee hab ich scho fertig. Magst sicher an Topfenstrudel, der ist ganz frisch?« Maria stellte alles auf ein Tablett und drängte Ida zur Hintertür. »Johannes kann solange die Gäste bewirten, ist eh nicht viel los.«

»Schön ist es bei euch, hier sind wir noch nie gesessen. Der Blick auf die Gipfel ist sensationell.« Ida streckte ihr Gesicht der Sonne entgegen. »Bis heute habe ich es noch nicht geschafft, da raufzuklettern. Dabei habe ich es mir schon so lange vorgenommen.«

»Um dich herum ist auch immer viel los, langweilig ist dir da sicher nicht. Was hältst davon, jetzt, wo dein Umbau fertig ist, dass wir zusammen die Tour machen?«

»Wenn du Zeit hast, gern. Früher war ich ein paar Mal mit meinem Vater auf dem Berg unterwegs. Ich weiß noch, dass das letzte Stück bis zum Gipfel geklettert werden muss.«

»Das ist immer noch so, aber das verlernt man doch nie, das ist wie beim Fahrradfahren.«

»Mir fehlt natürlich die entsprechende Ausrüstung, aber die könnte ich mir bei der Bergwacht ausleihen. Lust hätte ich schon.«

»Dann machen wir das, Johannes beschafft dir die Ausrüstung, Bergschuh hast du eh selbst.« Maria arrangierte alles gewohnheitsmäßig, ohne ihre Zustimmung abzuwarten. »Nächste Woche ist es zeitlich noch a bisserl eng im Hotel, aber in der übernächsten Woche ist Luft. Wartn wir, wie das Wetter wird, dann kanns losgehen.«

Ida war nicht sicher, ob sie wirklich die Tour mit Maria machen wollte. Notfalls könnte sie immer noch absagen.

»Jetzt sag scho, was meint der Eder. Habens schon jemand im Visier?«

»Nein, es gibt überhaupt keine Anhaltspunkte. Es ist zum Verzweifeln.« Dass ihre Schwester Johanna verdächtig wurde, würde sie Maria gegenüber niemals äußern.

»Meinst nicht, dass der Alois am ehesten infrage kommt, so laut, wie der gegen dich gwettert hat?«

»Nein, trotz allem traue ich es ihm nicht zu. Einen Mord in Kauf zu nehmen, ist ein anderes Kaliber, als jemanden nicht zu mögen.« Ida wunderte sich wieder einmal, dass Maria keine Hemmungen hatte, eine derartige Anschuldigung vorzubringen.

»Auch wenn du das vielleicht von der Hand weist, hast du schon mal über Florian nachgedacht. Dem kämen doch dein Hof und die Liegenschaften ganz recht, meinst net?«

Idas Hände und Beine begannen zu kribbeln, ein untrügliches Zeichen für ihre Wut. Sie hatte es zwar absichtlich darauf angelegt, dass Maria Vermutungen äußerte, aber es war unglaublich, dass sie so unverfroren war. Nun stachelte sie sie an, sich weiter auszulassen. »Er hat momentan mein ganzes Land gepachtet. Es könnte es mir einfach abkaufen, wenn ich wieder weggehe.«

»Ja, grad deswegen. Vielleicht solltest du nur an großen Schreck kriegn und in die Flucht gschlagen werden.«

»Der Florian weiß, dass ich überlege, wieder nach München zu gehen, der braucht mich nicht zu vertreiben.«

»Ja, gehst denn wirklich weg?« Marias Frage kam wie aus der Pistole geschossen.

»Es wird immer wahrscheinlicher. Mein Leben ist mir lieber, als um jeden Preis hierzubleiben. Und Arbeit habe ich auch keine, bis auf Antons Auftrag.« Zwar hatte ihr Anton den Kontakt mit einem Innsbrucker Unternehmer aus der Modebranche vermittelt, der sehr vielversprechend war, aber das würde sie Maria erst mal nicht auf die Nase binden. Immer öfter hielt sie ihre innere Stimme davon ab, Maria zu viel anzuvertrauen. Trotzdem hatte sie den Gedanken weit von sich gewiesen, dass Maria etwas mit ihren Unfällen zu tun haben könnte. Hinterlist und

Unehrlichkeit waren eine Sache, aber lebensbedrohliche Angriffe traute sie ihr keinesfalls zu. Aber Vorsicht war geboten, dazu musste sie sich ständig ermahnen.

»Du weißt, dass ich das sehr bedauern tät. Aber solltest du verkaufen, dann denk bitte zuerst an mich. Der Johannes und ich täten den Hof gern übernehmen, und du wärst immer willkommen.«

Ida erstarrte. Also doch! Die Gerüchte stimmten, dass Maria den Hof haben wollte. Von Johannes hatte sie noch nie etwas darüber gehört, die treibende Kraft schien Maria zu sein, allerdings erstreckte sich das nach Idas Empfinden über die ganze Beziehung der beiden.

»Willst du dir noch mehr Arbeit auftun, du hast doch sowieso genug mit dem Hotel und dem Gasthof am Hals?«

»Na ja, man könnte es als Ergänzung zum Hotel mit Ferienappartements anbieten. Vor allem jetzt, wo es so chic renoviert ist. Ein paar kleine Änderungen noch, aber vorstellen könnte ich mir das schon.«

»Das klingt, als hättest du das alles schon längst geplant«, warf Ida lachend ein.

»Die Idee ist mir gekommen, als du mir das renovierte Haus gezeigt hast. Weißt, ich muss immer a paar Pläne vor mir haben, sonst wird mir langweilig. Aber nichtsdestotrotz, wennst bleiben würdst, wärs ma lieber.«

»Ich werde mich bald entscheiden, und du wirst die Erste sein, die es erfährt.«

»Jetzt muss ich leider weiterarbeiten, Ida. Aber es bleibt dabei, übernächste Woche machen wir die Gipfeltour.«

»Wenn das Wetter mitspielt«, fügte Ida hinzu.

Auf dem Weg zu Florian fuhr sie einen kleinen Umweg zum Rupertihof. Wie bei ihrer Ankunft vor ein paar Monaten hielt sie am Aussichtspunkt der Bergstraße an und stieg aus. Wie damals lag der Hof vor ihr – friedlich und still. Damals und heute befand sie sich im Widerstreit ihrer Gefühle, das Richtige zu tun. Damals war es etwas Neues, worauf sie sich einließ. Seitdem hatte sich viel verändert, sie hatte ihr Erbe und alles, was damit zusammenhing, kennen- und lieben gelernt und es sich als ihr Zuhause erkämpft. Bei diesem Gedanken stutzte sie, denn das war ihr bisher nicht bewusst gewesen. Zuhause? Dieses Gefühl der Verbundenheit mit dem Hof, das Vertrauen, Vertraut-Sein und Sicherheit in sich vereinte, war neu für sie. Ihr Herz klopfte vor Aufregung, und sie legte zur Beruhigung die Hand darauf. Ja, es war ein gutes Gefühl, in das sie gern noch tiefer eintauchen wollte, um es für immer festzuhalten. Sie ließ ihren Blick über den Rupertihof schweifen ... *ihren* Hof. Er war nicht nur ihr Eigentum, sondern er war ein Teil von ihr geworden und ihr ans Herz gewachsen. Sollte sie das alles aufgeben, weil es irgendjemandem nicht passte?

Ida stieg ins Auto ein. Sie hatte ein paar Telefonate zu erledigen.

Zurück am Sauterhof griff sie zum Handy, um Johanna anzurufen. Ohne Umschweife kam sie auf den Kredit zu sprechen.

Johanna stammelte. »Tja, dann muss ich es dir verraten, obwohl ich es erst erzählen wollte, wenn alles sicher ist,« und sie kicherte wie ein Teenager.

»Was meinst du?« Ida war vollkommen ahnungslos und hatte kein Verständnis für das kindische Lachen.

»Ich wollt seit Jahren raus aus meiner Wohnung und auch beruflich etwas anderes machen. Obwohl mir die Altenpflege gefällt, ist der Beruf sehr anstrengend. Vor ein paar Monaten wurde mir der Bastelladen, in dem ich immer meine Materialien einkaufe, zur Übernahme angeboten. Nach vielen Besprechungen und Berechnungen und schlaflosen Nächten hab ich ein Gebot abgegeben und tatsächlich die Zusage erhalten.«

»Wie ... Du willst den Laden kaufen?«, staunte Ida.

»Nicht nur den Laden, denn das Gute daran ist, dass auch eine schöne Wohnung im oberen Stockwerk und ein Minigarten hinter dem Haus dazugehören. Da meine Ersparnisse und das Erbteil unserer Eltern aber nicht ausreichen, musste ich einen Kredit aufnehmen. Das ist die ganze Geschichte«, endete Johanna atemlos.

»Warum hast du nie was erzählt?«

»Ich wollte dich überraschen, wenn ich unterschrieben habe.«

»Ach, Johanna, das freut mich so für dich!« Ida war in doppelter Hinsicht erleichtert. Das war wieder die alte Johanna, zupackend und positiv. »Wann hast du denn einen Notartermin, oder dauert das noch?«

»Nächste Woche, stell dir vor. Ich kann es kaum glauben, dass es wahr wird.«

»Hast du durchgerechnet, ob sich das finanziell trägt, ich meine, nicht, dass du zum Schluss ohne Job aber mit Schulden dastehst?«

»Klar, meine Steuerberaterin hats überprüft. Ich sag dir, das ist wirklich eine Goldgrube. Die Besitzerin hört nur auf, weil sie über siebzig ist und in ihrer Familie keiner Interesse dran hat. Und sie wollte nur an jemanden verkaufen, den sie kennt und der in ihrem Sinne weitermacht, deswegen auch der akzeptable Verkaufspreis.«

»Ich bin sicher, dass du das Richtige machst. Wenn ich dir mit irgendetwas helfen kann, dann sag es mir, ich bin jederzeit für dich da.«

»Das ist wunderbar, denn ich würde dich gern für einen Dirndlnähkurs engagieren.« Sie kicherte erneut. »Es gehört nämlich eine Stoff- und Kurzwarenabteilung mit dem Schwerpunkt ›Trachten‹ dazu, und du weißt ja, Nähen ist nicht wirklich mein Ding.«

»Ich und ein Nähkurs, ob das zusammenpasst? Aber ... für dich mache ich es, versprochen.«

Johanna lud sie ein, in der nächsten Woche nach dem Notartermin ihren Laden und die Wohnung anzuschauen. Anschließend könnten sie den Neuanfang gebührend feiern. »Und diesmal lad *ich* dich ein, dass das klar ist.«

Ida war erleichtert. Aber ob der Kommissar das als Entlastung für ein Motiv betrachten würde?

Nach dem Abendessen zog sich Ida in ihr Zimmer zurück, um mit Amy zu telefonieren. Amy war über den Gasanschlag im Bilde. Sie wollte wissen, ob die Polizei schon weitergekommen sei. Ida verneinte und kam gleich zum Thema, das sie ständig beschäftigte. Sie schilderte ausführlich ihren inneren Dialog, der sie Tag und Nacht führte: Sollte sie bleiben oder gehen? Eigentlich hatte sie nach dem Anschlag beschlossen zu verkaufen. Aber seitdem sie das Gefühl verspürt hatte, hierher zu gehören, zweifelte sie an ihrer Entscheidung. Amy war eine gute Zuhörerin und reagierte sofort.

»Ida, überleg doch mal, wie lange du dir wünschst, ein richtiges Zuhause zu haben. Jetzt hast du es gefunden, also nimm das Geschenk doch an! Alles andere ergibt sich.«

Als Ida aufgelegt hatte, trug sie das Für und Wider noch lange mit sich rum, bis sie endlich in einen traumlosen Schlaf fiel.

# *Annalena wird vermisst*

Die Entwürfe für den Lüftlhof gingen Ida immer besser von der Hand. Nachdem sie verschiedene Farbkombinationen zusammengestellt hatte, skizzierte sie Motive für die Stickerei, die sie in Anlehnung an die Malerei auf dem Giebel des Gebäudes entwickelt hatte. Die Zeit verging wie im Flug, und sie fühlte sich in ihrem Element. Vielleicht war der Kontakt, den Anton zu einem österreichischen Fabrikanten für Sport- und Trachtenbekleidung hergestellt hatte, wirklich eine Möglichkeit, sich hier niederzulassen. Fast schon unwillig unterbrach sie ihre Arbeit, als die Tante zum Mittagessen rief, denn es war Viertel vor zwölf.

Sie hatte es sich zur Gewohnheit gemacht, vor dem Mittagessen bei Ada, Florians Mutter, vorbeizuschauen und ein paar Worte mit ihr zu wechseln. Sie mochte die alte Bäuerin, die sie, je nachdem, wie ihr augenblicklicher Gesundheitszustand es zuließ, mit »Ah, die Magdalena, mei Madl« begrüßte und ein paar Sätze mit ihr wechselte oder still vor sich hin starrte. Heute war ein guter Tag, und sie tauschten sich über das Wetter aus. Ida musste lachen, als die Bäuerin fragte, ob sie ihr verraten würde, was es zu essen gäbe. Beide rätselten dann gemeinsam, und Ida rief beim Hinausgehen, dass sie ihr, wenn ihr Tipp richtig war, eine extra Nachspeise bringen würde.

Auf dem Weg in die Küche gestand sich Ida ein, dass sie diese Art von Leben sehr genoss, genauso wie die Rundumversorgung und natürlich vor allem die Tatsache, in Florians Nähe zu sein – aber sie wollte, sie musste auf ihren Hof zurück. Dort könnte sie solange arbeiten, bis sie Hunger bekam, und würde sich ein Brot schmieren oder nebenbei Obst essen. Ada und die Tante könnte sie trotzdem immer besuchen, und Florian ... Das würde sich hoffentlich auch irgendwie ergeben.

»Du wirkst sehr zufrieden«, bemerkte Florian. »Gibts was Neues?«

»Ich bin ein gutes Stück weitergekommen mit den Entwürfen, und ich glaube, die werden richtig gut.«

»Da bin ich aber gspannt drauf, ich täts auch gern mal sehn«, drängte die Tante.

»Sobald sie fertig sind, zeige ich sie euch ... noch vor Anton.« Sie zwinkerte ihr zu. »Dann weiß ich, ob es was taugt oder nicht.«

»Daran hab ich keine Zweifel, ich bin nur richtig neugierig, was du dir so ausdenkst. Außerdem hab ich noch nie so was gsehn.«

Die Unterhaltung wurde vom Läuten des Telefons unterbrochen, und Florian angelte nach dem Mobilgerät.

Er hatte kaum Zeit, sich zu melden, als Ida und Annamirl ohne Lautsprecher hörten, dass jemand aufgeregt ins Telefon schrie.

»Langsam, langsam«, unterbrach Florian. »Willst die Ida sprechen?« Wieder ging das Geschrei los. Florian deckte die Sprechmuschel ab und flüsterte Ida zu, es sei ihr Bruder Alois. Ida wurde blass, aber sie deutete ihm an, dass sie den Hörer nehmen würde, und ging ins Zimmer nebenan.

»Ich bins, Alois. Was ist denn los, dass du so aufgeregt bist?«

»Sie ist weg und keiner weiß, wohin. Bestimmt hat das wieder mit dir zu tun. Seitdem du da bist, gibs nix wie Scherereien.«

»Wer ist weg?« Ida unterbrach ihn und sprach lauter. Sie hatte ein schlechtes Gewissen, da sie das Telefonat mit ihrem Bruder nach dessen Vernehmung immer vor sich hergeschoben hatte, und nun kam er ihr zuvor.

»Ja, wer wohl, Annalena natürlich. Wer soll sonst weg sein. Seit heute Morgen schon. Sie wollt eigentlich zu ihrer Freundin, weils heut schulfrei ham, is aber net dort gwesn. Veronika wollt sie nach der Arbeit abholen und hat erfahrn, dass sie den ganzen Tag net da war. Ists vielleicht bei dir?«

So kannte Ida ihren Bruder nicht, er schien vollkommen verzweifelt und hilflos. »Nein, hier ist sie nicht.« Sie überlegte kurz. »Meinst du, sie ist zum Rupertihof gefahren, um mich zu besuchen? Sie weiß ja nicht, dass ich zurzeit beim Florian wohne.«

»Wer weiß, was sie sich in Kopf gsetzt hat. Neugierig ists schon immer gwesn, des Derndl.« Alois wurde ein bisschen ruhiger.

»Ich fahr mit Florian rüber zum Hof, und wir schaun nach. Sobald ich dort bin, ruf ich dich an.«

»Ist recht, mir suchen dann hier weiter …« Und schon hatte er aufgelegt.

Florian und die Tante schauten Ida fragend an. Sie klärte sie über Annalenas Verschwinden auf und bat Florian, mit ihr zum Hof zu fahren. »Also langweilig wirds mit dir net«, rief Annamirl ihnen im Hinausgehen nach. »Aber ihr werds sie scho findn.«

Schweigend saß Ida neben Florian, dabei knetete sie unablässig ihre Finger.

»Wie kommst du drauf, dass sie bei dir sein könnte? Sie kennt den Hof doch nicht«, unterbrach Florian die Stille.

»Annalena hat mich schon mal besucht, aber das weiß Alois nicht. Vielleicht ist sie neugierig und will von mir wissen, was passiert ist, warum die Polizei bei ihrem Papa war. Ich hoffe es jedenfalls, das wäre das Einfachste.«

Kaum hatte Florian angehalten, sprang Ida aus dem Auto. »Schaust du drüben in der Scheune und im Stall nach. Ich suche sie im Haus, obwohl ich nicht wüsste, wie sie ohne Schlüssel reinkommen könnte.«

Nachdem Ida alle Zimmer gründlich durchsucht und sogar in der Sauna nachgeschaut hatte, blieb ihr noch ein Fünkchen Hoffnung, dass Annalena vielleicht am Speicher wäre, dem interessantesten Ort für eine Neunjährige. Aber auch dort war sie nicht, und Ida ging ratlos nach unten, wo Florian im Flur auf sie wartete.

»In der Scheune ist sie nicht. Was jetzt?«

Ida setzte sich auf die untere Treppenstufe und hielt sich beide Hände an den Kopf.

»Ich kann mir nicht vorstellen, dass Annalena einfach so wegläuft.«

»Mei, vielleicht hats Ärger mit Alois oder Veronika ghabt. In dem Alter hat man solche Ideen wie Davonlaufen. Aber die meisten kehren schnell wieder um, vor allem, wenn sie Hunger kriagn. Wirst sehn, in ein paar Stunden ist sie wieder da.« Florian versuchte, Ida zu beruhigen.

»Mir fällt gerade ein, dass ich früher immer eine Abkürzung zum Rupertihof genommen habe, wenn ich für Mutter Näharbeiten abholen musste. Vielleicht kennt Annalena den Weg. Mit dem Fahrrad ist das allerdings nicht ungefährlich, denn es geht einen schmalen Weg an der Schlucht entlang, der ziemlich glitschig sein dürfte durch den Regen heute Nacht.«

»Ich kenne den Weg. Wir fahren hin, so weit es mit dem Auto möglich ist, und den Rest gehen wir zu Fuß.«

Nachdem sie Alois angerufen und das Auto abgestellt hatten, liefen sie einen schmalen Steig entlang. Immer wieder mussten sie Schlammpfützen ausweichen und langsamer gehen. Laut nach Annalena rufend näherten sie sich der Schlucht. Ida wusste nicht, ob sie hoffen sollte, dass Annalena hier entlanggefahren war. Kaum vorstellbar, wenn sie hier abgerutscht wäre. Die Schlucht fraß sich viele Meter tief in den Berg, und der Boden war nicht zu sehen. Plötzlich blieb Florian stehen und wies mit der Hand auf einen Baum.

»Dort ist ein rotes Fahrrad, das könnte von einem Mädchen stammen.« Er zog es aus dem Gebüsch auf den Weg, und Ida erkannte es sofort. Sie zitterte und konnte sich kaum aufrecht halten.

»Das heißt, sie muss hier irgendwo sein«, flüsterte sie kaum hörbar.

»Das ist doch ein gutes Zeichen«, beruhigte sie Florian. »Wenigstens ist sie nicht mit dem Rad abgerutscht.«

Ida schaute sich um, und plötzlich erinnerte sie sich an den Platz. Hier irgendwo musste es nach unten zu einem Felsvorsprung mit einer kleinen Höhle gehen. Früher war die Höhle ihr großes Geheimnis gewesen, das sie nur mit ihrer Schwester geteilt hatte. Wer wusste es schon, vielleicht kannte Annalena den Unterschlupf. Sie schilderte Florian den Platz, und sie suchten gemeinsam nach dem kleinen Felsvorsprung, dazwischen riefen sie laut Annalenas Namen. Fast gleichzeitig entdeckten sie den Felsen, der dicht mit Büschen eingewachsen war. Sie drangen zu dem Buschwerk vor.

Plötzlich hörten sie eine weinende Kinderstimme. »Hier bin ich, ich komm nimmer rauf, es is so rutschig.«

»Annalena, ist alles in Ordnung mit dir?« Ida erschrak über ihre eigene schrille Tonlage.

»Jaja. Aber ich kann nimmer, ich habs schon so oft probiert, ich rutsch immer wieder weg.«

»Bleib, wo du bist, ich komm runter«, rief Florian und machte sich auf den Weg. Besorgt schaute ihm Ida nach, denn auch er konnte an dem glatten und steilen Abgrund ausrutschen. »Vorsicht, Florian, pass auf dich auf«, rief sie ihm nach, aber er war schon weg.

Nach kurzer Zeit, die ihr wie eine Ewigkeit vorgekommen war, zeigte sich Annalenas Kopf über der abschüssigen Kante. Florian schob sie mit einer Hand wie ein Paket vor sich her, mit der anderen hielt er sich selbst an den Zweigen der Büsche fest. Ida zog Annalena an den Händen auf den Weg und nahm sie in den Arm. »Gott sei Dank bist du hier. Ich hatte solche Angst um dich.« Sie hielt sie von sich und schaute sie von oben bis unten an. »Hast du dir wehgetan?«

Annalena schüttelte weinend den Kopf. Ida nahm sie wieder in den Arm. »Hast sicher einen richtigen Schreck gekriegt, als du nicht mehr rausgekommen bist. Das hätte ja auch schlimm ausgehen können. Aber jetzt ist alles gut!« Annalena begann zu schluchzen.

»I wollt dich bsuchn, und in der Höhle war ich früher schon öfter. Ich hab aber nicht dran gedacht, dass alles so rutschig ist.«

»Gut, dass das früher *meine* Höhle war, sonst hätten wir dich nie gefunden.«

»Echt, ich dachte, die kenn nur ich ganz allein.«

»Das habe ich damals auch gedacht, das war mein großes Geheimnis. Nur meine Schwester und ich kannten sie.« Ida strich ihr lächelnd über den Kopf.

»Jetz rufen wir den Papa und die Mama an, die machen sich schon große Sorgen, weil du nicht bei deiner Freundin warst.«

»Au weia, ich glaub, des gibt Ärger«, folgerte Annalena kleinlaut.

»Ich glaube, ein bisschen Ärger hast du auch verdient. Denn sich nicht an Absprachen zu halten ist nicht okay, oder?«

»Ja, stimmt«, gab sie kleinlaut zu. »Aber freuen tun sie sich bestimmt, dass ich wieder da bin. Dann wirds vielleicht nicht so schlimm.«

Ida und Florian grinsten sich verstohlen an. Wieder einmal wunderte sich Ida, wie schnell Annalena die Oberhand bekam. Davon konnte sie selbst etwas lernen.

Alois und Veronika, mit denen Ida zwischenzeitlich telefoniert hatte, nahmen ihre Tochter in Empfang, und man konnte ihnen die Erleichterung ansehen. Ida hätte nie geglaubt, dass ihr Bruder zu Freudentränen fähig war. Er liebte seine Tochter über alles, das war offenkundig. Als sie sich verabschiedeten, traute Ida ihren Ohren nicht, als er sie umarmte und mit Tränen in den Augen flüsterte: »Danke, Ida, das werd ich dir nie vergessen.«

»Das ist doch selbstverständlich, dass wir gesucht haben. Ich bin froh, dass es so glimpflich ausgegangen ist.« Bevor sie ging, drehte sie sich zu Alois um. »Ich wollte dich schon längst wegen der Polizei anrufen und dir sagen, dass es mir leidtut, dass sie dich vernommen haben.«

»Das passt schon, ich war zwar stinksauer, aber wenn ich ehrlich bin, lag der Verdacht auf der Hand, so, wie ich mich verhaltn hab. Schwamm drüber!« Er wischte mit der Hand durch die Luft, während Ida nicht wusste, was sie antworten sollte.

»Ja, dann, dann sag ich auch Danke.«

»Manches löst sich wie ein Wunder von selbst. Die wundersame Veränderung des Alois Amreiner, ich jedenfalls könnt es nicht glauben, hätte ich es nicht selbst miterlebt.« Florian schüttelte den Kopf während der Rückfahrt. »Aber die Tante hat recht, du und deine Familie halten uns wirklich auf Trab. Und das in unserem beschaulichen kleinen Dorf.«

»Ich hätte wirklich nichts gegen Ruhe. Und ...«, Ida sah den Moment gekommen, das Thema anzusprechen, »ich würde so gern wieder auf dem Rupertihof wohnen.« Fast flüsterte sie die Worte.

»Fühlst du dich von uns bedrängt, oder haben wir was falsch gmacht?« Florian sah sie stirnrunzelnd von der Seite an.

»Bitte, Florian, versteh mich nicht falsch. Bei dir zu wohnen ist wie Urlaub ›all inclusive‹. Und ich genieße es, mit dir zusammen zu sein, auch die Unterhaltungen mit Annamirl sind mir wichtig. Aber ich sehne mich nach meinen eigenen vier Wänden.«

»Willst du den Hof jetzt doch nicht verkaufen?«

»Gestern habe ich mich dazu entschlossen zu bleiben. Ich war auf dem Aussichtsparkplatz und habe den Rupertihof betrachtet. Plötzlich hatte ich seit vielen Jahren zum ersten Mal das Gefühl, zu Hause angekommen zu sein und dorthin zu gehören. Es war wie ein Sog, der vom Hof auf mich ausstrahlte, und ich konnte mich dem nicht entziehen. Ein unwahrscheinliches Glücksgefühl, ich kann es kaum beschreiben.«

»Das freut mich unbändig für dich. Und ehrlich gesagt … für mich auch.« Florian strahlte übers ganze Gesicht. »Deine Angst, dass wieder was passieren könnte, ist jetzt weg?« Florian nahm während des Fahrens ihre Hand.

»Na ja, ganz geheuer ist es mir noch nicht. Aber vielleicht muss ich mich der Angst stellen, ich habe ja deine Unterstützung.« Ida drückte Florians Hand, der in diesem Moment schalten musste und sie wegzog.

»Darauf kannst du zählen. Außerdem«, fügte er lächelnd hinzu, »besuche ich dich jeden Tag, bis alles aufgeklärt ist, das musst du in Kauf nehmen.«

»Damit kann ich gut leben.« Sie lächelte ihn an. »Im Gegenteil, ich bestehe sogar darauf.«

Schon am nächsten Tag packte Ida alles in ihr Auto. Die Tante überreichte ihr einen großen Korb mit Essen, als würde Ida zu einer Exkursion aufbrechen. Sie musste ihr versprechen, mit den Entwürfen vorbeizukommen, bevor sie zu Anton fahren würde. Ida umarmte sie und bedankte sich bei ihr.

»Kannst jederzeit kommen, sogar, wenn mal nix passiert«, sagte Annamirl leise. »Weißt, du würdst gut hierherpassen«, gab sie Ida mit auf den Weg.

Ida schloss mit zittrigen Fingern die Haustür auf. Was würde sie hier erwarten? Nachdem in der Zwischenzeit der Gastank erneut aufgefüllt worden war, hatte sie zur Sicherheit auch Gaswarnmelder einbauen lassen. Wenn es tatsächlich jemand drauf anlegte, gäbe es allerdings noch viele Möglichkeiten, ihr zu schaden. An diesen Gedanken musste sie sich gewöhnen. Aber sie wollte nicht zulassen, dass ständige Angst ihr Leben begleitete. Trotzdem ging sie durchs ganze Haus, um zu überprüfen, ob alles so war, wie sie es verlassen hatte. Eigentlich blödsinnig, denn sie war erst gestern hier gewesen und hatte alles nach Annalena durchsucht. Vor allem, da nur Florian und die Tante von ihrem Umzug wussten und das vorerst auch so bleiben sollte. *Reiß dich zusammen, Ida, und lass dich nicht verrückt machen.*

# *Marias dritter Besuch im Pflegeheim*

»Grüß Gott, Frau Häfner. Jetzt warens ja schon länger nicht mehr zu Besuch.« Die Pflegeschwester begrüßte Maria, die gerade den Flur der Station betrat.

»Die Zeit vergeht immer so schnell, und ich hatte beruflich alle Hände voll zu tun. Aber jetzt konnte ich mir endlich mal freinehmen. Wie gehts denn der Tante?«

»Unverändert, so erstaunlich das ist. Da fällt mir ein, sie hatte vor ein paar Wochen Besuch, ganz überraschend.«

»Ach ja? Außer mir lebt niemand mehr von der Familie.«

»Keine Verwandtschaft, sondern die Erbin von dem Hof, auf dem die Zenzi früher gelebt hat. Eine hübsche rothaarige junge Frau war das.«

»Vom Rupertihof etwa? Bisher hat sich keiner von ihnen um sie gekümmert. Was hats denn wollen von der Tante?« Maria stellte sich ahnungslos.

»Lang war sie nicht hier. Eigentlich wollte sie nur wissen, ob Zenzi Besuch von ihrer Tochter bekommt und ob ich weiß, wo sie wohnt. Aber das wissen wir ja selbst nicht ... Und außerdem, wir dürften es auch gar nicht weitergeben.«

»Na, dann werde ich mal die Tante begrüßen«, antwortete Maria, während die Pflegerin das Zimmer verließ.

Sie ging zum Bett und schob ihr Gesicht dicht über Kreszentias Kopf.

»Da schaust, ich hab dich nicht vergessen, auch wenn du es verdient hättst.« Maria wich zurück und setzte sich auf den Stuhl.

»Jetzt ist es bald soweit und ich werd kriegen, was ich immer haben wollte. Und keiner kann was dagegen unternehmen, ich habe alles schwarz auf weiß ... mit Brief und Siegel.«

Sie kicherte.

»Zum Glück habe ich deine Unterlagen gefunden, als ich aus unserer alten Wohnung ausgezogen bin. Du warst ja nicht mehr klar im Kopf. Es war zwar nicht ganz einfach, hinter deine kriminellen Gedanken zu kommen, aber ich habs geschafft. Hut ab, auf die Idee muss man erst einmal kommen. Nachdem du mit der DNA-Analyse erfahren hattest, dass Maximilian nicht mein Vater ist, hast du in einem anderen Labor Haare meines richtigen Vaters, jedoch mit Maximilians Namen erstellen lassen. Damit hast du die Bestätigung erhalten, ich wäre Maximilians Kind. Heute wär das nicht mehr möglich, aber damals – du warst wirklich durchtrieben, das muss ich dir ehrlich zugestehen. Das ist also deine Art von Erbe, ich muss halt aufpassen, dass ich es richtig einfädel. Der Rat, den du mir zu meinem achtzehnten Geburtstag gegeben hast, nach Oberndorf zu gehen und mich dort niederzulassen, war wirklich sehr vorausschauend, auch wenn ich am Anfang nur einen Spleen dahinter vermutet habe. Gut, dass Johannes' Mutter damals kurz vor meiner Ankunft gestorben war und er händeringend eine Mitarbeiterin gsucht hat, die sich im Hotel- und Gaststättengewerbe auskannte. Da kam ich doch wie gerufen! Ich war seine Rettung und habe mich auf der Stelle unersetzlich gemacht.

Selbst seine Verlobte hatte ich schnell ausgestochen, das naive Trutscherl.«

Sie lachte gehässig laut auf.

»Der gutgläubige Johannes war mir so dankbar, dass ich alles in den Griff bekommen habe. Damals hat er mir wirklich aus der Hand gefressen. Und jetzt«, Maria holte tief Luft, »jetzt bin ich kurz vor dem Ziel, lange genug habe ich darauf hingearbeitet. Es wird Zeit für dich zu sterben. Aber bis dahin halt no durch!« Sie rückte nahe an Zenzis Gesicht. »Ich will es dir ins Gesicht sagen, dass ich es geschafft habe. Dass ich mehr wert bin, als du es jemals warst.« Marias Stimme wurde immer schriller, während sie sich in Rage redete. Sie bemerkte nicht, dass die Pflegerin die Tür geöffnet hatte.

»Ist was passiert?«, fragte sie erschrocken.

Maria holte tief Luft und stammelte. »Nein, ich habe der Tante nur von einem Streit mit meinem Mann erzählt.« Sie schaffte es, dass ihr Tränen über die Wangen liefen.

Die Pflegerin legte ihr den Arm um die Schulter. »Sie Ärmste, das tut mir leid. Aber die Zenzi sollten Sie nicht so aufregen, das verwirrt sie nur. Helfen kann sie Ihnen sowieso nicht.«

»Natürlich haben Sie recht, aber die Gefühle sind einfach mit mir durchgegangen. Ich habe sonst niemand, mit dem ich drüber reden kann. Besser, ich gehe jetzt, ich will die Tante nicht noch mehr belasten.«

Auf dem Weg zum Auto überlegte Maria, wie lange die Pflegerin ihr schon zugehört hatte. Sie hoffte, dass sie nur den Schluss mitbekommen hatte. Im Glauben daran, dass sie ihrem Ziel ganz nahe wäre, fuhr sie beschwingt nach Hause.

## *Ein Gespräch mit Paula*

Zum zweiten Mal zog Ida auf dem Rupertihof ein, und es schien ihr, als wäre es auch beim ersten Mal nicht mehr gewesen, was sie auspacken musste. In der kurzen Zeit bei Florian hatte sie immer wieder etwas vom Hof geholt, allein ihre Arbeitsunterlagen füllten zwei große Kisten. Im Gegensatz zu damals hatte jetzt alles seinen Platz, denn die Renovierung war fertiggestellt.

Das neue Bett war geliefert und unter Florians Aufsicht aufgestellt worden, und Benjamin hatte nach ihren Plänen Schränke und Kommoden in der Ankleide eingebaut. Es war, als würde das Haus sie wie ein großer starker Bruder in den Arm nehmen und ihr Schutz bieten. Sie verspürte ein ähnliches Schmetterlingskribbeln im Magen wie beim Blick in Florians graue Augen.

Als sie ihre letzten Kleidungsstücke aus dem Koffer genommen hatte, breitete sich eine tiefe Zufriedenheit in ihr aus. Sie fühlte sich beflügelt und gleichzeitig geerdet. Ihre innere Sonne strahlte bis in die Fingerspitzen und ließ alles in einem besonderen Licht erscheinen, worauf ihr Blick fiel. Mit Besitzerstolz schritt sie von Zimmer zu Zimmer. Im Schlafzimmer neben der Ankleide stand das neue mit grauem Leinen bezogene Boxspringbett, flankiert von zwei alten Nachtkästchen vom Speicher, die sie bereits renoviert hatte. Die silbermatten Tolomeo-Lampen auf den Tischchen bildeten einen gelungenen Kontrast zwischen Alt und Neu. Sie rollte den Wollteppich in Natur- und Grautönen aus, den sie in einem Handwerksbetrieb nahe Oberndorf bestellt hatte. Ihr geliebter alter Sitzpouf mit Schaffellbezug harmonierte perfekt damit, sie ließ sich darauf fallen und betrachtete das Schlafzimmer aus dieser Perspektive. Der Raum strahlte Ruhe und Gemütlichkeit aus, es fehlten noch ein paar Accessoires, aber die würde sie mit der Zeit finden. Ida war zufrieden, hier fühlte sie sich wohl.

Während sie im Badezimmer ihre Waschutensilien auspackte, beschloss sie, ihre Sauna einzuweihen. In einer knappen Stunde wäre die richtige Temperatur erreicht, bis dahin konnte sie die übrigen Kisten auspacken.

Die Lebensmittel von Annamirl waren schnell im Kühlschrank verstaut, und nun machte sie sich an ihr Arbeitszimmer im Erdgeschoss. Da sie die Wohnküche auch als Wohnraum benützte, würde sie den großen Raum im Erdgeschoss als Arbeitsstudio einrichten, in dem Zimmer dahinter standen bereits ihre Näh- und die Stickmaschine, die Florian mit Franz während ihrer Abwesenheit hierher gebracht hatte. Sie strich mit der Hand über die große Fläche des Arbeitstisches, der über die ganze Breite des Zimmers vor den Fenstern reichte. Hier hätte sie genug Platz, um Schnitte aufzulegen, zuzuschneiden und zu zeichnen. Drucker- und Plotter standen in einer Ecke hinter einem Paravent, an dem sie zukünftig ihre Entwürfe präsentieren konnte. Nun stellte Ida die drei alten Schneiderbüsten auf, die sie vor Jahren in Berlin am Flohmarkt gekauft und in liebevoller Kleinarbeit restauriert hatte. Mehrmals musste sie sie hin und herschieben, bis sie mit der Platzwahl zufrieden war. Die Büsten begleiteten sie überall hin, sie gehörten zu ihr und bedeuteten für Ida das Bekenntnis, dass ihr Beruf ihre Leidenschaft war. Sie schloss die Augen, um das Bild in sich aufzunehmen.

Jetzt konnte sie in die Sauna gehen, ein entspannter und ruhiger Abend lag vor ihr.

Am nächsten Morgen klingelte das Telefon. Ein kurzer Blick auf das Display sagte ihr, dass es Florian war. Er erkundigte sich nach ihrer ersten Nacht und fragte, ob sie bei ihrer Entscheidung bleiben würde. »Ich bin heute noch sicherer als gestern«, antwortete sie. »Ich fühle mich so wohl wie schon lange nicht mehr.«

»Dann mache ich meine Drohung wahr und komme heute Abend vorbei«, antwortete Florian ganz locker.

»Mit solchen Drohungen komme ich gut klar, bis später dann«, sagte sie und legte lächelnd auf.

Nach dem Frühstück führte Ida ein Telefonat mit ihrer Schwägerin Veronika. Sie wollte nicht nur wissen, wie Annalena den Tag in der Höhle verkraftet hatte, sondern nachfragen, ob Veronika ihre Mutter schon hatte sprechen können.

»Komm doch einfach vorbei, die Mama ist zu Hause«, lud Veronika sie ein.

Ida nahm die Fotos, auf denen auch Florians Mutter niemanden erkannt hatte.

Als Ida vor Paula stand, die im Rollstuhl saß, zitterte sie vor Erwartung. Würde sie endlich etwas erfahren, das ihre Nachforschungen weiterbrachte?

»Setz dich nur zu mir!«, forderte Paula sie auf. »Die Vroni bringt uns einen Kaffee und was Süßes, dann können wir reden.« Sie nahm in der gemütlichen Wohnküche auf der Eckbank Platz.

»Die Vroni hat mir erzählt, dass du wegen des Erbes glaubst, dass deine richtige Mutter vom Rupertihof stammen könnte.« Paula musterte Ida interessiert.

»Das ist nur eine Vermutung, wirklich wissen tu ich nichts. Aber du warst mit der Magdalena befreundet, vielleicht kannst du mir was dazu sagen?«

»Ich hab die Magdalena gut gekannt, wir waren Freundinnen, seit wir zusammen in die Schule gingen. Sicherlich wären wir heute noch befreundet, wenn sie nicht so früh von uns gegangen wäre. Sie war etwas ganz Besonderes ...« Paula hielt inne, und ein Lächeln zog über ihr Gesicht.

»Woran ist sie denn gestorben? Die alte Hebamme, Frau Muggenthaler, sagte mir, sie hätte plötzlich hohes Fieber gehabt?«

»Na ja, so plötzlich kam das nicht. Magdalena war schon ein paar Monate vorher ständig krank, sie fehlte erst tageweise, dann monatelang in der Schule, und das, obwohl sie eine der besten Schülerinnen war und wirklich gern zur Schule ging. Keiner wusste so recht, was mit ihr los war. Leider wollte sie in den letzten Wochen vor ihrem Tod keinen Besuch mehr haben. Jedes Mal, wenn ich zu ihr ging, sagte ihre Mutter, sie würde schlafen und viel Ruhe brauchen.«

»Wenigstens hatte Katt damals Hilfe von ihrer Schwägerin«, warf Ida ein. »So konnte sie sich um das kranke Kind kümmern.«

»Du meinst die Zenzi, die Stiefschwester von ihrem zweiten Mann?«

»Ja, das müsste doch die hier auf dem Hochzeitsfoto sein. Der Pfarrer hat mir gesagt, sie hätte auf dem Rupertihof gelebt.«

Paula rückte ihre Brille zurecht und betrachtete das Foto eingehend. »Jaja, die Zenzi. Die Katt hat sie rausgeschmissen, ein paar Monate, bevor Magdalena gestorben ist. Ich glaub, sie war recht faul und hat es außerdem mit der Wahrheit nicht so eng gesehen. Magdalena hat mir oft erzählt, dass es Streit zwischen Zenzi und ihrer Mutter gab, vor allem, nachdem Katts zweiter Mann gestorben war.« Paula betrachtete die beiden Hochzeitsfotos eingehend und deutete auf eine Frau, die sich durch ihr Lachen von der übrigen eher ernst dreinblickenden Hochzeitsgesellschaft unterschied. »Das ist die Zenzi, sie müsste ungefähr zehn Jahre jünger als Katt gewesen sein. Eine gut aussehende Frau mit vielen Männergeschichten, aber das habe ich erst erfahren, als ich schon älter war. Wir Kinder haben das nicht mitbekommen.«

»Dann sind die beiden Kinder im Dirndl und der Lederhose Maximilian und Magdalena?«

»Ja, Katt hat kurz nach Magdalenas Kommunion zum zweiten Mal geheiratet, Maximilian war ungefähr 17 oder 18 Jahre alt. Er ist damals zur Bundeswehr gegangen und hat danach studiert.«

»Maximilian war mein Lehrer, der war richtig nett zu mir. Dass ich den Hof von ihm geerbt habe, kann ich mir allerdings überhaupt nicht erklären.«

»Ich habe die Vermutung, dass …« Paula zögerte, und Ida konnte ihr ansehen, dass es ihr unangenehm war weiterzusprechen.

»Du glaubst, ich wäre Maximilians Tochter?« Ida nahm ihr die Worte aus dem Mund.

»Du siehst der Magdalena und dem Max so ähnlich, da ist das doch naheliegend«, antwortete Paula wie zur Entschuldigung. »Maximilian war ein fescher junger Kerl, und als er zurückkam vom Studieren, machte er sich schnell einen Namen als Frauenheld. Aber geheiratet hat er nie, obwohl er fast eine jede hätte haben können.«

»Ich habe die Möglichkeit auch schon in Betracht gezogen, habe aber den eindeutigen Nachweis, dass er nicht mein Vater ist. Könnte nicht Magdalena ...?«

Paula unterbrach sie mit einem Ausruf. »Nein, niemals! Wir waren damals gerade 14 Jahre alt, und Katt hat sie gehütet wie ihren Augapfel. Außerdem, die Leni hatte überhaupt kein Interesse an den Burschen, sie wollte unbedingt die Schule abschließen und Lehrerin werden.«

»Ich habe auf dem Speicher eine Truhe mit wunderschöner Kinderkleidung gefunden, Dirndl, Röcke und Kleidchen, vom Taufkleid bis zum Kommunionsgewand, die haben sicher Magdalena gehört.«

»Das hat die Katt alles selbst genäht, sie war eine echte Künstlerin in ihrem Beruf. Außerdem war Magdalena ihr Ein und Alles. Sie hat sie immer ausstaffiert wie ein Püppchen, sie war ein bildhübsches Kind mit ihren Locken und der zarten Statur.« Paula lachte verschmitzt. »Keiner vermutete, dass sie absolut stur und dickköpfig sein konnte. Sie wollte unbedingt aufs Gymnasium und hat das trotz größter Widerstände von Katt durchgesetzt. Sie hätte das Abitur sicher geschafft, wenn nicht die Krankheit dazwischen gekommen wäre. Ach ja«, seufzte Paula tief. »Ich habe lange gebraucht, bis ich über ihren Tod hinweggekommen bin. Wir waren unzertrennlich vom ersten Schultag an, und dann war alles plötzlich vorbei.« Sie schüttelte ungläubig den Kopf.

Plötzlich kam Ida ein Gedanke, der sie nicht mehr losließ. »Wie alt war Katt zum Zeitpunkt, als Magdalena starb?«

»Das weiß ich nicht mehr. Für uns Mädchen war sie steinalt, über ihr tatsächliches Alter haben wir uns nie Gedanken gemacht. Du meinst, dass du *ihr* Kind sein könntest?«

Paula betrachtete Ida neugierig. »Ja mei, biologisch möglich wär das vielleicht schon gwesen, aber das müsste ja gleichzeitig mit der Krankheit Magdalenas gewesen sein, oder? Ich weiß nicht, vorstellen kann ichs mir eigentlich nicht.« Sie schüttelte wie zur Bestätigung den Kopf.

»Außerdem hätte sie dich doch nie und nimmer weggegeben, nachdem ihr Herz durch Magdalenas Tod gebrochen war. Ich werde nie vergessen, wie sie während der Beerdigung laut schluchzend zusammenbrach, es war so schrecklich mitanzusehen.«

In Idas Innerem klappte ein Deckel zu, der die letzte der Möglichkeiten wie in einem Safe verschloss. Ida schüttelte resigniert den Kopf. »Ich habe das Gefühl, dass ich meine wahre Herkunft nie herausfinden werde. Vielleicht muss ich mich damit abfinden.« Idas Stimme wurde immer leiser. Beinahe hätte sie vergessen, Paula das Foto zu zeigen, das sie mit ihrem Handy bei Zenzi gemacht hatte. »Schau mal, ist das die Zenzi?«

Paula betrachtete die Aufnahme eingehend. »Ich bin ziemlich sicher, dass sie es ist. Ich wusste gar nicht, dass sie ein Kind hat. Aber Väter dafür gab es sicher genug.«

»Das Foto müsste ein paar Jahre nach der Hochzeit aufgenommen worden sein, wenn man die Gesichter vergleicht.«

»Meinst etwa, du bist das Kind von der Zenzi?« Paula blickte erstaunt auf. »Nein, das glaub ich nicht. Die Zenzi war zwar hübsch, aber auf eine derbe und eher grobschlächtige Art. Wenn Maximilian nicht als Vater in Betracht kommt, woher hättest du die Ähnlichkeit haben sollen. Sie waren ja nicht blutsverwandt.«

»Stimmt, das hatte ich nicht bedacht. Also wieder nichts.«

»Der Familie war ein schweres Schicksal auferlegt, Katt hat zwei Männer und die Tochter verloren, und auch Maximilian ist viel zu früh gestorben.« Sie nahm Idas Hände und wiegte sie hin und her. »Wenn ich dich anschaue, meine ich, ich hätte Magdalena vor mir, du bist nur größer als sie. Vroni hat mir erzählt, was du in deinem Leben allein geschafft hast. Also hast du auch den starken Willen der Familie geerbt. Dass du in ihre Fußstapfen auf dem Hof trittst, zeigt, dass du zu ihnen gehörst, auf welche Weise auch immer. Lass das Geheimnis, so, wie es ist, vielleicht löst es sich eines Tages von selbst.« Paula nahm Ida in den Arm, die ihre Tränen nicht zurückhalten konnte.

Sie genoss den Trost Paulas und verharrte in der Umarmung. Wie gern hätte sie eine solche warmherzige Mutter gehabt, Vroni hatte Glück.

Nach einiger Zeit setzte sie sich wieder auf und trocknete die Tränen.

»Ich danke dir für alles, was du mir erzählt hast. Auch wenn es nicht das war, was ich mir erhofft habe, habe ich doch viel über die Eggerts erfahren«, verabschiedete sie sich.

»Du kannst mich jederzeit wieder besuchen, da ich im Rollstuhl sitze, bin ich fast immer hier. Und falls mir noch etwas einfällt, dann rufe ich dich an.« Paula schaute ihr nachdenklich hinterher, als Ida aus dem Zimmer ging.

Während Ida langsam in Richtung Dorfmitte spazierte, fiel ihr Blick auf die Kirche und den danebenliegenden Friedhof. Sie folgte einem inneren Bedürfnis und wollte die Gräber der Familie Eggert besuchen. Paulas Worte, dass das ihre Vorfahren seien, gingen ihr nach. Sie wusste zwar nicht, wo die Grabstellen lagen, aber alteingesessene Familien hatten ihre Gräber direkt neben der Kirche.

Und genau dort fand sie sie auch. Die ganze Familie war in einem Grab bestattet. Ein mächtiger Naturstein war mit den Namen und den Daten der Eltern und beider Kinder beschriftet. Auf der großflächigen Grabstelle wucherte dichter Efeu, und in der Mitte blühte die gleiche Rose wie am Hauseingang des Rupertihofes. Ungewöhnlich, die Reihenfolge der Sterbedaten, zuerst Katts Ehemann in jungen Jahren, zehn Jahre später die Tochter, siebzehn Jahre danach war die Mutter gefolgt, und auch Maximilian war sehr früh im Alter von zweiundfünfzig Jahren gestorben.

Wo war ihr Platz in dieser Familie? Würde ihr das gleiche Schicksal eines frühen Todes blühen? Dieser Gedanke begleitete Ida auf dem Weg zum Hof, bis ihr plötzlich einfiel, dass Florian seinen Besuch angekündigt hatte.

Er stand schon vor der Haustür und zog sein Handy aus der Tasche. »Gerade wollte ich dich anrufen«, begrüßte er sie mit einer herzlichen Umarmung und einem Busserl.

»Ich war den ganzen Nachmittag bei Paula, Vronis Mutter. Sie war die beste Freundin von Magdalena.«

»Hast du was Neues erfahren?«

»Sie hat mir viele Zusammenhänge erklärt, aber leider hatte sie auch keine Antwort auf meine Fragen. Sie meint allerdings, dass ich die Gene der Eggerts in mir tragen würde, das wäre deutlich sicht- und spürbar.«

»Das glaube ich auch, obwohl ich nur den Max kannte.«

»Paula meinte, dass es vielleicht immer ein Geheimnis bleibt und ich mich damit abfinden muss.«

»Glaubst du, dass sie mehr weiß?«

»Nein, was hätte sie davon?«

Ida ging vor Florian ins Haus, damit er ihre Enttäuschung nicht sah. »Wie schauts aus, hast du Hunger mitgebracht? Ich habe Käse, verschiedenes mariniertes Gemüse, Oliven und Schinken hier. Nehmen wir das Abendessen vor dem Haus ein, bevor die Sonne untergeht?«, fragte sie übertrieben höflich.

»Aber gern doch, wie die Dame des Hauses wünschen«, ließ sich Florian auf das Geplänkel ein.

»Ich höre schnell noch den AB ab, dann können wir anfangen.«

Florian deckte in der Zwischenzeit den kleinen Tisch vor der alten Bank und setzte sich. Er wollte nach Ida rufen, als sie mit hängenden Schultern in der Haustür stand.

»Es war der Kommissar. Die Nachforschungen werden eingestellt, da alle Verdächtigungen sich als haltlos erwiesen haben. Übrig geblieben wäre nur meine Schwester, aber auch ihr konnte man nichts nachweisen.«

Florian sprang auf und nahm sie in den Arm. Ida schüttelte den Kopf. »Meine Schwester, das wäre die Letzte, die mir etwas antun würde. Ich muss damit leben, dass irgendjemand mir schaden will.«

»Schaden wollte«, warf Florian ein. »Vielleicht solltest du nur einen richtigen Schreck bekommen und vertrieben werden. Da du so hartnäckig bist, hat es der- oder diejenige aufgegeben.«

»Das wäre schön, aber kann ich sicher sein?«

»Sei vorsichtig, und vertrau auf dein Gefühl, egal was du unternimmst. Mehr fällt mir dazu leider auch nicht ein. Und achte darauf, dass du immer dein Handy parat hast, versprich mir das.« Florian wirkte nicht sehr überzeugt von seinen eigenen Worten, die Ratlosigkeit stand ihm ins Gesicht geschrieben.

»Da bleibt mir wohl nichts anderes übrig.« Abrupt wendete sich Ida dem Tisch zu. »Komm, lass uns essen, ich habe einen Bärenhunger. Schön hast du den Tisch gedeckt, hätte ich kaum besser machen können.« Ida wollte das unselige Thema hinter sich lassen.

Während des Essens erzählte sie von ihrem Nachmittag bei Paula und schwärmte von deren Herzenswärme. Plötzlich unterbrach Florian sie. »Jetzt hätte ich beinahe vergessen, dir zu sagen, dass Maria bei mir war. Sie wollte mit dir morgen auf den Gipfel, ihr hättet das wohl ausgemacht?« Er schaute Ida fragend an.

»Wir hatten keinen genauen Tag verabredet. Wie soll das Wetter morgen werden, hast du eine Ahnung?«

Während Florian die Wetterprognose aus seiner Wetter-App vorlas, sah Ida auf ihrem Gerät, dass mehrere Anrufe Marias in der Zeit eingegangen waren, als sie bei Paula gewesen war.

Sie schrieb Maria per WhatsApp, dass sie morgen bereit wäre, sie könnten sich um 9.00 Uhr am Parkplatz vor dem Geißenkogelweg treffen.

Prompt kam die Antwort, dass sie schon alles vorbereitet habe, auch die Ausrüstung für die kurze Kletterpartie vor dem Gipfel habe sie eingepackt.

Ida hatte zwar nicht vor, mit Maria zu klettern, aber das behielt sie für sich. Vor der Wand führte ein Rundweg ins Tal, für den würde sie sich »kurz entschlossen« entscheiden. Klettern war im Moment ein weiteres Risiko, das sie nicht eingehen wollte.

Florian verabschiedete sich, damit sie am nächsten Tag ausgeschlafen wäre. Er strich ihr zärtlich über die Haare und küsste sie auf die Nasenspitze. Ida war so überrascht, dass sie errötete. »Pass gut auf dich auf, ich habe noch viel mit dir vor«, sagte er und ließ sie vollkommen verdattert stehen.

Wie ein Teenager strich sich Ida über die Haare und die Nasenspitze, als wollte sie der Berührung und dem Kuss nachspüren. Wie war denn diese plötzliche Wandlung gekommen, sie verstand nun gar nichts mehr? Während sie bei Florian gewohnt hatte, war er sehr aufmerksam und liebevoll um sie bemüht gewesen, aber er war ihr nie so nahegekommen wie jetzt. War er vielleicht wirklich nur schüchtern, oder hatte er ihre Not, bei ihm wohnen zu müssen, nicht ausnützen wollen? Ida konnte es sich nicht erklären, aber sie nahm sich vor, ihn beim nächsten Mal offensiv herauszufordern. Von dieser Vorstellung beflügelt, bereitete sie ihren Rucksack mit Proviant und Getränken vor, damit sie morgen mehr Zeit für das Frühstück und ihre Morgenmeditation auf dem Balkon hatte.

# *Die Bergtour*

Gut gelaunt fuhr Ida zum Treffpunkt am Geißenkogelweg. Gekonnt nahm sie die Kurven der schmalen Serpentinenstraße, die zu beiden Seiten von Laubbäumen gesäumt war, dazwischen erhaschte sie immer wieder einen Blick auf die steil aufragenden Gipfel. Der Frühherbst hatte begonnen, die Blätter der Bäume in Gelb-Orange-Töne zu färben, und die durchscheinenden Sonnenstrahlen ließen sie wie die Buntglasfenster einer Kathedrale erstrahlen. Es würde ein wunderschöner Tag werden. Sie freute sich nicht nur auf die Tour, sondern wollte auch mit Maria verschiedene Themen besprechen, denen sie bisher meist ausgewichen war.

Sie parkte ihr Auto und öffnete den Kofferraum. Nachdem sie ihre Wanderjacke übergezogen hatte, legte sie den Rucksack und die Wanderstöcke griffbereit, denn sicher würde Maria gleich kommen. Während sie ihre Schuhbänder verknotete, hörte sie den Jeep und schaute auf. Nicht Maria, sondern deren Mann Johannes saß im Auto. Auch auf dem Beifahrersitz war sie nicht zu sehen.

Johannes sprang aus dem Auto und kam auf sie zu.

»Grias di, Ida. Bist sicher überrascht, dass ich hier bin.«

Ida drückte ihm die Hand. »Ist Maria etwas dazwischengekommen?«

»Heute Morgen hat die Bedienung angerufen und sich krank gemeldet, obwohl wir ab Mittag eine große Geburtstagsgesellschaft haben. Marias freier Tag ist ihr zwar immer heilig, aber es blieb ihr nichts anderes übrig, als einzuspringen.«

»Na, dann verschieben wir die Wanderung auf einen anderen Tag. Warum hat sie mich denn nicht angerufen?«

»Ich hatte sowieso vor, den Klettersteig zu überprüfen, deswegen meinte sie, dass wir beide zusammen gehen könnten. Du hättest dich schon seit Langem auf die Tour gefreut, und sie wollte dir den Tag, gerade bei diesem super Wetter, nicht vermiesen. Außerdem wärst du beim Klettern mit mir auf der sicheren Seite.«

Ida war überrascht, denn Marias Eifersucht war ein großes Problem in ihrer Ehe, und sicher nahm sie sie davon auch nicht aus. »Das wundert mich, wo sie doch immer übermäßig eifersüchtig ist.«

»Ja mei, du weißt doch, dass das reine Einbildung ist, denn ich hab sie noch nie betrogen. Und dir vertraut sie voll und ganz.« Johannes legte mit Unschuldsmiene die Hand aufs Herz, und Ida musste lachen.

»Hast du überhaupt Lust, mit mir zu gehen. Für dich ist das doch wie ein Spaziergang.«

»Wie gesagt, ich bin sozusagen beruflich unterwegs.«

Ida checkte gedanklich ab, ob sie mit Johannes gehen wollte. Das, worüber sie mit Maria sprechen wollte, konnte sie auch später mit ihr klären. Mit Johannes würde es sicher recht unterhaltsam werden, sie mochte ihn wegen seiner lockeren Art, und außerdem hatte er als Bergführer der Bergwacht einen absolut zuverlässigen Ruf.

»Na dann, probieren wirs miteinander.« Sie verschloss das Auto, nachdem sie ihre Stöcke und den Rucksack geholt hatte, und stand fertig gerüstet vor ihm.

»Hier ist deine Kletterausrüstung, Maria hat sie gestern von der Bergwacht ausgeliehen.« Während er sie Ida reichte, hielt er plötzlich inne. »Sakradi, das Seil hinter dem Karabiner ist leicht aufgesplissen. Da hat wieder jemand geschlafen beim Überprüfen. Hier, nimm besser meines.« Johannes gab ihr seine Ausrüstung, die mit seinem Namen versehen war, und legte sich Idas um.

»Und für dich ist es nicht gefährlich?«

»Ich kenne die Strecke wie im Schlaf. Außerdem werde ich den Karabiner überbrücken.«

»Wenn du meinst, also von mir aus kanns losgehen.«

Auf dem breiten Weg konnten sie nebeneinander gehen. Sie unterhielten sich über belanglose Dinge, die das Hotel und das Dorf betrafen. Auf der ersten Anhöhe blieben sie stehen. Tief unter ihnen lag das Dörfchen Oberndorf eingebettet zwischen den Gipfeln, der kleine Fluss mäanderte sich durch das schmale Tal, immer wieder verdeckt von kleineren Anhöhen.

Idas Augen leuchteten, und sie verfiel ins Schwärmen. »Ist das nicht wunderschön? Seitdem ich wieder zurück bin, merke ich erst, was mir die Berge bedeuten und wie sie mir gefehlt haben. Mit jedem Schritt nach oben wird der Kopf freier, und ich fühle mich eins mit mir selbst.«

»Ich würde hier nie weggehen wollen, selbst für viel Geld nicht«, bestätigte Johannes.

Schweigend setzten sie den Aufstieg fort, dabei ging Ida voraus, als der Weg schmaler und steiler wurde.

Früher war sie mit ihrem Vater häufiger in die Berge gegangen. Ihre Schwester hatte wegen ihrer Höhenangst nicht mitkommen können, und Alois war zu faul zum Gehen gewesen. Als sich bei einer Tour plötzlich das Wetter verschlechtert hatte, hatte er ihr erklärt, dass er durch die bestimmten Wolkenformationen, aber auch durch das

Verhalten der Tiere schon damit gerechnet habe. Dieses Wissen sei für das Leben in den Bergen lebensnotwendig.

Sie würde auch niemals den Moment vergessen, als plötzlich vor ihnen in wenigen Metern Entfernung auf einem erhöhten Felsplateau ein ausgewachsener Steinbock gestanden war. Er hatte sie durch die Würde, die er ausgestrahlt hatte, beeindruckt – eine wahre Majestät der Alpen. Die Erkenntnis, dass ihr Vater ihr die Liebe zu den Bergen vermittelt hatte und etwas Gutes von ihm bei ihr hängen geblieben war, umhüllte sie plötzlich wie ein wärmender Mantel. Wenn er bloß auch sonst so gewesen wäre. Es schnürte ihr den Hals zu, und sie musste reflexartig schlucken.

»Maria hat mir erzählt, dass du den Hof verkaufen willst.« Johannes holte sie aus ihren Gedanken heraus.

Ida holte tief Luft und räusperte sich mehrere Male, um etwas Zeit zu gewinnen. »Das ist nicht mehr aktuell, denn vor ein paar Tagen habe ich endgültig entschieden, dass ich bleibe. Für mich war wichtig, dass ich hier arbeiten kann.« Ida drehte sich zu Johannes um und blieb stehen. »Jetzt habe ich gleich zwei Angebote, die sich optimal verbinden lassen. Drei Tage werde ich nach Innsbruck fahren und für einen Modehersteller eine neue Linie entwerfen, die übrigen Tage arbeite ich in meinem Studio auf dem Hof für einen meiner früheren Stofflieferanten, der eine kleine Kollektion auf den deutschen Markt bringen will.«

»Da hast du aber Glück ghabt, des freut mich.«

»Ausschlaggebend war aber letztendlich, dass ich das Gefühl habe, hierher zu gehören.«

»Sicher ist Florian auch ganz froh drüber.« Johannes grinste sie an.

»Wie meinst du das?« Ida war irritiert, sicher wusste auch Johannes von Florians Homosexualität.

»Das sieht doch jeder Blinde, dass der Florian dir verfallen ist. Und ich vermute, du bist auch nicht abgeneigt?«

»Ich dachte, Florian sei schwul.«

»Na, so ein Quatsch!« Johannes war ehrlich entrüstet. »Wie kommst denn da drauf?«

»Na, ich ...« Ida suchte nach Worten, sie wollte Maria nicht verraten.

»Er hatte während des Studiums eine Freundin, die nach dem Tod seines Vaters eine Zeit lang bei ihm gelebt hat. Also von schwul ist hier absolut keine Rede.«

»Dass er mich sympathisch findet, ja, aber mehr ...?«

»Bestimmt wollte er erst sicher sein, dass du bleibst. Die Trennung war damals ein großer Schock für ihn, seitdem hat er keine Freundin mehr ghabt.« Sie setzten ihren Weg im Gänsemarsch weiter fort.

War ihr Florian am Abend vorher deshalb das erste Mal näher gekommen als sonst? Hatte ihr eindeutiger Entschluss zu bleiben ihm Mut geschenkt? Sie fühlte sich, als könnte sie mit Freudensprüngen bergauf hüpfen. Aber warum hatte Maria dann behauptet, Florian sei homosexuell? Sie konnte sich keinen Reim darauf machen. War sie eifersüchtig und wollte Ida für sich allein haben?

Während sie Schritt für Schritt weiter bergauf gingen, hielten die Fragen sie im Bann.

»Was meinst du, wie Maria reagiert, wenn ich bleibe?« Ida drehte sich erneut zu Johannes um.

»Ich bin sicher, dass sie sich narrisch freut. Allerdings«, Johannes zögerte, »sie hat darauf gehofft, dass sie deinen Hof kaufen kann, wenn du gehst.«

»Das weiß ich, aber ich habe das nie ernst genommen. Sie schwärmte von einem Luxus-Feriendorf mit Spa, das ist schon eine größere Nummer.«

»Sie redet seit einiger Zeit von nichts anderem. Aber sie weiß, dass ich da nicht mitmache. Weißt, so wies ausschaut, bekommen wir keine Kinder. Für wen sollen wir uns den ganzen Stress und die Arbeit antun? Ist so schon mehr als genug. Aber wenn du bleibst, ist das Thema ein für alle Mal vom Tisch, da gibts nichts zu rütteln.«

Der Weg war wieder etwas breiter, aber sehr felsig und erforderte Idas uneingeschränkte Konzentration auf das Gehen und den Einsatz der Stöcke.

»Ich hoffe sehr, dass sie dann wieder a bisserl normaler wird. Ihre Hysterie war in letzter Zeit kaum auszuhalten. Wahrscheinlich hats wieder ihre Tabletten nicht genommen.« Johannes ließ den Satz ganz leise verklingen.

»Was meinst du mit ›Tabletten nehmen‹? Sie ist doch nicht krank?«

»Ich weiß nicht, ob man von ›krank‹ reden kann. Sie spricht nie drüber. Aber nach dem Tod ihrer Mutter war sie in psychiatrischer Behandlung.« Er holte tief Luft und seufzte, ganz offensichtlich aber nicht wegen der Anstrengung. »Es scheint wohl eine Veranlagung der Häfners zu sein, denn die Mutter war stationär in der Psychiatrie.«

Ida glaubte, sich verhört zu haben. »War Marias Mädchenname Häfner?«

»Ja, freilich, sie ist eine geborene Häfner.«

»Und die Mutter ist ... tot, sagst du?« Plötzlich ging Ida ein Licht auf. Zenzi hieß ebenfalls Häfner. War das ein Zufall? Sie könnte doch Marias Mutter sein. Sie hieb, ohne es selbst zu merken, ihre Stöcke fester als vorher in den steinigen Boden.

»Sollen wir mal eine Rast machen, hinter der nächsten Kurve kommt eine kleine Bank? Denn danach wird es noch mal richtig anstrengend, bevor der Klettersteig losgeht.«

Obwohl Ida durch das Joggen gut trainiert war, schien ihr eine kurze Rast sehr willkommen. Während sie aßen und tranken, setzte Johannes das Gespräch fort.

»Maria hat seit dem Tod ihrer Mutter keine Verwandten mehr. Ich habe immer gehofft, dass wir Kinder kriegen, denn das wäre sicher für Maria heilsam gewesen.«

»Das ist ja ein seltsamer Zufall. Ich war im Pflegeheim im München, um eine angeheiratete Verwandte vom Rupertihof zu besuchen. Die hieß ebenfalls Häfner, Zenzi Häfner.«

Johannes' Mimik zeigte ein Fragezeichen.

»Es klingt vielleicht seltsam, aber könnte diese Zenzi nicht Marias Mutter sein?«

»Jaja, ihre Mutter hieß Kreszentia. Aber wieso sollte diese Frau Marias Mutter sein? Wie kommst du darauf?«

»Durch die Suche nach meiner Mutter bin ich auf Zenzi gestoßen. Kreszentia Häfner war die Stiefschwester von Katts zweitem Mann und hat einige Jahre auf dem Rupertihof gewohnt. Danach ist sie nach München gezogen, hat viele Jahre als Kellnerin gearbeitet und lebt jetzt mit schwerer Demenz seit siebzehn Jahren in einem Pflegeheim.« Ida suchte in ihren Taschen nach ihrem Handy, konnte es aber nicht finden. »Jetzt habe ich mein Handy zu Hause liegen lassen. Sonst könnte ich dir ein Foto zeigen, das Zenzi mit einem Baby auf dem Arm abbildet.«

Johannes hatte es die Sprache verschlagen. Ida sah ihm an, dass ihn diese Entdeckung schwer beschäftigte. Er legte seinen gesenkten Kopf in die aufgestützten Arme und strich sich hektisch über die Haare. »Der Name Zenzi war damals weit verbreitet, vielleicht ist es doch nur eine zufällige Namensgleichheit. Aber es klingt natürlich alles ziemlich plausibel. Warum bloß sollte sie mir ihre Mutter verschweigen?«

»Das erfahren wir erst, wenn wir wieder im Tal sind. Willst du umkehren?«

Er überlegte einen kurzen Augenblick und schüttelte dann den Kopf. »Wir gehen weiter, ich muss mich jetzt bewegen, um das alles zu verdauen.« Er stand abrupt auf, schulterte seinen Rucksack und ging los, ohne abzuwarten, bis Ida fertig war.

Als sie ihn eingeholt hatte, lief sie wortlos hinter ihm her. Sie konnte sich Marias Verhalten nicht erklären. Wie ein Schwebeteilchen tauchte plötzlich die Äußerung von Zenzis Pflegerin auf, dass sie alle sechs bis acht Wochen Besuch von einer Nichte bekomme. Sie hatte sie als graue Maus bezeichnet. Aber Zenzi hatte keine Nichte. Vielleicht war das Maria! Irgendetwas erinnerte sie an den Begriff »graue Maus«, was war das bloß? Wie ein Puzzleteil schob sie den Ausdruck gedanklich hin und her, und plötzlich wusste sie es: das Zusammentreffen im Rasthaus! Maria hatte auf sie wie eine »graue Maus« gewirkt und von Ida nicht gesehen werden wollen. Das musste es sein. Aber warum gab sie sich im Heim nicht als Tochter zu erkennen? Von ihrer Erkrankung hatte sie ihr auch nie etwas gesagt, obwohl sie immer wieder beteuert hatte, wie wichtig ihr Ida als einzige Freundin war. Alles zusammengenommen ergab für Ida keinen Sinn.

»Hat Maria früher von ihrer Mutter erzählt?«, unterbrach sie die Stille.

Johannes blieb stehen und drehte sich zu ihr um. Wischte er sich eine Träne weg? Wie musste er Maria lieben, dass er so enttäuscht von ihr war. Dabei war sie wirklich ständig am Eifern und Keifen wegen seiner angeblichen Weibergeschichten.

»Das bisschen, was sie erzählt hat, ließ auf eine ungute Beziehung zur Mutter schließen. Anscheinend hat sie sie schon als Baby vernachlässigt und sie mehr oder weniger sich selbst oder Fremden überlassen. Dazu kamen ständig wechselnde Männergeschichten und ein massives Alkoholproblem. Das ist aber so ziemlich alles. Irgendwann hat sie mal geäußert, sie würde ihr gern beweisen, dass sie es schaffen könne. Aber worum es da ging, weiß ich nicht.«

»Die Zenzi, die ich im Pflegeheim besucht habe, war schwer alkoholsüchtig.« Ida ging einen Schritt auf Johannes zu und legte ihm ihre Hand auf den Arm. »Wenn es wirklich Marias Mutter ist, frage ich mich, warum sie es verheimlicht?«

»Vielleicht, um ihre Vergangenheit hinter sich zu lassen. Aber andererseits, sie ist immer noch der gleiche Mensch, den ich kennengelernt habe, und das ist für mich das Wichtigste, und noch ist nicht sicher, dass es ihre Mutter ist.«

»Hoffentlich weiß Maria, was sie an dir hat.« Ida lächelte ihn an, diese tiefe Liebe berührte sie. »Wirst du sie drauf ansprechen oder behältst du es für dich?« Würde Johannes nichts sagen, dann wollte sie auch darauf verzichten.

»Das weiß ich noch nicht. Lass uns jetzt weitergehen, wir haben noch einen gutes Stück Weg vor uns.«

Johannes ging erneut voraus, allerdings in einer normalen Geschwindigkeit. Gut, dass er sich wieder beruhigt hatte. Mit der vorherigen Aufregung hätte sie die Tour abgebrochen und wäre keinesfalls geklettert. Mit jedem Schritt nach oben wurde es Ida leichter ums Herz. Sicher würde sich für Johannes alles klären. Ihre Freude, dass Florian nicht schwul war, wurde immer größer und ließ das Geheimnis um Maria verblassen. Jetzt wollte sie auf den Gipfel, sie fühlte sich dafür bereit.

Als sie am Klettersteig ankamen, erklärte ihr Johannes den Weg anhand von markanten Felsen und Büschen. »Bist du bereit? Noch können wir abbrechen.« Aber Ida war sicher, sie hatte früher schon schwierigere Kletterpartien gemeistert. Außerdem wollte sie den Gipfel als symbolischen Neuanfang in ihrem Leben bezwingen.

»Wie schauts bei dir aus, bist du in der Lage dazu?«

»Weißt, Ida, für alles gibt es sicher eine plausible Erklärung. Auf dem Weg nach oben bekommt man oft eine andere Sicht auf die Dinge, und manches löst sich von selbst. Also dann ... packen wirs an.«

Johannes ließ sie vorangehen und sicherte sie. Sie genoss es, denn das Klettern ging ihr erstaunlich leicht von der Hand. Nach jedem Abschnitt, wenn sie auf Johannes wartete, sog sie die Aussicht auf die vor ihr liegende Bergwelt in sich auf. Drei Vögel umkreisten die spitz aufragenden Felsen der gegenüberliegenden Gipfelkette, sie segelten dahin, als hingen sie an einer Drachenschnur, denn kein einziger Flügelschlag war zu sehen. Dazwischen vernahm sie das Pfeifen von Murmeltieren, die sich im Geröll versteckten. Sie nahm diese Eindrücke mit der klaren Bergluft auf und verspürte ein unbändiges Gefühl der Leichtigkeit und des Glücks.

Als sie auf einem schmalen Felsvorsprung nebeneinanderstanden, drückte sie Johannes' Hand. »Ich bin so froh, dass wir weitergegangen sind. Hier oben fühle ich mich frei und vollkommen sorglos. Es ist, als würde mich ein unsichtbares Seil mit Höherem verbinden und tief im Boden erden. Ein Gefühl des Einsseins mit allem.«

Johannes lächelte. »Ich kenn das, deswegen bin ich Bergführer geworden und genieße das jedes Mal aufs Neue.«

In übereinstimmender Stille setzten sie den Weg fort, der nun über eine steil abfallende Schotterhalde lief. Bei jedem Schritt rollten die Steine unter den Füßen weg, und Ida war froh, dass sie gesichert war.

Plötzlich spürte sie, dass sich ein Haken beim Einklinken leicht bewegte. Sie rief Johannes zu, sie müsse zum nächsten Haken wechseln, da dieser locker sei.

»Kein Problem«, kam die Antwort, »ich hab dich.«

Leicht verunsichert, da die Steine wie Sand unter ihren Füßen wegrutschten, klickte Ida hektisch den Karabiner in den nächsten Halt. Sie kam nicht dazu, erleichtert aufzuatmen, denn plötzlich flog der Haken aus der Wand. Die Spannung des Seils war auf der Stelle weg, und Ida verlor das Gleichgewicht. Sie schrie auf, während sie auf dem Geröllfeld immer weiter nach unten rutschte. Wie aus weiter Ferne vernahm sie einen Schrei, aber sie konnte nicht darüber nachdenken, denn panisch griff sie nach allem, was ihr Halt bot. Plötzlich, wie von Geisterhand gestoppt, blieb sie bäuchlings auf einer winzigen Felsplattform liegen. Sie konnte es kaum glauben, aber sie rutschte nicht mehr weiter.

Ihr Herz klopfte laut ratternd wie ein Maschinengewehr. Ohne sich zu bewegen, betrachtete sie ihre Umgebung. Sie war mindestens zehn Meter abgerutscht. Wie sollte sie hier wieder wegkommen? Wie in Zeitlupe bewegte sie ihre Hände, um die Beweglichkeit zu testen. Zuerst musste sie ihren Rucksack loswerden. Nachdem sie den zweiten Träger von den Schultern geschoben hatte, polterte er in die Tiefe, und es dauerte einige Sekunden, bis die Aufschläge verstummten. Sie schloss die Augen und schickte ein Stoßgebet himmelwärts. Gut, dass das Ding ohne sie abgestürzt war.

Ganz langsam, Zentimeter für Zentimeter, zog sie nacheinander die Beine an ihren Körper. Nur nicht den Halt verlieren, das war das Wichtigste. Zum Glück hatte sie sich nichts gebrochen, denn obwohl die Schmerzen fast unerträglich waren, konnte sie Arme und Beine bewegen. Ida biss die Zähne zusammen, da musste sie nun durch.

Nach einer gefühlten Ewigkeit hatte sie es geschafft und kniete auf dem Stein. Während sie mit geschlossenen Augen eine kurze Pause machte, wurde ihr bewusst, dass sie nichts von Johannes hörte.

Sie rief zuerst leise, dann immer lauter. Er musste sie doch hören, weit war er bei ihrem Abrutschen nicht von ihr entfernt gewesen. Ida zog vorsichtig an dem Sicherungsseil, ob sie es als Halt verwenden konnte. Ihr Entsetzten wurde mit jeder Sekunde größer. Das Seil ließ sich ohne Spannung ziehen, weiter und weiter. Hatte Johannes das Seil ausgeklinkt und sie hier liegen lassen? Hatte er seine Wut auf Maria an ihr ausgelassen? Sie konnte es nicht glauben. Aber was dann?

Ihre Rufe blieben unbeantwortet. Ida war der Verzweiflung nahe. Sie musste ohne Halt auf der Geröllhalde nach oben klettern. Auf allen vieren, langsam und bedächtig jeden Tritt und Griff mehrmals absichernd, schob sie sich nach oben, bis sie auf dem schmalen Grat vor dem Steinhang ankam. Sie richtete sich auf und schaute in Richtung des letzten Sicherungspunktes. Dort müsste Johannes stehen, aber er war nicht zu sehen. Als würde alle Kraft aus ihr weichen, ging sie in die Knie.

Wo war er? Es blieb ihr nichts übrig, als ohne Sicherung weiterzugehen. Ächzend richtete sie sich auf und ging laut rufend den Grat zurück. Fassungslos starrte sie auf das Ende ihres Seils, das noch in dem Haken in der Felswand hing. Hier hatte sich Johannes eingeklinkt. Die Erkenntnis überfiel sie wie ein Donnerschlag. Das gesplissene Seil, bestimmt war es gerissen. Hatte Johannes vergessen, es zu überbrücken?

Ihr war zum Heulen zumute, und das Zittern kam stärker als vorher zurück. Ihr wurde schwindelig, und sie ging erneut in die Knie, um nicht ohnmächtig zu werden. Der Überhang, auf dem sie sich befand, ermöglichte keinen Blick in die Tiefe, es war, als hinge sie in der Luft. Während sie sich mit tiefen Atemzügen zu beruhigen versuchte, hörte sie plötzlich aus der Tiefe ein schwaches: »Ida, hier unten.«

Sie musste sich beherrschen, sich jetzt bloß nicht abrupt zu bewegen. Noch auf dem Boden kauernd rief sie in die steil abfallende Tiefe. »Johannes, bist du verletzt?«

»Bein und Arm wahrscheinlich gebrochen.« Schwach drang Johannes' Antwort zu ihr vor. Während Ida noch überlegte, was sie tun könnte, hörte sie von ihm ein heiseres »Bergwacht!«.

»Johannes, ich habe kein Handy. Kommst du an deines ran?« Ida verwünschte ihre Nachlässigkeit, ohne Handy aus dem Haus gegangen zu sein.

»Geht nicht ... nicht bewegen«, folgte erneut stoßweise die Antwort.

Dann gab es nur einen Weg, sie musste zurückgehen ins Tal und die Bergwacht informieren. »Ich laufe nach unten und hole die Bergwacht. Das geht aber nicht so schnell, hältst du durch?«

»Geht schon ... Geißenkar ... Hubschrauber.«

»Du meinst, Sie sollen mit dem Hubschrauber kommen. Zum Geißenkar.« Ida wiederholte die Anweisung zur Sicherheit, damit sie nichts Falsches weitergeben würde.

»Ja … vorsichtig!«

»Johannes, ich geh jetzt. Halt durch, sie werden dich holen.«

Wie in Trance bewegte sich Ida Schritt für Schritt auf dem Weg zurück. Sie versuchte, keinen Gedanken daran zu verschwenden, dass sie ungesichert war. Wie ein Mantra flüsterte sie vor sich hin: »Ich schaffe es, ich schaffe es …« Immer wieder erfasste sie der Schwindel, und sie versuchte, sich krampfhaft am Stein und an herausragenden Büschen festzuhalten.

Erleichtert erreichte sie die Stelle, wo die Kletterroute begonnen hatte. Der schwierigste Teil war geschafft, nun konnte sie etwas schneller bergab laufen. Obwohl sie immer wieder wegrutschte, wurde sie schneller und schneller. Der Schmerz war erträglich.

Hoffentlich hatte Johannes keine inneren Verletzungen oder verlor das Bewusstsein, womöglich stürzte er dann noch weiter ab.

Gepeinigt und angetrieben von ihren Befürchtungen, erreichte sie außer Atem ihr Auto. Einen Moment überlegte sie panisch, ob ihr Autoschlüssel im Rucksack war.

Reiß dich zusammen, Ida, ermahnte sie sich und zog den Reißverschluss ihrer inneren Jackentasche auf. Im Auto atmete sie tief durch und startete den Motor. In zwanzig Minuten wäre sie bei der Bergwacht.

Hubert, der Dienst hatte, wusste sofort aufgrund des Hinweises »Geißenkar«, wo Johannes lag. Er alarmierte die Besatzung des Hubschraubers und verlor nur wenige Worte. »Da hat er aber Glück ghabt, es geht dort no tief runter.« Während er sich davon überzeugte, dass Ida nichts fehlte, hörte sie schon das Anlaufen der Rotorblätter.

»Ich hatte solche Panik, dass ich den Weg zurück nicht schaffen würde.« Vor Erleichterung und Erschöpfung konnte sie ihre Tränen nicht zurückhalten. Hubert hielt ihr wortlos ein Taschentuch hin.

Als sie es wieder ansah, erkannte sie blutige Stellen. »Du hast ein paar Kratzer abbekommen, aber ich glaub, es muss nichts genäht werden.« Fachmännisch beurteilte Hubert ihre Blessuren im Gesicht. »Auswaschen und heilen lassen, das hilft. Aber jetzt setz dich und trink erst mal was, du bist vollkommen fertig und stehst unter Schock.« Hubert reichte ihr einen Tee.

Als sie nach wenigen Minuten aufstehen wollte, drückte er sie auf den Stuhl zurück.

»Erzähl mal, was genau ist denn passiert? Der Weg ist für Johannes ein Kinderspiel.« Hubert sah sie fragend an. Ida erzählte ihm von dem gesplissenen Seil und dem losen Haken.

»Deswegen hast du die Ausrüstung vom Johannes.«

Ida strich erstaunt mit den Händen über ihre Jacke, sie hatte den Gurt total vergessen. »Ich bringe die Ausrüstung Maria.«

»Ich verstehe nicht, wie das Seil gesplisst sein konnte. Ich selbst habe es vor ein paar Tagen nach der letzten Rückgabe überprüft. Und der lose Haken ist mir ebenfalls unerklärlich, so leicht lösen die sich nicht. Bin gespannt, was Johannes dazu sagt.«

»Gibst du mir Bescheid, wenn er im Hubschrauber ist. Ich muss jetzt zu Maria. Mir graut davor, aber es muss sein.«

»Na dann, alles Gute. Ich rufe euch an.«

Ida verließ die Station der Bergwacht und ging nachdenklich zum Auto. Glaubte er etwa, sie hätte Johannes etwas angetan? Oder wie sollte sie seine Bemerkung verstehen. Gut für alle, dass Johannes noch lebte und hoffentlich nur einen Arm- und Beinbruch erlitten hatte. Aber je länger sie darüber nachdachte, desto merkwürdiger kam ihr alles vor.

Ida, reiß dich zusammen, ermahnte sie sich zum zweiten Mal an diesem Tag.

Sie parkte direkt neben dem Hoteleingang, scheinbar war die Geburtstagsgesellschaft beendet, denn alle Parkplätze waren leer. Was sollte sie von dem Unfall berichten, um Maria nicht übermäßig zu beunruhigen? Sie betrat das menschenleere Hotel und ging zum Büro. Als sie die Tür nach einem kurzen Klopfen öffnete, schoss Maria auf sie zu und zog sie ins Zimmer hinein. Ida stolperte und war so überrascht, dass sie keine Worte fand.

»Warum trägst du Johannes' Ausrüstung?«, schrie Maria. »Warum bist hier? Wo ist Johannes?« Ihre Stimme wurde mit jedem Wort schriller und überschlug sich. Wie eine Irre zog sie an Idas Haaren, der Jacke, einfach überall.

»Maria, beruhige dich, es ist nicht so schlimm, wie du denkst«, versuchte Ida, sie zu beschwichtigen. »Johannes wird mit dem Hubschrauber geholt, er hat sich vermutlich etwas gebrochen ...« Ida sprach langsam und ruhig und wollte sie umarmen, damit sie endlich aufhörte, an ihr herumzuzupfen.

»Johannes, Johannes ...«, steigerte Maria ihre Raserei, ließ Ida los und lief aufgebracht im Büro hin und her. »Nicht er, du, du, du solltest abstürzen!!« Sie spie die Worte heraus und allmählich begriff Ida, was sie da sagte.

»Du meinst, ich *sollte* abstürzen?« Ida versuchte, sie an den Schultern festzuhalten in der Hoffnung, dass sie sich beruhigte, doch sie entzog sich der Berührung. Der verzerrte Gesichtsausdruck Marias und ihre grelle Stimme schockierten Ida.

»Du, nicht er. Ich will deinen Hof, du bist mir egal.« Während sie die Worte herausschrie, verzog sie ihren Mund zu einer grässlichen Fratze, jedes Wort verursachte Spucketropfen, die wie ein Sprühnebel aus ihrem Mund stoben. »Du hast mir den Hof gestohlen ... wie deine Mutter. Eine Erbschleicherin, nichts anderes bist du, seid *ihr* ... Du und deine Mutter.«

»Du weißt, wer meine Mutter war?« Ida glaubte, sich verhört zu haben. Eiseskälte ergriff sie. Eine Welle der Wut löste sich in ihrem Inneren, brandete über ihr zusammen und brach sich in gleißender Hitze.

Maria lachte kreischend. »Alles, einfach alles weiß ich von deiner Mutter. Meine Mutter hat sie gut gekannt, war ja lange genug die Dienstmagd auf dem Hof der alten Katt. Die heilige Magdalena hat sich vergewaltigen lassen, das dumme Ding. Davor konnte Katt sie nicht beschützen, die alte Glucke.« Sie grinste mit einem triumphierenden Schrei. »Auf die Idee wärst du nie gekommen!«

»Warum hast du mir nie was gesagt. Du weißt doch, wie verzweifelt ich nach meiner Mutter gesucht habe.« Nun überschlug sich Ida Stimme.

»Meine Mutter und Maximilian hatten ein Verhältnis.« Maria hielt inne und lachte schrill. »Dafür habe ich eindeutige Beweise.«

»Dann bist *du* die Hoferbin?« Ida äußerte die Feststellung vollkommen emotionslos, um Marias Raserei nicht noch mehr zu befeuern. Dabei steigerte sich das Zittern ihres Körpers zum Schlottern – wie bei einem Schüttelfrost. Sie schloss ihre Arme um sich, als wollte sie sich selbst zusammenzuhalten. Maria hatte Idas und ihr eigenes Geheimnis gelüftet ... endlich. Sie fühlte, dass es stimmte, auch wenn Maria sie schon oft angelogen hatte. Da Maria ein paar Monate älter als sie selbst war, wäre sie dann die rechtmäßige Erbin. Aber warum hatte Maximilian ihr den Hof vermacht?

»Richtig, und der Hof steht mir zu. Meine Mutter hat sich krumm und bucklig gearbeitet bei der Katt, der Hof steht mir zu, mir ... nur mir allein. Ich habs meiner Mutter versprochen, dass ich den Hof krieg.«

Sie trat einen Schritt auf Ida zu und stieß sie immer fester von sich. Ida wollte ausweichen und drehte sich zur Seite, als sie plötzlich von einem harten Schlag am Kopf getroffen wurde und zu Boden fiel. Die sofortige Ohnmacht ersparte ihr nicht nur den Schmerz des Aufpralls.

Ida versuchte, das Nasse und Kalte in ihrem Gesicht wegzuschieben. Sie erwachte langsam und sah in Florians Augen. Warum war er hier, und wo war Maria? Bevor sie die Augen erschöpft schließen konnte, hörte sie Florian wie aus weiter Ferne. »Wach bleiben, Ida, komm, streng dich an!« Er tätschelte ihre Wangen und rief sie erneut.

Plötzlich fühlte sie kratzige Bartstoppeln auf ihrer Wange und seine Lippen auf ihren, und ein zuerst sanfter, aber immer leidenschaftlicher werdender Kuss folgte.

Jetzt bloß nicht wieder ohnmächtig werden, war Idas einziger Gedanke.

Als Florian innehielt, flüsterte sie kaum hörbar: »Mach weiter, bevor ich wieder in Ohnmacht falle und es vergesse«.

»Na dann …« Er zog sie an sich, und Ida stöhnte mit schmerzverzerrtem Gesicht laut auf.

»Entschuldigung, bitte entschuldige, das wollt ich nicht.«

Plötzlich hörte sie Amys Stimme. Wahrscheinlich träumte sie. Schade, es wäre zu schön gewesen. Ida öffnete die Augen und sah in Amys Gesicht.

»Hallihallo, wieder im Lande? Du hältst uns ganz schön auf Trab, Süße.«

»Was ist passiert?« Ida versuchte, sich aufzurichten, lehnte sich aber gleich laut ächzend wieder zurück. »Mein Kopf tut weh, als wäre ein Felsen draufgefallen.«

»Ein Felsen wars nicht, eher dieser riesige Aschenbecher hier«, bemerkte Amy.

»Was machst *du* hier?«

»Das ist eine andere Geschichte, aber schaut mal, was ich hier gefunden habe.« Amy hatte einen Stapel Briefe in der Hand. »Die lagen in der offenen Schublade, auf die du aufgeschlagen bist. Interessanterweise sind sie alle an dich adressiert und geöffnet. Aber ich vermute, dass *nicht* du sie gelesen hast.«

Ida warf im Liegen einen kurzen Blick auf die Briefe. »Noch nie gesehen.« Was interessierten sie alte Briefe?

»Soweit ich das beurteilen kann, wird es dafür allerhöchste Zeit. Aber jetzt kriegst du erst mal einen Eisbeutel für deine Beule. Wir helfen dir aufzustehen, und du legst dich aufs Sofa.«

»Nein, das geht schon.« Ida genoss es, von Florian gehalten zu werden, lieber blieb sie auf dem harten Boden liegen.

»Keine Widerrede, ab aufs Sofa! Gekuschelt wird später«, sagte sie grinsend und zwinkerte ihr zu.

Es war schwieriger, als Ida gedacht hatte, auf das Sofa zu kommen, denn jedes Mal, wenn Florian sie hochheben wollte, schrie sie ungewollt vor Schmerzen auf. Aber schließlich lag sie rundum versorgt und von Florian gestützt auf der Couch. »Jetzt erzähle mir bitte, warum du hier bist. Nein, halt. Erst will ich wissen, wie es Johannes geht, der Hubert wollte Bescheid geben.«

Florian berichtete von der gelungenen Rettung und fügte hinzu, dass es ihm den Umständen entsprechend gut gehe.

»Zum Glück, ich hatte solche Angst um ihn. Wie kommst du eigentlich hierher?«, wandte sie sich an Florian.

»Als der Rettungshubschrauber Richtung Geißenkar flog, wusste ich sofort, dass irgendetwas mit euch passiert sein musste, vor allem, da du nicht ans Handy gegangen bist. Als ich dein Auto vor dem Hotel stehen sah, bin ich auf gut Glück reingegangen. Maria rannte wie der Leibhaftige an mir vorbei und war absolut nicht ansprechbar, ich glaube, sie hat mich gar nicht bemerkt. Durch die offene Bürotür sah ich dich auf dem Boden liegen, und kurz danach kam auch deine Freundin Amy.«

Ida drückte Florians Hand und lächelte ihn an.

»Stopp mit dem Geturtel, jetzt bin ich dran, schließlich hatte ich den weitesten Weg.« In ihrer unverkennbaren Ausdrucksweise schilderte Amy, dass Stefan sie gegen Mittag verzweifelt angerufen habe, da er befürchtete, Maria wolle Ida etwas antun. Aufgrund seines letzten Telefonats, bei dem sie ihm versichert hatte, dass sie in Kürze Eigentümerin vom Rupertihof sein würde, hatte er Verdacht geschöpft. Maria war ihm ziemlich verwirrt erschienen und hatte wohl einige Andeutungen gemacht, die ihn das Schlimmste hatten befürchten lassen.

»Nachdem er dich nicht erreicht hatte, bat er mich, dich zu warnen. Meine Telefonate kamen aber nicht an, und aus einer schlimmen Vorahnung heraus und vor allem, weil ich wusste, dass du mit Maria eine Bergtour geplant hattest, habe ich den Laden geschlossen und bin losgefahren. Und jetzt bin ich hier, um das junge Glück zu sehen.«

Die Freude darüber war ihr anzusehen. Sie wandte sich an Florian.

»Hättest du sie nicht früher schon mal küssen können, dann hätte sie sich das vielleicht alles erspart?« Florian verschlug es die Sprache, Amys Direktheit war er nicht gewohnt. »Mensch, ich freu mich so für dich, Ida, und auch für euch beide!«

# *Epilog*

Das Feuer im Kachelofen knisterte und verbreitete eine Wärme, die zum Kuscheln verführte. Florian saß neben Ida auf der Bank und hielt ihre Hand, Amy, ihr Bruder Alois, ihre Schwägerin Veronika und ihre Schwester Johanna reihten sich um den Tisch.

In den vergangenen fünf Tagen, seit der verhängnisvollen Bergtour, hatte sich Johannes' Zustand stabilisiert, obwohl er nicht nur unzählige Hämatome und Brüche an einem Arm und Bein, sondern auch eine mittelschwere Gehirnerschütterung erlitten hatte. Aufgrund seiner guten Konstitution würde er die Verletzungen besser als den Verlust Marias überstehen. Er hielt unverrückbar an seiner Liebe fest, war aber entsetzt, dass sie sogar Idas Tod in Kauf genommen hatte, um an den Rupertihof zu kommen – nur um ihrer Mutter zu zeigen, dass sie ihr selbst gestecktes Ziel erreichen würde. Da keinerlei verwandtschaftliches Verhältnis vorlag, was sich inzwischen mit Maximilians Testament durch den Rechtsanwalt bestätigt hatte, würde sie nie als Erbin in Betracht kommen.

Maria würde für einige Zeit ins Gefängnis kommen, wenn sie nicht aufgrund ihres geistigen Zustandes in der Psychiatrie bleiben musste. Die Kripo hatte Marias Geständnis entgegengenommen: Sie hatte die Ausrüstung manipuliert und die beiden Haken im Fels gelockert, zudem die Treppenstufen in Idas Haus gelöst und nach dem

Unfall wieder festgeschraubt, und auch das Öffnen der Gasventile ging auf ihr Konto.

Die Ärzte, die Maria vollkommen aufgelöst mit einem dicken Kissen in der Hand am Bett ihrer Mutter vorgefunden und direkt in die Psychiatrie eingewiesen hatten, hatten von Wahnvorstellungen und möglicher Schizophrenie gesprochen, ausgelöst in ihrer Kindheit durch die seelischen Misshandlungen der Mutter.

Nun, da Ida die Zusammenhänge begriffen hatte, fiel es ihr etwas leichter, Marias Verhalten zu verstehen. Allerdings war sie weit davon entfernt, ihr zu verzeihen. Vielleicht konnte sie es eines Tages ...

Jetzt war sie hier, in ihrem Zuhause, lächelte in die Runde und fühlte tiefe Zufriedenheit. Sie war geborgen im Kreis der Familie und dankbar über Amys Anwesenheit ... und vor allem Florians.

Sie hob ihr Weinglas und prostete allen zu. »Ich bin so glücklich, dass ihr alle da seid.« Vor Aufregung schob sie immer wieder die eine widerspenstige Locke aus dem Gesicht.

Plötzlich sah Florian sie mit großen Augen an, sein Blick wechselte zwischen Ida und dem Foto Magdalenas als Kommunionskind, das immer noch auf der Wandkonsole lehnte. Ida spürte seine Unruhe und schaute ihn fragend an. »Schau dir mal das Foto an, die gleiche Stirnlocke wie bei dir. Das ist wie ein vererbtes Muttermal!«

Alle nickten zustimmend und wunderten sich, dass es niemandem schon früher aufgefallen war.

»Der Brief, den ich euch vorlese, ist von Katt, meiner Großmutter, und erklärt, wie ich in die Familie Amreiner kam. Er lag in dem Stapel Briefe, die Maria an sich genommen hatte. Ich habe ihn in den vergangenen Tagen wieder und wieder gelesen und mich dazu entschlossen, dass ihr den Inhalt ebenfalls kennen solltet.«

*Meine liebe Ida,*
*dieser Brief erreicht dich nach dem Tod meines Sohnes Maximilian, so wurde es dem Notar aufgetragen. Verzeihe mir, dass du bis jetzt nicht erfahren hast, wer deine richtigen Eltern sind, aber ich sah in meiner damaligen Situation nach deiner Geburt keine andere Lösung.*
*Meine geliebte Tochter Magdalena, mein kleiner Engel, der so viele Pläne hatte und sogar studieren wollte, um Lehrerin zu werden, wurde wenige Monate nach ihrem vierzehnten Geburtstag vergewaltigt.*
*Bis heute weiß ich nicht, wer der brutale Kerl war, und ich werde es vielleicht auch nicht mehr herausfinden. Es genügte jedoch nicht, dass sie die körperlichen und seelischen Verletzungen durchleiden musste, zu allem Unglück war mein kleines Mädchen auch noch schwanger geworden. Sie, die selbst noch ein Kind war. Mein Sohn Maximilian war mitten im Studium in München, ihn wollte ich nicht mit meinen Sorgen belasten, also stand ich ganz allein da.*
*Ums Lenerl vor dem boshaften Gespött der Dorfbewohner zu schützen, denn das hätte sie niemals durchgehalten, habe ich mich dazu entschlossen, sie in der Schule krankzumelden. Der Dorfarzt war eingeweiht, und er hat mir geschworen, seinen Eid der Verschwiegenheit auch in diesem Fall zu befolgen. Er war damals regelmäßig bei uns am Hof, da ich eine Chemotherapie bekam, denn ein halbes Jahr vor Lenerls Schwangerschaft war bei mir Brustkrebs festgestellt worden. Nach der Entbindung wollte ich mich als deine Mutter ausge-*

*geben, den der Spott und die Häme der Nachbarn, die darauf folgen würden, machten mir keine Angst.*
*Aber dann kam alles anders als geplant. Magdalena litt einen Tag nach der problemlosen Hausentbindung plötzlich an hohem Fieber. Trotz Wadenwickel und Fieberzäpfchen bekam ich die Temperatur nicht in den Griff, und der Dorfarzt war auf einer Fortbildung. In letzter Not habe ich die Hebamme geholt, aber es war schon zu spät.*
*Drei Tage nach der Entbindung verstarb mein kleiner Engel, und ich stand mit der Krebsdiagnose, die mir keine Hoffnung aufs Überleben ließ, und einem kleinen, wunderschönen Pupperl da. Damals zweifelte ich an dem Herrgott, der mir mehr als grausam erschien. Was musste unsere Familie noch alles erleiden?*
*Der Schmerz über Lenerls Tod und die Sorge um dich haben mich fast in den Wahnsinn getrieben – mich, eine ruhige und besonnene Frau. Die einzige Lösung, die mir sinnvoll erschien, war, dich in eine Familie zu geben. Sonst wärst du vom Jugendamt weggebracht worden, denn Maximilian war damals nicht in der Lage, ein Baby aufzuziehen.*
*So kam ich auf die Amreiners, die schon zwei Kinder hatten. Sie waren zwar bettelarm, aber anständige Leut. Frieda war eine fleißige und gewissenhafte Näherin, die für mich in Heimarbeit arbeitete. Alois hat zwar öfter mal tiefer ins Glas geschaut, als ihm guttat, aber er arbeitete hart, sodass die Familie immer etwas zu essen und ein Dach über dem Kopf hatte. Also habe ich ihnen meine gesundheitliche Lage geschildert und dich als mein Kind ausgegeben.*
*Sie waren bereit, Stillschweigen zu bewahren und dich gegen Unterhaltszahlungen als ihr eigenes Kind aufzu-*

*ziehen. Meine Bedingung war, dass du erst nach Maximilians Tod erfahren solltest, wo dein familiärer Ursprung liegt. Der Dorfarzt hat auch hier mitgespielt, und ich habe dich schwersten Herzens übergeben. Nicht nur meine Magdalena war weg, nun würde ich auch noch dich engelsgleiches Wesen verlieren, denn im Dorf sollte keiner etwas davon erfahren. Die Amreiners hatten sich die Geschichte von Friedas Entbindung in München zurechtgelegt, das würden die Leute mit Unterstützung des Dorfarztes schlucken.*
*Tagelang lag ich danach im Bett und hoffte inständig, dass der Krebs mir ein schnelles Ende gewähren würde. Aber er war gnadenlos, denn nach einem Monat sagte mir der Arzt, dass die Metastasen zurückgegangen wären, und wenige Monate später galt ich als geheilt.*
*Aber du warst unwiederbringlich bei den Amreiners, es war unerträglich! Damit ich dich ab und zu sehen konnte, ohne die Leute auf dich aufmerksam zu machen, wurde ich deine Taufpatin. Jeder verstand die Erklärung, die Amreiners bräuchten eine zahlungskräftige Patentante für das dritte Kind. Da Frieda Näharbeiten für meine Trachtenschneiderei übernahm, brachte ich ihr die Materialien ins Haus und konnte ungestört Zeit mit dir verbringen. Du warst so ein reizendes Kind und hast mich in allem schmerzhaft an Magdalena erinnert. Ihr hattet die gleiche störrische Stirnlocke, und wie Magdalena hast du sie mit der gleichen Handbewegung hinters Ohr geschoben.*
*Als du dann mit neun Jahren angefangen hast, äußerst geschickt und mit Begeisterung zu nähen, war ich überglücklich. Du hast die Tradition der Frauen in unserer Familie fortgesetzt. Alle dachten, das käme von Frieda, aber nur ich kannte den Ursprung und wusste es besser.*

*Später, als du älter warst, hast du mir die Näharbeiten von Frieda überbracht. Bevor du ins Haus gekommen bist, hast du jedes Mal mit der allergrößten Freude unter dem Ahorn geschaukelt. Wie ein Vögelchen bist du damit durch die Luft geflogen, es konnte gar nicht hoch genug gehen. Danach haben wir zusammen Kuchen gegessen und geredet. Ich war so stolz auf dich, wenn du mir über deine guten Noten in der Schule berichtet hast, aber auch, dass du es gewagt hast, dich gegen den Pfarrer aufzulehnen. Es imponierte mir, dass du einen festen Willen und auch keine Angst hattest, deine Meinung zu äußern. Als Maximilian als Lehrer nach Oberndorf zurückkam, habe ich ihn in mein Geheimnis eingeweiht, und er hat mir versprochen, sich bei gegebener Zeit um eine Lehrstelle bei den Rosners und dein weiteres Fortkommen zu kümmern, wenn mich das Zeitliche gesegnet hätte.*

*Mein wunderbares Enkelkind, ich hoffe, du verzeihst mir die Entscheidung, dich wegzugeben. Glaube mir, es war nach dem Tod Magdalenas, als würde mein Herz ein weiteres Mal herausgerissen. Solange ich konnte, habe ich deine Entwicklung verfolgt. Auch mit deiner Lehrherrin, Frau Rosner, mit der ich zusammen die Ausbildung zur Schneidermeisterin gemacht hatte, stand ich von Anfang an in Kontakt, um von deinen kleinen und großen Fortschritten zu hören. Sie war die Einzige, die um unsere Situation wusste, aber sie schwor mir, nie darüber zu reden.*

*Da meine Tage nun gezählt sind, denn der Krebs ist zurückgekommen, muss ich mich von dir verabschieden, aber sei versichert, deine Mama und ich sorgen vom Himmel aus für dich.*

*Sollte Maximilian nach meinem Tod keine eigenen Kinder bekommen, lastet auf dir die Zukunft unseres Hofes. Wenn du hierbleiben willst, wäre ich mehr als glücklich. Wenn er dir aber ein Klotz am Bein ist, dann suche eine andere Lösung dafür. Mein größter Fehler war, dass ich mich davon beeinflussen ließ, was andere sagten oder was die Konvention gebot. Mache nie den gleichen Fehler, sondern lass dich von deinem Herzen und dem Verstand leiten. Nur dann weisen deine Entscheidungen in eine glückliche Zukunft.*

*Geh weiter den Weg, den du eingeschlagen hast.*

*In Liebe,*
*Deine Großmutter Katharina*

Danksagung

Über Monate hinweg habe ich Seite für Seite geschrieben, gelöscht, geändert, neu geschrieben ... Und jetzt ist es mir ein Bedürfnis, allen »Danke« zu sagen, die mich unterstützt haben – jeder auf seine ganz spezielle Weise.

Den Anfang nahm mein Roman während des Fernstudiums bei der Textmanufaktur, nachdem ich die ersten Aufgaben bearbeitet hatte. Ich beschloss, aus den einzelnen Teilen ein Gesamtkonzept für einen Roman zu erstellen. Henriette Dyckerhoff war nicht nur eine professionelle Lektorin, sondern auch ein interessierter Coach und vor allem: Die Freude an der Arbeit und der persönliche Austausch kamen nicht zu kurz. Für diesen optimalen Start meinen herzlichsten Dank!

In den unzähligen Stunden, derer es bedarf, einen Roman zu schreiben, war mir meine Familie, insbesondere mein Lebensgefährte eine große Unterstützung. Hier waren Akzeptanz und Toleranz vonnöten, wenn ich wieder mal am Wochenende nicht an gemeinsamen Unternehmungen teilgenommen und neben meinem Beruf in der Freizeit nur noch geschrieben habe – und viele Dinge liegen geblieben sind. Ein dickes Bussi dafür!

Meinen Kindern Felix und Iris danke ich für die kreative Beratung beim Titel. Außerdem gilt meiner jüngsten Tochter Linda ein »xxx« für den nachhaltigen »diplomatischen Druck«, mir endlich einen Verlag oder Agenten zu suchen, nachdem der Roman schon wochenlang fertig gewesen war.

Ein riesiges Dankeschön an Steffi Neuz-Attar und Julia Feldbaum, die ich seit Jahren durch meine DIY-Bücher kenne, für ihre Unterstützung, den passenden Verlag zu finden. Ich war sehr happy, als Julia den Auftrag vom Verlag erhielt, den Roman zu lektorieren, denn es lief so, wie ich sie kenne und schätze: schnell, unkompliziert und direkt, einfach sehr erfrischend.

Damit wäre ich beim Verlag, der bereit war, meine geistigen Ergüsse zu veröffentlichen. Ich konnte es kaum fassen, als ich die Zusage erhielt, leider ließ sich der Dank dafür wegen Corona nicht persönlich übermitteln, aber ich hole das nach, sobald es möglich ist.

Und letztendlich gilt der Dank meinen bereitwilligen Testleserinnen, allen voran meiner Freundin Evi, die sich den Roman gleich zweimal zur Brust genommen und insbesondere der bayerischen Ausdrucksweise gewidmet hat. Ebenso gilt der Dank meiner Schwester Ingrid und meiner Nichte Annika, die die Zusammenhänge und Fakten gecheckt haben, außerdem hat Annika als Wahlösterreicherin die Dialoge des Prologs »österreichisch geschliffen«.

Ein ganz spezielles »Dankeschön« an das wunderschöne Oberbayern und die Nähe zu den Alpen. Hier lebe ich seit vielen Jahren und kann bei Wanderungen in den Bergen Kraft schöpfen und innerlich auftanken. Dabei ist mir auch die Idee zum Buch gekommen, denn so idyllisch, wie es oft nach außen wirkt, ist es im Inneren dann doch nicht immer ...

Danke an alle Leser*innen, dass Sie meinen Roman lesen!